NEIL SMITH

Das Leben nach Boo

Buch

Oliver »Boo« Dalrymple ist ein dreizehnjähriger, hochbegabter Außenseiter. Und leider ist er tot. Eben noch hat er in Gedanken versunken vor seinem Schulspind gestanden, da findet er sich plötzlich in einem seltsamen Jenseits für Dreizehnjährige wieder. Hier verbringen die Jugendlichen ihre Zeit wie auf einem großen Schulhof, sausen auf Fahrrädern umher und werden mit allem versorgt, was Dreizehnjährige zum Leben brauchen. Boo hat gerade begonnen, sich an das Nachleben zu gewöhnen, als sein ehemaliger Klassenkamerad Johnny auftaucht und ein neues Licht auf Boos Vergangenheit wirft. Dadurch wird die gerade erst geschlossene Freundschaft auf eine harte Probe gestellt.

Autor

Neil Smith lebt als Autor und Übersetzer in Montreal, Kanada. Für seinen Roman »Das Leben nach Boo«, der in sieben Sprachen übersetzt ist, wurde für den Young Adult Book Award, den Sunburst Award und den Prix des libraires nominiert und mit dem Hugh MacLennan Prize for Fiction ausgezeichnet.

Neil Smith

Das Leben nach Boo

Roman

Aus dem Englischen übersetzt
von Brigitte Walitzek

Die Originalausgabe erschien unter dem Titel „Boo“ bei Vintage Books, Penguin Random House LLC, New York.

MIX
Papier aus verantwortungsvollen Quellen
FSC® C014496
FSC www.fsc.org

Verlagsgruppe Random House FSC® N001967

1. Auflage
Taschenbuchausgabe Februar 2019
Wilhelm Goldmann Verlag, München,
in der Verlagsgruppe Random House GmbH,
Neumarkter Str. 28, 81673 München

Umschlaggestaltung: UNO Werbeagentur, München
Umschlagmotiv: FinePic®, München
mb · Herstellung: kw
Druck und Bindung: GGP Media GmbH, Pößneck
Printed in Germany
ISBN: 978-3-442-48779-0
www.goldmann-verlag.de

Das Leben nach BOO

1 1.01
H
Wasserstoff

Habt ihr euch schon einmal gefragt, liebe Eltern, womit sich die Engel im Himmel die Zähne putzen? Ich kann es euch sagen. Mit doppeltkohlensaurem Natron, das wir auf unsere Zahnbürsten streuen. Es schmeckt ein bisschen salzig, was nicht weiter verwunderlich ist, weil doppeltkohlensaures Natron, genauer gesagt Natriumbikarbonat, eine Art Salz ist.

Doch ihr denkt eher nicht darüber nach, welche Zahnpasta es im Himmel geben könnte. Schließlich seid ihr Atheisten, und selbst gläubige Menschen machen sich nur selten Gedanken über die elementaren Seiten des Lebens nach dem Tod. Wenn sie an den Himmel denken, stellen sie sich wahrscheinlich am ehesten ein Gefühl allumfassender Liebe und allumfassenden Friedens vor und fragen sich nicht, ob die Ananas, die es dort zu essen gibt, frisch sind oder aus der Dose kommen. (Nebenbei bemerkt kriegen wir hier beides, allerdings mehr Dosenananas als frische.)

Dieser Bericht über mein Nachleben, den ich für euch schreibe, soll eine Art Handbuch für euch sein, und ich hoffe, eines Tages einen Weg zu finden, euch meine Geschichte zukommen zu lassen.

Wie ihr wisst, bin ich genau heute vor einem Monat, am 7. September 1979, vor meinem Spind in der Helen-Keller-Junior-High-School gestorben. Bevor ich starb, hatte ich versucht, die 106 Elemente des Periodensystems aufzusagen.

Meine Spindnummer (Nr. 106) hatte mich auf die Idee gebracht, alle Elemente nach ihren Ordnungszahlen auswendig zu lernen. Bei Nr. 78 angekommen, Platin (Pt), wurde ich von Jermaine Tucker unterbrochen, der mir mit einem »Was zum Teufel treibst du denn jetzt schon wieder, Boo?«, eine Kopfnuss versetzte.

Ich habe euch ja erzählt, dass meine Klassenkameraden mich wegen meiner totenblassen Haut und meiner elektrisch aufgeladenen weißblonden Haare, die immer zu Berge stehen, Boo nannten, als wäre ich ein Geist oder ein Schreckgespenst. Einige von ihnen hielten mich sogar für einen Albino, was ich natürlich nicht bin: Echte Albinos haben rosa bis rote Augen, während meine hellblau sind.

»Boo! Wie ironisch«, sagt ihr jetzt vielleicht. »Denn unser Sohn ist ja nun ein Geist.« Aber das wäre falsch beziehungsweise keine echte Ironie. Echte Ironie wäre, hätte Jermaine Tucker gesagt: »Mann, Boo, ich bewundere und respektiere dich dafür, dass du die Elemente des Periodensystems auswendig lernst!« Respekt und Bewunderung sind nämlich das genaue Gegenteil dessen, was Jermaine und übrigens auch die meisten meiner anderen Klassenkameraden mir entgegenbrachten.

Wusstet ihr, dass ich eine Art Paria war? Falls nicht, tut es mir leid, dass ich euch das nie so deutlich gesagt habe, aber ich wollte nicht, dass ihr euch wegen etwas sorgt, das ihr in keinster Weise ändern konntet. Ihr habt euch auch so schon genug Sorgen über das angeborene Loch in meinem Herzen gemacht und mich immer ermahnt, mich bloß nicht zu überanstrengen.

Jermaine verzog sich ins Klassenzimmer, und ich machte unter den Blicken des Evolutionsbiologen Richard Dawkins und der Primatologin Jane Goodall, deren Fotos ich innen an meine Spindtür geheftet hatte, unbeirrt mit meiner Liste weiter. Zum allerersten Mal kam ich bis zur Nr. 106, Seaborgium (Sg), ohne auch nur ein einziges Mal auf die Tabelle zu schielen, die unter den Fotos von Richard und Jane hing.

Anscheinend aber war diese mentale Höchstleistung zu viel für mein löchriges Herz, denn im nächsten Augenblick brach ich tot auf dem Boden zusammen. In Anbetracht meines Spitznamens könnte ich sagen, dass ich den Geist aufgab, aber ich hasse Euphemismen und ziehe es vor, Tatsachen schlicht und einfach nur zu konstatieren. Und Tatsache ist: Mein Herz blieb stehen, und ich starb.

Wieviel Zeit zwischen dem letzten Schlag meines Herzens im Schulflur der Helen-Keller und dem Moment verging, als ich im Jenseits die Augen aufschlug, kann ich nicht sagen. Wer weiß schon, in welcher Zeitzone der Himmel liegt? Aber der Raum, in dem ich lag, entsprach nicht einmal annähernd irgendwelchen himmlischen Klischeebildern. Keine weißgewandeten Engel schwebten huldvoll lächelnd und lieblich singend auf Wolkenbänken. Stattdessen sah ich ein schwarzes Mädchen, das schnarchend in einem Drehsessel mit hoher Rückenlehne saß. Auf dem Boden vor ihr lag ein Buch.

Ich wusste sofort, dass ich tot war, weil ich das Mädchen klar und deutlich sehen konnte, obwohl ich meine Brille nicht aufhatte. Ich konnte sogar den Titel des Buchs lesen (*Brown Girl, Brownstones* von Paule Marshall). Überhaupt sah ich alles um mich herum absolut klar. Das Mädchen trug Jeans und ein mit Angorakätzchen bedrucktes T-Shirt. An den Enden ihrer zu vielen Zöpfchen geflochtenen Haare baumelten bunte Perlen. Sie erinnerten mich an das Rechenbrett, das ihr mir geschenkt habt, als ich fünf war.

Ich lag mit einem Laken und einer dünnen Baumwolldecke zugedeckt in einem Einzelbett. Abgesehen von dem Drehsessel war das Bett das einzige Möbelstück in dem fensterlosen Zimmer. An der Decke kreiselte ein Ventilator, an den Wänden hingen abstrakte Gemälde – Kringel, Kleckse, Spritzer. Ich setzte mich auf. Meine nackte Brust kam mir sogar noch weißer vor als sonst, und die bläulichen Adern, die meine Schultern mit einem Marmormuster überzogen, zeichneten sich deutlich unter der Haut ab. Ich linste unter die Decke und sah, dass ich weder eine Schlafanzughose noch eine Unterhose anhatte. Nacktheit an sich stört mich nicht, ein Penis ist genauso wenig Grund zu Verlegenheit wie ein Ohr oder eine Nase. Allerdings heißt das noch lange nicht, dass ich beispielsweise den Duschraum der Helen-Keller als angenehmen Aufenthaltsort empfunden hätte. Erstens war dieser Duschraum eine Brutstätte für das humane Papillomavirus, das unter anderem Dornwarzen hervorruft. Außerdem fand Kevin Stein es dort gleich zweimal zum Brüllen komisch, mein Bein anzupinkeln.

»Tschuldigung? Hallo?«, rief ich dem Mädchen im Drehsessel zu, das erschrocken zusammenfuhr und mich mit großen Augen ansah.

»Darf ich davon ausgehen, dass ich tot bin?«, fragte ich.

Sie hievte sich aus dem Sessel, wobei sie ihren Roman unter das Bett kickte, kam eilig zu mir herüber, ergriff meine Hand und drückte sie. Ich riss sie sofort zurück, weil ich mich, wie ihr wisst, nicht gern anfassen lasse.

»Du bist nicht tot, Herzchen«, sagte sie. »Du bist zwar gegangen, aber du lebst noch.«

»Gegangen?«

»Wir hier sagen nicht ›sterben‹, sondern ›gehen‹, als wäre

man einfach nur woanders hingegangen«, erklärte sie mit einem Lächeln, das eine Lücke zwischen ihren Schneidezähnen enthüllte, durch die man einen Strohhalm hätte stecken können. Als sie sich auf die Bettkante setzte, sackte die Matratze unter ihrem Gewicht ein, weil sie ziemlich dick war. Irgendwann einmal hatte ich in der Zeitschrift *Science* einen Artikel über Langlebigkeit gelesen, in dem es hieß, dass schlanke Menschen länger leben, und als Ausgleich für mein löchriges Herz versuchte ich seitdem, mein Leben dadurch zu verlängern, dass ich auf mein Gewicht achtete. Es erübrigt sich zu sagen, dass meine Bemühungen vergeblich waren.

»Vielleicht sollte ich mich erst einmal vorstellen«, sagte das Mädchen. »Ich bin Thelma Rudd und komme ursprünglich aus Wilmington, North Carolina. Meiner Familie gehört das Horseshoe Diner dort.« Dann erkundigte sie sich nach meinem Namen und wollte wissen, wo ich herkäme.

»Oliver Dalrymple aus Hoffman Estates, Illinois«, antwortete ich. »Meine Eltern haben da einen Frisiersalon, er heißt ›Clippers‹.«

»Weißt du, wie es dazu gekommen ist, dass du gegangen bist, Oliver Dalrymple?«

»Ich glaube, der Grund war mein löchriges Herz.«

»Dein was?« Sie sah mich verwirrt an.

»Mein löchriges Herz. Oder anders ausgedrückt: Ich habe ein Loch im Herzen. Ich wurde schon damit geboren.«

»Oh, wie schrecklich.« Sie tätschelte mitfühlend mein Bein.

Dann erklärte sie mir, sie sei Mitglied einer Freiwilligengruppe, die sich »Helfer« nannten. »Ich melde mich immer am liebsten für den Wiedergeburtsdienst hier im Meg-Murry-

Hospital«, sagte sie. »Ich mag es, Neugeborene wie dich bei uns willkommen zu heißen.«

Ich fragte, wie lange so eine »Wiedergeburt« dauere.

»Sie ist schneller vorbei, als du blinzeln kannst«, sagte Thelma und blinzelte mehrmals. »Übrigens hat hier im MegMurry immer irgendein Helfer Bereitschaft, weil wir nie wissen, wann eine neue Sendung ankommt.«

Sie klopfte auf die Matratze, und ich besah mir das Bett mit der zerknitterten Decke und dem Abdruck meines Kopfes auf dem Kissen. Es sah kein bisschen geheimnisvoll oder magisch aus. »Wir liegen plötzlich einfach hier?«, fragte ich.

Thelma nickte und warf mir einen prüfenden Blick aus so tief liegenden Augen zu, dass ich vermutete, auch sie hatte früher eine Brille getragen. »Weißt du, du bist der gelassenste Neugeborene, dem ich je begegnet bin«, sagte sie. »Du würdest nicht glauben, was ich in meinen neunzehn Jahren hier in der Stadt schon alles an hysterischen Anfällen erlebt habe.«

»Deinen neunzehn Jahren?«, rief ich. »Du siehst genauso alt aus wie ich.«

»Bin ich auch. Wir sind alle dreizehn.«

Dieses spezielle Jenseits – »wir nennen es einfach die Stadt« –, erklärte sie mir, sei ausschließlich Amerikanern vorbehalten, die im Alter von dreizehn Jahren gegangen waren. »Wir glauben übrigens, dass es im Himmel noch viele andere Städte gibt, eine für jedes Alter. Also eine für Leute, die mit sechzehn gehen, eine für die Dreiundzwanzigjährigen, eine für die Vierundvierzigjähren und so weiter und so fort.«

»Dreizehn«, sagte ich verwundert. »Ihr seid alle dreizehn?«

»Und wir werden nicht älter. Wir bleiben unser ganzes Nachleben lang dreizehn. Ich sehe noch genauso aus wie vor neunzehn Jahren, als ich herkam.«

Vielleicht findet ihr das jetzt ein bisschen merkwürdig, liebe Eltern, aber dieses Verharren im Hier und Jetzt machte mich trauriger als die Erkenntnis, dass ich tot war. Ich würde nie erwachsen werden, nie studieren, nie als Wissenschaftler arbeiten. Abgesehen davon hatte ich daheim in Amerika mehr unerfreuliche Erfahrungen mit Dreizehnjährigen gemacht, als mir lieb war, und die Nase gestrichen voll von ihnen und ihrer Dummheit, Gehässigkeit und Unreife.

Thelma bemerkte meine plötzliche Niedergeschlagenheit. »Aber wir werden klüger, je länger wir hier sind«, versuchte sie, mich zu trösten. »Na ja, zumindest einige von uns.«

»Die Nachwelt dem Alter entsprechend einzuteilen ist schon logisch«, antwortete ich, um kein Spielverderber zu sein. »Denn wenn alle Toten an ein und demselben Ort untergebracht wären, wäre es hier schrecklich überbevölkert.«

Dann fragte ich: »Bleiben wir eigentlich bis in alle Ewigkeit hier?«

Sie schüttelte den Kopf. »Nein, nur fünfzig Jahre. Wenn die fünfzig Jahre um sind, schlafen wir eines Abends ein und wachen nicht wieder auf. Wir verschwinden über Nacht. Das einzige, was von uns zurückbleibt, sind unsere Pyjamas.«

»Oh«, machte ich. »Und wo kommen wir dann hin?«

»Manche meinen, wir erreichen eine höhere Himmelsebene. Eine mit besserem Essen, besseren sanitären Anlagen und sonnigerem Wetter«, antwortete Thelma. »Andere glauben, dass wir in Amerika wiedergeboren werden. Aber wir wissen es nicht wirklich.«

Sie stand auf, öffnete die Tür eines begehbaren Schranks,

kam mit einer Jeans, mehreren T-Shirts, Boxershorts und Socken zurück und legte sie aufs Bett.

»Welche Schuhgröße hast du?«

»Achtunddreißig.«

Sie verschwand noch einmal im Schrank, um Schuhe für mich zu suchen.

»Hättest du vielleicht Collegeschuhe?«, fragte ich, weil du, liebe Mutter, mir immer Collegeschuhe gekauft hast.

»Lederschuhe kannst du vergessen«, rief Thelma. »Leder wird schließlich aus toten Tieren gemacht, und im Himmel gibt es überhaupt nichts Totes.«

Während sie im Schrank herumkramte, stieg ich in die Boxershorts und in die Jeans, die mit roten, weißen und blauen Flicken besetzt war, wahrscheinlich ein Überbleibsel der Zweihundertjahrfeier vor drei Jahren. »Und es kommen nur Amerikaner her?«, fragte ich.

»Yep. Keine Ausländer. Nur Kids, die in den Vereinigten Staaten gelebt haben.«

Ich dachte an die absurden Science-Fiction-Filme, in denen die Bewohner ferner Planeten immer fließendes amerikanisches Englisch sprachen, nie Schwedisch oder Suaheli.

»Und was ist mit den unterschiedlichen Religionen?«, fragte ich, während ich ein gebatiktes T-Shirt aus den rund Dutzend auf dem Bett herausfischte und anzog.

»Keine Trennung nach Religionen. Es gibt bei uns absolut alles. Baptisten, Katholiken, Mormonen, Juden, Zeugen Jehovas. Was immer dir einfällt, Herzchen, wir haben es.«

Sie kam mit einem schäbigen Paar Turnschuhe zum Vorschein, auf deren Kappen jemand mit Tinte die Buchstaben L und R gekritzelt hatte, und hielt sie mir hin. »Was bist du?«

»Atheist.«

Sie lachte laut auf. »Ich bin auch nicht immer so ganz von der Existenz eines höheren Wesens überzeugt«, grinste sie.

Ich setzte mich aufs Bett und zog die Turnschuhe an. Thelma ließ sich neben mich fallen und zupfte ein paar Flusen von meinem T-Shirt.

»Im Ernst, ich bin zwar nicht religiös, aber doch irgendwie spirituell«, ergänzte sie. »Bist du spirituell, Oliver?«

»Ich hatte in meinem ganzen Leben noch keinen einzigen spirituellen Tag.«

Sie schenkte mir ihr Zahnlückenlächeln. »Tja, dein ganzes *amerikanisches* Leben ist vorbei, Herzchen«, sagte sie. »Aber dein Nachleben fängt gerade erst an. Vielleicht findest du ja hier ein bisschen Spiritualität.«

2 4.00

He

Helium

Was meinen die Leute eigentlich mit Spiritualität? Meinen sie, dass sie tief in ihrem Inneren um die Existenz einer höheren Macht wissen, die ihr Leben lenkt und leitet und die Welt um sie herum steuert? Oder meinen sie einfach nur, dass Schönheit sie mit Staunen und Ehrfurcht erfüllt? Die Schönheit eines Cellokonzerts in e-Moll zum Beispiel (eines deiner Lieblingsstücke, Mutter) oder die der übereinander geschichteten Lagen aus Schluffstein, Ton und Schiefer, aus denen die Painted Desert, deine Lieblinglingswüste, Vater, besteht.

Erinnert ihr euch noch an die Aurora Borealis, die wir auf dem Kreuzfahrtschiff nach Alaska sahen, und wie ergriffen wir waren, als Gaspartikel aus unserer Atmosphäre mit aufgeladenen Sonnenpartikeln zusammenstießen und Bögen aus geisterhaft grünem und rosa Licht schufen, die den sternengesprenkelten Hintergrund des nächtlichen Himmels überspannten? Doch nicht einen Moment empfanden wir die Art von Spiritualität, die einen denken lässt, dass ein Gott (beispielsweise ein pausbäckiger Zeus mit lockigen Haaren) mit einem Sortiment farbiger Taschenlampen hinter einer Wolke sitzt und den Himmel damit ausleuchtet.

Religiöse Menschen denken nie an himmlische Toiletten oder himmlische Zahnpasten, malen sich aber oft Landschaften aus. Sie stellen sich dahinplätschernde Bächlein vor, schneebedeckte Bergspitzen, rauschende Wasserfälle und sattgrüne Wälder. Sie stellen sich Orte vor, wo die Schönheit der Natur sie geradezu überwältigt.

Vergesst die Bächlein, die Berge, die Wasserfälle und die Wälder. Wenn ihr wissen wollt, wie es hier bei uns aussieht, stellt euch eine riesige Sozialsiedlung vor. Die dreistöckigen Backsteinbauten, in denen wir untergebracht sind, erinnern an niedrige Miethäuser. Alle anderen Gebäude – die Schulen, Bibliotheken, Cafeterias, Gemeindezentren, Lagerhäuser – sind hässliche, aber solide Gebilde, ähnlich den öffentlichen Gebäuden daheim in Illinois, allerdings mit einem großen Unterschied.

Unsere Gebäude können sich *selbst reparieren.*

Mit der Zeit schließen sich Risse in Wänden, schiefe Treppenstufen werden wieder gerade, lose Bodenbretter sind irgendwann wieder fest. Wenn jemand versehentlich einen Ball durch eine Fensterscheibe schießt, wächst die Scheibe im Lauf der Wochen wieder zusammen. Gelegentlich schlägt ein gelangweilter Stadt-Bewohner das Fenster seines Zimmers absichtlich ein, nur um zu sehen, wie das Glas langsam wieder nachwächst.

Drei Wochen nach meiner Ankunft zerbrach auch ich absichtlich eine Fensterscheibe, aber nicht aus Langeweile, sondern um ein Experiment durchzuführen. Da ich keinen Außenlärm in meinem Zimmer haben wollte, weil ich nicht sehr fest schlafe, schlug ich mit einem Hammer das Fenster eines Schuppens oben auf dem Dach meines Wohnheims ein, dem Frank-and-Joe-Hardy-Wohnheim, das natürlich nach den berühmten Hardy Boys benannt ist. Morgens gehe ich immer als Erstes aufs Dach, um den Sonnenaufgang zu betrachten und zu kontrollieren, wie schnell sich das Glas im Fensterrahmen schließt. Mit einem Lineal messe ich das

Tageswachstum, um zu sehen, ob es konstant ist. Bislang nicht: an manchen Tagen wächst das Glas zwei Zentimeter, an anderen fünf oder mehr. Alles sehr rätselhaft.

Mit einem Taschenmesser habe ich mir diese Woche einen Schnitt am linken Unterarm zugefügt. Keine Sorge, liebe Eltern. Es war nur ein Experiment, um herauszufinden, wie viele Tage es dauert, bis die Wunde gänzlich verheilt und nichts mehr davon zu sehen ist. Anscheinend verlaufen Heilungsprozesse in unserem Himmel schneller als normal. Außerdem sind wir immun gegen ernsthafte Erkrankungen, sodass Kinder, die beispielsweise an Leukämie starben, keine Angst zu haben brauchen, erneut leiden zu müssen. Auch Blindheit und Taubheit existieren nicht. Könnt ihr euch vorstellen, wie verblüfft und verwirrt eine Helen Keller wäre, würde sie in einer Welt aufwachen, in der sie sowohl sehen als auch hören kann?

Ob die Stadt mich beeindruckt? Ja, oft tut sie das. Aber in dem einen Monat meines Hierseins habe ich kaum jemanden kennengelernt, der mein Staunen über so banale Dinge wie Toiletten, Lichtschalter und Müllschlucker teilt. Wenn man die Toilettenspülung betätigt, wohin verschwindet dann der Urin? Wenn man die Schreibtischlampe anknipst, wo kommt der Strom dafür her? Wenn man eine leere Ananasdose in den Müllschlucker wirft, wie tief fällt sie dann?

Einige Stadt-Bewohner behaupten, dass unser Müll bis ganz nach Amerika hinunterplumpst. Sie glauben, dass die Müllschlucker eine Art Portal zurück nach Hause sind und es vielleicht auch noch andere Tunnel gibt, die nach Amerika führen. Ich selbst brauche unumstößliche Beweise, ehe ich an so etwas glauben kann. Deshalb habe ich, um die Tiefe der Schlucker zu testen, neulich einen Strandeimer an einer

Schnur hinuntergelassen. Obwohl ich auf allen drei Stockwerken des Frank-and-Joe Zettel mit der Bitte um Rücksicht auf mein Experiment aufgehängt hatte, kümmerten sich meine Mitbewohner nicht darum und warfen ihre Mülltüten trotzdem in den Schlucker, mit dem Ergebnis, dass mein Eimer sich losriss und mein Experiment ruiniert war. Aber das ist nicht weiter schlimm. Ich werde es irgendwann noch einmal versuchen.

Als Fortbewegungsmittel dienen uns Zehngangräder. Oft ist die Farbe abgeblättert und die Ketten springen gerne einmal ab, aber sie erfüllen ihren Zweck und bringen einen von A nach B (das Fahren auf den Bürgersteigen ist übrigens verboten). Die Fahrräder gehören allen gemeinsam; anders ausgedrückt dürfen wir uns nicht als *Besitzer* eines bestimmten Fahrrads betrachten, das uns vielleicht besonders gut gefällt. Gestern ließ ich mir im Fahrraddepot ein Rad aushändigen und fuhr damit zur Guy-Montag-Bibliothek, um den Nachmittag damit zu verbringen, den Bestand durchzusehen. Wie angewiesen knotete ich ein rotes Band an den Lenker, um zu signalisieren, dass das Rad in Gebrauch ist, aber als ich aus der Bibliothek kam, war es trotzdem weg. Sollte man nicht annehmen, dass gerade Engel sich an Regeln halten und die Finger von Sachen lassen, die ihnen nicht gehören? Aber leider haben die Bewohner der Stadt dieselben Schwächen wie die von Hoffman Estates.

Eine weitere Enttäuschung: Unsere Bibliotheken enthalten ausschließlich erzählende Literatur. Was gäbe ich nicht alles für ein Buch über Entomologie oder Astronomie! Aber nein, ich muss mich mit Krimis, Comics, literarischen Klassikern (es gibt unzählige Exemplare von *Herr der Fliegen*, um nur ein Beispiel zu nennen) und Ratgebern für Heranwachsende begnügen, in denen es um Teenager-Schwangerschaften oder Drogensucht geht. Zugegeben, es gibt in der Stadt keine Insekten, daher hätte ein Buch über Entomologie keinen wirklichen Nutzen, aber andererseits gibt es auch keine Teenager-Schwangerschaften (die einzige hiesige Form der Geburt ist die Wiedergeburt) oder Drogenabhängige (es gibt nicht einmal Marihuana, aber ein Junge in meinem Wohnheim behauptet, dass man auch vom Rauchen von Kamillenteeblättern »high« werden kann).

Überhaupt fehlt es in der Stadt an vielen Dingen, die Amerikaner für selbstverständlich halten, als da wären: Telefone, Fernseher, Zeitungen, Hochhäuser, Autos, Ampeln, Supermärkte, Briefkästen und und und …

Dafür haben wir etwas, was amerikanische Städte normalerweise nicht haben – gigantische Betonmauern. Vier riesige, geschätzte 25 Stock hohe Mauern, Nord-, Süd-, Ost- und Westmauer genannt, umschließen unser Zuhause. Gelegentlich brechen tellergroße Betonbrocken davon ab und zerschellen auf dem Boden. Unten weisen die Mauern zahllose, von künstlerisch veranlagten Kids angefertigte Wandmalereien auf, und manchmal versammeln sich ganze Gruppen von Städtern am Fuß einer Mauer und rufen, schreien oder singen, in der Hoffnung, dass jemand auf der anderen Seite ihnen antwortet. Bis jetzt ist noch nie eine Antwort gekommen.

Unsere Glückszahl ist die dreizehn (wegen unseres Alters). Dementsprechend ist die Stadt in dreizehn Zonen unterteilt, die eine Art Flickenteppich ergeben: Eins, Zwei, Drei, Vier, Fünf etc. (Das Frank-and-Joe liegt übrigens in der Elf, in der Nähe der Nordmauer.) Manche Bewohner glauben, die Stadt sei nichts anderes als ein riesiges Terrarium und wir alle seien im Grunde genommen nur Labormäuse. Sie fragen sich, ob in einem Terrarium weiter südlich dreizehnjährige Mexikaner leben, und in einem weiter nördlich dreizehnjährige Kanadier. Unseren Gott stellen sie sich als Wissenschaftler vor, der in einem von Engeln bevölkerten Labor von gigantischen Ausmaßen endlose Experimente durchführt.

Wie sehr ich mir wünschte, unser Gott wäre tatsächlich Wissenschaftler wie Richard Dawkins oder Jane Goodall. (Wie ich schon oft gesagt habe, seid ihr beide, liebe Eltern, Richard und Jane wie aus dem Gesicht geschnitten, obwohl Mutter immer behauptet, dass sie eher aussieht wie eine blonde Version von Popeyes Freundin Olivia.)

Jedenfalls ist unser Gott meiner Meinung nach absolut kein Wissenschaftler, sondern ein exzentrischer Hippie mit künstlerischer Ader. Wir nennen ihn Zig, weil das hip und groovy klingt (von jetzt an, liebe Eltern, werde ich jedes Mal, wenn von Gott als dem Lenker unseres Himmels die Rede ist, stattdessen »Zig« schreiben). Ich stelle mir Zig hager, langhaarig und bärtig vor, ähnlich wie Jesus oft dargestellt wird, bloß trägt Zig keine langen Gewänder, sondern verwaschene Jeans und mit Gänseblümchen oder Yin-Yang-Symbolen oder ähnlichem bedruckte T-Shirts. Seine Füße stecken in Flip-Flops, die in der Stadt sehr beliebt sind, und in meiner Vorstellung raucht er Marihuana (statt Kamillenteeblätter), brennt Räucherstäbchen ab und trägt Stimmungsringe an mehreren Fingern. Meiner Meinung nach kann er kein richtiger Vollgott sein, weil Götter gemeinhin als unfehlbar gelten, während unser Zig ständig irgendwas vermurkst. So zum Beispiel sind die Toiletten hier andauernd bis zum Überlaufen verstopft, sodass die Städter sagen:

»Zig weiß einen Sch**ß über Sch**ßhäuser.« (Da ihr unflätige Ausdrücke nicht gutheißt, liebe Eltern, setze ich an den entsprechenden Stellen Sternchen ein, um euch nicht zu sehr zu schockieren.)

Zig schickt uns keine Chemiekästen, Astronomiebücher, Winkelmesser oder Periodensysteme, sondern Plakafarben, Pastell- und Malkreiden und Bunt- und Filzstifte, alle in sämtlichen Farbschattierungen. Wir bekommen sogar Kanister mit Sprühfarben (was die Graffiti überall erklärt).

Vater unser, der du *malst* im Himmel (haha).

Außerdem schickt er uns Musikinstrumente – Ukulelen, akustische Gitarren, Posaunen, Geigen, Tamburine und Mundharmonikas. Viele der Kids hier sind ziemlich musikalisch, und ich würde gern bei ihnen mitmachen. Dagegen spricht nur, dass ich total unmusikalisch bin, keinen Ton halten kann und keinerlei Gefühl für Rhythmus habe. Was rede ich denn da? Ich würde natürlich nicht einmal dann bei so etwas mitmachen, wenn ich die Musik im Blut und den satten Bariton eines Opernsängers hätte.

Zig schickt uns auch Sportsachen – Fuß- und Basketbälle, Baseball-, Hockey- und Federballschläger. Ich muss zugeben, dass dieses ganze Zeug mir unheimlich ist. In der Helen-Keller wurde ich beim Sport regelmäßig gedemütigt. Beim Völkerball war ich immer derjenige, der am brutalsten abgeschossen wurde, weshalb ich nie viel für Mannschaftssport übrig hatte.

Überhaupt lautete meine Strategie daheim in Amerika: Distanz halten. Es ist eine Strategie, die ich, so Zig will, auch hier beibehalten werde.

3 6.94

Li

Lithium

In unserem Himmel gibt es keine Kirchen, sondern nur sogenannte »Häuser des Guten«. In meiner fünften Woche in der Stadt schleppt mich Helferin Thelma Rudd zu einer Punschparty in ein solches Haus des Guten, das Jonathan-Livingston. Punschparty klingt für euch vielleicht nach Ausschweifung, aber in unserem Fruchtpunsch gibt es keinen Alkohol. Übrigens hält Thelma im Gegensatz zu mir nicht viel von Distanz und sagt, ich als Neugeborener müsse unter die Leute gehen und Freundschaften schließen, vor allem, da ich noch keinen Zimmergenossen hätte.

»Aber daheim in Hoffman Estates hatte ich auch keine Freunde«, versichere ich ihr. »Und ich habe nie darunter gelitten.«

Sie zieht eine Augenbraue hoch und sagt: »Baby, Baby, du sollst Thelma doch nicht anlügen.«

Also denke ich an meine freundlosen Tage an der Helen-Keller zurück. In Bio hatte ich nie einen Partner, mit dem ich gemeinsam Frösche sezieren konnte. Niemand wollte mit mir zusammenarbeiten, obwohl er oder sie dann garantiert eine 1+ eingeheimst hätte. Bevor ich auf Distanz umschaltete, versuchte ich gelegentlich, insbesondere in der siebten Klasse, Unterhaltungen mit meinen Mitschülern anzufangen. Ich übte sie vor meinem Schlafzimmerspiegel ein, weil ich in der Vergangenheit gelegentlich Dinge gesagt hatte, die andere kränkten oder irritierten. Zu meinem Spiegel sagte ich: »Hallo, Cynthia Orwell. Wie war das heutige Cheerleader-Training? Hast du den Spagat zu deiner Zufriedenheit hinbekommen?« Als ich dasselbe zur realen Cynthia Orwell sagte, rümpfte sie die Nase, als ginge von mir ein unangenehmer Geruch aus, und sagte: »Boo, du Schizo, tu mir einen Gefallen und verp*ss dich, okay?« Daran erkannte ich, dass ich die Kunst des Small Talk nicht wirklich beherrsche. Vielleicht, weil ich im Grunde genommen nicht weiß, was das Ganze eigentlich soll.

Jetzt versuche ich, mir etwas einfallen zu lassen, was ich zu Thelma sagen könnte, während wir den Bürgersteig entlanggehen und Fahrräder auf der Straße an uns vorbeiflitzen. Das Wetter ist immer ein unverfängliches Thema. Ich sehe zum grauen Himmel mit seinen dünnen, zarten Zirruswolken auf. Bis jetzt war jeder Tag hier warm, meiner Schätzung nach so um die 25 bis 30 Grad, nachts vier bis sechs Grad kälter. Ich wäre froh, ich hätte ein Thermometer, aber Thermometer sind auch etwas, ohne das wir hier auskommen müssen, vielleicht weil es keine Extreme zu messen gibt. Das Wetter hier ist immer frühsommerlich.

Leider sind an unserem Himmel keine Vögel zu sehen. In der ganzen Stadt gibt es weder Vögel noch sonstige Tiere (es gibt nicht einmal Insekten), ausgenommen ein sehr gelegentliches Exemplar, das irgendwie zu uns durchgerutscht ist. Vielleicht ist Zig der Meinung, dass wir Amerikaner bei uns zu Hause genug Kreaturen gequält haben.

Thelma und ich biegen in die John-Clayton-Street ein. Alle Straßennamen werden mit Kopiertinte auf in Zellophan gehüllte Pappschilder geschrieben und so wie in manchen europäischen Ländern an die Häuserwände geklebt oder genagelt. Gebäude, Straßen und Parks tragen allesamt die

Namen von Charakteren aus Büchern. Gelegentlich stimmen Anwohner darüber ab, einen Namen zu ändern oder zu aktualisieren. »Übrigens, Oliver«, sagt Thelma, »glaube ich, dass du einen prima Helfer abgeben würdest.«

»Hast du Kamillenteeblätter geraucht? Ich kann doch überhaupt nicht mit anderen umgehen«, antworte ich und bücke mich nach einem Stein, der auf dem Bürgerstein liegt. »Mit Steinen komme ich viel besser zurecht. Dieser kleine Bursche zum Beispiel hat Einlagerungen von Eisenoxid.«

Ungeachtet der Tatsache, dass das Fahrradfahren auf den Bürgersteigen verboten ist, flitzt ein Junge auf einem Rad mit einem brandneuen Bananensattel so dicht an uns vorbei, dass der Lenker Thelma streift. »Kannst du nicht aufpassen, Fettarsch?«, schreit der Junge Thelma an.

Die schnappt sich den eisenoxidierten Stein von meiner Handfläche und macht Anstalten, ihn dem Fahrradfahrer hinterherzuschmeißen, reißt sich aber im letzten Augenblick zusammen, schließt die Augen und murmelt: »Zig, gib mir Kraft.«

Thelma Rudd wohnt auch im Frank-and-Joe, aber einen Stock unter mir, in der zweiten Etage. Der Helferrat hat sie zu meiner Tutorin bestimmt, was heißt, dass sie die Aufgabe hat, sich um mich zu kümmern. Und so schaut sie oft bei mir vorbei, um mich zu fragen, ob ich zurechtkomme. Ich sage immer, dass alles in Ordnung ist (tatsächlich sage ich, dass alles »paletti« ist, weil ihr, liebe Eltern, diesen altmodischen Ausdruck immer benutzt, und jedesmal, wenn ich ihn verwende, stelle ich mir eure Gesichter vor). Thelma beäugt mich oft mit einer Mischung aus Besorgnis und Verwirrung. Anscheinend denkt sie, dass ich ihr etwas verheimliche, denn als ich das letzte Mal »alles paletti« sagte, antwortete sie: »Sag Mama die Wahrheit.«

Einige der älteren Mädchen – mit »älter« meine ich die dreizehnjährigen Mädchen, die seit zwanzig Jahren oder länger hier sind – nennen sich selbst Mama und verhalten sich Neugeborenen gegenüber mütterlich. Sie nähen Flicken auf ihre Hosen, bringen ihnen Vollkornkekse zum Frühstück, um ihre Verdauung anzuregen, und nennen sie Schätzchen, Herzchen, Baby oder Kleiner.

Seit ich Thelma erzählt habe, dass du, Mutter, gerne Jazzklassiker hörst, singt sie mir vor dem Schlafengehen Klassiker der amerikanischen Unterhaltungsmusik vor. Ich bin zwar über das Schlafliedalter hinaus, aber in Thelmas Augen bin ich noch ein Neugeborener. Gestern Abend entschied sie sich für Cole Porters »Begin the Beguine«.

In der Merricat-Blackwood-Street bleibt Thelma vor einem Lagerhaus stehen, in dem Dutzende von Städtern scheppernde Einkaufswagen voller Konservendosen mit grünen Bohnen, Mais, Birnen und Kichererbsen durch die Gegend schieben.

»Anscheinend ist gerade eine neue Lieferung angekommen«, sagt Thelma.

Ich frage sie, ob wir einen Moment reingehen können, weil ich noch nie in so einem Lebensmittel-Lagerhaus war. Es ist ungefähr so groß wie die Turnhalle der Helen-Keller, aber anstelle der gestuften Sitzreihen ringsum gibt es hier Lagerregale aus Metall, die so hoch sind, dass man Leitern braucht, um die oberen Borde zu erreichen. Die Regale sind so etwas wie Wiedergeburtsbetten für Konservendosen, Frühstücksflockenschachteln, Reistüten, Nudeln, Kartoffeln, Möhren, Äpfel und all die anderen simplen Sachen, die es bei uns gibt. Alles ist vegetarisch, weil Fleisch, wie Thelma sagen würde, Tod bedeutet, und in der Stadt kann es nichts wirklich Totes geben.

»Erscheinen die Lebensmittel wie aus heiterem Himmel?«, frage ich Thelma. »Wie die Neugeborenen?«

»Yep. Aber erst, wenn wir die letzte Lieferung restlos aufgebraucht haben.«

Wir verlassen das Lagerhaus und gehen weiter zum Jonathan-Livingston-Haus-des-Guten. Es erweist sich als eine Art Gemeindezentrum mit Möbeln, die aus einem Ramschverkauf zu stammen scheinen. Der winzige Kühlschrank und der ebenso winzige Herd in der Miniküche sind eingedellt. Die Holzstühle, die überall im Raum herumstehen, passen nicht zueinander und sind völlig zerschrammt und zerkratzt. Als Couchtisch dient ein ramponierter Schiffskoffer mit herunterbaumelnden Kunstledergriffen. Auf der schäbigen karierten Couch, auf der Thelma und ich Platz nehmen, verbergen Decken die Stellen, aus denen die Füllung quillt. Über der Couch hängt eine Kuckucksuhr ohne Zeiger. Alle paar Minuten klappt ein kleiner Fensterladen auf und eine leere Plattform fährt heraus und verschwindet dann wieder im Inneren.

Die meisten Anwesenden im Haus des Guten tragen die gleiche violette Armbinde, die auch Thelma um ihren linken Oberarm geschlungen hat. Sie ist das Symbol der Helfer. Abgesehen davon laufen die Helfer herum wie alle anderen auch, in Jeans und T-Shirt.

Genau wie die Jungen im Frank-and-Joe haben auch die hier Versammelten völlig verschnittene Haare, da es in der Stadt keine Friseure gibt. Also schneiden sie sich gegenseitig die Haare, was dazu führt, dass manche hier und da kahle

Stellen haben. Ihr als Friseure, liebe Eltern, wärt entsetzt. Immerhin wachsen Haare im Himmel schneller nach, so wie auch Wunden und sonstige Verletzungen schneller heilen.

Die Frisuren der Mädchen sind weniger verhunzt, weil die meisten ihre Haare einfach wachsen lassen. Das Mädchen, das sich jetzt zu Thelma und mir setzt, hat dichte, lange, goldblonde Locken wie aus einer amerikanischen Shampoo-Werbung. Thelma stellt sie mir als Esther Haglund vor. Aber Esther Haglund käme nie für eine Shampoo-Werbung infrage, weil sie nämlich ein Zwerg ist, allerdings ein ziemlich großer (sie ist vielleicht vierzig Zentimeter kleiner als ich), mit dem vergrößerten Schädel und der vorgewölbten Stirn, die für Zwerge typisch sind.

»Esther ist noch in der Ausbildung zur Helferin«, erklärt Thelma. »Deshalb ist ihre Armbinde hellviolett.«

»Sie ist lila«, sagt Esther und berührt die Binde um ihren linken Oberarm. »Ich habe sie selbst gestrickt.«

Thelma deutet auf Esthers Faltenrock. »Esther macht all ihre Kleider selbst.«

Ich starre sie einfach nur an. Sie ist der erste Zwerg, den ich persönlich kennenlerne.

»Wie gefällt es dir bis jetzt, Helferin in Ausbildung zu sein?«, erkundigt sich Thelma bei Esther.

»Ich will mich ja nicht beklagen, Thelma«, legt Esther los, »aber ich schwöre bei Zig, dass die anderen in meinem Wohnheim manchmal richtige Schweine sind. Ich mache ihnen was zu essen, organisiere ihre Stundenpläne, biete ihnen eine Schulter, an der sie sich ausweinen können, und stopfe sogar ihre blöden Socken, und was machen sie? Sie verwandeln die Küche in einen zigverdammten Saustall und erwarten, dass ich hinter ihnen herräume. Einer hat doch glatt zu mir gesagt: ›Ihr Helfer lebt doch für so 'ne Sch**ße.‹

Thelma schüttelt den Kopf.

Esther merkt, dass ich sie anstarre. »Hast du vielleicht eine Frage, Oliver?«, will sie wissen.

»Ja, Esther, habe ich. Ich wüsste gern, unter welcher Form von Zwergentum du leidest.«

»*Leidest*?« Esthers Augen quellen bedrohlich vor. »Was, zum Teufel, meinst du denn damit?«

»Nur, dass ich mich im Augenblick nicht an die verschiedenen Arten von Zwergentum erinneren kann, die – «

Thelma unterbricht mich. »Er ist ein *Neuling*, Esther.«

»Ist mir piepegal, ob er ein Neuling oder ein Oldie ist. Seine Frage ist schlichtweg unverschämt.« An mich gewandt setzt sie hinzu. »Es heißt nicht ›Zwerg‹, sondern ›kleinwüchsig‹. Hast du das kapiert?«

Ich nicke.

Esther schnappt sich ihr Glas vom Beistelltisch und verschwindet mit ihrem o-beinigen Gang in der Menge der Helfer.

»Sieht so aus, als hätte ich gerade eine neue Freundin gefunden«, sage ich zu Thelma. (Bitte beachtet, liebe Eltern, dass es sich bei dieser Bemerkung um echte Ironie handelt.)

Thelma tätschelt mein Bein. »Mach dir nichts draus.«

»Ich wüsste trotzdem gern, wieso Zig nichts für Zwerge tut«, sage ich. »Schließlich kann er auch Krebs und Blindheit heilen.«

»Kleinwüchsig zu sein ist keine Krankheit, Oliver. Es gibt nichts zu heilen.«

Ich denke darüber nach und frage dann: »Und was ist mit Kindern mit Downsyndrom?«

»Also, manche hier sagen, dass zurückgebliebene Kinder ein bisschen schlauer hier ankommen, um ihnen das Nachleben zu erleichtern.«

»Zig passt ihren IQ nach oben an?«

»Glauben manche. Aber keiner weiß, ob es stimmt.«

Mir kommt ein beängstigender Gedanke: Vielleicht hat Zig meinen IQ nach *unten* angepasst. Vielleicht war mein IQ daheim in Hoffman Estates zu hoch. Vielleicht hat dieser IQ verhindert, dass ich normal mit Gleichaltrigen interagieren konnte. Mr Miller, mein alter Englischlehrer, sagte einmal: »Oliver, hyperintelligent zu sein ist ein Handicap.« Damals dachte ich, er sei verärgert, weil ich ihn vor der ganzen Klasse verbessert hatte. Er hatte mich so wütend angesehen, dass ich schon dachte, er würde mir den Zeigestock überziehen.

Ich weiß nicht genau, wie hoch mein Intelligenzquotient war, liebe Eltern, weil ihr mich nicht testen lassen wolltet. Ihr wolltet auch nicht, dass ich Klassen übersprang. »Du fällst auch so schon genug auf«, hast du, Vater, argumentiert. Im Nachhinein halte ich eure Entscheidung für wohlüberlegt, denn wenn ich nie Zeit mit Kindern meines eigenen Alters verbracht hätte, wäre ich hier erst recht völlig aufgeschmissen.

Jemand anderes im Haus des Guten zieht meine Aufmerksamkeit auf sich. Es ist ein Junge, der an einem Tisch lehnt, auf dem ein paar Kleinigkeiten zu essen bereitstehen, und ein Stück Möhre mümmelt. Er ist schwarz und hat eine Afrofrisur, vor allem aber hat er helle Flecken an den Armen und im Gesicht, unter anderem einen sternförmigen Fleck mitten auf der Stirn.

Ich weise Thelma auf den Jungen hin.

»Das ist Reginald Washington«, sagt sie, »der Präsident unseres Helferrats.«

»Er hat die Weißfleckenkrankheit«, sage ich. »Sie zerstört die Pigmentzellen der Haut.«

»Er ist so hier angekommen, aber die Flecken haben sich nicht weiter ausgebreitet, seit er hier ist. Er sagt, das ist Zigs Werk. Unter anderem ist er Helfer geworden, weil er Zig dafür danken will.«

Reginald Washington klatscht Aufmerksamkeit heischend in die Hände. Er steht an einem Pult in der Nähe des Tischs mit dem Essen. »Darf ich um eure Aufmerksamkeit bitten, Freunde.«

Dann spricht er über das Helfersein und darüber, wie wichtig es ist, anderen zur Seite zu stehen, statt sich nur mit sich selbst zu beschäftigen und nur um sich selbst zu kreisen. In der Hand hält er ein kleines Megafon, das er benutzt, um einige seiner Aussagen zu verstärken, sodass sie klingen, als kämen sie von Zig. »Seid nett zu anderen, dann sind sie auch nett zu euch!«, donnert er, während die Helfer zustimmend nicken – alle, bis auf Esther, die die Augen verdreht.

Diese Behauptung ist reiner Unsinn, liebe Eltern. Ich will euch ein Beispiel nennen. Einmal war ich so nett, Oscar Stanley und Larry Schultz meine Geometrie-Hausaufgaben abschreiben zu lassen. Und? Waren sie deswegen auch nett zu mir? Absolut nicht! Gleich am nächsten Tag stellten sie mir auf der Außentreppe der Helen-Keller ein Bein, und ich verknackste mir den Knöchel.

Ich höre Reginald nicht mehr zu, sondern ziehe es vor, um mich selbst zu kreisen. Wieder frage ich mich, ob meine geistigen Fähigkeiten im Nachleben nachgelassen haben, und rege mich derart über diese Möglichkeit auf, dass ich richtiggehend anfange, um meine verlorenen Intelligenzpunkte zu trauern. Schließlich entschuldige ich mich und gehe in den Jungswaschraum, wo ich mich auf eine Toilette setze und mir die Elemente des Periodensystems aufsage, bis es mir wieder besser geht.

4 9.01
Be
Beryllium

Gleich zu Anfang, liebe Eltern, möchte ich euch darauf hinweisen, dass es sich bei der nächsten Szene um einen Traum handelt. Ich mag es nicht, wenn Träume, und sei es auch nur für einen kurzen Moment, als Realität ausgegeben werden. Derartige Tricksereien liegen mir nicht, und ich würde euch nie wissentlich täuschen.

Hier also der Traum, den ich in der Nacht der Punschparty träumte: Ich liege im Mittelkreis des leeren Basketballfelds der Helen-Keller. An der einen Wand hängt ein Transparent mit der Aufschrift: »Los, Trojaner, los!« Der Junge, der ich in meinem Traum bin, denkt, er sei in Amerika wiedergeboren worden, weil die Brille auf seiner Nase sitzt und er wieder splitterfasernackt ist. Er steht auf und geht zur Tür der Turnhalle, als sich der Raum binnen eines Augenblicks mit allen möglichen gebrauchten Gegenständen füllt – Sofas, Herden, Fahrrädern, Kisten voller Bücher, Matratzen. So viele Gegenstände stapeln sich um ihn herum, dass er darüber klettern muss, um die Tür zu erreichen. Während er über Kisten hinwegsteigt, die alle denselben Krimi enthalten (*Zehn kleine Negerlein* von Agatha Christie), hört er ein lautes Klopfen an der Tür. Obwohl er Atheist ist, hat er das Gefühl, dass das Klopfen von einer höheren Macht kommt. Er stößt sich den Zeh an und knickt um, als er über das Gerümpel klettert, aber schließlich erreicht er den Ausgang und drückt die Tür auf. Ein blendendes Licht empfängt ihn, und er sagt zu dem Licht: »Hallo? Bist du das, Zig? Ich bin's, Oliver.«

Und eine Stimme antwortet: »Hallo, Oliver.« Damit endet mein Traum. Ich wache auf und merke, dass jemand an meine Zimmertür klopft.

»Oliver? Ich bin's, Thelma.«

»Einen Moment«, murmele ich verschlafen. Nach der Punschparty sagte Thelma, sie müsse zur Nachtschicht im Wiedergeburtsraum des Meg-Murry. Wieso ist sie dann schon wieder hier im Frank-and-Joe?

Ich steige aus dem Bett. Mondlicht fällt durch die offenen Vorhänge. Bei uns ist immer Vollmond, auch so ein Rätsel. Ich knipse die Nachttischlampe an und blinzele in die plötzliche Helligkeit. Die Uhr auf meinem Schreibtisch zeigt Viertel vor drei.

In meinem viel zu großen Schlafanzug schlurfe ich zur Tür. Als ich sie öffne, denke ich einen Moment, ich bin immer noch in meinem Traum von der Helen-Keller, denn neben Thelma Rudd steht ein Junge aus dem Basketballteam der Schule im schwach beleuchteten Flur. Auch ohne Schuluniform erkenne ich ihn sofort.

»Zig hat uns eine späte Sendung geschickt«, sagt Thelma, aber ich beachte sie nicht. Ungläubig starre ich den Jungen an.

»Johnny Henzel?«, frage ich.

Der Junge nickt. Er fixiert mich genauso verblüfft wie ich ihn. Er ist dünner als in Hoffman Estates, und seine extrem kurz geschorenen Haare lassen Ohren frei, von denen eins größer ist als das andere. Seine Wimpern sind so dunkel, dass man denken könnte, sie sind getuscht.

»Hattest du auch ein löchriges Herz?«, frage ich.

»Was?«, fragt Johnny Henzel zurück.

»Bist du hier, weil du auch ein Loch im Herzen hattest?«, formuliere ich meine Frage um. Ich müsste natürlich wissen, dass die Chance zweier Todesfälle aus demselben Grund an derselben Schule innerhalb desselben Schuljahrs unendlich gering ist, aber ich schlafe noch halb.

»Wollen wir nicht reingehen?«, schlägt Thelma vor, aber keiner von uns beiden rührt sich.

Johnny fährt sich mit der Hand über die kurz geschorenen Haare, kratzt sich am Kopf und verzieht schmerzlich das Gesicht. Dann hört er auf, sich zu kratzen, und sagt: »Wir sind nicht an 'nem verf*ckten Herzfehler gestorben, Boo.« Seine Stimme ist rau und zittrig. »Irgendein durchgeknallter Typ hat uns *erschossen.*«

Ein Schrei. Nicht im Flur vor meinem Zimmer, sondern in meinem Kopf. Die Erinnerung an einen Schrei, der durch den Flur der Helen-Keller gellte.

Meine Stimme ist nur ein Flüstern: »Du musst dich irren.«

Johnny Henzel lässt seinen Rucksack fallen, macht einen Schritt auf mich zu und breitet die Arme aus. Er zieht mich an sich und legt seinen verschwitzten Kopf auf meine knochige Schulter. Obwohl ich mich nicht gerne anfassen lasse, obwohl ich nie von irgendwem umarmt wurde, außer von euch beiden, liebe Eltern, mache ich mich nicht los, sondern tätschele Johnny Henzels Rücken so sanft, wie eine Mama es tun würde, während er in meinen Armen schluchzt und schluchzt und schluchzt.

5 10.81

B

Bor

Erinnert ihr euch an eure Lieblingsgeschichte, liebe Eltern? Die über meine Unfähigkeit zu weinen? Die Enzyklopädie-Geschichte? Sie ereignete sich, als ich vier war und wir gerade in den Hill Drive 222 in der Siedlung Sandpits Apartments in Hoffman Estates, Illinois, gezogen waren, weil ihr den dortigen Friseursalon übernehmen wolltet. Ihr hattet mich mit meinen Plastikdinosauriern ins Wohnzimmer gesetzt und wart damit beschäftigt, in der Küche das Geschirr auszupacken. Ein fürchterliches Getöse ließ euch kurz darauf ins Wohnzimmer stürzen, wo sich zeigte, dass das Regal mit der eben erst eingeräumten Enzyklopädie dem Gewicht der zahlreichen Bücher nicht standgehalten hatte. Drei der Borde hatten nachgegeben und die Bände A-Z überall verstreut. Ich saß völlig ungerührt mitten zwischen den Wälzern und betrachtete hingerissen das Gesicht meines Spielzeug-Anklysaurus, eines Dinosauriers mit gepanzertem Körper und knöcherner Schwanzkeule.

»Ein ganzes Regal voller dicker fetter Bücher ist auf unseren kleinen Eierkopf runtergekracht«, hast du, liebe Mutter, immer voller Staunen gesagt. »Und er hat nicht mal einen einzigen Kratzer abbekommen.«

»Unser Sohn hat eben den Schädel eines Anklysaurus!«, fügtest du, lieber Vater, immer hinzu.

Oh, wie ich es geliebt habe, euch diese Geschichte erzählen zu hören! Ich vermisse euch, liebe Eltern. Wegen des

Lochs in meinem Herzens müsst ihr mit meinem frühen Tod gerechnet haben, aber sicher habt ihr nicht damit gerechnet, dass ein Junge mit einer Knarre mein Leben auslöschen würde.

6 12.01
C
Kohlenstoff

Im Gegensatz zu mir starb Johnny Henzel nicht sofort. Nachdem er angeschossen worden war, wurde er ins Schaumburg Medical Center gebracht, wo er nicht mehr aus dem Koma aufwachte. Er erzählt Thelma und mir, dass er, obwohl er nicht bei Bewusstsein war, manchmal hören konnte, was man zu ihm sagte.

»Die Ärzte hatten meine Eltern aufgefordert, mit mir zu reden«, sagt Johnny. »Aber sie haben nie erwähnt, dass ich angeschossen worden war. Wahrscheinlich dachten sie, dass ich dann erst recht nicht wieder gesund würde.«

Es war seine kleine Schwester, die ihm von der Schießerei erzählte. Als die Eltern das Zimmer einmal verließen, um etwas zu essen zu holen, beugte sie sich über Johnnys bandagierten Schädel und flüsterte: »Gunboy hat dich angeschossen!«

»Brenda sagte, meine Eltern würden sich weigern, den Namen des Killers auszusprechen. Sie nannten ihn immer nur ›der Junge mit der Waffe‹. Sie sagte auch, ich solle mir keine Sorgen machen, dieser Junge, Gunboy, könne mir nichts mehr tun, er hätte sich selbst erschossen.«

»Er ist auch tot?«, frage ich erstaunt.

Johnny nickt, formt mit der Hand eine Pistole, hält sie sich an die Schläfe und drückt ab.

Er und Thelma sitzen im Schneidersitz auf dem anderen Bett. Ich sitze auf meinem und drücke das Kopfkissen an mich. Ich glaube, dass ich unter Schock stehe: Ich bin *nicht* gestorben, weil die Anstrengung, die 106 Elemente zu rekapitulieren, zu viel für mein Herz war!

»Und wer ist Gunboy?«, frage ich Johnny, dessen Augen immer noch rot sind vom Weinen.

»Das weiß ich nicht«, antwortet er. »Brenda hat ihn nie wieder erwähnt, sondern immer nur gebettelt, ich soll aufwachen. ›Mach die Augen auf, Johnny! Bitte, mach die Augen auf!‹«

»Wenn es diesen Gunboy wirklich gibt, muss er an unserer Schule gewesen sein«, sage ich. »Und – oh nein! Vielleicht ist er auch dreizehn. Vielleicht wurde er hier bei uns wiedergeboren!«

»Das glaube ich nicht«, sagt Thelma. »Zig mag ja ein bisschen vertrottelt sein, aber ich kann mir nicht vorstellen, dass er einen Killer bei uns einlassen würde.« Sie dreht sich zu Johnny um. »Hast du ihn gesehen?«

»Nicht am Tag der Schießerei. Ich weiß nur, dass ich durch den Flur ging, ohne mich groß um irgendwas zu kümmern. Ich hab Jermaine Tucker, Cynthia Orwell, Larry Shultz und Oscar Stanley gesehen. Und dich, Boo. Du warst an deinem Spind. Danach weiß ich nichts mehr.«

»Wenn wir auf besonders schreckliche Weise sterben, löscht Zig die letzten Sekunden vor unserem Tod manchmal aus«, sagt Thelma. »Zu unserem eigenen Besten.«

»Wahrscheinlich hat Gunboy mich in den Hinterkopf geschossen«, sagt Johnny. »Jedenfalls hat er dich auch erwischt, Boo. Hast du denn nichts gesehen?«

»Ich hab in meinen Spind geguckt«, sage ich. »Könnte sein, dass ich mich an einen Schuss erinnere, und vielleicht sogar an einen Schrei. Aber sicher bin ich mir nicht. Es ist alles total verschwommen.«

»Wer an eurer Schule würde euch zwei denn erschießen wollen?«, fragt Thelma.

Viele meiner früheren Klassenkameraden machten sich einen Spaß daraus, mich zu schikanieren und zu drangsalieren, aber wäre einer von ihnen so weit gegangen, mich von hinten zu erschießen?

Johnnys Augen werden schmal. »Ich glaube, dass Gunboy auch an unserer Schule war. Vielleicht war er ein Neuer.«

»Wie kommst du denn darauf?«, frage ich.

»Weil das Gesicht, das ich in meinen Albträumen sehe, nicht zu einem der Mitschüler gehört, die wir schon länger kennen.«

»Deinen Albträumen?«

»In allen Albträumen, die ich im Krankenhaus hatte, während ich im Koma lag. Der Sch**ßkerl verfolgt mich immer noch. Er gibt einfach keine Ruhe.«

»Also musst du ihn doch wenigstens kurz gesehen haben«, sagt Thelma.

»Der Junge in meinen Träumen hat eine hässliche Visage, einen verschlagenen Blick, riesige Ohren und punkige Haare. Wahrscheinlich ist er mir in den paar Tagen, bevor wir erschossen wurden, ab und zu über den Weg gelaufen.«

Ich versuche, mir den Jungen vorzustellen. Aber ich starb schon am vierten Tag des neuen Schuljahres, daher sind mir irgendwelche neuen Mitschüler möglicherweise gar nicht aufgefallen. Vielleicht war der Junge nicht einmal in meiner Klasse. »Könnte Gunboy nicht auch noch andere Dreizehnjährige erschossen haben?«, frage ich. »Vielleicht sind noch mehr Klassenkameraden von uns hier.«

»Wir könnten die Wiedergeburtsbücher in den verschiedenen Krankenhäusern durchsehen«, sagt Thelma. »Dann wüssten wir, ob Zig uns noch andere Sendungen aus Hoffman Estates, Illinois, geschickt hat.« Sie steht vom Bett auf und tätschelt Johnnys Schulter. »Morgen früh reden wir weiter, Herzblatt. Du musst jetzt schlafen.«

»Wieso?«, frage ich. »Er hat doch gerade erst fünf Wochen im Koma gelegen.«

Thelma geht nicht auf meine Bemerkung ein. Sie kommt zu mir herüber und versucht, mich an ihren großen, weichen Körper zu drücken, aber ich habe für heute Abend mehr als genug Umarmungen über mich ergehen lassen, drehe mich weg und verkrieche mich unter meine Decke. Sie singt ein paar Takte von *In the Still of the Night* und stopft die Decke um mich herum fest.

Als sie weg ist, zieht Johnny sich aus und steigt in den gestreiften Pyjama, den Thelma in seinen Rucksack gestopft hat. Er legt sich hin, und ich überlege, ob er Angst vor dem Einschlafen hat, weil er dann wieder ins Koma fallen oder von Gunboy träumen könnte. Aber ich frage ihn nicht danach, sondern strecke den Arm aus und knipse die Lampe auf meinem Schreibtisch aus. Stumm liegen wir in der Dunkelheit.

Irgendwann sagt Johnny: »Ich bin froh, dass du hier bist, Boo.«

Als ich nicht antworte, fügt er hinzu: »Ich meine nicht, dass ich froh bin, dass du tot bist, oder gegangen, oder was zum Teufel auch immer sie hier dazu sagen. Ich bin einfach nur froh, dass ich nicht allein bin. Ich bin froh, einen Freund bei mir zu haben.«

Einen *Freund*. Er hat mich als seinen Freund bezeichnet. Eigenartig. Daheim in Amerika haben wir kaum je miteinander geredet. Aber schließlich hat Johnny einen Kopfschuss abbekommen, vielleicht hat er die Dinge deshalb nicht so in Erinnerung, wie sie waren.

»Gute Nacht, Johnny.«

»Gute Nacht, Boo.«

Aber es ist keine gute Nacht. Ich bekomme kein Auge zu.

7 14.01
N
Stickstoff

Ihr habt Johnny gekannt, liebe Eltern, er hat unsere *Tribune* ausgetragen. Allerdings kam er so gut wie nie ins Clippers, weil seine Haare schulterlang waren. Wahrscheinlich wurden sie ihm abrasiert, damit die Ärzte seine Kopfverletzung versorgen konnten.

Übrigens habe ich schon in Hoffman Estates damit gerechnet, dass Johnny früh sterben würde. Er war nämlich ein Skitcher. Wisst ihr, was Skitching ist? Es ist ein verbotener winterlicher Zeitvertreib. Man duckt sich hinter ein Auto, das gleich losfahren wird, hält sich an der Stoßstange fest und lässt sich die vereiste Straße entlangziehen.

Johnny liebte Geschwindigkeit, wie die Auszeichnungen beweisen, die er als Sprinter in der Leichtathletikmannschaft gewann. Aber für mich war sein gefährlicher Zeitvertreib Ausdruck einer Art Todessehnsucht. Außerdem war das, was er tat, irgendwie paradox, weil er gleichzeitig Schülerlotse war. Als Skitcher setzte er sich über alle Straßenverkehrsregeln hinweg und riskierte Leib und Leben; als Schülerlotse half er kleineren Kindern, viel befahrene Straßen sicher zu überqueren.

Im Winter vor unserem Gehen wurde ich Zeuge seiner Waghalsigkeit. Wie ihr wisst, stand ich immer früh auf, weil ich mit sechs Stunden Schlaf auskam. Gegen sechs Uhr morgens machte ich meinen üblichen Morgenspaziergang. Johnny war zu dieser Zeit auch schon unterwegs, weil er ja die Zeitungen austragen musste, und ich sah ihn oft mit seinem rostigen, mit *Tribunes* voll bepackten Handkarren in den Sandpits Apartments. Im Winter nahm er anstelle des Handkarrens einen Schlitten.

An einem Tag im Januar stand sein Schlitten vor einem der Mietshäuser am östlichen Rand der Siedlung. Ich nahm an, er sei drinnen, um eine Zeitung abzugeben. Es schneite, eine dünne Schneeschicht hatte sich auf den Zeitungen angesammelt. Ich wischte sie weg, damit die Zeitungen nicht nass wurden.

Manchmal begleitete Johnnys Hund ihn auf seiner Runde, Rover, ein sabbernder Basset mit roten, entzündeten Augen. Ich sah mich nach ihm um, aber er war nicht da. Dabei bemerkte ich einen Kombi, der im Leerlauf vor sich hinbrummte. Der Besitzer hatte das Eis von der Windschutzscheibe gekratzt und stieg gerade wieder ein. Genau in diesem Augenblick schoss eine geduckte Gestalt zwischen zwei geparkten Autos hervor und packte die Stoßstange.

Der Fahrer muss Johnny im Rückspiegel gesehen haben, denn er trat das Gaspedal bis zum Anschlag durch und raste im Zickzack los, wie um Johnny abzuschütteln. Irgendwann musste er loslassen und schlitterte holterdipolter weiter, bis er in ein geparktes Auto krachte.

Ich rannte zu der Stelle, an der er lag. Seine Strickmütze war verrutscht. Schneeflocken klebten an seinen Wimpern, seine Nase lief, seine Wange war mit Druckerschwärze verschmiert.

»Ist es nicht unglaublich toll, Boo?«, fragte er, den Blick in den dämmrigen Himmel gerichtet.

Ich sah zum Himmel auf, der genauso feucht-grafitgrau war wie die Zeitungen auf Johnnys Schlitten.

»Hast du dir wehgetan?«, fragte ich. »Brauchst du ärztliche Hilfe?«

»Leg dich zu mir. Sieh selbst, wie wunderschön es ist.«

»Wir sind in der Meadow Lane, Johnny. Ein Auto könnte uns überfahren.«

»Man lebt nur einmal.« (Wie sehr er sich irrte.)

Ich sah mich um. Niemand in der Nähe. Keine Autoscheinwerfer weit und breit. Der Kombi war längst weg.

Keine Ahnung, wieso ich mich zu Johnny Henzel legte. Ich versuche, alles Unsinnige zu vermeiden, und dieses Tun war nicht nur unsinnig, sondern dazu auch noch gefährlich. Trotzdem tat ich es, vielleicht, weil Johnny so überzeugend klang.

»Spürst du es?«, fragte er, während der Schnee meinen Hosenboden durchnässte.

»Was genau meinst du, Johnny?«

»Mensch, Boo, wie friedvoll es ist!«

»Friedvoll?«

Er hob eine Hand und machte mit Zeige- und Mittelfinger das Peace-Zeichen.

Ich blickte durch dieses V und sah den zarten Umriss einer abnehmenden Mondsichel.

Dann hörten wir eine Autohupe und sprangen auf. Johnny lief zu seinem Zeitungsschlitten und winkte mir mit einer in einem Fäustling steckenden Hand noch einmal zu.

In all den Jahren, die er und ich in den Sandpits Apartments lebten und dieselbe Grundschule und anschließend dieselbe Junior High besuchten, gab es zwischen uns nur wenige Unterhaltungen, die länger dauerten als die mitten auf der Meadow Lane letzten Januar.

Aber in jenem flüchtigen Moment auf der Straße empfand

ich eine gewisse Verbundenheit. Ich weiß nicht, ob ich das Gefühl Freundschaft nennen soll. Irgendetwas war da zwischen uns, aber was genau dieses Etwas war, kann ich nicht sagen.

8 16.00

O

Sauerstoff

Am Morgen nach Johnnys erster Nacht in meinem Zimmer im Wohnheim hebe ich seine Klamotten vom Boden auf und hänge seine Jeans in den Schrank. Ich knülle seine Socken zusammen und werfe sie in eine der Schubladen, die sich unter seinem Bett hervorziehen lassen. Johnny schläft einfach weiter.

Ich sehe mich im Zimmer um. Es ist einfach und ordentlich. Ich habe es nicht »persönlicher« gemacht, abgesehen davon, dass ich eine von mir selbst angefertigte Bleistift- und Tuschezeichnung einer Pflanzenzelle aufgehängt habe. Thelma ist ständig hinter mir her, das Zimmer ein bisschen wohnlicher zu gestalten. Jetzt, wo Johnny im anderen Bett liegt, wirkt es trotz seiner finster gerunzelten Stirn viel persönlicher.

Es ist halb sieben. Ich gehe duschen. Im Spiegel überprüfe ich meinen Rücken auf eine Narbe von einer Schussverletzung, aber nichts. Anschließend gehe ich aufs Dach des Frank-and-Joe, um das Glaswachstum im Schuppenfenster zu messen. Als ich kurz nach sieben wieder ins Zimmer komme, schläft Johnny immer noch. Ich schreibe ihm eine Nachricht: »Lieber Johnny, bin in der Cafeteria, Frühstück holen. Bald wieder zurück. Hoffe, du hast gut geschlafen.« Ich unterschreibe mit »Oliver«, obwohl mir klar ist, dass ich für ihn nie etwas anderes als »Boo« sein werde.

Ich packe Plastikbehälter in eine Papiertüte, um uns Hafergrütze zu holen. Die Stadt-Bewohner sagen Haferschleim und schütteln sich angewidert, weil sie finden, dass das Zeug schleimig schmeckt. Ich verlasse das Wohnheim und nehme die Abkürzung über einen Sportplatz. Drei Jungen kicken lachend einen Fußball hin und her. Ihr habt gut lachen, weil euch niemand erschossen hat, denke ich. Aber dann geht mir auf, wie unfair das ist. Schließlich weiß ich nicht, wie sie gestorben sind, vielleicht war ihr Tod genauso gewaltsam wie meiner.

Auf der anderen Seite des Platzes betrete ich die Sophie-Wender-Schule, in der sich unsere Cafeteria befindet, und muss mich gleich in der Eingangshalle auf eine Bank setzen, weil mir ein Gedanke kommt, bei dem mir ganz flau und mulmig wird. Nämlich ob Gunboys Kugel noch in mir steckt, vielleicht mitten in meinem löchrigen Herzen. Mein Atem geht plötzlich in Stößen. Deshalb fische ich die Plastikbehälter aus meiner Papiertüte und halte mir die Tüte über Nase und Mund. Sie füllt sich mit meinem Atem und schrumpelt zusammen, als ich wieder einatme.

»Alles okay mit dir, Oliver?«

Ich hebe den Kopf. Es ist Esther Haglund.

»Ist dir schlecht?«

Eigentlich will ich sagen, dass alles paletti ist. Aber ich nehme die Tüte von meinem Gesicht und sage stattdessen: »Ich bin ermordet worden.«

»Was?«

»Ich bin ermordet worden«, wiederhole ich. »Irgendjemand, den ich nicht einmal kenne, hat mich erschossen. Wie es aussieht, war ich auf der Stelle tot. Die Kugel muss ein lebenswichtiges Organ getroffen haben – vielleicht hat sie mir auch das Gehirn weggeblasen.«

Ich denke an euch, liebe Eltern. Habt ihr es durch einen Telefonanruf erfahren oder durch einen Besuch der Polizei im Clippers? Aber ich muss solche Gedanken vermeiden, sonst bekomme ich nie wieder Luft.

Esther setzt sich neben mich auf die Bank, während Städter durch die Halle der Sophie-Wender tapsen. Grüppchen von Dreizehnjährigen schubsen sich gegenseitig, lachen und albern herum. Sie sind so unbekümmert wie meine Mitschüler in der Helen-Keller es in dem Augenblick gewesen sein müssen, bevor Gunboy das Feuer eröffnete.

Ich drücke die Tüte wieder vor mein Gesicht und atme mehr Kohlendioxid ein, während Esther mir zusieht. Sie hat weit auseinanderstehende grüne Augen, die ganz schmal geworden sind. Aber sie sagt kein Wort. Sie beherrscht die Kunst des Small Talk genauso wenig wie ich, und das, obwohl sie sich zur Helferin ausbilden lässt.

Ich nehme die Papiertüte herunter. »Du hast schöne Haare«, sage ich, mein Versuch in Sachen Small Talk. »Und ich kenne mich aus, meine Eltern haben einen Friseursalon.«

Sie begutachtet das Ende einer Haarsträhne, so wie man es auf der Suche nach splissigen Haaren tut. Dann streicht sie die Strähne zurück und sieht mir in die Augen. »Es gibt hier eine Selbsthilfegruppe für ermordete Kinder.«

»Eine Selbsthilfegruppe?«

»Sie nennen sich JuMos. JuMo steht für Jugendliche Mordopfer. Blöder Name, wenn du mich fragst. Sie treffen sich und reden drüber, wie sie ›gegangen wurden‹. Über ihre Wut. Ihre Albträume. Was weiß ich.«

Ich muss ein überraschtes Gesicht gemacht haben, denn sie sagt: »Du bist nicht der Einzige hier, der ermordet wurde. Einige der JuMos betrachten ihren Tod als eine Art Auszeichnung und halten sich für was Besseres als wir anderen. Sie spielen sich auf und machen ihre Ermordung gruseliger, als sie es tatsächlich war. Hoffentlich bist du nicht auch so.«

Ich sage, dass ich das bezweifle, allein schon, weil ich meine Ermordung nicht einmal mitbekommen habe. »Trotzdem wäre mir Herzversagen als Todesursache bedeutend lieber«, füge ich hinzu, als ich die Plastikdosen wieder in die Papiertüte packe. Und frage mich, ob Esther, wie bei Zwergen nicht unüblich, auch an Herzversagen gestorben ist.

Ich stehe auf, verabschiede mich und gehe los. Ich muss Johnnys Frühstück besorgen.

Einen Augenblick später ruft Esther: »Warte, Oliver!«

Als ich mich umdrehe, zögert sie erst, dann aber sagt sie: »Achondroplasie«. Es ist ihre und, nebenbei bemerkt, auch die am häufigsten vorkommende Form der Kleinwüchsigkeit.

9 19.00
F
Flour

Hat Zig den Porridge gemacht?«, will Johnny Henzel wissen.

»Nein, das waren Goldlöckchen und die drei Bären«, sage ich. Es ist mein Versuch, humorvoll zu sein, aber Johnny lacht nicht. Er schaufelt sich die Grütze in den Mund und schließt genüsslich die Augen. Okay, schließlich hat er, während er im Koma lag, nichts Richtiges zu essen bekommen.

Wir picknicken auf dem Läufer zwischen unseren Betten. Johnny hat immer noch seinen Schlafanzug an. Weil er so ausgehungert ist, verzichte ich auf mein eigenes Frühstück und überlasse ihm die zweite Portion Grütze, die Cashewnüsse, die getrockneten Aprikosen, die zwei Äpfel und die beiden Muffins, die ich aus der Cafeteria geholt habe. Er lehnt mit dem Rücken am Bett und gibt ab und zu einen lauten Rülpser von sich, weil sein Magen noch nicht wieder an feste Nahrung gewöhnt ist.

Ich beäuge seine Kopfhaut unter den kurzen Haaren. Genau wie ich hat er keine Narbe, die von einer Schussverletzung stammen könnte, Zig muss sich also auch als Schönheitschirurg betätigen.

»Ich wüsste gern, ob mein verdammtes Foto in der Eingangshalle der Schule hängt«, sagt er und erinnert mich daran, wie Oscar Stanley letztes Jahr von einem Auto angefahren wurde. Sein Schulfoto wurde vergrößert und zusammen mit einer riesigen Karte mit Genesungswünschen in der Vitrine ausgestellt. »Dein Foto hängt garantiert auch da«, fügt er hinzu.

Auf meinem letzten Schulfoto trage ich ein T-Shirt mit einem angeblichen Albert-Einstein-Zitat: »Bildung ist das, was übrig bleibt, wenn man alles vergessen hat, was man in der Schule gelernt hat.« Es würde mich schwer wundern, wenn Mr Plumb, unser Direktor, die Aufmerksamkeit auf dieses Zitat lenken würde. Es würde mich auch wundern, wenn die Schule mich überhaupt auf irgendeine Weise ehren würde. Ich gehe davon aus, dass meine Klassenkameraden mich für relativ entbehrlich halten. »Wenn schon einer von uns ins Gras beißen musste, dann am ehesten Boo«, sagten sie vermutlich. Johnny Henzels Tod dagegen hat sicher viel Bedauern hervorgerufen, denn er war nicht nur ein guter Sportler, sondern auch gut in Kunst.

Ich stehe auf, gehe ans Fenster und ziehe den Vorhang beiseite. Da Johnny erst spät nachts ankam, hat er die Stadt noch gar nicht richtig gesehen. Deshalb winke ich ihn zu mir. Er stellt sich neben mich, schaut aus unserem Fenster im dritten Stock und sagt: »Sieht ziemlich runtergekommen aus. Ein bisschen wie Schrottpits.«

Wie ihr wisst, werden die Sandpits Apartments manchmal abfällig ›Schrottpits‹ genannt. Und tatsächlich besteht die Stadt, ähnlich wie Sandpits, hauptsächlich aus relativ niedrigen Gebäuden. »Alles hier ist ziemlich einfach und zweckmäßig gehalten«, sage ich zu Johnny.

»Also kein Land, wo Milch und Honig fließen?«

»Absolut nicht. Tatsächlich kriegen wir weder Milch noch Honig. Wie es aussieht, ist unser Zig so eine Art Veganer.«

Johnny schüttelt ungläubig den Kopf. »Thelma hat gesagt,

dass wir fünfzig besch*ssene Jahre hier festsitzen«, sagt er. »Und dann noch mal abkratzen.«

Ich erzähle ihm, dass manche Städter behaupten, dass wir in den Sekunden vor unserem Wiedertod auf einen Schlag um fünfzig Jahre altern.

Johnnys Augen werden groß.

»Aber ich glaube, das ist Blödsinn. Jedenfalls so lange, bis jemand mir einen Beweis dafür erbringt.«

Wenn ich doch nur eine Kamera hätte, um schlafende Fünfzigjährige aufzunehmen. Es gibt so viele Experimente, die man hier durchführen könnte.

»Und wenn ich aus diesem Fenster fallen würde?«, fragt Johnny mit Blick auf die mickrigen Sträucher und die Pusteblumen auf dem Rasen vor dem Frank-and-Joe.

»Du würdest höchstwahrscheinlich überleben und in ein Krankenhaus gebracht werden.«

Vor Kurzem war ich noch einmal im Meg-Murry, um mich über die Heilungszeiten gebrochener Arme und Beine zu informieren. Ich erkläre Johnny, dass manche Stadt-Bewohner sich verantwortungslos verhalten, bloß weil der Heilungsprozess bei uns so schnell verläuft. Sie rasen wie die Besessenen auf ihren Fahrrädern durch die Gegend, sodass es immer wieder zu schlimmen Unfällen kommt.

Johnny betrachtet die Radfahrer, die auf der Straße unter uns vorbeiflitzen. Er wirkt wie hypnotisiert von dem steten Strom, und ich frage mich, ob ich mich an seine Anwesenheit gewöhnen werde. Ich musste mir noch nie ein Zimmer mit jemandem teilen und kämpfe jetzt schon gegen den Drang an, sein Bett zu machen, damit es so ordentlich aussieht wie meins. Ich kann nur hoffen, dass er seine Unterwäsche nicht einfach auf dem Boden herumliegen lässt, seinen Schreibtisch nicht mit grässlichem Schnickschnack vollrümpelt und keine Malen-nach-Zahlen-Bilder an die Wände hängt.

»Was passiert, wenn wir jemanden umbringen, Boo?«

Wahrscheinlich macht er sich Sorgen, er könnte noch einmal erschossen werden, also sage ich: »Ich glaube nicht, dass es hier Schusswaffen gibt, Johnny.«

Er dreht sich zu mir um. Da ich gerne mindestens einen halben Meter Abstand zu anderen halte, trete ich einen Schritt zurück.

»Ob er hier ist?«, fragt Johnny und sieht mir dabei direkt in die Augen. Seine Iris sind so dunkel, dass seine Augen aussehen, als bestünden sie nur aus Pupillen. Ich weiß sofort, wen er meint.

»Thelma sagt, Zig würde ihn nie reinlassen«, sage ich. »Aber ich habe auch schon überlegt, ob sie sich vielleicht irrt.«

»Wenn Gunboy tatsächlich hier ist, wird er dafür bezahlen, dass wir jetzt nur noch Gerippe in einem Sarg sind.«

»Wie denn bezahlen?«, frage ich.

Johnny legt einen Finger an sein Auge, streckt die Hand aus und versucht, meins zu berühren, aber ich zucke zurück.

»Auge um Auge«, sagt er.

10 20.18
Ne
Neon

Daheim in Amerika ist Johnny Henzel natürlich noch kein Gerippe. Er ist noch nicht lange genug tot, um vollständig verwest zu sein. In einem geschlossenen Sarg braucht ein Körper viele Monate, um sich bis auf die Knochen zu zersetzen. Selbstverständlich hängt der Verwesungsvorgang auch von der Temperatur ab, in den Sommermonaten beschleunigt er sich. Johnnys Augen, die aus weicherem Gewebe bestehen, würden als Erste verrotten. Wäre sein Körper einbalsamiert worden, würde sich die Verwesung über Hunderte von Jahren hinziehen, und hätte man ihn im Permafrostboden von Alaskas Tundra bestattet, könnten Wissenschaftler ihn in dreihundert Jahren ausgraben, auftauen, in unserem Schuljahrbuch nachsehen und mit Leichtigkeit erkennen, welchen Schüler sie vor sich haben.

Wäre ich selbst auf einer Forschungsreise in die Arktis an dem Loch in meinem Herzen gestorben und im ewigen Eis beigesetzt worden, würde es mir nichts ausmachen, Jahrhunderte später von Wissenschaftlern ausgegraben und als Anschauungsobjekt in einer Vitrine ausgestellt zu werden. Tag für Tag in einem Naturkundemuseum zu verbringen, wäre für mich das Paradies.

Auf Onkel Seymours Beerdigung habt ihr, liebe Eltern, gesagt, ihr würdet es vorziehen, euch einäschern zu lassen, daher vermute ich, dass auch ich eingeäschert wurde. Steht meine Asche in einer Keramikurne neben der *Encyclopedia Americana*? Ich hoffe, es lindert euren Schmerz, mich bei euch zu haben. Ich mache mir nämlich Sorgen um euch. Mutter, du bist oft in Gedanken und vergisst, nach rechts und links zu sehen, wenn du auf dem Weg ins Clippers die Straße überquerst. Und du, Vater, darfst auf keinen Fall wieder anfangen, Camels zu rauchen. Denk an Onkel Seymours Lungenkrebs.

Ich frage mich, ob ihr euch vielleicht besser fühlen würdet, wärt ihr Christen, Buddhisten, Mormonen oder Angehörige irgendeiner anderen Religion, die an ein Leben nach dem Tod glaubt. Wäre mein Tod für euch leichter zu verkraften, wenn ihr wüsstet, dass ich am heutigen Halloweenabend in der Aula der Sophie-Wender sitze und mir eine von Engeln inszenierte Vorstellung ansehe?

Es ist Johnnys Geburtstag, aber Geburtstage werden bei uns nicht gefeiert, da wir ja nicht älter werden. Stattdessen feiern wir unsere Wiedergeburtstage, also den Tag, an dem wir in der Stadt eintrafen.

Dreimal dürft ihr raten, als was ich mich für Halloween verkleidet habe?

Ich gebe euch einen Tipp: Denkt an meinen Spitznamen.

Ja, ich gehe als Geist. Ich stecke unter einem weißen Laken, in das Johnny zwei große Löcher für die Augen geschnitten hat. Sein Kostüm besteht nur aus einer schwarzen Augenmaske, wie Bankräuber oder Zorro sie tragen. Johnny war derjenige, der darauf bestand, dass wir uns verkleiden. Außerdem wollte er, dass ich ihm die Haare noch kürzer schneide. Ich mag es nicht, die Haut anderer Leute zu berühren, aber ihre Haare kann ich anfassen, weil Haare, die, wie ihr wisst, hauptsächlich aus Keratin bestehen, tote Materie sind. Das Haareschneiden scheint mir übrigens im Blut zu liegen, weil ich meine Sache richtig gut gemacht habe.

Wir sind beileibe nicht die einzigen Städter, die sich für den heutigen Abend kostümiert haben. Aber Johnny und ich haben uns nicht nur wegen Halloween verkleidet, sondern auch, weil Johnny denkt, wir könnten Gunboy über den Weg laufen. An Halloween nehmen die Städter nämlich oft weite Wege auf sich.

»Falls er hier ist, will er garantiert nicht von uns erkannt werden«, sagte Johnny vorhin im Frank-and-Joe. »Und wenn *er* uns erkennt, geht er vielleicht wieder auf uns los. Wir müssen *ihn* erwischen, bevor er uns erwischt.«

Deshalb guckt sich Johnny ständig in der Aula der Sophie-Wender um und sucht die Menge nach einem Jungen mit braunen Haaren und abstehenden Ohren ab – dem Jungen, den er auch hier in der Stadt immer noch in seinen Albträumen sieht. (Seit er vor zweieinhalb Wochen mein Zimmergenosse wurde, hat er mehrmals im Schlaf geschrien. Es erübrigt sich zu sagen, dass meine Schlaflosigkeit mir wieder sehr zu schaffen macht.)

»Es gibt Dutzende von Jungen mit braunen Haaren und abstehenden Ohren«, sage ich zu Johnny.

Wir sitzen am Gang, damit wir uns leichter an Gunboy anpirschen können, sollte Johnny ihn entdecken. Unser Mörder ist sicher auch verkleidet, sagt Johnny. Möglicherweise als Pirat mit Augenklappe, als Frankensteins Monster mit Bolzen im Hals, oder als Sensenmann (der Sensenmann, den ich sehe, schwingt statt der Sense einen Saugstampfer). Wie ihr euch vorstellen könnt, sind Zombies als Verkleidung sehr beliebt, schließlich sind wir ja lebende Tote (haha). Zombies haben weiß geschminkte Gesichter und dick mit

Ruß umrandete Augen. Sie schmieren sich Weißleim (Polyvinylazetat) in die Haare, damit sie abstehen, und tragen verwaschene, ausgefranste Jeans, die nur bis zur Oberschenkelmitte reichen.

Die Kostüme sind alle selbst gemacht, weil Zig uns keine fertigen Halloweenkostüme und Masken liefert, wie man sie in amerikanischen Geschäften kaufen kann. Stattdessen liefert er uns Stoffballen und Nähmaschinen, damit wir uns Kostüme für Theatervorstellungen und Halloweenparties schneidern können.

Halloween ist ein wichtiger hiesiger Feiertag, in etwa so wichtig wie Silvester. Überall sieht man künstliches Blut aus Acrylfarbe oder Ketchup. Es tropft aus Kopfverletzungen, rieselt über Wangen, durchtränkt T-Shirts. Mir wird davon nicht schlecht. Selbst wenn das Blut echt wäre, würde ich nicht mit der Wimper zucken. Wisst ihr noch, wie meine Klassenkameraden und ich uns in der sechsten Klasse in den Finger pieksen mussten, um unsere Blutgruppe und unseren Rhesusfaktor zu bestimmen? Einige meiner Mitschüler wurden dabei kreidebleich, ein paar kippten sogar fast um. Ich selbst wurde nicht kreidebleich – jedenfalls nicht kreidebleicher als sonst. Ich rechnete damit, eine seltene Blutgruppe zu haben, und war folglich nicht überrascht, als sich herausstellte, dass meine AB positiv ist.

Ich entdecke Esther Haglund. Sie steht im Mittelgang und sieht sich nach einem Sitzplatz um, denn das Halloweenprogramm fängt gleich an. Esthers Haare sind perfekt frisiert und toupiert und fallen in weichen Wellen über ihre mächtige Stirn. Ihre Bluse ist mit Glitzerpailletten besetzt. Sie quetscht sich in unsere Reihe und setzt sich auf den freien Platz neben mir.

»Hallo Esther«, sage ich. »Wie geht es dir an diesem schönen Abend?«

Sie späht durch die Augenlöcher in meinem Laken. »Bist du das, Oliver?«

»Ja. Ich bin ein Geist. Und als was bist du verkleidet?«

»Eine Neue in meinem Wohnheim hat mir diese grässliche Frisur verpasst«, sagt sie. »Ich bin anscheinend eine Schauspielerin, die in einer Fernsehserie eine Privatdetektivin spielt und ein Engel ist. An den Namen kann ich mich nicht erinnern. Ich bin ja schon 1968 gegangen und kenne mich mit modernen Fernsehserien nicht aus.«

Ich sage, dass wir zu Hause meistens nur die öffentlichen Sender geguckt haben, weil meine Eltern fanden, die kommerziellen Sender seien schlecht für die Seele. Anscheinend könnt ihr beide Atheisten sein und trotzdem Worte wie »Seele« benutzen. (Ist nur ein Scherz.)

Ich mache Johnny und Esther miteinander bekannt und frage ihn, ob er die Schauspielerin kennt, die Esther darstellen soll.

»Mann! Boo! Willste mich auf'n Arm nehmen? Die Blödkuh Farrah Fawcett natürlich. Wo hast du bloß gelebt, Mann?«

Im Gegensatz zu euch, liebe Eltern, stört es mich nicht, wenn jemand flucht. Worte wie »*rschloch«, »Sch**ße« und »F*tze« sind nur unterschiedliche Anordnungen derselben 26 Buchstaben des Alphabets. Für mich klingt »Schw*nzlutscher« nicht anstößiger als »Rasenmäher« oder »Autoaufkleber«. (Allerdings weise ich Johnny darauf hin, dass er sich, wenn er schon flucht, zumindest korrekt ausdrücken soll. »Es heißt natürlich, ›willst du mich auf den Arm nehmen‹«, sage ich zu ihm, »und außerdem muss es ›blöde Kuh‹ und nicht ›Blödkuh‹ heißen.«)

»Überhaupt drücken sich alle hier grauenhaft aus«, füge ich hinzu. »Wahrscheinlich liegt es daran, dass es keine Erwachsenen gibt, die als grammatikalische Vorbilder dienen könnten.«

Johnny sieht mich an, als würde er mir am liebsten eine scheuern. »Mann, Boo, musst du wirklich *immer* so verdammt klugsch**ßerisch sein?«

»Liegt vielleicht an meinen Genen«, sage ich.

Johnny lacht nicht über meinen Witz.

Ich wende mich an Esther. »Weißt du eigentlich, was genau heute auf dem Programm steht? Ich weiß, dass Thelma auftritt, aber sie hat mir nicht gesagt, worum es in dem Stück geht. Anscheinend soll es eine Überraschung sein.«

»Es ist eine Nachstellung«, sagt Esther und verdreht die großen Augen unter ihrem Haarwust. »Mach dich also auf einen Haufen Schmerz und Leid gefasst.«

»Was ist denn eine Nachstellung?«, fragt Johnny.

»Thelma ist doch ein JuMo«, erklärt Esther. »Sie spielt ihre Ermordung nach.«

11 22.99
Na
Natrium

Thelma Rudd ist als Kuh verkleidet. Ihr Kostüm ist ein dick wattierter weißer Schneeanzug mit aufgenähten schwarzen Filzflicken. Wo um alles in der Welt hat sie diesen Schneeanzug bloß aufgetrieben? Auf ihrem Kopf sitzt eine Kappe mit daran befestigten Kuhohren, eins schwarz, eins weiß, aber der Teil des Kostüms, der das Publikum zum Lachen bringt, befindet sich in Leistenhöhe – das Euter. Die vier Zitzen sehen aus, als seien sie aus rosa Luftballons gemacht.

Thelma steht am vorderen Rand der Bühne und wedelt mit ihrem Schwanz, der wie bei einer Marionette an einer Schnur befestigt ist, die in Richtung Decke verschwindet.

Im Hintergrund der Bühne, im Halbdunkel, stehen vier Bäume. Ich vermute, dass sie aus Drahtgeflecht und Pappmaché gemacht sind und ihre Blätter aus grünem Bastelpapier oder Filz bestehen. Hinter jedem der Stämme tritt ein Junge hervor. Die vier Jungen stellen sich mit auf dem Rücken versteckten Armen ein paar Meter hinter Thelma auf. Sie sind groß – groß und muskulös – und sehen älter aus als dreizehn, obwohl sie das natürlich nicht sind.

»Muh! Muh!«, ruft einer von ihnen. Ein zweiter fällt ein, dann noch einer, bis sie alle muhen. Immer lauter und lauter. *»MUUUHHH! MUUUHHH! MUUUHHH!«*

Thelma lächelt liebreizend. Im Publikum wird nervös gekichert.

Neben mir flüstert Esther: »Ich kann mir das nicht ansehen.«

Die weißen Jungen schieben sich näher an Thelma heran, umzingeln sie. Sie haben dünne Stöcke in den Händen, mit denen sie sie in den Rücken, ins Hinterteil, in den Euter pieksen.

»Allmählich krieg ich Hunger«, sagt einer der Jungen. »Ich könnt 'nen Burger vertragen.«

»Die Kuh da ist dick genug, um 'ne ganze Armee zu ernähren«, sagt ein anderer.

»Ich wette, sie gibt *Schoko*milch«, sagt der Dritte.

»Knüpfen wir sie auf«, sagt der Vierte.

Drei der Jungen pieksen weiter auf Thelma ein, während der vierte so tut, als würde er etwas in die Luft werfen. Von der Decke senkt sich ein Seil mit einer Schlinge herab.

Einer der Jungen sagt: »Sie ist zu fett. Der verdammte Ast wird nicht halten.«

Die Schlinge senkt sich langsam immer tiefer, ebenso langsam wird das Licht abgedunkelt. Als die Schlinge Thelma berührt, ist nur noch ein einziger Scheinwerfer an, der auf ihr Gesicht gerichtet ist.

»Dieses eine Mal in meinem kurzen Leben war ich nicht fett genug«, sagt Thelma und legt sich die Schlinge um den Hals. »Der Ast hielt.«

Dann wird es vollständig dunkel. Wir hören, wie die Schauspieler die Bühne verlassen.

Neben mir flüstert Esther: »Ist es vorbei? Kann ich die Augen wieder aufmachen?«

Aber es ist nicht vorbei. Auf der Bühne fängt jemand an zu singen. Es ist Thelma. Sie ist geblieben.

Der Song, den sie singt, ist einer eurer Lieblingssongs,

liebe Eltern. Er ist von Billie Holiday und handelt von vorquellenden Augen, verzerrten Mündern, Blut auf Blättern. Er handelt von seltsamen Früchten, die an Pappeln hängen.

12 24.31

Mg

Magnesium

Als alle Darbietungen vorbei sind, ziehen wir in die Turnhalle der Sophie-Wender um, wo schwarze und orangefarbene Luftschlangen von der Decke hängen und Luftballons über den Boden hüpfen. In einer Ecke wartet eine Gruppe von Städtern mit Messern auf das Signal für den Wettbewerb im Kürbisschnitzen. Discomusik läuft auf der Anlage, die unter einem der Basketballkörbe aufgebaut ist, und eine Gruppe von Frankensteinmonstern mit grün geschminkten Gesichtern vollführt spastische Zuckungen. Helfer – erkennbar an ihren üblichen violetten Armbinden über den Kostümen – reichen Tabletts mit einem Fruchtpunsch herum, der »Blut« genannt wird. Die Klumpen, die darin herumschwimmen, sind, anders als behauptet, keine Tumore, die aus den Herzen von Hexen herausgeschnitten wurden, sondern Stücke von Maraschino-Kirschen.

Mehrere zerschlissene Sofas und Sessel wurden in die Turnhalle gebracht. Ich lasse mich auf einen Zweisitzer fallen, Johnny und Esther quetschen sich rechts und links neben mich, sodass ich ihre Körperwärme sogar durch das Laken hindurch spüre. Für kurze Zeit kann ich einer anderen Person nahe sein, ohne mich allzu unwohl zu fühlen, aber zwei gleichzeitig sind schwer zu ertragen, es sei denn, diese zwei seid ihr, liebe Eltern. Also rutsche ich unbehaglich auf meinem Sitz herum, bis Johnny sagt: »Oh, tut mir leid, ich hatte ganz vergessen, dass du Berührungen nicht ausstehen kannst.«

»Weil du ermordet wurdest?«, fragt Esther.

»Nein«, antwortet Johnny. »Er hat es schon unten in Amerika gehasst. Weißt du noch, Boo, wie du beim Ringen gegen Jermaine Tucker antreten musstest? Als er dich packte, hast du dich einfach ganz schlaff gemacht, als wärst du ohnmächtig geworden.«

Ich springe auf und reiße mir das Geisterlaken ab. Meine Haare stellen sich elektrisch aufgeladen zu Berge (als hätte ich einen Geist gesehen, haha). Das Licht in der Turnhalle ist schummrig. Selbst wenn Gunboy, was höchst unwahrscheinlich ist, zu den Klängen von *Disco Duck* auf der Tanzfläche herumhampeln sollte, könnte er uns unmöglich sehen oder erkennen.

Ich erzähle Johnny und Esther die Geschichte von Onkel Seymours Beerdigung, damit sie verstehen, wieso ich Berührungen nicht mag. Wie ihr euch erinnert, liebe Eltern, standen Freunde und Verwandte um den offenen Sarg herum und unterhielten sich, hauptsächlich über seine Fähigkeiten als Bäcker und seine berühmten Zimtbrötchen, die bei der Zusammenkunft natürlich auch gereicht wurden.

Onkel Seymour, der etwas von einem Künstler an sich hatte, war immer nett zu mir gewesen. Zu meinem elften Geburtstag hatte er mir eine wundervolle Torte geschenkt, die nicht mit elf Kerzen, sondern mit elf Reagenzgläsern geschmückt war.

Als ich Onkel Seymour in seinem Sarg liegen sah, erkannte ich, dass sich meine Abneigung gegen Berührungen nur auf lebende Personen bezog. Menschen sind Ökosysteme. Das Pumpen des Bluts. Die Teilung der Zellen. Das Wachstum der Knochen. Die Vernichtung von Krebszellen durch Killerzellen. Es ist schwindelerregend, was sich alles gleichzeitig im menschlichen Körper abspielt. Für mich ist die Berührung zweier Menschen vergleichbar mit dem Zusammenprall zweier Galaxien. (Okay, okay, das ist jetzt vielleicht galaktisch übertrieben!)

Vielleicht erwidert ihr nun: »Aber Oliver, ein verwesender Körper ist auch ein Ökosystem, er ist eine Art sterbende Galaxie.«

Trotzdem empfand ich das Bedürfnis, Onkel Seymour zu berühren. Er hatte eine so ungewöhnliche Nase, ein unförmiges, knollenartiges Monstrum, überzogen von Rinnsalen dunkelroter Blutgefäße und durchsetzt von einer Vielzahl winziger Krater.

Als ich mit der Fingerspitze über Onkel Seymours kalten Nasenrücken strich, schlug Tante Maureen meine Hand beiseite, nannte mich einen Leichenfledderer und schubste mich vom Sarg weg. Wie ihr euch erinnert, stieß ich prompt mit Tante Rose zusammen und riss ein Tablett mit Gebäck zu Boden.

»Willst du damit sagen«, kommt es von Esther, »dass du Leute erst dann anfassen kannst, wenn sie den Löffel abgegeben haben?«

»Vorzugsweise.«

»Aber wir alle *haben* den Löffel abgegeben«, sagt Johnny.

»Gegangen zu sein ist nicht dasselbe wie tot sein«, wiederhole ich Thelmas Worte und sehe mich nach ihr um, weil ich ihr zu ihrer bewegenden Nachstellung gratulieren möchte.

Da steht Johnny auf, packt mich und drückt mich auf das Sofa zurück. Dann setzt er sich auf meinen Schoß und legt einen Arm um meine Schultern.

Diese Nähe ist mir grässlich unangenehm.

»Geh von mir runter, Johnny.«

»In fünf Sekunden.«

»Geh sofort von ihm runter!«, fährt Esther ihn an.

»Leck mich doch«, blafft er zurück. Dann rast er durch seinen Countdown – »fünf, vier, drei, zwei, eins« – und springt auf. »Du *musst* dich daran gewöhnen, Boo«, sagt er. »Mit ein bisschen Übung könntest du dich in jemand ganz Normales verwandeln.«

Esther springt auf und tritt Johnny gegen das Schienbein. »Vielleicht wollen wir aber nicht alle in jemand ›ganz Normales‹ verwandelt werden, du Blödmann«, beschimpft sie ihn.

»Aber wenn er sich wie ein Freak aufführt, werden die anderen hier auf ihn sch**ßen, so wie daheim in Amerika.«

Regt euch nicht auf, liebe Eltern, das war nur bildlich gemeint. Niemand hat je auf mich gekotet (obwohl ich, wie anfangs erwähnt, angepinkelt wurde).

Drei kostümierte Jungen in unserer Nähe müssen uns beobachtet haben, denn einer von ihnen, ein Clown mit grellen Lippenstiftlippen und einer Bommelreihe vorne an seinem Kostüm schreit: »Auf ihn mit Gebrüll!« Und die drei springen aufs Sofa und rutschen und zappeln auf mir rum. Ihre Berührung ist mir unerträglich, ihr Gewicht erdrückt mich, ihr Körpergeruch ist für mich eine Qual. Fast rechne ich damit, dass meine Lungen kollabieren, meine Knochen durchknacken und mein Hirn sich ins Koma verabschiedet.

»Runter von ihm, ihr *rschlöcher!«, brüllt Johnny.

Eine Schulter quetscht sich in mein Gesicht, ein Ellbogen bohrt sich in meine Rippen, ein Knie rammt in meine Leiste. Ich wimmere.

Johnny zerrt zwei der Jungen, einen Vampir und eine Vogelscheuche, von mir runter. Dann reißt er den weiß geschminkten Clown an seinen lockigen roten Haaren (sie sind echt, keine Perücke) von mir fort.

Ich schnappe nach Luft, während der Clown Johnny anschreit: »Bleib cool, du W*chser!«

Gerade läuft der bekannte Halloween-Song *Monster Mash*. Der Sänger singt von tanzenden Monstern auf einem Friedhof, als Johnny die Faust ballt und sie dem Clown in die mittlere Bommel rammt. Der kippt vornüber und bricht in die Knie, sein Gesicht verzerrt sich, sein Mund klappt sperrangelweit auf, seine Finger scharren wild über den Boden. Johnny hat ihm die Luft verschlagen (medizinisch gesprochen hat sich sein Zwerchfell verkrampft und verhindert, dass er einatmen kann).

Ein halbes Dutzend Helfer kommen angerannt.

»Aufhören! Aufhören!«, rufen sie.

Reginald Washington hat sein kleines Megafon parat. »Schämt ihr euch denn gar nicht?«, donnert er hinein. »Der heutige Abend soll eine Zeit der Fröhlichkeit und der Ausgelassenheit sein. Wieso müssen Idioten wie ihr immer alles kaputt machen!«

13 26.98

Al

Aluminium

Thelma und Esther begleiten uns nach Hause, denn Johnny hat Hausverbot bekommen und musste die Halloweenparty verlassen. Wir gehen durch eine Straße, die, wie der Zufall es so will, Boo-Radley-Road heißt. Es ist neun Uhr. Der Vollmond leuchtet, die Sterne funkeln. Sowohl der Mond als auch die Sterne verharren jede Nacht in derselben Position. Ich würde Zig liebend gern bitten, das verdammte Bühnenbild endlich einmal zu verändern. Anscheinend tut er das gelegentlich tatsächlich. Alle ein oder zwei Jahrzehnte ändert er das Arrangement der Sterne, aber ein neuer Himmelshintergrund ist erst in mehreren Jahren fällig. Allerdings kann man es vergessen, den Drachen, Andromeda, den großen Wagen, den Löwen oder andere irdische Sternbilder finden zu wollen. Die Sterne über der Stadt sind völlig anders angeordnet. Eins meiner Projekte wird sein, sie zu kartografieren und ein neues Sternensystem aufzuzeichnen. Ehrlich gesagt bin ich überrascht, dass noch kein anderer Städter auf diese Idee gekommen ist.

»Ist der Himmel nur ein Trompe-l'Œil?«, frage ich Thelma und Esther, während wir über einen Bürgersteig gehen, der von Straßenlampen beleuchtet ist, auf deren Masten runde, mondähnliche Birnen sitzen. Zig schaltet die Lampen bei Anbruch der Dämmerung ein und macht sie zur Sperrstunde um Mitternacht wieder aus, woraufhin der Sternenhimmel besser zu sehen ist. Ich betrachte ihn oft vom Dach des Frank-and-Joe.

»Was soll denn ein Trumpföl sein?«, fragt Thelma.

»Kein Trumpföl, ein Trompe-l'Œil. Das ist eine optische Täuschung, eine Illusion«, erkläre ich, aber sie und Esther verstehen mich nicht. »Ich meine damit«, erkläre ich weiter, »ob Zig einfach ein *Bild* mit Sternen drauf vor den Himmel hängt, um uns ein Gefühl der Sicherheit zu geben und uns glauben zu lassen, dass wir in einer ähnlichen Umgebung leben wie der, die wir aus Amerika kennen?«

»Illusionen und Täuschungen werden hier jedenfalls ganz groß geschrieben«, sagt Thelma.

Wir bleiben stehen und betrachten den Himmel. Ich glaube, eine Sternschnuppe zu sehen (genauer gesagt, einen Meteoriten), aber binnen einer halben Sekunde ist das leuchtende Ding verschwunden.

Esther sagt, wir alle unterlägen der Illusion, dass alles hier immer gleich bleibt und dass beispielsweise die Gebäude um uns herum nicht altern. Aber sie tun es, sie verändern sich mit der Zeit. In fünfundzwanzig Jahren werden sie sich ganz allmählich an die architektonischen Normen dieser zukünftigen Zeit angepasst haben. »Auch wir verändern uns«, sagt sie. »Städter, die vor fünfundzwanzig Jahren hier eintrafen, sind ganz anders als die Neuankömmlinge des letzten Monats, wie zum Beispiel du und Johnny.«

»Inwiefern?«, frage ich.

»Ihr wisst mehr«, sagt Esther.

»Was zum Beispiel?«

»Na ja«, antwortet Thelma. »Ihr kennt Stars wie Farrah Fawcett-Majors und ihren Sechs-Millionen-Dollar-Mann. Ihr wisst, was Lichtschwerter und Lavalampen sind. Ihr könnt »How Deep is Your Love« und »Stayin' Alive« singen. Und ihr kennt die Namen der Geschwister in *Drei Mädchen und drei Jungen*.

»Ich nicht«, sage ich zu Thelma.

»Boo, du bist die eine Ausnahme von der Regel«, sagt Esther.

»Aber Johnny weiß es wahrscheinlich«, gebe ich zu und sehe zu ihm hin. Er geht ganz für sich allein ein gutes Stück vor uns, mein Geisterlaken um den Hals gehängt. Einen Augenblick lang erinnert er mich an mich selbst damals in Amerika, den absoluten Einzelgänger. Ich bin wirklich gern allein, aber ich glaube nicht, dass es Johnny auch so geht. Deshalb ist sein augenblickliches Alleinsein viel trauriger als mein früheres.

»Ist mit deinem Freund alles in Ordnung?«, will Esther wissen.

Ich sage, dass ich es nicht weiß. Wenigstens wird er, weil er noch als Neugeborener gilt, nicht für die Prügelei bestraft werden. Neugeborene haben in den ersten sechs Monaten das Recht, Fehler zu begehen, wohingegen der Clown, der sich auf mich geworfen hat, vor den Helferrat zitiert wurde und mindestens einen oder zwei Tage Hausarrest aufgebrummt bekommen wird.

»Heute ist Johnnys amerikanischer Geburtstag«, sagt Thelma. »Geburtstage sind für Neuankömmlinge besonders schwer, weil sie nicht vierzehn werden. Abgesehen davon sind die ersten Monate immer hart. Ich war die erste Zeit total durcheinander. Also geben wir dem armen Johnny Zeit, sich zu fangen.«

»Und was ist mit dir, Esther?«, frage ich. »Warst du auch total durcheinander, als du hier ankamst?«

Esther wirft ihre toupierten Haare nach hinten. »Ich? Ich war unendlich dankbar.« Sie drückt die Hände auf die Brust und ruft mit hoher Piepsstimme: »Danke, lieber Zig, dass du mir ein Nachleben geschenkt hast.« Dann legt sie die Hände wie im Gebet zusammen und fährt fort: »Aber, geliebte allmächtige und allwissende Gottheit, bedeutet das Eingefrorensein in der Vorpubertät, dass ich nie Titten kriegen werde?«

Thelma lacht laut auf.

Wie ihr wisst, kichere, gickele und gackere ich nicht, aber gelegentlich setze ich durchaus einmal ein Lächeln auf. Jetzt wäre ein guter Moment dafür. Folglich tue ich es. Ich setze ein Lächeln auf.

»He! He!«

»Bleib stehen!«

»Komm zurück!«

Unser Moment der Fröhlichkeit wird durch Johnnys Geschrei unterbrochen. Wie bei den Endspurts, für die er in der Leichtathletikmannschaft der Helen-Keller so berühmt war, kommt auf uns zugerannt. Er verfolgt einen Jungen auf einem Zehngangrad, der gerade an uns vorbeibrettert. Ich drehe mich um und beobachte, wie er sich immer weiter von uns und von Johnny entfernt. Im Licht einer Straßenlampe sehe ich, dass er braune Haare hat. Und große Ohren.

Dann rennt Johnny an uns vorbei. Mit der schwarzen Maske und dem flatternden weißen Bettlaken sieht er aus wie ein Superheld. Er versucht, das Fahrrad einzuholen, aber er hat keine Chance. Unter einer Straßenlampe bleibt er unvermittelt stehen, und die Mädchen und ich laufen zu ihm. Bevor wir ihn erreichen, dreht er sich um und kommt zu uns zurückgejoggt, keuchend, weil er nach den fünf Wochen im Koma körperlich nicht mehr so fit ist wie früher.

Er krallt die Faust in mein T-Shirt und wippt aufgeregt auf und ab. Seine Augen hinter der Zorro-Maske sind wild.

»Verfluchte Sch**ße, Boo! Das war er! Das war Gunboy!«

14 28.09
Si
Silicium

In der sechsten Klasse zeichnete mich Johnny Henzel, während wir und unsere Klassenkameraden in der Lakeview-Grundschule unter unseren Pulten kauerten und darauf warteten, dass das Schuldach wegflog. An jenem Tag war ein Tornado für Cook County vorhergesagt worden. Der Himmel hatte eine kränklich-grüne Farbe angenommen, der Wind heulte. Wir hörten ihn so laut und deutlich, weil die Fenster offen standen, damit sie nicht eingedrückt werden konnten und wir nicht von den Splittern verletzt würden.

Während meine Klassenkameraden und ich unter unseren Pulten auf dem staubigen Holzboden kauerten (die Reinigungskräfte hatten sehr schlampig gearbeitet), redeten Oscar Stanley und Fred Winchester laut über die tödlichen Tornados, die den Staat in der Vergangenheit heimgesucht hatten. Ich informierte sie über einen Twister, der vor Jahrzehnten in der Gegend gewütet, ein Rathausdach abgedeckt und einen Stadtrat mit sich gerissen hatte, der drei Tage später eine Meile entfernt am Grund eines Teichs gefunden wurde.

»Er hatte nur noch seine Unterwäsche an«, sagte ich. »Der Rest seiner Kleider war ihm vom Leib gerissen worden.«

Mr Proman steckte sein Lineal unter mein Pult und bohrte es mir in die Rippen. »Halt deine große Klappe, Mr Dalrymple«, sagte er, weil Andrea Dolittle und Patsy Hyde vor Angst wimmerten. Die arme Andrea Dolittle war dafür bekannt, sich unerwartet zu übergeben (sie erbrach sich auch, als wir unsere Blutgruppen testeten).

Johnny Henzel saß in diesem Jahr genau vor mir. Es war das erste Jahr, in dem wir dieselbe Klasse besuchten. Wir redeten nicht viel miteinander, weil ich meinen kleinen Klassenkameraden nicht mehr Aufmerksamkeit zollte als anderen bedeutungslosen Gegenständen im Klassenzimmer, beispielsweise dem Tafelschwamm oder dem Papierkorb. Das einzig Interessante, das mir an Johnny aufgefallen war, war der Doppelwirbel an seinem Hinterkopf. Laut meiner Großmutter bedeutete ein solcher Doppelwirbel, dass zwei verschiedene Persönlichkeiten in diesem Körper wohnten, was natürlich Humbug ist. (Glaubt Großmutter immer noch, dass ihr Dackel die Reinkarnation von Onkel Seymour ist, weil beide Eiscreme mit Rum und Rosinen mögen?)

Johnny saß mit Skizzenblock und Stift unter seinem Pult. Während der Wind tobte und Andrea, Patsy und mehrere andere Mädchen weinten und schnieften und Mr Proman durch die Reihen tigerte und »Ruhe« verlangte, flüsterte Johnny Henzel mir zu: »Darf ich dich zeichnen?«

Ich nickte. Falls der Tornado die Schule zerstörte und mich tötete, blieb die Zeichnung vielleicht als Dokument meiner letzten Minuten und als wertvolle Erinnerung für euch, liebe Eltern, erhalten. (Vielleicht habt ihr heute ein ähnliches Erinnerungsstück, zum Beispiel das Foto von mir an Bord der *Spirit of Alaska.*) Es fühlte sich seltsam an, stocksteif für die Zeichnung zu posieren. Noch nie hatte mich ein Klassenkamerad mit derart echtem Interesse angesehen, wie Johnny es an jenem Tag tat. Während sein Stift über die Seite schabte, empfand ich dasselbe Unbehagen – wenn auch in abgeschwächter Form –, das ich empfinde, wenn jemand mich berührt, deshalb fragte ich nach einer Weile, ob ich die Augen schließen dürfe.

»Ist gut, mit den Augen bin ich fertig«, antwortete er.

Ich fragte mich, ob er eine wenig schmeichelhafte Karikatur von mir anfertigen würde. Würde er mich als die geisterhafte Erscheinung darstellen, die in Edvard Munchs *Der Schrei* die Brücke überquert (jener entsetzte Mensch und ich haben dasselbe spitze Kinn). Aber als vierzig Minuten vergangen waren und der Direktor über Lautsprecher durchgab, der Tornado sei weitergezogen, zeigte Johnny mir seine Zeichnung, und es war keine Karikatur. Tatsächlich war es eine sehr gut getroffene Zeichnung eines Jungen, der unter seinem Pult kauert und geduldig abwartet, ob sein Leben zu Ende geht oder ob er damit weitermachen kann. Ich betrachtete mein Ebenbild, meine feinen Haare, mein dreieckiges Gesicht, die dunklen Ringe unter meinen Augen. »Du hast wirklich Talent, Johnny Henzel«, sagte ich.

Er zuckte mit den Schultern und klappte den Skizzenblock zu. Eigentlich dachte ich, er würde mir die Zeichnung schenken, aber das tat er nicht. Ich sah sie nie wieder.

Jetzt, zwei Jahre später, sitzt Johnny Henzel wieder mit einem Skizzenblock und Stiften, die ich auf seinen Wunsch hin mit den uns zugeteilten Coupons in einem Lagerhaus besorgt habe, auf dem Boden. Dieses Mal ist es jedoch das Dach des Frank-and-Joe, und der Himmel ist nicht tornadogrün, sondern wie üblich grau und voller Wolken. Johnny, der temperamentvolle Künstler, hat ihn vorhin mit einem Meer aus Feuerlöschschaum verglichen.

Beim Zeichnen redet er von geheimen Tunneln nach Amerika, den sogenannten Portalen, die uns angeblich nach Hause bringen können. Portalsucher Larry O'Grady, ein Junge, der uns gegenüber auf demselben Flur wohnt, hat ihm davon erzählt. »Wieso fängst du eigentlich nicht auch an, nach Portalen zu suchen, Boo?«, fragt er. »Das wäre doch mal ein lohnenswertes wissenschaftliches Experiment.«

»Ich bin mir nicht sicher, ob es wissenschaftlich wäre, Johnny. Für mich klingt es eher wie Wunschdenken.«

Ich untersuche das Fenster des Schuppens auf dem Dach unseres Wohngebäudes, das ich eingeschlagen habe. Das Glas ist vollständig nachgewachsen. Die gesamte Geburtsphase des Fensters betrug einunddreißig Tage – ungefähr einen irdischen Monat. Ich möchte den Test wiederholen, um zu sehen, ob ich zweimal zum gleichen Ergebnis komme, also nehme ich meinen Hammer und schlage auf das Fenster ein, bis das Glas erneut splittert. Johnny sieht nur kurz hoch, und ich gehe in den Schuppen und hole Handfeger und Schaufel, um die Scherben zusammenzufegen.

Als ich zurückkomme, erinnere ich Johnny an die Zeichnung, die er während des Tornados von mir angefertigt hat, und frage ihn, was daraus geworden ist.

Er zuckt mit den Schultern.

Ich sage, Mr Plumb, der Direktor der Helen-Keller, hätte diese Zeichnung anstelle meines Jahrbuchfotos in die Eingangshalle der Schule hängen sollen. Auf der Zeichnung sah ich mir ähnlicher als auf dem Foto. Das ist ein Kompliment, aber Johnny reagiert nicht darauf. Seine Augen sind konzentriert auf das Blatt gerichtet, seine Stirn ist gerunzelt. Er leckt die Spitze seines Bleistifts an.

Mein Zimmergenosse hat seit Tagen nicht geduscht und riecht nach gebratenen Zwiebeln. Ich erwähne diese Tatsache, und er sagt: »Dann komm mir eben nicht zu nah.«

»Wusstest du eigentlich«, sage ich, »dass der Name Oliver

irisch-gälischen Ursprungs ist und ›Er, der einem nicht zu nah kommt‹ bedeutet?«

Er geht nicht auf meinen kleinen Scherz ein, weil er sich auf seine Zeichnung konzentriert. Dieses Mal zeichnet er nicht mich, sondern Gunboy. In ein paar Tagen haben wir einen Termin beim Helferrat der Elf, und Johnny will ihnen diesen »Steckbrief«, wie er es nennt, vorlegen.

Letzte Nacht hat er wieder von unserem Mörder geträumt. Gegen drei Uhr schrie er so gellend, dass der Schrei jede Wand, jede Mauer, jedes Bodenbrett des Frank-and-Joe zu durchdringen schien. Ich sprang aus dem Bett, knipste das Licht an und versuchte, ihn wachzurütteln, wobei mein Herz so heftig hämmerte, dass ich damit rechnete, es würde jeden Augenblick den Geist aufgeben. Johnny starrte mit vorquellenden Augen und offenem Mund, aus dem immer noch Schreie drangen, zu mir auf. Ich hatte noch nie im Leben jemanden geohrfeigt, aber jetzt ohrfeigte ich Johnny – so fest, dass der Abdruck meiner Hand auf seinem Gesicht zurückblieb.

Weder da noch am nächsten Morgen wollte er über seinen Albtraum sprechen. Jetzt versuche ich es noch einmal. »Was ist in deinem Traum passiert, Johnny?«, frage ich beiläufig, während ich meine Scherben betrachte, die alle gleich groß sind, etwa anderthalb Zentimeter im Durchmesser.

Johnny hört auf zu zeichnen. Er sieht zum schafgrauen Schäfchenwolkenhimmel auf (zum schafblöden Schäfchenwolkenhimmel, haha), dann sieht er mich an. »Willst du das wirklich wissen?«, fragt er.

Ich nicke.

»Gunboy hat mich durchs Einkaufszentrum gejagt. Er hat immer wieder auf mich geschossen, aber nicht getroffen.

Dann hat er mich in dem Laden mit den Sitzsäcken in die Ecke gedrängt und mir ein Ultimatum gestellt. Er lässt mich laufen, hat er gesagt, wenn ich ihm erklären kann, warum ich das Leben liebe.«

»Und was hast du gesagt?«

»Ich hab ihm von Rover erzählt, und was ich an meinem Hund liebe. Seine blutunterlaufenen Augen und seinen Atem, der immer nach Fisch stinkt, sein abgrundtiefes Seufzen und seine fleischigen Pranken. Und dass er so stolz darauf ist, ein Zeitungshund zu sein, der die *Tribune* ausliefert. Und dass er immer die Comics liest und gern einen eigenen hätte, wie den mit Marmaduke.«

»Und? Hat er dich laufen lassen?«, frage ich.

»Hätte ich dann geschrien wie am Spieß?«

»Wahrscheinlich nicht.«

»Nein, er hat gesagt, meine Geschichte wär Sch**ße, und er würde mir einen Gefallen tun, wenn er sie mir aus dem Hirn pustet.«

Neugierig bitte ich ihn, mir seine Zeichnung zu zeigen.

Er gibt mir den Skizzenblock. »Und? Erkennst du ihn?«

Ich erinnere mich nicht, das Gesicht in den vier Tagen der achten Klasse gesehen zu haben. Wenn der Junge erst am Dienstag dieser ersten Schulwoche bei uns angefangen hatte, war er mir wahrscheinlich nicht aufgefallen. Oder vielleicht ging er auch erst in die siebte Klasse. Wahrscheinlicher ist jedoch, dass der Junge, den Johnny in seinen Albträumen sieht, gar nicht der Junge ist, der uns erschossen hat. Der Gunboy, den er sieht, ist vielleicht nur eine Ausgeburt seiner Fantasie.

Der Gunboy auf Johnnys Zeichnung hat ein irgendwie verrutschtes Gesicht, als wäre sein Kopf in der Mitte durchgeschnitten und schief wieder zusammengeklebt worden. Ein Auge liegt höher als das andere, die Nase ist breit, die Ohren sitzen unterschiedlich hoch. Wild abstehende Haare.

»Seine Augen sind so leer wie die von David Berkowitz.«

»Von wem?«, frage ich.

»Von David Berkowitz, dem Sohn von Sam, Boo. Sogar du *musst* von ihm gehört haben!«

»Von dem Verrückten in New York, der ein paar Leute erschossen hat?«

»Dreizehn!«

Ihr habt die Nachrichten immer abgestellt, liebe Eltern, wenn über Gewalttaten berichtet wurde. »Deine Ohren sind zu empfindlich«, hast du, Mutter, oft gesagt. Deshalb habe ich nicht viel von Sam und seinem Sohn mitbekommen. Abgesehen davon interessierten die Nachrichten mich sowieso nur, wenn es um wissenschaftliche Dinge ging – um neue Erkenntnisse über die Atmosphäre des Saturnmondes Titan zum Beispiel.

Johnny dagegen hat in der Zeitung alles über David Berkowitz gelesen. »Der Typ war völlig irre. Er hat behauptet, der Bluthund eines Nachbarn sei von einem Gott besessen, der ihm den Auftrag gab, Menschen zu erschießen. Ein Irrer. Sie hätten ihn zum Tode verurteilen müssen.«

Johnny starrt seine Zeichnung an. »Gunboy ist so was wie der Enkel von Sam.«

»Falls er hier ist«, sage ich, »hat Zig wirklich bei der Arbeit geschlafen.«

Johnny springt auf. *»F*ck dich, Zig!«*, schreit er zu den Wolken auf, wippt auf den Zehen auf und ab und schüttelt die Fäuste. *»Weißt du eigentlich, was für eine Sch**ße du anrichtest, du Sch**ßkerl?«*

Ich bemühe mich um ein bisschen Leichtigkeit. »Vielleicht ist unser Zig ja der Gott im Inneren von Mr Berkowitz' Bluthund«, sage ich.

»Hä?«

Ich ahme die Stimme eines Zeichentrickhundes nach und lispele: »Tssuldigung, Ssohn von Ssam, ich bin Ssig und befehle dir, Menssen in New York umssupussten.«

Normalerweise neige ich nicht zu Albernheit. Vielleicht hat Zig meine Persönlichkeit verändert, damit ich besser in meine Umgebung passe.

Johnny hört auf, die Fäuste zu schütteln und sieht mich verblüfft an. Dann fängt er an zu lachen.

»Wass iss sso lusstig?«

Johnny Henzel lacht so sehr, dass ihm die Tränen kommen und er sie wegwischen muss. Es ist das erste Mal seit seiner Ankunft, dass er lacht. Ich bin stolzer als damals, als ich den pH-Wert meines Urins erhöhte, indem ich Zitrusfrüchte aß.

Folglich setze ich ein Lächeln auf.

15 30.97

P

Phosphor

Esther Haglund beschließt, unseren Mörder »Gumboy« zu nennen. Während des Treffens mit dem Helferrat der Elf zeichnet sie einen schnellen »Steckbrief«, in dem Gumboy einer kleineren, jüngeren Version von Gumby ähnelt. Ein Sohn von Gumby, vermute ich.

Sie versucht, die Atmosphäre ein bisschen aufzulockern.

Esther ist kein Ratsmitglied, sie ist nur als moralische Unterstützung für Johnny mitgekommen, der dem Rat erzählt, wie wir von Gunboy umgebracht wurden. Außerdem ist sie eine Augenzeugin. Sie war dabei, als er den Jungen sichtete, der wie unser Mörder aussieht.

Der Rat trifft sich in der Sophie-Wender, in einem Raum, der anscheinend das Büro des Direktors ist. Wir sitzen an einem wackligen Konferenztisch, vor uns stehen milchige Plastikgläser mit Wasser. Johnny, Esther und ich sitzen auf der einen Seite, die Ratsmitglieder auf der anderen: Präsident Reginald Washington, Vizepräsidentin Elizabeth »Liz« McDougall, Schriftführerin Thelma Rudd, Schatzmeister Arthur »Arty« Hollingshead und Beisitzer Simon Pivot. An den Wänden hängen Poster aus vergangenen Wahlkampagnen der Ratsmitglieder. Auf dem des Präsidenten steht: WASHINGTON = GERECHTIGKEIT FÜR ALLE!

Wie der Zufall es so will, redet Reginald über Gerechtigkeit, aber heute hat er kein Megafon, um einzelne Worte zu betonen. »Meiner unmaßgeblichen Meinung nach ist unser

Himmel auf Gerechtigkeit gegründet«, sagt er. »Der Gerechtigkeit, einem Kind, das nur dreizehn Jahre leben durfte, eine normale Lebensspanne einzuräumen.« Reginald redet mit den Händen wie ein Junge, der Fingerfiguren an die Wand wirft. Seine Hände sind scheckig – braun mit weißen Flecken. Ich würde ihn gern nach seiner Vitiligo befragen – glaubt er, dass es sich um eine Autoimmunerkrankung handelt? –, aber Thelma hat mir eingeschärft, das Thema auf keinen Fall anzuschneiden. Reginald sei in dieser Hinsicht empfindlich, hat sie gesagt. Die anderen nennen ihn manchmal »den Dalmatiner«.

»Im Himmel hat es noch nie einen Mörder gegeben«, sagt Reginald. »Ich persönlich, Mr Henzel, bin nicht überzeugt, dass der Junge, den Sie gesehen haben, Ihr Mörder ist. Der Augenschein kann trügen. Sollten Sie jedoch herausfinden, dass Ihr Gunboy tatsächlich hier lebt, werden wir natürlich Maßnahmen ergreifen müssen, um sicherzustellen, dass er anderen Städtern keinen Schaden zufügen kann. Unser Zig ist nicht unfehlbar. Falls er irrtümlich jemanden durchgelassen hat, dem der Zugang eigentlich verwehrt werden sollte, müssen wir möglicherweise selbst handeln, um die Gerechtigkeit herbeizuführen, die Sie und Mr Dalrymple verdienen.«

»Gibt es hier überhaupt Gefängnisse?«, frage ich.

»Es gibt das Gene-Forrester«, antwortet Thelma, die einen Notizblock vor sich liegen hat und das Protokoll der Sitzung führt. Jetzt klemmt sie sich den Bleistift hinter das Ohr. »Aber es wird kaum jemand dort eingesperrt. Man muss schon etwas sehr Schlimmes tun, um ins Gene zu kommen. Mit dem Messer auf jemanden losgehen oder ihm absichtlich ein Bein brechen. Wenn jemand beispielsweise beim

Fahrradklauen erwischt wird, muss er meistens nur gemeinnützige Arbeit ableisten.«

»Welcher Art?«, frage ich.

»Böden putzen, Toiletten sauber machen, in der Cafeteria Kartoffeln schälen.«

»Das reicht nicht für Gunboy!«, ruft Johnny und hält seinen Steckbrief hoch, damit alle ihn sehen können. »Gunboy ist das personifizierte Böse. Ihr könnt ihn nicht einfach nur dazu verdonnern, Klos zu putzen.«

»Ich verstehe Ihren Zorn«, sagt Vizepräsidentin Liz McDougall. Zig verhindert Karies, bedauerlicherweise für Liz unternimmt er jedoch nichts gegen vorstehende Zähne. »Aber der Rat muss sich normalerweise nicht mit ernsthafteren Vergehen als Prügeleien, rüpelhaftem Verhalten oder Diebstahl beschäftigen.«

Schatzmeister Arty Hollingshead ergreift das Wort, und während er spricht, frage ich mich nach dem Sinn eines Schatzmeisters in einem Himmel, in dem es kein Geld gibt, sondern alles auf Gutscheinen und Tauschhandel basiert. Arty sagt, der Rat müsse möglicherweise eine sehr lange Gefängnisstrafe in Betracht ziehen, falls Gunboy aufgespürt werde. »Abgesehen von Zig«, sagt er, »gibt es hier oben niemanden, der auf uns aufpasst, also müssen wir selbst aufeinander aufpassen und entscheiden, was richtig und was falsch ist.«

Während die Ratsmitglieder diskutieren, fährt Johnny unablässig mit der Hand über das Bild des Basset auf dem T-Shirt, das ich in einem Bekleidungslagerhaus für ihn gefunden habe. Er streichelt das Bild genauso, wie er auf seinen morgendlichen Zeitungsrouten den Rücken des sabbernden Rover streichelte.

Um die Debatte zu unterbrechen, hebt Reginald die Hand wie ein Verkehrspolizist. Er schlägt vor, Johnny und ich sollten mit dem Fahrrad die Krankenhäuser in den anderen Zonen der Stadt abklappern. Auch wenn Johnny den mutmaßlichen Gunboy in unserer Zone gesehen habe, müsse er, wie Reginald betont, nicht zwingend hier leben. »Vielleicht lebt er in der Drei oder sogar in der Sechs«, sagt Reginald. Als Ratspräsident wird er einen offiziellen Brief aufsetzen, der uns befugt, die Krankenhausunterlagen aller Zonen einzusehen, um herauszufinden, wer am selben Tag wie ich oder zumindest um diesen Zeitpunkt herum wiedergeboren wurde. Vielleicht finden wir Gunboy, vielleicht einen anderen Achtklässler, der bei Gunboys Attacke ums Leben kam. Die dortigen Helferräte werden es uns ermöglichen, mit jedem infrage kommenden Neuankömmling zu sprechen. Selbst wenn wir keine weiteren Schüler der Helen-Keller finden, stoßen wir vielleicht auf Neuankömmlinge aus Illinois, die uns genauere Informationen über unseren Mörder liefern können – einen Namen, ein Motiv. Unsere Ermordung *muss* schließlich Schlagzeilen gemacht haben.

»Vielleicht sollte ich euch begleiten, damit ihr es bei den anderen Räten und in den Krankenhäusern leichter habt«, sagt Thelma. »Als JuMo könnte ich euch sicher eine Hilfe sein.«

»Ich komme auch mit«, sagt Esther. »Denn wenn ihr Gumboy wirklich findet, braucht ihr JuMos jemanden, der einen kühlen Kopf behält und aufpasst, dass ihr *ihm* nicht gleich den Kopf abreißt.«

Reginald sieht Johnny und mich über den Tisch hinweg an. Er will wissen, was wir von seinem Vorschlag halten. Ich finde ihn gut, nicht weil ich den geheimnisvollen Gunboy unbedingt stellen will, sondern weil ich mehr vom Himmel sehen und mich darüber informieren möchte, wie die Dinge in den anderen Zonen gehandhabt werden.

Ich antworte Reginald, sehe dabei aber Johnny an. »Ich bin dabei«, sage ich.

Johnnys Stirn ist schweißnass vor Nervosität, aber da ich ihn am Morgen zum Duschen gezwungen habe, riecht er wenigstens nicht nach gebratenen Zwiebeln. Er nickt mir zu. »Wenn wir Gunboy finden«, sagt er zum Rat, »sollten Boo und ich diejenigen sein, die entscheiden, welche Strafe der W*chser bekommt. Könnt ihr mir das versprechen?«

Die Ratsmitglieder tauschen Blicke.

»Wir versprechen«, sagt Reginald, »dass die Strafe dem Verbrechen angemessen sein wird.«

16 32.06
S
Schwefel

Zig erteilt uns Stadt-Bewohnern keine direkten Handlungsanweisungen. Er erlässt keine offiziellen Verlautbarungen, erscheint nicht am schafblöden, schafgrauen Schäfchenwolkenhimmel und donnert durch ein Megafon: »Du sollst keine fremden Fahrräder klauen!« oder »Keine Essensschlachten in der Cafeteria!«. Aber wenn wir tiefer in die Thematik eindringen würden, würden wir erkennen, dass Zig uns durch die Dinge leitet, die er uns entweder zukommen lässt oder vorenthält.

Wenn wir am Tag einer neuen Lieferung ein Lagerhaus aufsuchen, um unsere Vorräte aufzustocken, finden wir beispielsweise frisch eingetroffene Seifen und Shampoos. Damit will Zig uns sagen, dass wir uns und unsere Haare waschen sollen. Was wir nicht finden, sind Deodorants, Mundspülungen und Parfüms, die er anscheinend für überflüssig hält. Wir finden Jeans und Sweatshirts, aber keine Stoffhosen oder Tweedjacken. Wir finden Schreibmaschinen, aber keine Druckerpressen oder Fotokopierer.

Wir finden Sportgeräte, Musikinstrumente, Taschenbuchromane und Schallplatten. Die Sachen mögen aussehen, als wären sie aus zweiter Hand – manche der Baseballschläger haben Schrammen, manche der Bücher Eselsohren, manche der Platten Kratzer –, aber diese Dinge sagen uns trotzdem etwas. Sie sagen uns, was Zig als wertvoll erachtet. Auf diese Weise leiten sie uns.

Johnny, Thelma, Esther und ich müssen gleich am ersten Vormittag unserer Reise an Zig denken, als wir anhalten, um ein Museum zu besuchen, das in der Guy-Montag-Bibliothek eingerichtet wurde und Kuriosa heißt. »Wir glauben, dass die Sachen, die dort ausgestellt werden, Zig aus Versehen durchgerutscht sind«, erklärt Thelma, als wir unsere Räder abstellen und Bänder an den Lenkern befestigen. (Esther gehört zu den sehr wenigen Städtern, die ein *eigenes* Fahrrad besitzen. Es ist kleiner als die meisten und wurde von einem Fahrradmechaniker speziell für eine kleinwüchsige Person umgebaut. Außerdem ist es rosa und hat rosa Lenkerfransen und einen rosa Korb.)

Angeführt von Thelma erklimmt unsere kleine Gruppe die Treppe zu den Ausstellungsräumen im obersten Stock. Als die Älteste von uns (in himmlischen Jahren) spielt Thelma gern die Anführerin. Als wir den dritten Stock erreichen, ist sie völlig außer Puste. »Vermaledeite Treppe!«, keucht sie und betupft ihre Stirn mit einem Papiertaschentuch.

Das Kuriosa besteht aus mehreren kleinen Räumen, in denen Gegenstände in Glasvitrinen, die aussehen wie auf den Kopf gestellte Aquarien, ausgestellt sind. Das Erste, was wir sehen, ist eine ovale Dose mit Corned Beef. An der Seite ist ein simpler Schlüssel zum Öffnen der Dose befestigt. Corned Beef ist deswegen eine Kuriosität, weil Zig uns ausschließliche vegetarische Lebensmittel schickt.

»Wow! Abgefahren!«, ruft Esther. »Ich glaube, ich werde vor Begeisterung gleich ohnmächtig. Fangt mich auf!« (Ein weiteres Beispiel für echte Ironie.)

»Ach, halt die Klappe«, zischt Thelma und beäugt die Dose so fasziniert, dass sie einen glänzenden Nasenabdruck auf der Scheibe des Aquariums hinterlässt. »Wenn ich das sehe, kriege ich richtig Heimweh. Ihr würdet nicht glauben, wie viele Corned-Beef-Sandwiches ich zu meiner Zeit verdrückt habe.«

»Ich glaub's dir sofort«, sagt Esther, aber Thelma beachtet sie nicht.

»Das Zeug hat so wenig mit richtigem Fleisch zu tun, dass es glatt als vegetarisch durchgehen könnte«, wirft Johnny ein. »Es schmeckt wie eine Mischung aus Wackelpudding und überfahrenem Tier, was man eben so von der Straße abkratzt.«

Thelma liest uns die maschinengeschriebene Karteikarte vor, die am Aquarium klebt. Dort steht, dass niemand weiß, woher die Bezeichnung »corned« kommt. »Dieses beliebte Frühstücksfleisch«, heißt es, »enthält nämlich kein ›corn‹, also keinen Mais.«

»›Corned‹ bezog sich früher auf alles Körnige«, erkläre ich. »In diesem Fall ist damit das grobkörnige Salz gemeint, mit dem das Fleisch eingepökelt wurde.«

»Woher weißt du bloß diesen ganzen Blödsinn?«, sagt Johnny unbeeindruckt, aber ich merke, dass Thelma begeistert ist, weil ich die Lücke zwischen ihren Schneidezähnen sehen kann.

Sie fängt an, die Karteikarte von der Scheibe zu lösen. »Ich muss Oliver unbedingt mit Peter Peter bekannt machen, dem Kurator des Museums«, sagt sie.

»Peter Peter?«, fragt Johnny.

»Eigentlich heißt er Peter *Petermann*, aber alle sagen Peter Peter zu ihm.«

»Er ist ein absoluter Spießer, aber Thelma hält ihn für einen Traummann«, spöttelt Esther. »Er ist der eigentliche

Grund dafür, dass wir hier sind, stimmt doch, oder, Thelma?«

»Doch wie's da drin aussieht, geht niemand was an«, trällert Thelma und fordert mich auf, ihr zu folgen. Johnny und Esther lassen wir zurück. Im Vorbeigehen besehe ich mir die anderen Ausstellungsstücke: mehrere Batterien (Mono, Baby und Mignon), ein avocadogrünes Wählscheibentelefon, der Gummiknüppel eines Polizisten und ein Radio, aus dem nur statische Geräusche kommen können, weil es in der Stadt keine Radiosender gibt.

Wir entdecken den Kurator neben einem kleinen Tank mit Urzeitkrebsen. Er stellt gerade eine Tafel auf, die erklärt, dass Urzeitkrebse, eigentlich Salinenkrebse, zu den Salzwasserkrebsen gehören und eng mit den Seepferdchen verwandt sind.

»Hi, mein Alter«, sagt Thelma. (»Alter« oder »Oldie« oder »alter Knabe« sind die in der Stadt üblichen Bezeichnungen für Jungen, die schon seit fünfundvierzig Jahren oder länger hier sind.)

Peter Peter sieht tatsächlich älter aus, da er flaumige Härchen auf der Oberlippe hat und muskulöser ist als beispielsweise ich, was aber nicht unbedingt viel bedeutet. Ich vermute, dass er den Flaum und die Muskeln schon bei seiner Ankunft hier hatte. Manche sagen, die Oldies sind klüger als wir anderen, da sie schon so viele Himmelsjahre auf dem Buckel haben.

»Ich möchte dir Oliver Dalrymple vorstellen«, sagt Thelma zu Peter Peter. »Er ist ein Neuling.«

Wir nicken uns zu, und ich sage: »Mir war gar nicht bewusst, dass in der Stadt Salzwasserkrebse heimisch sind.«

»Gelegentlich erhalten wir nicht-menschliche Lebensformen«, sagt Peter Peter. »Ein Kätzchen, einen Wellensittich. Mein persönlicher Liebling war die mongolische Rennmaus Lars, die in einer Kiste mit Tennisbällen zu uns kam.«

»Lars war so ein süßes kleines Kerlchen«, erinnert sich Thelma. »Weißt du noch, wie er immer mit den Hinterbeinen gestampft hat, wenn er aufgeregt war?«

»Das war eine Art Paarungstanz, bloß dass der arme Kerl ja keine Herzensdame hatte.«

Peter Peter sieht Thelma an. »Wie tragisch«, seufzt sie.

Möglicherweise flirten die beiden, aber ich bin kein Experte in diesen Dingen. Ich unterbreche sie mit der Etymologie von Corned Beef.

»Natürlich«, ruft Peter Peter und schlägt sich mit der flachen Hand gegen die Stirn. »Das Wort ›Corn‹ stand ja früher für jede Art von Getreide oder Korn, nicht nur für Mais. Da kann es gut sein, dass sich das Wort auf alles bezieht, was körnig ist – beispielsweise Salz.«

»Ich bin mir in Bezug auf die Etymologie so gut wie sicher«, sage ich zu ihm. »Aber es ist sehr schade, dass Zig uns keine Lexika oder Wörterbücher schickt, damit wir solche Sachen nachprüfen können. Oder gibt es Nachschlagewerke unter den Kuriositäten in dieser Sammlung?«

Peter Peter schüttelt den Kopf. »Keine Wörterbücher, keine Lexika. Zumindest bis jetzt nicht. Aber es tauchen ständig neue, ungewöhnliche Gegenstände bei uns auf, von daher rutscht eines Tages vielleicht auch eine Webster's Gesamtausgabe durch. Wir können nur hoffen.«

Thelma erzählt Peter Peter, dass ich sehr an allem interessiert bin, was mit Naturwissenschaft zu tun hat. »Könntest du nicht vielleicht einen Assistenten brauchen?«, schlägt sie dann vor.

»Naturwissenschaft?«, sagt Peter Peter. »Da habe ich was für dich!« Er bittet Thelma und mich zu warten und geht in sein Büro auf der anderen Seite des Raums, um etwas zu holen. Als er weg ist, merken wir, dass die Besucher, die sich kichernd um eine Ausstellungsvitrine in unserer Nähe gedrängt haben, inzwischen gegangen sind, sodass wir uns den Gegenstand im Inneren anschauen können.

Thelma schiebt sich näher an die Vitrine heran. »Ist es das, für was ich es halte?«, fragt sie.

Es handelt sich um ein quadratisches Plastiktütchen, etwa von der Größe eines Crackers.

»Es ist ein Kondom«, teile ich ihr mit. »Eine Art Schutzhülle, die beim Geschlechtsverkehr zur Empfängnisverhütung über den Penis gezogen wird und verhindert, dass Sperma –«

»Oliver«, unterbricht mich Thelma. »Du kannst dir die Eddimologie des Dings sparen, okay?«

»Die Etymologie von ›Kondom‹ ist mir gar nicht bekannt, ich kenne nur den Verwendungszweck.«

Peter Peter, der sich Baumwollhandschuhe übergezogen hat, kommt aus seinem Büro zurück und legt ein Magazin auf die Kondomvitrine.

Mein Herz fängt an, wie wild zu flattern und zu hüpfen – nicht im wörtlichen Sinn, entschuldigt den künstlerischen Schnörkel, liebe Eltern. Aber ich bin wirklich aufgeregt, denn was der Kurator gerade vor mich legt, ist ein Exemplar der Fachzeitschrift *Science*. Und – Halleluja – es ist eine neuere Ausgabe, vom Oktober 1979 – einen Monat nach meinem Gehen.

»Darf ich es anfassen?«

Peter Peter zieht die Baumwollhandschuhe aus und reicht

sie mir. »Damit kein Fett von den Fingern aufs Papier übertragen wird«, erklärt er. Meine Hände zittern, als ich die Handschuhe überstreife, und ich frage mich, ob ihr beide vielleicht eine Möglichkeit gefunden habt, mir meine Lieblingszeitschrift nachzuschicken. Ein absurder Gedanke, ich weiß.

»Wann ist die Zeitschrift angekommen?«, fragt Thelma.

»Letzte Woche, aus der Vier«, antwortet Peter Peter.

»Gibt es noch andere Exemplare?«, frage ich, während ich das Magazin betrachte, auf dessen Cover das wunderschönhässliche Gesicht einer braunen Fledermaus abgebildet ist. Im Leitartikel geht es um Echo-Ortung.

»Nicht von *Science*, aber manchmal kommen andere Zeitschriften rein«, sagt Peter Peter. »Ich habe ein *Life Magazine* von 1956, ein paar *National Geographics* und sogar eine Filmzeitschrift aus den Dreißigern mit der Vogelscheuche, dem Blechmann und dem Löwen vorne drauf.«

Der Bibliothekar in der Guy-Montag hatte mir gesagt, die einzigen Zeitschriften, die uns geliefert würden, seien Comics, daher sind diese Fundstücke wirkliche Kuriositäten.

»Ich frage mich, ob Zig uns etwas damit sagen will, dass er diese Sachen zu uns durchlässt«, sagt Thelma.

»Möglich«, nickt Peter Peter. »Aber vielleicht hat er sie auch einfach nur übersehen.«

Ich blättere durch die Zeitschrift. »Oh, ein Artikel über Kryogenik!«

»Krio was?«, fragt Thelma.

»Kryogenik. Tieftemperaturtechnik. Damit kann man praktisch alles vereisen. Die Welt als Eis am Stiel.« (Haha.)

»Oliver, manchmal könnte man meinen, du bist selbst ein kurioser Gegenstand«, sagt Thelma.

Fasziniert blättere ich weiter, werde aber von Esther unterbrochen, die aufgeregt angerannt kommt. Ihr Gesichtsausdruck verheißt nichts Gutes. »Schnell«, ruft sie. »Kommt mit!«

»Ist was mit Johnny?«, fragt Thelma, und Esther nickt. Wir folgen ihr durch die Ausstellungsräume, vorbei an Vitrinen mit billigen Brillen, einer Flasche Rotwein (Château Bel-Air steht auf dem Etikett) und einem *Mondglobus*! Aber ich bin so besorgt, Johnny könnte wieder in eine Schlägerei geraten sein, dass ich es mir verkneife, stehen zu bleiben und mir den Mondglobus anzusehen.

Mein Zimmergenosse steht vor einer Vitrine in der Ecke des Raums. Nichts daran wirkt ungewöhnlich, zumindest nicht, bis wir bei ihm sind und ich seine Augen sehe. Sie sind rot und verquollen, als hätte er einen allergischen Anfall. Sein Atem geht pfeifend.

»Was ist, Johnny?«, frage ich.

Esther sagt: »Sieh dir die Vitrine an.«

Der kuriose Gegenstand in der Vitrine, der auf einem weißen Kissen liegt, ist ein kleiner Revolver. Er sieht aus wie ein Spielzeug. Wäre er nicht tödlich, könnte man ihn direkt niedlich finden. Ihr erinnert euch vielleicht, liebe Eltern. Onkel Seymour kaufte sich ganz genauso einen, um sich zu schützen, nachdem seine Bäckerei überfallen worden war.

»Ach, du meine Güte«, murmelt Thelma und legt eine Hand auf Johnnys Schulter. »Komm weg da«, sagt sie, aber Johnny schüttelt ihre Hand ab.

»Wann ist die Waffe eingetroffen?«, frage ich Peter Peter.

»Vor einer Woche, aus der Sechs. Man kann aber nicht damit schießen. Sie ist nicht geladen.«

»Johnny, das kann sie nicht sein«, sage ich.

»Woher willst du das wissen?« Seine Stimme ist so rau wie an seinen ersten Tagen in der Stadt. »Sie sieht genauso aus, Boo. Ich schwöre bei Zig, dass sie genauso aussieht wie die Knarre in meinen Albträumen.«

»Die Dinger sehen doch alle gleich aus«, sagt Esther. »Und sie sind alle schrecklich. Lass uns von hier verschwinden, Johnny.«

Sie versucht, seine Hand zu nehmen und ihn wegzuziehen, aber er blafft: »Nein!«

Wir lassen ihn allein. Auf Thelmas Vorschlag hin gehen wir zur Tür des Ausstellungsraums, um auf ihn zu warten, und Thelma erzählt Peter Peter von Gunboy und unserer Mission. Wir werden von mehreren Besuchern unterbrochen, die sich die Ausstellung ansehen wollen, und Peter Peter bittet sie, sich von der Vitrine in der linken Ecke fernzuhalten. »Sie wird gerade repariert, und der Junge braucht Platz, um arbeiten zu können.«

Während wir warten, fragt Peter Peter, ob ich tatsächlich an einem Job im Kuriosa interessiert wäre. »Wir könnten ein bisschen frisches Blut gebrauchen.«

Obwohl ich sehr interessiert bin, frage ich ihn, ob wir ein andermal über sein Angebot sprechen können. »Im Augenblick muss ich mich um meinen Freund kümmern«, sage ich, ziehe die weißen Handschuhe aus und gebe sie ihm zurück.

»Aber sicher«, antwortet Peter Peter und bittet Thelma, bald wieder vorbeizukommen und mit ihm essen zu gehen, dann verabschiedet er sich mit Handschlag von uns allen und geht zurück zu seiner Arbeit mit den Urzeitkrebsen.

Von der Tür aus lassen die Mädchen und ich Johnny nicht aus den Augen. Mit dem Rücken zu uns steht er völlig reglos da. Er gibt keinen Ton von sich.

»Man könnte meinen, er betet vor einem Altar«, sagt Esther. »Wie ich, als ich noch als Mormonin in Utah lebte und dachte, Joseph Smith sei der Größte.«

»Wer?«, frage ich, und sie erklärt mir, Joseph Smith sei der Begründer des Mormonentums gewesen. Der Mann grub in seinem Garten goldene Tafeln mit den unsichtbaren Schriftzeichen eines Gottes aus, die nur er lesen konnte. »Alles garantiert nur ein Haufen Sch**ße«, sagt sie. »Aber wenn man es genau bedenkt, auch nicht unglaublicher als dieser Himmel, in dem wir gelandet sind.«

Während ich Esther zuhöre, behalte ich Johnny im Auge, fixiere den Doppelwirbel an seinem Hinterkopf. Als ein Besucher meinem Zimmergenossen zu nahe kommt, rufe ich: »Lass ihm Platz zum Arbeiten.«

Irgendwann dreht Johnny sich um und kommt zu uns. Seine Augen sind nicht mehr rot. Sein Gesicht sieht eigenartig abgeklärt aus.

»Können wir, Herzchen?«, fragt Thelma.

»Ja, wir können«, antwortet er. »Ich hab jetzt keine Angst mehr. Ich bin jetzt bereit, mir den Mistkerl zu schnappen.«

17 35.45 Cl Chlor

Verdammt noch mal, Boo, zeig ein bisschen Rückgrat!«, herrscht Johnny mich an. »Gunboy hat dir nicht das Fahrrad geklaut! Er hat dir dein *Leben* gestohlen!«

Am Nachmittag dieses Tages, nachdem wir unser mitgebrachtes Essen im Jerry-Renault-Park in der Zehn gegessen haben, sagt Johnny, dass ich lernen müsse zu boxen, um auf unseren Kampf gegen Gunboy vorbereitet zu sein, der, wie Johnny vermutet, inzwischen sicher eine ganze Bande von Schlägern um sich herumgeschart hat, die wir besiegen müssen. Mein Zimmergenosse und ich haben unsere T-Shirts ausgezogen. Ich sehe aus wie der 45 Kilo leichte Schwächling, der ich bin, und wegen seiner Flüssigdiät im Krankenhaus ist auch Johnny nicht gerade ein Atlas. Mit angespannten Kiefermuskeln steht er vor mir und sieht mich drohend an. »Kannst du vielleicht versuchen, ein kleines bisschen *gefährlich* auszusehen?«, sagt er. Ich runzle gehorsam die Stirn.

»Boo, du siehst ungefähr so gefährlich aus wie ein Albinokaninchen«, sagt Esther, die noch an ihrem Gurkensandwich herumkaut. Der Rasen, auf dem sie sitzt, ist voller Unkraut, das überall in der Stadt wächst. Löwenzahn muss die offizielle Himmelsblume sein. Außerdem ist das Gras hier meistens ziemlich lang, weil wir keine Rasenmäher haben.

Johnny richtet sich hoch auf und hebt die Fäuste. Ich denke an den Ausdruck »sich auf die Hinterbeine stellen« und frage mich, wo er wohl herkommt.

Johnny boxt mich in die Schulter. Ich weiche einen Schritt zurück. Er folgt mir und schlägt noch einmal zu. Ich sehe mich nach Thelma um, die jeden Augenblick aus der Cafeteria zurückkommen müsste, wo sie noch etwas Obst für unterwegs besorgen wollte. »Thelma würde nicht wollen, dass wir uns schlagen«, sage ich.

»Vergiss deine Mama«, sagt Johnny, »und schlag endlich zurück.«

»Aber ich habe keinen Grund, dich zu schlagen, Johnny.«

»Ich bin nicht Johnny, verdammt noch mal«, schreit er. »Ich bin Gunboy und will dich kaltmachen, hast du das verstanden, du blöde Sackratte?«

Ich gebe nach und hebe die Fäuste.

Er tänzelt um mich herum und beschimpft mich als *rschgesicht und Schw*nzlutscher. Ich empfinde die ganze Übung als ziemlich sinnlos. Gerade will ich antworten: »Ich Tarzan, du Jane«, um ihm zu zeigen, wie kindisch das alles ist, aber da haut er mir die Faust ins Gesicht – nicht besonders fest, aber es tut trotzdem weh. Ich sage zu mir selbst, dass ich diesen Unsinn nur beenden kann, indem ich zurückschlage.

Ich mache eine Faust und knalle sie ihm ans Kinn. *Baff!* Es tut höllisch weh. Johnny taumelt nach hinten, beugt sich, die Hände in die Hüften gestemmt, vornüber und japst vor Schmerzen. »Sch**ße«, murmelt er und spuckt auf den Boden.

Ich sehe einen roten Fleck im Gras. »Ist das Blut?«

»Ich hab mir auf die verdammte Zunge gebissen.«

»Geschieht dir recht, Rocky«, ruft Esther.

Johnnys Augen tränen. Er spuckt noch einmal Blut. Ich sage, er soll den Mund aufmachen, damit ich mir seine Zunge ansehen kann. Er tut es.

»Deine Schneidezähne sind so scharf wie die von einem Hund. Kein Wunder, dass du dir ein Loch gebissen hast.«

Er bewegt die Zunge. Die Verletzung ist auf der einen Seite der Zungenspitze. Ich muss sie mir regelmäßig ansehen, damit ich die Heilungszeit in mein Heft eintragen kann.

Thelma kommt mit einer Tüte mit Orangen und Bananen zurück. »Zig im Himmel, was ist denn hier los?«, ruft sie und fuchtelt mit der Obsttüte vor uns herum. »Wo sind eure T-Shirts? Wieso spuckt Johnny Blut?«

Esther erklärt ihr die Sache mit dem Boxunterricht, und Thelma regt sich fürchterlich auf. »Also wirklich«, schimpft sie. »Kann man euch denn nicht mal fünf Minuten aus den Augen lassen?«

»Wieso versuchst du, Boo zu was zu machen, was er nicht ist?«, will Esther von Johnny wissen. »Das funktioniert doch sowieso nicht, weil wir uns nicht verändern. Wir stecken fest. Wir stecken fünfzig Jahre lang als Dreizehnjährige fest.«

Thelma widerspricht: »Wir werden auf andere Weise erwachsen, Esther.«

»Ich fühl mich aber nicht erwachsener als in Utah«, sagt Esther. »Außer, dass ich schon damals nicht mehr an den dussligen Jesus geglaubt hab, bloß hatte ich nicht den Mumm, es auch zu sagen.«

»Genau das bedeutet erwachsen werden, Liebes«, gurrt Thelma. »Den Mut zu haben, zu sagen, woran man glaubt.«

»Und was ist mit euch, Jungs?«, fragt Esther. »Fühlt ihr euch anders als unten in Amerika?«

»Ich bin umgänglicher geworden«, sage ich. »Aber ich fürchte, der Preis dafür ist ein niedrigerer Intelligenzquotient.«

»Und? Ist es besser, dümmer zu sein und Freunde zu haben, oder schlauer zu sein und keine zu haben?«, will Esther wissen.

»Und du, Johnny?«, fragt Thelma gleichzeitig.

Johnny zuckt mit den Schultern und sieht zum grauen Himmel auf, vielleicht um sich der Schönheit der Zirruswolken zu vergewissern. »Lasst uns aufbrechen«, sagt er. »Es wird allmählich spät.« Er zieht sich das T-Shirt über den Kopf, ich tue es ihm nach. Wir gehen zurück zu unseren Rädern, die wir am Klettergerüst abgestellt haben, wir Jungen vorneweg, die Mädchen ein Stück hinter uns.

»In der Schule haben alle gedacht, du bist ein Schwächling, Boo«, sagt Johnny. »Aber nichts kam an dich ran. Sie haben dich geärgert, dich geschlagen, dir das Essen weggenommen und dich als Freak und Tunte beschimpft.«

Ein Freak war ursprünglich einer, der im Zirkus auftrat. Entweder weil er entstellt war, oder aber er tat eigenartige Dinge, wie Hühnern den Kopf abbeißen oder lebendige Frösche verspeisen. Offensichtlich bin ich kein Freak, weil ich ja Vegetarier bin. Und was »Tunte« angeht, so habe ich überhaupt keine sexuellen Vorlieben, weder homo- noch heterosexuelle. Und da ich für immer dreizehn bleiben werde und es nicht mag, angefasst zu werden, werde ich wahrscheinlich nie sexuelle Interessen entwickeln, was, nach allem, was ich so über Sex höre, sicher das Beste ist.

Johnny redet weiter. »Sie haben dir ein Bein gestellt, und du bist einfach liegen geblieben und hast dir irgendwas angesehen, was niemand sonst auch nur wahrgenommen hat, beispielsweise die Ameisen, die aus einer Ritze im Pflaster wimmelten.«

Wie ich Ameisen vermisse. Was für interessante Geschöpfe

sie sind mit ihren Pheromonen, ihren Metamorphosen, ihrem Kastensystem, ihrer unglaublichen Kraft.

»Du warst stark, Mann. Stärker als ich. Stärker als wir alle.«

»Danke, Johnny«, sage ich. »Ich versuche, nicht zuzulassen, dass die Außenwelt meine Innenwelt kaputt macht.«

Johnny hält mich fest. »Kannst du mir einen Gefallen tun, Boo?«

»Was für einen?«

»Wenn wir Gunboy finden, kannst du dann bitte stark sein?« Er nimmt seine Boxerpose ein, die Fäuste erhoben.

Ich nicke.

»Weil ich mir nicht sicher bin, ob *ich* es sein kann.«

18 39.95
Ar
Argon

An diesem Abend übernachten wir im Jim-Hawkins-Wohnheim. Die Wohnheime in der Stadt halten immer ein paar Zimmer für Besucher frei. Wir sind in der Zehn, einer Zone, die sich nicht von der Elf unterscheidet. Auch hier sehen die Gebäude aus wie Junior Highschools überall in ganz Amerika.

Am Nachmittag hat unsere kleine Gruppe die Krankenhäuser beider Zonen abgeklappert, aber in den Unterlagen fanden sich keine Wiedergeburten am oder kurz nach dem 7. September 1979, dem Tag meines Gehens.

Ich selbst fand die Besuche in den Krankenhäusern hochinteressant, weil ich mich mit den diensthabenden Pflegerinnen über die Heilungszeiten gebrochener und gesplitterter Knochen und Schlüsselbeine unterhalten konnte. Im Mary-Lennox-Hospital durften wir uns ein paar Minuten im Wiedergeburtsraum umsehen. Wieder staunte ich darüber, wie schlicht und, offen gestanden, *unmagisch* so ein Wiedergeburtsbett aussieht. Johnny und ich schlugen die Decken zurück, spähten unter die Matratze und krochen sogar unter das Bett, entdeckten aber nichts Ungewöhnliches.

Um halb zehn sind wir müde vom vielen Herumfahren und Herumlaufen und sitzen schon im Schlafanzug in Esthers und Thelmas Zimmer. Thelma verbindet eine Blase an Esthers Fuß und sagt, dass sie per Kurier einen Brief an die JuMos schicken und ihnen mitteilen will, dass wir gern an ihrem Treffen teilnehmen würden, das in ein paar Tagen in der Sechs stattfindet. Ich sitze am Schreibtisch und halte unsere Erlebnisse in meinem Heft fest, Johnny blättert in der Himmelskarte herum, die der Helferrat uns mitgegeben hat. Da es bei uns keine Druckerpressen gibt, werden sämtliche Karten von Hand gezeichnet und in eine Mappe eingeheftet. Für jede Zone gibt es eine eigene Seite, aber sie zeigen alle nur ein ungefähres Bild, da es im Himmel keine Hubschrauber gibt, die über das Terrarium fliegen und das Gelände genau vermessen könnten.

Thelma sagt, Johnny würde garantiert einen hervorragenden Kartenzeichner abgeben, weil er so gern und so gut zeichnet. Sie versucht ständig, Beschäftigungen für ihn und mich zu finden. In den ersten sechs Monaten wird von Neulingen nicht verlangt, dass sie arbeiten, danach aber müssen wir uns für irgendeinen Teilzeitjob entscheiden. Koch, Bibliothekar, Lehrer, Krankenpfleger, Schneider, Wäschereimitarbeiter, Kurier, Fahrradmechaniker und Fensterputzer sind einige der Positionen, die zur Auswahl stehen. Die Städter neigen übrigens dazu, zwischen verschiedenen Jobs hin und her zu wechseln.

»Nein, ich werde Portalsucher«, sagt Johnny. »Ich will einen Tunnel zurück nach Amerika finden und auf Geistertour gehen.«

Die Portalsucher behaupten, dass man in seine Heimatstadt zurückkehren und bei seinen Lieben »herumgeistern« kann.

»Lass dir bloß nichts erzählen, Johnny«, sagt Esther. »Es gibt keine Portale!«

»Das kannst du doch nicht wissen«, widerspricht Thelma. »Mag ja sein, dass wir noch keins gefunden haben, aber es könnte trotzdem welche geben.«

»Ich hab gehört, ein paar Kids hätten welche gefunden, würden uns anderen aber nichts davon sagen«, sagt Johnny. »Sie halten ihre Entdeckung geheim, damit nur sie allein auf Geistertour gehen können.«

Esther erzählt, irgendein Idiot von Portalsucher hätte versucht, sich in den Müllschlucker seines Wohnheims zu zwängen, weil er überzeugt war, unser Abfall würde geradewegs nach Amerika zurückpurzeln.

»Die Müllschlucker sind viel zu eng, als dass einer von uns reinpassen würde«, sage ich. »Das ist doch nur Altweibergeschwätz.«

»›Altweibergeschwätz‹ ist ein abfälliger, frauenfeindlicher Ausdruck«, weist Thelma mich zurecht.

»Und letzte Woche habe ich gesehen, wie einer in einen Wäschetrockner geklettert ist, weil das Flusensieb ja ein Portal sein könnte«, erzählt Esther weiter. »Am liebsten hätte ich die Tür zugeknallt und das Ding eingeschaltet, hab's mir aber verkniffen, weil ich doch Helferin in Ausbildung bin.«

»Süße, das hast du gut gemacht«, lobt Thelma und tätschelt Esthers bandagierten Fuß.

»Wenn ich ein Portal finden würde«, sagt Johnny, »würde ich Rover besuchen und lange Spaziergänge mit ihm machen. Sicher kümmert meine Schwester sich jetzt um ihn. Sie liebt Tiere. Wir hatten vor, gemeinsam eine Tierhandlung zu eröffnen, die wir ›Zoo‹ nennen wollten. Als ich im Koma lag, hat Brenda ständig gesagt: ›Du darfst nicht sterben, Johnny. Was soll denn dann aus unserem Zoo werden?‹«

Wenn *sie* auf Geistertour ginge, sagt Thelma, würde sie ihre Geschwister besuchen, Antoine, Ralph und Shawna. »Sie sind inzwischen in den Zwanzigern und Dreißigern. Vielleicht haben sie eigene Kinder. Ich könnte den Babysitter spielen.

Stellt euch vor: Ich als Geister-Babysitter, der ihnen Gespenstergeschichten erzählt. Sie wären begeistert von mir.«

»Ich würde meine alte Kirche heimsuchen«, sagt Esther, »und über die Kanzel fliegen und dem ganzen frömmlerischen Pack erzählen, dass die Platten der Osmonds Teufelswerk sind.«

Als Geist, sagt Johnny, würde er auch die Mitglieder der Manson-Family heimsuchen, die noch nicht im Gefängnis sind, und ihnen derart zusetzen, dass sie sich in ehrbare Bürger verwandeln würden – Schülerlotsen, Buchhalter, Bibliothekare, Schulschwestern. Thelma und Esther nicken. Jeder in der Stadt weiß über die grauenhaften Taten der Manson-Family Bescheid, da Neulinge damals darüber berichtet haben.

Johnny beschließt, Thelma und Esther als Geister zu zeichnen. Er hängt ihnen Bettlaken um, aus denen nur ihre Gesichter hervorlugen, aber da die Laken einen blauen Rand haben, sehen die Mädchen nicht wie Geister, sondern eher wie Mutter Teresa aus. Sie sitzen nebeneinander auf dem einem Bett, Johnny auf dem anderen, den Skizzenblock, den er in seinem Rucksack mitgebracht hat, auf dem Schoß.

Während er zeichnet, singt Thelma uns Songs von Cole Porter vor. Bei *Miss Otis Regrets* bricht sie nach der ersten Strophe ab, weil sie sich angeblich an den Rest nicht erinnern kann, und wechselt über zu *It's Too Darn Hot*. Aber Thelma hat geflunkert. Sie hat den Text nicht vergessen. Wie ihr wisst, liebe Eltern, zieht Miss Otis in der zweiten Strophe einen Revolver und erschießt ihren Geliebten. Und Thelma will nicht, dass Johnny die makabre Geschichte einer Erschießung hört, weil sie eine wirkliche Helferin und Johnny eine wirkliche Freundin ist. Mir auch, glaube ich.

Als Johnny mit seiner Zeichnung fertig ist, gähnen wir alle und gehen in die Waschräume, um uns bettfertig zu machen.

Im Jungswaschraum streut Johnny Natron aus einer Dose, die auf dem Rand des Waschbeckens bereitsteht, auf seine Zahnbürste und fängt an, sich die Zähne zu putzen, ein gutes Zeichen dafür, dass es ihm besser geht, denn er putzt sich längst nicht immer die Zähne, ohne dass ich ihn dränge. Ich ziehe mich währenddessen aus und verschwinde in einer der Duschkabinen. Ich wasche mich vor dem Zubettgehen immer gründlich, erst recht nach einer langen Radfahrt wie der, die wir heute hinter uns haben. Es ist nämlich wichtig, den Körper von Schweiß und Talg zu reinigen, denn obwohl es im Himmel keinen Krebs und dergleichen gibt, gibt es Pickel, Leistenpilze und unangenehme Körpergerüche.

Nach dem Duschen ziehe ich mein Handtuch aus meinem Rucksack und binde es mir um die Hüften. Da ich Johnny nicht mehr sehe, nehme ich an, dass er schon in unser Zimmer gegangen ist, aber nein, er kriecht auf allen vieren unter den Waschbecken herum und untersucht die Rohre. Vielleicht möchte er herausfinden, wo unser Wasser herkommt (das frage ich mich auch oft).

»Ich suche nach einem Portal«, sagt er und versucht, die Kacheln unter dem Waschbecken mit einem Ende seines Nagelknipsers loszustochern.

»Wenn es hier ein Portal gäbe, hätte irgendjemand es längst gefunden.«

»Du glaubst nicht an Portale, nicht wahr?«

»An Portale zu glauben ist so ähnlich, wie an Telekinese zu glauben. Solange du es nicht schaffst, einen Löffel nur mit der Kraft deiner Gedanken zu verbiegen, kann ich nicht daran glauben.«

Während ich meinen Schlafanzug anziehe, sagt Johnny: »Du hast vorhin gar nicht gesagt, was *du* auf einer Geistertour machen würdest, Boo. Würdest du deine Leute besuchen?«

Ich rubbele mir mit dem Handtuch durch die Haare und spüre den Knubbel am Ansatz meines Schädels, den du, liebe Mutter, immer meinen mathematischen Knubbel genannt hast. Du hast behauptet, er hätte mir dabei geholfen, schon mit fünf das Einmaleins zu lernen.

Wenn ich auf Geistertour ginge, sage ich zu Johnny, würde ich euch das Buch überbringen, das ich über mein Nachleben schreibe. Aber ich würde nicht lange bleiben, weil das grausam wäre, findet ihr nicht auch? Es würde in euch vielleicht die Hoffnung wecken, ich würde für immer ins Leben zurückkehren. Aber ich wäre nur ein Geist, kein echter Junge. Ich würde nie erwachsen werden, nie am Massachusetts Institute of Technology studieren, wie du, lieber Vater, es dir immer gewünscht hast, nie für die NASA arbeiten, was Mutters Wunsch war.

Das alles erkläre ich Johnny, aber er reagiert nicht, sondern stochert weiter an den Kacheln unter den Waschbecken herum. Also gehe ich in unser Zimmer, hänge meine Sachen in den quietschenden Schrank und lege mich ins Bett. Durch die Wand höre ich Thelma lachen.

Wenn ich übermüdet bin, kann ich oft erst recht nicht einschlafen. Heute ist das anders. Im Nullkommanichts bin ich weg, sogar ohne die Nachttischlampe auszuschalten. Ein kleines Wunder.

Ein weiteres kleines Wunder ereignet sich einen Augenblick später.

Johnny kommt »Boo! Boo!« schreiend ins Zimmer gestürzt, reißt mir die Decke weg und zerrt so heftig an meiner Schlafanzugjacke, dass ein Knopf abspringt. »Komm! Komm schnell!«, ruft er.

»Hast du ein Portal gefunden?«, murmele ich.

»Das nicht. Aber was fast genau so Gutes.«

Ich folge ihm in den Waschraum. Er läuft zum letzten Waschbecken und deutet hinein.

»Sieh nur«, flüstert er. »Ein kurioses Objekt.«

»Zig Allmächtiger!«

Neben dem Abfluss sitzt ein Insekt, das mindestens fünf Zentimeter groß ist. Es hat dunkel bernsteinfarbene Flügel, die es über seinen Körper gefaltet hat, und einen schwarzen Fleck auf dem Pronotum oder Halsschild.

»Ist es eine Art Kakerlake?«, fragt Johnny und beugt sich tiefer über das Becken.

Ich nicke. »Zig scheint einen sehr merkwürdigen Sinn für Humor zu haben. Weißt du, wie diese Kakerlakenart genannt wird?«

Johnny schüttelt den Kopf.

»Totenkopfschabe.« Ich deute auf das Pronotum. »Weil der dunkle Fleck da angeblich aussieht wie eine Totenmaske. Oder ein finster blickender Vampir.«

Johnnys Gesicht leuchtet auf wie noch nie hier im Jenseits. Er legt eine Hand mit der Handfläche nach oben ins Becken, und die Totenkopfschabe (*Blaberus craniifer*) trippelt über seine Finger und setzt sich genau auf seine Lebenslinie.

19 39.10
K
Kalium

Zu Ehren seines geliebten Basset gibt Johnny der Totenkopfschabe den Namen Rover. Wie um alles in der Welt ist die Schabe Rover zu uns gelangt? Johnny meint, dass sie nicht *gegangen* im Sinn von gestorben ist, sondern durch ein Portal kam, das das Leben in Amerika mit dem Nachleben verbindet. Vielleicht ist der Abfluss des Waschbeckens ein Portal, sagt er mit einem zuversichtlichen Nicken. Ich bin mir nicht so sicher. Ich brauche mehr Beweise, bevor ich mich seiner Schlussfolgerung anschließen kann.

Wir sind im Zimmer von Thelma und Esther, wo Johnny die Schabe namens Rover in eine große Margarinedose setzt, die er in der kleinen Wohnheimküche gefunden hat. Er hat einen Apfelgriebsch und ein paar Orangen- und Kartoffelschalen hineingetan, damit Rover etwas zu knabbern hat.

Thelma sagt, bisher hätten eine Rennmaus, ein kleines Kätzchen und ein Wellensittich den Weg in unseren Himmel gefunden, ihres Wissens sei Rover aber das erste Insekt. »Peter Peter wird völlig aus dem Häuschen sein«, fügt sie hinzu.

Johnny drückt das Ohr an die Margarinedose. »Ich kann ihn hören. Es ist, als würde er mir was zuflüstern.«

»Wahrscheinlich reibt er einfach nur seine Flügel aneinander«, sage ich, obwohl ich nicht das Geringste höre.

»Rover wird uns Glück bringen«, verkündet Johnny. »Er wird uns helfen, Gunboy zu finden.«

Esther mag keine Insekten. Sie hat laut geschrien, als wir

ihr die Totenkopfschabe zeigten. »Wenn ihr mich fragt«, sagt sie, »kann das eklige Sch**ßvieh nur Unglück bringen.«

Trotz ihrer Warnung lacht uns das Glück in den ersten zwei Tagen, nachdem sich die Totenkopfschabe zu uns gesellt hat. Die Sonne scheint die ganze Zeit. Die Haut meiner Gefährten wird allmählich braun, während meine, der das Melanin fehlt, geisterhaft fahl bleibt (übrigens gibt es in der Stadt keine Sonnenbrände).

Wir kommen in diesen Tagen gut voran und besuchen vier weitere Zonen (Neun, Zwei, Acht und Sieben). Am dritten Tag stoßen wir im Wiedergeburtsraum im Paul-Atreides-Krankenhaus auf den Namen einer Neuen aus Chicago. Sie heißt Nina Mitchell und traf einen Tag nach mir in der Stadt ein. Als wir sie in ihrem Wohnheim besuchen, sagt sie, dass sie sich an kaum etwas erinnert und nur noch weiß, dass »an irgendeiner Schule irgendwelche Kids erschossen wurden«. Als Johnny sie beschwört, tiefer in ihrem Gedächtnis zu kramen, gibt sie zu bedenken: »Ich würde mich sicher an mehr erinnern, wenn ich nicht gleich am nächsten Tag von einem Doppeldeckerbus überfahren worden wäre.«

»Nicht den Kopf hängen lassen, mein Lieber«, sagt Thelma zu Johnny, als wir Ninas Wohnheim verlassen. »Wir kommen voran.« Sie erinnert uns an das JuMo-Treffen, an dem wir an diesem Abend teilnehmen wollen. »Wir hätten die JuMos von Anfang an einbeziehen sollen«, sagt sie. »Falls jemand uns helfen kann, einen Mörder zu finden, dann die, die selbst ermordet wurden.«

Wir brauchen den ganzen Nachmittag, um zur Sechs zurückzuradeln, hauptsächlich, weil wir in gemächlichem Tempo fahren. Esther kommt auf ihrem kleinen Rad, das Johnny ihr »Pinkmobil« nennt, nicht besonders schnell voran, und auch Johnny fährt lieber langsam, weil er dann die Gesichter entgegenkommender Radler genauer in Augenschein nehmen kann. Auf unserer Tour hat er schon dreimal geglaubt, Gunboy zu sehen, aber wenn er dann hinter dem Jungen mit den großen Ohren herraste, stellte sich jedes Mal heraus, dass der Radfahrer Gunboy nur ähnlich sah.

Wir erreichen das Deborah-Blau-Krankenhaus in der Sechs. Gesplitterte weiße Säulen zieren die Fassade, was, wie Johnny sagt, richtig gut zu einem Krankenhaus passt, da die Säulen wie angeknackste Knochen aussehen und die Leute schließlich hierherkommen, wenn sie sich die Beine oder sonst was gebrochen haben. Aber Thelma, die gerade von ihrem Rad steigt, korrigiert ihn. »Das Deborah ist anders. Hier geht es nicht um gebrochene Knochen, sondern um gebrochene Seelen.«

»Gebrochene Seelen?«, frage ich, während ich das Band an meinem Lenker befestige.

»Sie will damit sagen, dass die da drin alle eine Macke haben«, spottet Esther. »Das Deborah ist für Kids mit ›psychischen Problemen‹.«

»Es ist eine Irrenanstalt?«, frage ich.

»Das kann man so nicht sagen«, wehrt Thelma ab. »Die Kids sind nicht verrückt, sie halten sich nicht für Superhelden oder sonst was. Sie sind einfach nur ein bisschen traurig und konfus. Depris eben. So nennen wir sie auch.«

»Ich bin auch ein bisschen traurig und konfus«, sagt Esther. »Aber lasse ich mich etwa einweisen, um mich von vorn bis hinten verhätscheln zu lassen?«

»Du bist *nicht* traurig und konfus«, widerspricht Thelma.

»Manchmal schon«, beharrt Esther. »Trotzdem schlurfe

ich nicht den ganzen Tag im Schlafanzug rum wie die Depris.«

»Was machst du denn dann, wenn du traurig und konfus bist?«, will ich wissen.

»Fahrradtouren mit Spinnern wie euch.«

Johnny fischt die Margarinedose aus seinem Rucksack, damit auch Rover das Deborah besuchen kann. Ohne uns anzusehen, sagt er: »Ich war auch mal bei 'nem Psychofritzen.«

Nach einer Pause, in der Thelma, Esther und ich uns überrascht ansehen, fragt Thelma: »Was für einem, mein Lieber?«

Johnny kratzt sich am Hinterkopf. »Ich weiß nicht mehr genau. Er hieß Harold und hatte Haare in den Nasenlöchern und den Ohren, was ziemlich eklig war. Aber er war trotzdem nett.«

»Worüber hast du mit ihm geredet?«, fragt Esther.

»Ich weiß nicht mehr so richtig. Aber ich hab ihm meine Zeichnungen gezeigt. Auf die ist er abgefahren, vor allem auf die abstrakten.«

»Aber wieso haben deine Leute dich zu ihm geschickt?«, hakt Esther nach.

Johnny zuckt unsicher mit den Schultern. »Wahrscheinlich, weil ich auch ein Depri war.« Er geht die schiefen Stufen zur Anstalt hinauf, die Margarinedose vor sich wie einen Auflauf, den er einem Patienten bringen will. Er hat Löcher in den Deckel und die Seiten gebohrt, damit die Totenkopfschabe rausgucken kann.

Ihr, liebe Eltern, habt mich nie zu einem Psychologen geschickt, aber ich wurde diverse Male aufgefordert, mit Mr Buckley zu sprechen, dem Berater an der Schule, der sich Sorgen machte, weil ich so »unangepasst« war. Auf seinen

Rat hin übte ich vor dem Spiegel bei uns zu Hause Freundschaftsansprachen (»Hallo, Jermaine Tucker. Hast du dir gestern das Spiel der Cubs angesehen? Gegen wen haben sie noch mal gespielt?«). Mr Buckley sagte, ich sei ein runder Stöpsel, während alle Löcher in der Helen-Keller quadratisch seien, und er war ziemlich genervt, als ich ihm erklärte, wie man einen Kreis in ein Quadrat umwandeln kann. »Schluss mit der Geometrie!«, schrie er mich an, und ich hielt den Mund, weil ich es nicht mag, angeschrien zu werden. Ich bin dankbar, dass ihr, liebe Eltern, das nie getan habt.

Wenn ich Johnny in Sandpits oder in der Schule sah, kam er mir kein bisschen traurig und konfus vor. Für mich sah er aus wie alle anderen Jungen an unserer Schule – selbstsicher, forsch, voller Träume. Aber andererseits vermied ich es auch, mir meine Klassenkameraden zu genau anzusehen.

Wir betreten das Deborah und gehen zum Empfangspult. Während Thelma unser Anliegen erklärt, werfe ich einen Blick in den Gemeinschaftsraum, wo sich Depris in Schlafanzügen (genau wie Esther sagte) miteinander unterhalten oder Comics lesen. Ein Junge hat einen Hut auf, der aus zusammengedrehten Luftballons gemacht ist. Die Depris sehen nicht anders aus als die Kids im Gemeinschaftsraum im Erdgeschoss des Frank-and-Joe, von denen auch viele auf verrückte selbst gemachte Hüte stehen.

Wir gehen durch einen Flur, um uns im Verwaltungsbüro das Wiedergeburtsbuch anzusehen.

»Werden in diesem Krankenhaus nur Dreizehnjährige wiedergeboren, die traurig und konfus sind?«, frage ich Thelma.

»Nein, alle möglichen Leute können hier wiedergeboren

werden«, erklärt sie. »Aber die Kids, die irgendwann ins Deborah gehen, hatten meist schon in Amerika seelische Probleme. Manche waren vielleicht sogar schizophren.«

»Schizophrenie bedeutet ›gespaltener Geist‹«, erkläre ich.

»Einige von ihnen behaupten, sie seien schon in Amerika Schizos gewesen«, sagt Esther. »Aber ich wette, sie sagen das nur, um sich vor der Arbeit zu drücken.«

»Gunboy war auf jeden Fall verrückt«, sagt Johnny. »Vielleicht hat er sich ja auch hier aufnehmen lassen.«

Wir bleiben wie angewurzelt stehen. »Guter Gedanke«, sagt Esther.

Thelma sagt, wir sollen uns in den verschiedenen Stationen umsehen, während sie das Wiedergeburtsbuch überprüft. »Aber du musst mir versprechen, Johnny, dass du nicht ausrastest, wenn du denkst, dass du Gunboy vor dir hast.«

»Versprochen«, lächelt Johnny.

Ich traue ihm nicht.

»Wer's glaubt, wird selig«, murmelt Esther und verspricht Thelma: »Wir behalten ihn im Auge.«

Thelma erinnert uns daran, dass wir unbedingt den hiesigen Helferrat kontaktieren müssen, falls wir auf unseren Mörder stoßen. »Ihr habt nicht das Recht, selbst Bestrafungen vorzunehmen.«

»Ich werd so brav sein wie ein Lämmchen«, sagt Johnny. »Großes Indianerehrenwort!«

Wir wandern durch die Flure des Deborah und gucken in Zimmer, in denen Depris lesend im Bett sitzen, aus dem Fenster starren oder mit Ohrstöpseln in den Ohren vor sich hindösen. Wir spazieren durch einen mit Rosen bewachsenen Innenhof. Wir schlendern durch die Cafeteria (Gericht des Tages: Rigatoni) und durch einen Kunstraum, in dem rund ein Dutzend Leute Sockenpuppen anfertigen. (Esther sagt, statt sie Sockenpuppen basteln zu lassen, solle man den Depris lieber eine mit Sand gefüllte Socke um die Ohren hauen. Manchmal frage ich mich, wie sie es geschafft hat, ihre bisherigen Helferprüfungen zu bestehen.)

Unterwegs zeigt Johnny seinen Steckbrief herum. »Habt ihr diesen Jungen schon mal gesehen?« Offenbar niemand. Ein Mädchen, das zusammengekauert auf einer Treppe sitzt, sagt: »Ich finde, er sieht aus wie ich.« Absoluter Blödsinn. Sie hat rote Haare und das ganze Gesicht voller Sommersprossen.

Johnny wendet sich auch an die Helfer, die hier arbeiten, wieder ohne Erfolg. Ich könnte mir denken, dass nur die fürsorglichsten und freundlichsten Helfer in einer Anstalt wie dieser eingesetzt werden. Sicher hören sie sich die Probleme der Depris aufmerksam an und erteilen ihnen hilfreiche und aufmunternde Ratschläge. Ich wäre für diesen Job absolut ungeeignet, weil ich keine klugen Ratschläge zu vergeben habe, außer vielleicht: »Traurigkeit und Konfusion können vorübergehend sein. Warte einfach ab, dann lassen sie vielleicht nach.«

Vergeblich klappern wir die Flure der ersten beiden Stockwerke ab. Nachdem man uns den Zugang zum dritten Stock verwehrt hat (wo die schwersten Fälle untergebracht sind), beschließt Johnny, mit Rover aufs Dach zu gehen, damit er ein bisschen Auslauf bekommt. Ich gehe mit, während Esther loszieht, um Thelma zu suchen.

Das Dach des Deborah bietet einen weiten Blick über die Sechs mit ihren Schulen, Parks und Lagerhäusern. Wir legen unsere Rucksäcke ab und setzen uns auf die niedrige Betonmauer rund um das Dach. Johnny pult den Deckel von der

Margarinedose (die er inzwischen als »Wohnwagen« der Schabe bezeichnet), und sie krabbelt raus und huscht über die Mauer.

»Es wird allmählich wärmer«, sagt Johnny.

»Ich schätze, wir haben etwa 25 Grad«, antworte ich und blinzele zum hellen Fleck der Sonne auf, die sich hinter einer Wolke verbirgt. »Andererseits herrschen ja nachmittags in der Stadt fast immer etwa fünfundzwanzig Grad. Ich glaube, die Jahreszeiten werden mir fehlen. Daheim in Hoffman Estates fallen jetzt schon die Blätter von den Bäumen.«

»Ich hab nicht die Jahreszeiten gemeint, Boo. Sondern Gunboy. Wir kommen ihm näher. Du weißt schon, kalt, wärmer, warm.«

Ich starre meinen Zimmergenossen an. Seine Iris hat die Farbe eines alten Lincoln-Pennys. »Woher weißt du, dass wir ihm näher kommen?«

»Ich spüre es in den Knochen.« Wie zum Beweis reibt er sich die knochigen Knie. »Vielleicht bin ich eine Art Wünschelrute und fühle Dinge, die andere nicht fühlen. Vielleicht bin ich anders als andere Kids.«

Weil er so ernst wirkt, frage ich ihn, ob er diesen sechsten Sinn auch schon in Amerika hatte.

»Vielleicht. Vielleicht war ich deshalb so traurig und konfus.« Nach einer Pause fügt er hinzu: »Erinnerst du dich an alles aus deinem alten Leben, Boo?«

»Ich denke schon – es sei denn, Zig hat Dinge ausgelöscht, von denen ich nicht mehr weiß, dass er sie ausgelöscht hat. Eigentlich habe ich ein fotografisches Gedächtnis. Zum Beispiel erinnere ich mich Wort für Wort an unser Mathebuch. Auf Seite zweiundsiebzig wird der Satz des Pythagoras erklärt und wie man die Länge der Hypotenuse bestimmt.«

»Meine Erinnerungen sind ziemlich löchrig«, sagt Johnny mit besorgtem Blick. »Aber schließlich habe ich einen Kopfschuss abbekommen, vielleicht fehlt mir deshalb ein Stück meines Gehirns. Und ein Teil meiner Vergangenheit. Zum Beispiel der Sommer, bevor ich hier gelandet bin. An den kann ich mich so gut wie gar nicht erinnern. Ich weiß nur noch ein paar Fetzen.«

Wegen Johnnys Erinnerung sind wir zu dieser Tour aufgebrochen. Aber wenn sein Gedächtnis so unzuverlässig ist, war das vielleicht keine so besonders gute Idee.

Rover kommt von seinem Ausflug zurück und klettert auf Johnnys Schulter. »Polly Keks?«, fragt er, als wäre die Schabe ein Papagei. Dann breitet sich ein Lächeln über sein Gesicht. »Er flüstert wieder!«

Ich beäuge die Schabe auf seiner Schulter, um zu sehen, ob sie ihre Flügel oder Gliedmaßen aneinander reibt. Sie scheint nichts dergleichen zu tun. »Was meinst du damit, er flüstert?«, frage ich.

»Ich kann sein Stimmchen hören.«

»Schaben können nicht sprechen, Johnny.«

»Ich höre aber etwas.«

»Dann musst du Ohren wie Rover der Basset haben.«

»He, ist das da ein *Käfer*?«, fragt eine Stimme.

Johnny und ich drehen den Kopf. Das sommersprossige Mädchen von der Treppe, das glaubte, Gunboy ähnlich zu sehen, kommt im Schlafanzug auf uns zu. Johnny nimmt Rover von seiner Schulter und setzt ihn in seine gehöhlte Hand, um ihn dem Mädchen zu zeigen. Ich erkläre, dass es sich bei dem Insekt um eine Kakerlakenart handelt, die Totenkopfschabe genannt wird.

»Totenkopfschabe!«, ruft das Mädchen und starrt Rover

mit großen runden Augen an. »Das ist das beste Zeichen, das Zig mir je geschickt hat.«

Das Mädchen setzt sich zwischen uns auf die Mauer, die das Dach umgibt. Sie hat haselnussbraune Augen – grün, gelb und braun getüpfelt. Tiefgründige, rastlose Augen, die mich an Gasplaneten in fernen Galaxien erinnern.

»Zig schickt dir Zeichen?«, fragt Johnny.

»Er schickt uns *allen* Zeichen, aber nicht jeder weiß sie zu deuten.«

»Und was bedeutet meine Schabe?«

Das Mädchen bedenkt Johnny mit einem wissenden Halblächeln. »Ein Portal«, sagt sie.

»Rover kam aus einem Portal!« Johnnys Augen leuchten auf. »Aus einem Waschbecken, dessen Abfluss zurück nach Amerika führt.«

»Du hast sie ja wohl nicht mehr alle? Ein Abfluss ist doch kein Portal!«, ruft sie.

»Was dann?«, will Johnny wissen, die Schabe immer noch in der Hand.

Das Mädchen beachtet ihn nicht, sondern streichelt das Insekt mit einer Fingerspitze. »Du hast Flügel«, sagt sie zu Rover. »Also bist du ein *richtiger* Engel und tust nicht nur so, wie der ganze Rest von uns Volltrotteln.«

»Trotz der Flügel kann die Totenkopfschabe aber nicht fliegen. Sie kann nicht einmal gleiten«, erkläre ich. »Im Gegensatz zur amerikanischen Großschabe, *Periplaneta americana*.«

Das Mädchen blinzelt verständnislos mit den Augen. Sie hat einen orangefarbenen Fleck vorne auf ihrem Schlafanzug, vielleicht Pastasoße vom Mittagessen. Die Aufschläge ihrer Schlafanzughose starren vor Dreck.

»Bist du traurig und konfus?«, frage ich sie. Johnny schüttelt warnend den Kopf.

»Was?«

»Ob du traurig und konfus bist?«

Sie sieht zum Himmel auf. »Zig in der Höhe, lass mir Flügel wachsen. Lass mich fliegen!«, ruft sie mit gerunzelter Stirn.

»Ich wüsste wirklich gern, wieso die Leute immer denken, dass ihre Götter hoch oben in den Wolken wohnen«, sage ich. »Könnten sie nicht genausogut in den Molekülen eines Steins oder eines Baums oder meinetwegen auch einer Schabe stecken?«

Erst jetzt sehe ich, dass die Zehennägel des Mädchens mit Pastellkreide, so zumindest sieht es aus, violett angemalt sind. Die Totenkopfschabe verlässt Johnnys Hand und krabbelt auf ihren Schoß. »Wie hübsch du bist«, murmelt sie und senkt den Kopf, um den totenmaskenähnlichen Fleck auf dem Pronotum der Schabe besser sehen zu können. Eine Stelle an ihrem Hinterkopf ist so gut wie kahl. Entweder hat jemand ihre Haare total verschnitten, oder sie hat sie sich eins nach dem anderen ausgerissen.

Plötzlich sieht sie erstaunt auf. »Deine Schabe kann ja sprechen«, sagt sie.

»Du hörst es auch?«, fragt Johnny.

»Ich verstehe zwar nicht, was sie sagt, aber irgendwas sagt sie.«

»Manche Schabenarten können eine Art Zischen von sich geben«, sage ich. »Vielleicht hört ihr das.«

Ein Pfiff ertönt. Er ist Esthers Erkennungszeichen, ein Triller wie von einem Rotschulterstärling. Ich gucke nach unten. Esther und Thelma stehen neben unseren Fahrrädern auf dem Parkplatz. Thelma winkt. »Wir müssen, Johnny«, sage ich und nicke dem Mädchen zu.

Johnny hebt Rover sanft vom Bein des Mädchens, setzt ihn in seinen Wohnwagen und macht den Deckel zu.

»Wir sehen uns sicher«, sagt er zu dem Mädchen.

»Wohl eher nicht«, murmelt sie.

Johnny und ich gehen zur Treppe. Als wir die Tür öffnen, ruft das Depri-Mädchen uns nach: »Möge Zig mit euch sein!«

Während wir die Treppe runtergehen, sagt Johnny: »Sie sieht Gunboy kein bisschen ähnlich.«

Im Erdgeschoss angekommen dreht er sich urplötzlich zu mir um. Sein Gesicht verzerrt sich. »Verfluchte Sch**ße«, ruft er und rast die Treppe wieder rauf.

Soll ich ihm folgen? Seine Laufschuhe klatschen auf die Stufen, als er immer weiter nach oben rennt. Wahrscheinlich hat er irgendwas auf dem Dach vergessen – seinen Skizzenblock, seine Stifte –, aber wieso hat er so panisch ausgesehen?

Ich durchquere die Halle (auf einem mit Schablone hergestellten Poster steht: MEINE DEPRI IST NICHT GESPIELT), verlasse das Gebäude durch eine Seitentür und gehe über ein Stück Rasen zum Parkplatz. Thelma und Esther sitzen schon auf ihren Rädern. Ich winke ihnen zu, aber sie sehen mich nicht, weil sie nach oben schauen. Plötzlich schreit Thelma auf, lässt ihr Rad fallen und rennt auf das Gebäude zu.

Ich hebe den Kopf genau in dem Moment, in dem sich das rothaarige Mädchen kopfüber vom Dach stürzt. Sie gibt beim Fallen keinen Ton von sich. Ihre Arme und Beine rudern nicht hektisch in der Luft herum. Ihr Körper dreht sich nicht. Sie fällt, als wäre sie schon tot. Ich schnappe nach Luft und verkrampfe mich in Erwartung des grässlichen Geräuschs des Aufpralls, des Splitterns ihrer Schädelknochen auf dem Boden. Aber es kommt kein Aufprallgeräusch. Auch kein Splittern von Schädelknochen. Ihr Körper taucht lautlos in die Erde ein wie in einen stillen See.

Thelma erreicht die Stelle, an der das Mädchen verschwunden ist, und fällt auf die Knie. Ich sprinte zu ihr. Immer wieder ruft sie mit schriller Stimme: »O Gott, o Gott, o Gott!« Ein zusammengeknüllter Schlafanzug mit einem orangefarbenen Fleck liegt in einem Beet mit verblühten schwarzäugigen Susannen. Thelma scharrt in der Erde herum, als könne sie sich hineingraben und das Mädchen zurückholen. Esther kommt mit ihrem unbeholfenen Laufschritt zu uns getrabt. Ich hebe den Kopf und sehe Johnny, der sich über die Kante des Dachs beugt. Plötzlich habe ich Angst, er könnte auch springen. Ich habe in meinem ganzen Leben noch nie geschrien, jetzt tue ich es: »NEIN!«

20 40.08

Ca

Calcium

Ruhe in Frieden« ist in unserem Himmel der Dreizehnjährigen ein allgemein gebräuchlicher Ausdruck für viele Gelegenheiten. Er kann »Pass auf dich auf«, »Wir sehen uns« oder »Viel Glück« bedeuten. Wenn ein Mädchen nach dem Abendessen in der Cafeteria aufsteht, um in die Bibliothek zu gehen und den Rest des Abends dort zu verbringen, sagt sie zu den anderen am Tisch: »Ruht in Frieden.« Ich weiß nicht, wie lange es diesen Brauch schon gibt, aber ich selbst benutze den Ausdruck nie. Schließlich ruhen wir nicht wirklich, und meistens ist uns auch nicht friedlicher zumute als daheim in Amerika. (Bitte beachtet, dass ich nicht »hier oben im Himmel« und »unten in Amerika« sage, wie viele Städter es tun. Wer weiß denn schon, was in welcher Richtung liegt?)

»Ruhe in Frieden«, sagen die Städter auch, wenn jemand wiedergeht.

»Ruhe in Frieden, Willa Blake«, sagen Depris und Helfer aus dem Deborah, die sich um das Blumenbeet versammelt haben, in dem das Mädchen vom Dach verschwunden ist. Gerade haben sie ihren Schlafanzug im Beet beerdigt und ein buntes Windrad hineingesteckt. Ab und zu dreht sich das Windrad, und obwohl ein leichter Wind geht, behauptet irgendein Patient natürlich, dass Willa es in Bewegung setzt.

Meine Gefährten und ich stehen mit unseren Fahrrädern

ein Stück abseits. Thelma möchte, dass wir noch ein Weilchen bleiben, um Willa die letzte Ehre zu erweisen. Johnny sagt, urplötzlich hätte er gespürt, dass Willa sich etwas antun würde. »Deshalb bin ich zurückgerannt, aber ich kam zu spät«, sagt er.

Der Leiter des Deborah, ein zu klein geratener Junge namens Albert Schmidt, dessen Pausbäckchen ihn wie zehn aussehen lassen, will wissen, was Willa auf dem Dach zu uns gesagt hat. »Auch wenn es natürlich nichts ändert«, gesteht er ein und erzählt uns, dass Willa schon seit Monaten von Selbstmord geredet hat.

»Sie wollte, dass ihr Engelsflügel wachsen«, sage ich. »Und sie hat gesagt, dass sie ein Portal finden will.«

Der Anstaltsleiter schüttelt den Kopf. »Ach du je«, seufzt er. »Willa war tatsächlich eine Portalsucherin. Sie war überzeugt, Selbstmord sei das Portal zurück nach Amerika. Engel, die sich im Himmel umbringen, sagte sie, fliegen als Geister zurück nach Amerika.«

»Wieso habt ihr sie dann aufs Dach gelassen?«, fragt Johnny aufgebracht. »Wieso habt ihr die kleine Spinnerin nicht an ihrem Bett festgebunden?«

Albert sagt, Willa habe selbstverständlich keine Dacherlaubnis gehabt, die Mitarbeiter seien aber nicht in der Lage, jeden Patienten rund um die Uhr im Auge zu behalten.

»An deiner Stelle, mein Lieber«, sagt Thelma zu Albert, »würde ich Willas Portaltheorie schön unter Verschluss halten. Denn wenn sich das rumspricht, hopsen garantiert noch andere Portalsucher von den Dächern.«

Als der Anstaltsleiter gegangen ist, erklärt mir Esther, dass Selbstmord im Himmel selten ist. »Klar gibt es hier oben Idioten und *rschlöcher und Freaks, aber Verrückte, die von Dächern hechten, sind seltener als eine Tube Zahnpasta.«

Es ist nämlich schwer, im Himmel Selbstmord zu begehen. Wenn jemand von einem Dach fällt, ist er normalerweise nicht tot. Er trägt schwere Verletzungen davon – gebrochene Knochen und Rippen, Gehirnerschütterungen und so weiter –, aber er überlebt und wird im Krankenhaus irgendwann wieder ganz gesund. Doch manchmal können nicht einmal alle Reiter des Königs (verzeiht mir den Ausflug in *Alice hinter den Spiegeln*) einen Städter wieder zusammenflicken. Die arme Willa Blake war wahrscheinlich nur deshalb auf der Stelle tot, weil sie genau auf dem Kopf landete. Und hier im Himmel verschwinden tote Personen schneller, als man gucken kann. *Puff!*

Ich frage mich, wo das sommersprossige Mädchen jetzt wohl ist. Ist sie ein für alle Mal tot? Oder ist sie auf einer anderen Himmelsebene gelandet? Einer mit noch schlechteren sanitären Anlagen, hässlicheren Gebäuden und klumpigerem Haferschleim? Verflucht sie ihr Pech, weil sie doch nicht wieder in Amerika ist?

»Tut mir leid, aber eigentlich sollte Zig schwere Depri-Fälle kurieren, bevor sie hierherkommen«, sagt Thelma, die ziemlich mitgenommen aussieht. Mir ist aufgefallen, dass sie sich immer entschuldigt, wenn Zig etwas tut, was peinlich oder gedankenlos ist, als sei sie persönlich verantwortlich für seine Fehler.

»Falls Zig tatsächlich alles richten kann«, schimpft Johnny, »baut er aber verdammt viel Mist.« Er sieht zum Himmel auf, als sitze Zig dort oben, um sich den Schlamassel anzusehen, den er angerichtet hat.

»Und was, wenn er Gunboy kuriert hat?«, frage ich. »Was,

wenn Gunboy inzwischen kein Psycho mehr ist? Vielleicht ist er hier ein ganz normaler Junge, der in der Cafeteria hilft, im Softballteam seiner Zone mitspielt und hofft, eines Tages als Helfer arbeiten zu können?«

Johnny funkelt mich wütend an. Ich halte seinem Blick stand, und als ich schließlich doch blinzeln muss, sagt er: »Willst du ihn etwa ungeschoren davonkommen lassen? Willst du dich drücken? Falls ja, fahr doch zurück ins Frank-and-Joe, okay?«

Er sieht Thelma und Esther an und erkennt an ihren Gesichtern, dass auch sie sich diese Frage gestellt haben. Womöglich haben sie unter sich sogar darüber gesprochen.

»Wisst ihr was? Ihr könnt mich alle mal«, fährt er uns an. »Ich finde Gunboy auch allein, und es ist mir sch**ßegal, ob er inzwischen ein Engel ist, der Helfern das Harfespielen beibringt. Ich schlage ihm trotzdem den Schädel ein. HABT IHR MICH VERSTANDEN?«

Die Trauernden rund um Willas Grabstätte werfen uns aufgebrachte Blicke zu. Zwei Mädchen in karierten Morgenmänteln, die sich in den Armen halten, hören auf zu weinen und sehen uns verstört an.

Johnny wird knallrot. Er hängt sich seinen Rucksack um und steigt auf sein Rad. »Schätzchen«, sagt Thelma, »lass uns das Treffen heute Abend abwarten. Lass uns die JuMos fragen, was wir tun sollen.«

Johnny antwortet nicht. Ohne einen Blick zurück strampelt er wütend los. Fast stößt er mit weiteren Depris aus dem Deborah zusammen, die gerade kommen, um Willa die letzte Ehre zu erweisen.

Ich sehe ihm nach, wie er die Straße entlang- und an einer Schule aus Backstein vorbeirast und in der Menge der anderen Radfahrer verschwindet, die an diesem Tag unterwegs sind. Alles ganz normale Stadt-Bewohner, die keine Rechnungen zu begleichen haben.

Thelma drückt meinen Arm und sagt: »Mach dir keine Sorgen, Oliver. Das wird schon wieder. Alles wird wieder paletti.«

Esther murmelt: »Darauf würde ich mein Nachleben lieber nicht verwetten.«

21 44.96
Sc
Scandium

DU MUSST NICHT VERGEBEN, steht auf einem Plakat in dem Raum in der Ponyboy-Curtis-Schule, in dem die JuMos sich treffen. Die Schrift besteht aus rotem Glitter, der über Klebstoff gestreut wurde. Ein zweites Poster, ebenfalls glitzernd, hängt unter dem ersten: ABER DU KANNST, WENN DU WILLST.

Ich sitze auf einem schäbigen Sofa, aus dessen Armlehnen die Füllung quillt, und höre nur halb zu, während Thelma den JuMos unsere Gunboy-Geschichte erzählt. Esther sitzt neben mir. Rund um uns herum sind zweiundzwanzig JuMos versammelt, von denen einige ihren Mördern vielleicht vergeben haben, andere vielleicht nicht.

Habe ich Gunboy vergeben? Ich bin mir nicht sicher. Für mich ist er ebenso rätselhaft wie Zig. Beide sind für mich unsichtbar. Zig agiert hinter den Kulissen. Auch Gunboy agierte hinter den Kulissen (oder zumindest hinter meinem Rücken), daher finde ich es schwer, Hass auf meinen Mörder zu empfinden oder Rachgedanken gegen ihn zu hegen. Wenn Gunboy euch, liebe Eltern, erschossen hätte, wäre ich sicher absolut gnadenlos. Dann könnte auch ich, wie Johnny sagte, einen Stein nehmen und damit so lange auf Gunboys Kopf einschlagen, bis sein krankes Hirn aus seinem Schädel quillt. Aber wegen meines eigenen Gehens Hassgefühle heraufzubeschwören ist schwerer, weil ich hier in einer ganz neuen Welt lebe, die mich fasziniert.

Dazu kommt, wie bereits gesagt: Was, wenn Zig Gunboy wirklich verändert, wirklich gebessert hat? Dann wäre meine Hand, die den Stein umklammert, sicher zittriger.

Ich wünschte, Johnny wäre hier, um unsere Geschichte selbst zu erzählen, aber er kam nicht ins Jack-Merridew-Wohnheim in der Sechs, wo wir die Nacht verbringen werden, obwohl er unseren Reiseplan bei sich hat. Für den Fall, dass er doch noch auftaucht, habe ich ihm in unserem Zimmer einen Zettel hinterlassen: »Lieber Johnny, ich verspreche dir, mich auf die Hinterbeine zu stellen, wenn wir Gunboy finden. Bitte komm zum JuMo-Treffen (siehe umseitige Zeichnung). Dein Freund Oliver, alias Boo. PS: Ich habe dir eine Orange dagelassen, falls du hungrig bist.«

Mein Zimmergenosse hasst Schulen, deshalb wird er wohl eher nicht kommen. Für ihn ist dieses ständige Aufsuchen von Schulen im Himmel so ähnlich, als müsste ein Junge, der bei einem Flugzeugabsturz ums Leben kam, in seinem Nachleben für immer und ewig in Jumbojets einsteigen.

Wie üblich trägt Thelma an diesem Abend als Zeichen ihres Helfertums ihre violette Armbinde. Sie gestikuliert viel beim Sprechen, bewegt die Hände so anmutig wie die Cheerleaderinnen der Trojaner. »Oliver und Johnny stecken also in einer Zwickmühle«, sagt sie. »Ihr Mörder könnte in der Stadt sein. Falls ja, müssen wir entscheiden, was zu tun ist. Als JuMo wäre ich froh, wenn ihr uns einen Rat geben könntet.«

Die JuMos, die auf Sofas, Sesseln und auf dem Holzboden herumliegenden Kissen sitzen, haben sich nicht gerührt und keinen Mucks von sich gegeben, während Thelma unsere Geschichte erzählte. Sie wirken immer noch wie gebannt. Einige sehen sie mit offenem Mund an. In ihrer stummen Erregung erinnern sie mich an den Basset Rover, der draußen wartete, während sein Herrchen in den Sandpits-Apartments die *Tribune* auslieferte.

Ein dünnes Mädchen mit strähnigen Haaren spricht als Erste. »Greift ihn euch«, sagt sie ganz ruhig und sachlich. »Und ertränkt ihn in einem See.«

Einen Moment lang bleibt alles still. Dann sagt ein Junge: »Rammt ihm ein Messer in den Bauch.«

Eine Vielzahl weiterer Todesarten für Gunboy werden vorgeschlagen, darunter »Schmeißt ihn von einer Brücke«, »Vergiftet ihn mit Arsen« und »Schubst ihn vor eine U-Bahn«.

Da es in der Stadt weder Seen noch Brücken, Arsen oder U-Bahnen gibt, vermute ich, dass die JuMos Wiedertodstrafen vorschlagen, die ihrer eigenen Ermordung entsprechen. Ich werfe Thelma, die neben mir sitzt, einen Blick zu, weil ich erwarte, dass sie protestiert, aber das tut sie nicht. Sie reibt nur unaufhörlich über ihre Oberschenkel, als wären ihre Hände verschwitzt.

Ich sehe zurück zu den glitzernden Vergib/Vergib nicht-Postern und will schon ironisch rufen: »He, ihr könnt vergeben, wenn ihr wollt«, aber Esther kommt mir zuvor.

»Und was, wenn Johnny mit dem Finger auf den falschen Jungen zeigt?«, fragt sie in die Runde.

Die Vorsitzende der JuMos, das Mädchen, das vermutlich vor die U-Bahn gestoßen wurde, fragt zurück: »Wieso sollte er einen Unschuldigen bezichtigen?«

Esther umklammert das Sofakissen auf ihrem Schoß so fest, dass ich Angst bekomme, sie könnte es einem der JuMos überziehen. »Weil er seinen Mörder nicht *gesehen* hat!«, ruft sie. »Er sieht diesen Jungen nur in seinen verdammten Albträumen!«

Der Junge, der vermutlich erstochen wurde, hält ihr entgegen, die Albträume eines JuMo seien immer aufschlussreich. »Was mich angeht, sind sie ein Beweis«, sagt er.

»Für mich auch! Für mich auch!«, ruft der Junge von der Brücke. Andere JuMos fallen ein.

Esther beachtet sie nicht, sondern wendet sich an mich. »Vielleicht ist Johnny wirklich ein bisschen verrückt, Boo«, sagt sie. »Und weiß nicht mehr, was er verflucht noch mal tut.«

Das U-Bahn-Mädchen mischt sich ein. »Ermordete sind immer ein bisschen verrückt, wenn sie hier ankommen. Das kannst du natürlich nicht verstehen. Du bist keine von uns.«

Mit einem genervten Seufzen sagt Esther: »Und du komm endlich drüber weg!«

Daraufhin sieht die ganze Gruppe sie aufgebracht an. Die Gesichter der JuMos wirken plötzlich unheimlich und fast böse, als hätten sie sich gerade in ihre eigenen Mörder verwandelt.

»Nicht unhöflich sein, Esther«, mahnt Thelma.

Esther schnaubt verächtlich und verkündet: »Ich muss mal pinkeln.« Sie steht vom Sofa auf und fragt mich: »Musst du nicht auch?«

Thelma fordert uns immer auf, die Toiletten zu benutzen, bevor wir uns wieder auf den Weg machen, also nicke ich, obwohl ich gar nicht urinieren muss. Esther und ich schlängeln uns durch die JuMos, die sie immer noch aufgebracht ansehen. Wir gehen in die Jungstoilette (weil Esther Feministin ist und getrennte Waschräume für Jungen und Mädchen für eine Art von Diskriminierung hält), und sie verschwindet in einer der Kabinen und schließt die Tür. Während sie uriniert, wasche ich mir die Hände mit einem Stück Glyzerinseife.

»Ich glaube wirklich, dass Johnny ein bisschen verrückt ist«, sagt Esther in der Kabine. »War er schon immer so komisch?«

Komisch? Wie komisch, dass Esther Johnny für komisch hält. Würden die Achtklässler in der Helen-Keller gefragt, wer von uns beiden, Johnny Henzel oder Oliver Dalrymple, der Komischere ist, würde ich die Abstimmung haushoch gewinnen. Jeder, der sich für Johnny entscheiden würde, müsste zwangsläufig selbst komisch sein – wie zum Beispiel Jenny Vasquez, die in ihrer Schultasche einen ganzen Zoo aus Bauernhoftieren aus Plastik mitschleppt, mit denen sie häufig Gespräche führt.

Ich sage, dass ich mich nicht erinnern kann, dass Johnny je komisch gewesen wäre, aber andererseits hatten wir beide nicht unbedingt viel Kontakt miteinander. Ich weiß nur, dass er in der Schule weder zu Schlägereien noch zu rüdem Verhalten neigte und niemanden mit durchgekauten Papierkügelchen bespuckte.

Esther kommt aus der Kabine und wäscht sich die Hände. Sie ist gerade groß genug, um sich im Spiegel über dem Becken sehen zu können.

»Wir müssen Johnny finden, bevor er irgendwas Furchtbares tut«, sagt sie.

»Das tut er bestimmt nicht«, versichere ich ihr.

Sie nimmt ein Papierhandtuch von dem Stapel auf dem Becken, trocknet sich die Hände ab, zerknüllt das Tuch und bewirft mich damit. »Wieso sollte ich dir und deinem Urteil trauen?«, fragt sie. »Du bist voreingenommen, weil er dein Freund ist.«

Ich hebe das zerknüllte Papierhandtuch vom Boden auf und werfe es in den Mülleimer. »Als angehender Wissenschaftler und Forscher versichere ich dir, dass ich immer unvoreingenommen urteile.«

Sie zieht die Augenbrauen hoch.

»Neutral und objektiv.«

»Er ist auf Blut aus, dein Freund.«

»Er ist nur ein bisschen nervös.«

»Es hat hier noch nie einen Mord gegeben, Boo. Niemand weiß, was passiert, wenn Johnny oder die JuMos Gunboy töten. Niemand weiß, wie Zig darauf reagieren wird.«

»Du meinst, er wird uns bestrafen?« Auf diesen Gedanken war ich noch gar nicht gekommen.

»Ich will ja nicht behaupten, dass sich die Erde auftun und uns alle auf einen Happs verschlingen wird, aber garantiert wird er uns zur Rechenschaft ziehen.«

Ich bin mir da nicht so sicher. Denn wenn Zig auch Herr über Amerika ist, scheint er sich für dieses Zur-Rechenschaft-Ziehen keine Tage in seinem Kalender vorzumerken, trotz der Ungerechtigkeit, der Gewalt und der Todesstrafen dort.

»Boo, wir *müssen* Johnny aufhalten«, sagt Esther. »Wenn nicht, haben auch wir Blut an den Händen.«

22	47.87
Ti	
Titan	

Nach dem JuMo-Treffen sitze ich allein auf der Treppe der Ponyboy-Curtis-Schule, als sich der Junge, dem ein Messer in den Bauch gerammt wurde, neben mich setzt. Er hat ein ziemlich ramponiertes Skateboard bei sich. »Howdy«, grüßt er mich mit ausgeprägtem Südstaatenakzent. Man sollte meinen, in unserem Schmelztiegel von Himmel würden die Städter mit der Zeit ihren Akzent verlieren, aber nein: Der Akzent, mit dem wir hier eintreffen, bleibt uns die ganzen fünfzig Jahre erhalten.

Der JuMo stellt sich als Benny Baggarly vor. Er ist auch blond, aber lange nicht so blass wie ich. Im Gegenteil, seine Haut ist gebräunt, als hätte er die Sonne des amerikanischen Südens mit hierhergebracht.

Er beugt sich zu mir und sagt: »Ich hab meinen Mörder aufgespürt und mache dem Schwein jetzt als Geist das Leben zur Hölle.«

»Wie bitte?«

»Ich spuke in seinem Leben herum. Schon mal von Geistertouren gehört?«

»Soll das heißen, du bist ein Portalsucher?«, erkundige ich mich.

»Portalsucher? Portalfinder wär' richtiger.«

Er zieht einen Zettel aus seiner Tasche. »Das hier darfst du keinem sonst zeigen. Es ist einzig und allein für dich bestimmt.« Er sieht sich um, aber niemand ist in Hörweite. Die anderen JuMos sind mit ihren Rädern in der Nacht verschwunden.

Thelma und Esther streiten sich auf dem beleuchteten Basketballplatz neben der Schule. Ich bin ein bisschen traurig, weil es so aussieht, als würde unsere kleine Gruppe auseinanderbrechen.

Ich falte den Zettel auseinander, den Benny mir gegeben hat.

Es ist eine handgezeichnete Karte der Sechs. Mitten im Buttercup-Park, der am nördlichen Rand der Zone liegt, da wo Sechs und Fünf aufeinandertreffen, ist ein X eingezeichnet.

»Wir treffen uns morgen Nacht um drei in diesem Park«, flüstert Benny.

»Wer ist *wir*, Benny?«

»Die Geistertourer. Du solltest wirklich kommen und mitmachen und herausfinden, ob dein Mörder noch unten in Amerika oder hier oben im Himmel ist. Vielleicht kriegst du sogar seinen richtigen Namen raus, denn er heißt garantiert nicht ›Gunboy‹.«

Ich muss ein skeptisches Gesicht gemacht haben, denn Benny bietet mir einen weiteren Anreiz. »Und du kannst deine Leute besuchen. Deinen Pa umarmen, deiner Ma ein Küsschen geben. Sie werden sich riesig freuen.«

Ich stecke Bennys Karte in meine Tasche und bedanke mich für die Einladung, habe aber Zweifel an der Sicherheit dieser Geistertouren. Ich muss an die arme verrückte Willa Blake und ihren gruseligen Kopfsprung denken.

Benny steht von der Treppe auf und klopft sich den Hosenboden ab. »Wenn du mehr erfahren willst, komm morgen Nacht. Sei pünktlich. Und komm allein. Wir sind ein exklusiver Club. Wir laden nicht jeden hergelaufenen X, Y oder Z ein.«

Als Benny mit seinem Skateboard über den Schulhof verschwindet, denke ich: *Jeden hergelaufenen X, Y oder J(ohnny) würde es besser treffen.*

23 50.94 V Vanadium

Als die Mädchen und ich an diesem Abend ins Jack-Meridew-Wohnheim zurückkommen, renne ich als Erstes in mein Zimmer, weil ich wissen will, ob Johnny wiederaufgetaucht ist. Die Orange, die unangetastet auf dem Schreibtisch liegt, verrät mir, dass er nicht hier war. Enttäuscht setze ich mich auf die Tagesdecke aus Chenille. Einen Moment später kommt Thelma herein, und ich frage mich laut, ob Johnny vielleicht ins Frank-and-Joe zurückgefahren ist.

Thelma vermutet, dass er immer noch irgendwo da draußen ist und seinen Steckbrief herumzeigt, weil er Gunboy auf eigene Faust finden will. »Gib ihm ein, zwei Tage Zeit, Herzchen, dann taucht er garantiert wieder auf«, sagt sie und setzt sich auf das andere Bett.

»Meinst du, dass er Gunboy wirklich den Schädel einschlägt, wenn er ihn findet?«

»Ach, Oliver, das war doch nur Gerede, mit dem er sich selbst Mut machen will. Johnny hat Angst, wie jeder JuMo-Neuling. Über eine Ermordung wegzukommen, das schafft man nicht über Nacht.«

Ihre Bemerkung ist auch an mich gerichtet. Sie findet nämlich, dass ich in Bezug auf meine eigene Ermordung nicht emotional genug bin. Ich dürfte noch längst nicht darüber weg sein.

»Findest du, Gunboy hat es verdient, dass man ihm den Schädel einschlägt?«, frage ich.

Thelma betrachtet ihre Handflächen, als könne ihre Lebenslinie ihr die Antwort auf meine Frage verraten. »Ehrlich gesagt, weiß ich es nicht, mein Herz.«

Als ich den Kopf auf mein Kissen sinken lasse, steht sie auf und bleibt zwischen den beiden Betten stehen. An diesem Abend singt sie »Lullaby of Birdland«. Ihre wunderschöne Stimme erfüllt das Zimmer und schwebt zum Fenster hinaus, und ich rechne fast damit, dass andere Stadt-Bewohner an die Tür klopfen, um Thelmas Gesang besser hören zu können. Als sie an die Stelle mit der alten Trauerweide kommt, die weinen kann, schließt sie die Augen. Ich tue es ihr nach. Dann ist das Lied vorbei, und Thelma beugt sich über mich und drückt mir einen Kuss auf die Stirn. Obwohl ich bei so etwas normalerweise zurückzucke, tue ich es dieses Mal nicht. Vielleicht bin ich ja doch dabei, mich zu verändern. Nur ein kleines bisschen.

»Schlaf gut und lass dich nicht von irgendwelchen Totenkopfschaben beißen«, witzelt sie, bevor sie in das Zimmer zurückgeht, das sie sich mit Esther teilt. Ich hoffe, dass Johnny und Rover gut aufeinander aufpassen.

Als Thelma weg ist, sehe ich mich um. Die Wände wirken kahl ohne die Zeichnungen, die Johnny aufhängt, um unsere vorübergehenden Bleiben ein bisschen wohnlicher zu machen. Meine bisher liebste ist die, auf der Esther auf ihrem Pinkmobil eine Straße entlangflitzt, dass ihre Haare und die Lenkerfransen waagerecht abstehen. Johnny hat sie in ein Wonderwoman-Kostüm gesteckt und gesagt, wir alle seien Superhelden, auf der Jagd nach unserem Erzfeind Gunboy. Als ich fragte, welcher Superheld ich sei, antwortete er: »Brainboy.«

In letzter Zeit komme ich mir allerdings gar nicht mehr so

besonders schlau vor. Die Sachen, die ich weiß – über Amöben, Spiralnebel oder mathematische Formeln –, sind hier nutzlos. Was ich bräuchte, ist die Art von Intelligenz, die mir helfen würde zu verstehen, wieso ein Junge in eine Schule marschiert und anfängt, um sich zu schießen, und wieso eins der Opfer diesem Jungen vergeben kann, das andere dagegen nie und nimmer.

Um halb vier schrecke ich mit rasendem Puls hoch, weil ich Johnny im Traum schreien höre, aber als ich das Licht anmache, ist alles still, und das zweite Bett ist immer noch leer. Die Schreie müssen aus *meinem* Traum herrühren. Ich ziehe den Schreibtischstuhl ans Fenster, setze mich und betrachte den Vollmond und das Gewirr der Sterne.

Wenn ich zu Hause in Amerika nicht schlafen konnte, las ich meine Schulbücher, bis es draußen hell genug war, um meinen Frühmorgenspaziergang zu machen. Ich wünschte, ich wäre wieder an der Helen-Keller, damit beschäftigt, mir die Afrikakarte einzuprägen, Gletscherformationen zu lernen und französische Verben zu konjugieren (*je meurs, tu meurs, il meurt, nous mourons …*).

Als die winzigen Sterne verblassen und die schafblöden Schäfchenwolken angeschwebt kommen, steige ich aus meinem Schlafanzug und in meine Sportsachen. Ich ziehe die weißen Kniestrümpfe mit den roten und blauen Streifen am oberen Rand an (vielleicht auch ein Überbleibsel der Zweihundertjahrfeier) und binde meine Laufschuhe zu.

Draußen ist es still, keine Radfahrer weit und breit. Ich frage mich, wie es wohl wäre, in einem Himmel zu sein, der nicht nur nach Alter und Nationalität, sondern so feinmaschig unterteilt ist, dass ich der einzige Bewohner wäre. Anders ausgedrückt, wie es wäre, mein Nachleben ganz allein zu verbringen. Der Gedanke lässt mich schaudern. Ich kann mich mit allem abfinden, was es im Himmel nicht gibt: Tiere, Autos, Telefone, naturwissenschaftliche Bücher etc. Aber wenn es keine anderen Menschen gäbe, wäre das unerträglich, selbst für einen Einzelgänger wie mich.

Ich erinnere mich an eine Unterhaltung mit Johnny vor fast einem Jahr, als ich meinen Morgenlauf machte. Obwohl ich normalerweise eher gemächlich laufe, sprintete ich an diesem Morgen über ein Stück Rasen zwischen den Gebäuden von Sandpits. Zuerst bemerkte ich gar nicht, dass Johnny und sein ständiger Begleiter Rover im Gras saßen und die *Tribune* lasen. (Okay, der Hund las natürlich nicht wirklich, aber er beäugte die Zeitung mit sichtlichem Interesse.)

»Du solltest in unsere Laufmannschaft kommen, Boo«, rief Johnny mir zu. »Wir könnten dich gut brauchen.«

Ich verlangsamte mein Tempo und trabte zurück, wobei ich die Brille auf meiner Nase hochschob. Ich sagte Johnny, es würde mir keinen Spaß machen, zusammen mit anderen zu laufen. Ich wolle ihren Atem und ihre Schritte nicht hören. Mein eigenes Keuchen und das Klatschen meiner eigenen Füße klangen für mich beruhigend, die Geräusche, die die anderen machten, wären dagegen nervig und eine Ablenkung.

Johnny sagte, das könne er verstehen. »Ich bin auch gern allein«, fügte er hinzu. »Deshalb trage ich die Zeitung schon um halb sechs aus.«

Dann fügte er noch etwas hinzu, was ich nicht verstand. »Ich hasse andere Leute auch«, sagte er.

Ich schüttelte bestürzt den Kopf. »Aber ich *hasse* andere Leute doch nicht«, antwortete ich. »Sicher, manchmal sind sie eine Plage, vor allem, wenn sie mich bei meinen Experimenten oder beim Lesen stören, aber ich würde nie behaupten, sie zu hassen.«

»Doch, tust du. Du kannst es ruhig zugeben. Es ist okay.«

Ich wollte mich nicht mit ihm streiten, also sagte ich nichts darauf, und Johnny wechselte das Thema und fragte: »Weiß irgendjemand in der Schule, dass du so gut läufst?«

Ich schüttelte den Kopf. Rover gähnte die Sportseite der Zeitung an.

»Wissen es deine Leute?«

Wieder ein Kopfschütteln. Liebe Eltern, ihr habt immer angenommen, dass ich morgens einfach nur spazieren ging. Ich wollte nicht, dass ihr wusstet, dass ich *jogge*, weil ihr euch dann nur Sorgen wegen meines löchrigen Herzens gemacht hättet. Ihr hattet dem Sportlehrer schon einen Brief geschrieben und ihn gebeten, mich keinen zu großen Belastungen auszusetzen.

Johnny sah mich fasziniert an. »Keine Menschenseele weiß davon?«

»Du weißt es«, sagte ich.

Er lächelte und hielt mir seine mit Druckerschwärze verschmierte Hand hin. »Dann ist es jetzt unser Geheimnis«, sagte er.

Ich schüttelte seine Hand nur flüchtig und hoffte, dass die Druckerschwärze nicht auf mich abfärben würde.

Während ich jetzt durch die Straßen der Sechs jogge, halte ich Ausschau nach Johnny, dieser gequälten Seele. Vielleicht ist er auch schon früh unterwegs. Vielleicht hat er auch schlecht geschlafen und ist schon lange auf den Beinen.

Nur die wenigsten Stadt-Bewohner sind es. Nur ein paar Frühaufsteher haben sich mit Einkaufswagen vor einem Lagerhaus versammelt, dessen Türen offen stehen und Regale enthüllen, die mit einem Wust von Sachen vollgestopft sind. Hoffen wir, dass die Lieferung ein wertvolles kurioses Objekt beinhaltet – ein Teleskop zum Beispiel.

Ich jogge bis zum Buttercup-Park. Obwohl er angeblich ein Portal enthält, sieht er so normal aus wie ein Wiedergeburtsbett. Es gibt eine Wiese, auf der man Sport treiben kann, ein paar vereinzelte Bäume, mehrere Picknicktische und ein angerostetes Klettergerüst. Ich habe eine Schwäche für Klettergerüste. Sie wurden vom Sohn eines Mathematikers erfunden, um Kindern zu helfen, den dreidimensionalen Raum zu verstehen. Dieses hier ist ein 3D-Quadrat, fünf Würfel lang, fünf breit und fünf hoch.

Ich inspiziere den Park, finde aber nichts Außergewöhnliches, abgesehen von einer gesprungenen Elvis-Presley-Schallplatte, die wahrscheinlich als Frisbee benutzt wurde. Ich weiß nicht, was ich erwartet hatte. Wie würde ein Portal aussehen? Wie das Bullauge einer Waschmaschine? Ein Gully? Ein Kanaldeckel?

Würde ich ein Portal finden, hätte ich dann den Mumm, hineinzuklettern? Ich denke an die furchtlosen Brüder Frank und Joe Hardy, die auf dem Einband von *Geheimnisse im vergessenen Tunnel* mit ihren Taschenlampen durch einen dunklen, geheimnisvollen Durchgang schleichen. Wenn Johnny bei mir wäre, würde ich vielleicht in das Portal klettern und das *Geheimnis des verschwundenen Gunboy* ergründen.

24 52.00 Cr Chrom

Das nächste Krankenhaus, das die Mädchen und ich aufsuchen, das Sal-Paradise in der Fünf, ist keine Nervenheilanstalt, was mich freut, da Knochenbrüche und Gehirnerschütterungen für einen Wissenschaftler leichter zu erforschen sind als Traurigkeit und Konfusion. Meine Assistentin Esther und ich erkundigen uns bei den Helfer-Pflegerinnen nach Heilungszeiten. In einem der Betten liegt ein komatöses Mädchen, das beim Skaten von einem Dach stürzte, aber anders als Willa Blake verschwand sie nicht in einem Beet schwarzäugiger Susannen.

»Ihr müsstet die Dacherlaubnis für alle widerrufen«, sagt Esther. »Man kann uns trampeligen Engeln da oben einfach nicht über den Weg trauen.«

Anschließend gehen wir ins Hauptbüro, wo Thelma an einem Schreibtisch sitzt und ein in rotes Kunstleder gebundenes Wiedergeburtsbuch durchblättert.

»Bingo«, sagt sie. Sie ist auf den Namen eines Mädchens aus Illinois gestoßen, das nicht lange nach Johnnys Gehen hier eintraf. »Liegt Schaumburg in der Nähe von Hoffman Estates?«, fragt sie.

»Es sind praktisch Zwillingsstädte«, antworte ich.

Über Thelmas Schulter werfe ich einen Blick in das Buch. In Schreibmaschinenschrift stehen dort die Namen der Neulinge, ihr Heimatort, das Datum ihres Gehens, die Ursache ihres Gehens und das Kürzel ihres Wohnbezirks hier in der

Stadt. Thelma deutet auf den Namen Sandy Goldberg. In der Spalte *Ursache des Gehens* steht »Erdnuss«.

Sandy Goldberg / Schaumburg, Il / 28.Okt.1979 / Erdnuss / GOB

»Sie ist von einer Nuss gekillt worden, Boo«, witzelt Esther. »So wie du von Gunboy.«

»Über so was macht man keine Witze, Esther«, ermahne ich sie. »Wenn man gegen Erdnüsse allergisch ist, kann schon ein winziger Klecks Erdnussbutter einen anaphylaktischen Schock auslösen, was bedeutet, dass der Hals komplett zuschwillt und man erstickt.« Zur Demonstration umklammere ich meinen Hals mit beiden Händen.

»Ruhe in Frieden, liebes Mädchen«, sagt Thelma und notiert sich die Sandy-Informationen auf einem Zettel.

»Woher willst du wissen, dass sie lieb ist?«, fragt Esther. »Vielleicht ist sie eine blöde Zicke. Vielleicht hat sie die Nuss absichtlich gegessen, um sich wichtig zu machen.«

Thelma gibt ein abfälliges Schnauben von sich. »Und wieso denkst du immer nur das Schlechteste von den Leuten?«

»Weil sie das Schlechteste *sind*«, antwortet Esther.

»Zig, gib mir Kraft«, stöhnt Thelma und blickt nach oben, als sitze Zig auf einem Fächer des kreiselnden Deckenventilators.

»Meinst du wirklich, Zig hört dir zu?«, frage ich.

»Ich hoffe es«, sagt Thelma und klappt das Buch zu. »Aber wahrscheinlich hat er Wichtigeres zu tun.«

»Er ist nicht unser Daddy, zu dem wir rennen können, wenn es kritisch wird«, sagt Esther. »Er will, dass wir selbst

Lösungen finden.« Sie greift sich eine Schneekugel, die als Briefbeschwerer auf dem Schreibtisch steht, und schüttelt sie. Drinnen sitzen ein winziger Junge und ein winziges Mädchen mit exakt gleichen Ohrenschützern nebeneinander in einem Schlitten.

»Wir erwarten ständig irgendwas von ihm«, fährt Esther fort. »Ein Dach über dem Kopf, Essen, Kleider. Aber er erwartet auch was von uns.«

»Und was?«, frage ich.

»Dass wir mit dem zufrieden sind, was wir haben. Dass wir einander ein Mindestmaß an Respekt erweisen. Dass wir versuchen, gegen das Schlechte in uns anzukämpfen.«

Während Thelma das Wiedergeburtsbuch in den Aktenschrank zurückstellt, zwinkert Esther mir zu und lässt die Schneekugel in Thelmas Rucksack verschwinden.

Wir verlassen das Krankenhaus, und ich schlage vor, unser Mittagessen im nahegelegenen Buttercup-Park einzunehmen. Wir holen uns was aus einer Cafeteria und spazieren in den Park. Thelma und Esther setzen sich auf die beiden Enden einer Wippe. Wegen ihres unterschiedlichen Körpergewichts bleibt Thelma unten am Boden, während Esther hoch oben in der Luft schwebt. Zu Ehren von Sandy Goldberg haben wir uns für Erdnussbutter-Sandwiches entschieden.

Trotz ihres Streits von gestern scheinen Esther und Thelma wieder beste Freundinnen zu sein. Sie witzeln und lachen miteinander, und Thelma ist sogar gerührt, als sie die Schneekugel entdeckt. »In North Carolina gab es kaum Schnee, und hier in der Stadt gibt es überhaupt keinen, also ist das hier wohl der einzige Schnee, den ich je zu sehen bekommen werde.« Trotzdem findet sie, dass wir die gestohlene Schneekugel ins Krankenhaus zurückbringen sollten, aber Esther beharrt darauf, dass niemand sie vermissen wird.

Ich kenne mich in der Kunst der Freundschaft nicht aus, weiß nichts über die Neckereien, Zankereien und Versöhnungen, die damit einhergehen. Wie viele Tage sollte man beispielsweise beleidigt sein, wenn ein Freund etwas Herzloses sagt oder etwas Illoyales tut? Zahlen wie diese würde ich gern in mein Heft eintragen.

Wie viele Tage wird Johnny mit mir beleidigt sein?

Als ich mein Sandwich, die getrockneten Aprikosen und die Weizenkekse gegessen habe, sammele ich mit viel Getue den Abfall ein, der im Park herumliegt, und werfe ihn demonstrativ in einen Mülleimer. In Wahrheit aber suche ich nach einem Portal. Ich rücke den Mülleimer sogar beiseite, um zu sehen, ob sich darunter ein Portal verbirgt, finde aber nichts.

Der Nachmittag vergeht mit der erfolglosen Suche nach Sandy Goldberg. Mit Hilfe des Kürzels ihres Wohnbezirks finden wir ihr Wohnheim, wo ihre Zimmergenossin uns sagt, dass Sandy in der Charlie-Gordon-Schule an einem Zeichenkurs teilnimmt. Der Lehrer dort sagt, dass sie den Kurs für einen Badminton-Workshop in der Marcy-Lewis-Turnhalle abgebrochen hat. Vom dortigen Trainer erfahren wir, dass Sandy den Schmetterball perfekt beherrscht und mit der Badminton-Mannschaft auf Tour geschickt wurde. Sie wird erst gegen Ende der Woche zurück erwartet.

Während der ganzen Fahrerei von hier nach da springt meine Kette zweimal ab. Jetzt vermisse ich Johnny wirklich, weil er unser Fahrradexperte ist, während ich hinterher immer von Kopf bis Fuß verschmiert bin.

Abends versuche ich mich in meinem Wohnheimzimmer

an einer Zeichnung meines Freundes, einer Art Steckbrief, den ich den Portalsuchern zeigen will, die heute Nacht auf Geistertour gehen wollen. Ich bin natürlich kein Porträtzeichner, folglich sehen die Skizzen in meinem Heft ziemlich stümperhaft aus. Was ich da zu Papier gebracht habe, könnte jeder Junge mit braunen Haaren sein, sogar Gunboy.

Es ist extrem frustrierend, dass ich das Bild, das ich im Kopf habe, nicht auf Papier wiedergeben kann. Ich zerknülle Zeichnung um Zeichnung und gehe dann in den Flur, um sie alle in den Müllschlucker zu werfen.

Es ist jetzt Viertel nach zwölf. In zwei Stunden muss ich los, folglich werde ich heute Nacht nicht viel schlafen können. Egal. Ich bin in meinem Leben unzählige Male ohne Schlaf ausgekommen und werde auch dieses Mal kein Problem damit haben. Aber als ich mich auf mein Bett lege und zum Deckenventilator aufschaue, krampft sich mein Magen nervös zusammen. Obwohl ich nicht glaube, dass Zig über mich wacht, ertappe ich mich dabei, wie ich Thelmas Worte nachspreche: »Zig, gib mir Kraft.«

25 54.94

Mn

Mangan

In unserem Himmel müssen wir die Magie in den kleinen Dingen suchen, beispielsweise in Taschenlampen. Stadt-Bewohner erstarren vielleicht nicht gerade vor Ehrfurcht, wenn sie eine Taschenlampe anknipsen und vor ihnen ein Lichtstrahl erscheint, aber wenn sie die magische Metallröhre aufschraubten und sähen, dass sie keine Batterien enthält, wären sie vielleicht doch beeindruckt.

Ob ihr es glaubt oder nicht, unsere Taschenlampen funktionieren tatsächlich ohne erkennbare Energiequelle. Aber irgendwoher *muss* das Licht kommen! Bloß woher? Was ist die Energiequelle? Unsichtbare Partikel, die in der Luft herumschweben und unsere Taschen-, Schreibtisch- und Straßenlampen mit Energie versorgen? Eines Tages werde ich mich eingehend mit diesem und ähnlichen Rätseln beschäftigen.

Doch erst muss ich euch etwas gestehen, liebe Eltern. So wie Esther die Schneekugel stibitzte, habe ich die Taschenlampe gestohlen, die ich in diesem Augenblick in der Hand halte. Ich habe sie ohne zu fragen aus der Helferstation im Wohnheim mitgenommen. Hoffentlich seid ihr jetzt nicht allzu enttäuscht von mir, aber ich wusste mir wirklich keinen anderen Rat. Natürlich hätte ich mir mit Thelmas Hilfe eine Taschenlampe aushändigen lassen können, aber ich wollte nicht, dass sie etwas von meinem nächtlichen Vorhaben mitbekommt. Sie hätte es ganz sicher nicht gutgeheißen. Schließlich ist es Nicht-Helfern außer in Notfällen verboten, nach Mitternacht draußen herumzulaufen.

Lange nach Beginn der mitternächtlichen Ausgangssperre, als die Straßenlampen aus sind und die Stadt im Schattenreich der Nacht finster und unheimlich wirkt, gehe ich los. Dabei ist die Nacht gar nicht so besonders finster und unheimlich. Ich werde keinem Geist über den Weg laufen (oder vielmehr: Ich werde ausschließlich Geistern über den Weg laufen, haha, je nachdem, wie ihr uns Städter seht). Ich hatte nie Angst vor der Dunkelheit. Wie ihr wisst, musstet ihr nicht einmal, als ich noch ganz klein war, das Licht in meinem Zimmer brennen lassen. Ich lag nie starr vor Angst im Bett, weil jeden Augenblick ein Säbelzahntiger aus meinem Schrank hervorgesprungen kommen könnte. Ich wurde nie mitten in der Nacht wach und schrie mir die Seele aus dem Leib.

Während ich mit meiner Taschenlampe durch die Straßen stapfe, frage ich mich, ob Johnny auch zu diesem Portalsuchertreffen kommen wird. Ich habe nämlich gute Neuigkeiten für ihn: Sandy Goldberg aus Schaumburg (die Esther immer nur als »die dumme Nuss« bezeichnet). Sobald Sandy wieder da ist, liefert sie uns vielleicht Hinweise auf Gunboy und seine wahre Identität.

Sollte ich in der Ferne eine andere Taschenlampe bemerken, werde ich meine sofort ausknipsen für den Fall, dass es sich bei der betreffenden Person um einen Nachtwächter handelt, der die Passierscheine kontrolliert, die jeder mitführen muss, der während der Ausgangssperre unterwegs ist. Aber weit und breit ist keine andere Taschenlampe zu sehen. Die Nacht ist stockdunkel, weil dicke Wolken den Mond verhüllen. Außerdem ist sie totenstill (haha). Keine heulenden Sirenen, keine vorbeirauschenden Züge, keine hupenden Autos. Leider auch keine zirpenden Grillen. Das einzige Geräusch ist das Rascheln der Blätter, wann immer ein Windstoß durch sie hindurchfährt.

In der Nähe des Buttercup-Parks sehe ich auf meine im Dunkeln leuchtende »Casper, der freundliche Geist«-Armbanduhr (ein Geschenk von Esther). Es ist zehn vor drei. Weiter vorne blinkt ein Licht auf und erlischt wieder. Ich knipse meine Taschenlampe aus und halte auf das Licht zu. Als ich den Bolzplatz überquere, sehe ich, dass es von der obersten Ebene des würfelförmigen Klettergerüsts kommt. Irgendjemand dort betätigt sich als Leuchtturm. Es scheint ein Junge zu sein, aber nicht Benny. Benny ist klein, während dieser Junge groß zu sein scheint. Er reckt den Arm mit der Taschenlampe hoch über seinen Kopf, als wolle er die Freiheitsstatue imitieren.

Ein paar Schritte entfernt bleibe ich stehen. »Hallo, da oben«, rufe ich.

»Schnauze!«, blafft der Junge.

Ich senke meine Stimme. »Ist Benny Baggarly da? Er hat mich zu einer Geistertour eingeladen.«

»Mach, dass du in den besch*ssenen Käfig kommst, Blödmann.«

Eine zweite Gestalt klettert aus dem Gerüst und kommt auf mich zu. Als der Leuchtturm wieder angeht, sehe ich, dass es Benny ist. »Komm mit«, flüstert er und klopft mir auf die Schulter. »Aber sei still.« Er legt einen Finger auf seine Lippen.

Ich folge Benny durch die Stangen des Klettergerüsts, was in dem flackernden Licht zu einem ziemlich unbeholfenen Gekrabbel ausartet. Im Inneren des Gebildes sehe ich mich um. Mehrere andere Personen sind hier. Ich höre sie atmen und sehe sie flüchtig, wenn der Leuchtturm angeht. Sie hocken dicht nebeneinander auf den unteren Stangen. Mir ist das alles viel zu beengt. Und es ärgert mich, dass ich die anderen nicht fragen kann, ob sie Johnny gesehen haben, weil Reden ja verboten ist. Minuten vergehen schweigend. Um mir die Zeit zu vertreiben, lasse ich meinen Blick durch den Park wandern, aber es tauchen keine weiteren Taschenlampen auf.

Schließlich kommt der Junge, der über uns gestanden hat – er muss der Anführer der Gruppe sein, der Oberboss der Geistertourer –, durch die Stangen nach unten geklettert und kauert sich in die Mitte des Würfels.

»Namensappell«, blafft er. »Aber denkt dran, dass wir hier nur Pseudonyme benutzen, keine echten Namen.« Er lässt die Taschenlampe herumgehen, sie klatscht von Hand zu Hand. Jeder der Geistertourer nennt seinen Decknamen, hält die Taschenlampe unter sein Kinn und knipst sie für einen Augenblick an, damit wir sein Gesicht sehen können.

»Ace.«

»Doug.«

»Shelly.«

»Funk.«

»Jack Sprat.«

»Crystal.«

»Ratface«, sagt Benny, und ein paar der Anwesenden lachen. Der Anführer der Gruppe zischt: »Ruhe!«

Von unten angeleuchtet, sehen wir alle gespenstisch aus, also nenne ich, als ich an die Reihe komme, meinen echten Spitznamen: »Boo.«

Ich gebe die Taschenlampe an den Anführer zurück. Er

nennt sein Pseudonym, »Zar«, knipst die Taschenlampe an und richtet sie auf sich. In dem kurzen Moment, bevor das Licht wieder ausgeht, sehe ich einen übelst gelaunten Jungen mit verrutschten Gesichtszügen, großen Ohren und störrisch abstehenden braunen Haaren.

Er ist der lebendig gewordene Steckbrief.

Gunboy! Gunboy, wie er leibt und lebt! Ein stechender Schmerz zuckt durch meine Brust. Gunboy so nah, dass ich die Hand ausstrecken und ihn berühren könnte.

Ich denke an mein Versprechen an Johnny, stark zu sein, bin aber so versteinert wie ein Kind, in dessen Schrank ein Säbelzahntiger knurrt.

In der undurchdringlichen Dunkelheit höre ich Benny Baggarly flüstern: »Darf ich als Erster gehen, Zar?«

»Ich hab euch *rschlöchern gesagt, ihr sollt die Schnauze halten. Ihr sprecht erst, wenn ihr dazu aufgefordert werdet. Verstanden?«

Niemand sagt etwas.

»*Verstanden?*«

»Ja, Zar«, flüstern ein halbes Dutzend Stimmen.

Ich selbst sage nichts. Mir hat es die Sprache verschlagen. Mein Herz hämmert seinen unregelmäßigen Rhythmus, aber zumindest lässt der stechende Schmerz allmählich nach. Im Kopf bete ich herunter: *Wasserstoff, Helium, Lithium, Beryllium, Bor, Kohlenstoff, Stickstoff, Sauerstoff, Fluor.*

Hat Gunboy mich erkannt, als ich die Taschenlampe auf mein Gesicht richtete? Vielleicht war ich nicht lange genug sichtbar. Oder vielleicht hat er mich in der Helen-Keller nicht richtig gesehen.

»Die meisten von euch kennen den Ablauf«, sagt Gunboy. Seine Stimme klingt rau, als ob er, genau wie Johnny, im

Schlaf schreit. »Ich bringe euch einen nach dem anderen zum Baseballfeld und portaliere euch nach Hause. Während ihr darauf wartet, an die Reihe zu kommen, will ich keinen einzigen Mucks von euch hören. Falls doch, breche ich das Ganze sofort ab, *capisce*, ihr W*chser?«

»Ja, Zar.«

Neon, Natrium, Magnesium, Aluminium, Silicium.

Es kommt Bewegung in unseren kleinen Kreis, als Gunboy sich zwischen uns durchdrängt und durch die Gerüststangen nach draußen klettert. Dort bleibt er stehen. Wir anderen sind noch im Inneren des Käfigs. »Jack Sprat, du zuerst«, sagt Zar, knipst die Taschenlampe an und richtet sie vor sich auf den Boden, während ein Junge neben mir sich aus dem Gerüst zwängt. Die beiden gehen in Richtung Baseballfeld. Ich folge dem Licht mit Blicken und erwarte jeden Augenblick, Jack Sprats gellenden Angstschrei zu hören.

Zu Benny sage ich: »Was passiert jetzt? Was macht er mit Jack Sprat?«

Benny hält mir den Mund zu. »Pst! Sonst kriegt Zar einen Anfall!«

Ich schiebe seine Hand weg. »Ich muss es aber wissen. Es geht um Leben oder Tod!«

Jemand anderes haut mir auf den Kopf. »Schnauze, Blödi«, flüstert das Mädchen, das sich Crystal nennt.

Ich krieche durch die Stangen des Klettergerüsts. Jemand versucht mich am Zipfel meines T-Shirts festzuhalten, aber ich trete nach hinten aus, und wer immer es ist lässt los. Ich muss sofort hier weg. Zwar kenne ich Gunboys richtigen Namen nicht, aber vielleicht kann Thelma ihn mit den wenigen Informationen, die ich habe, trotzdem aufspüren. Ich will gerade ins Wohnheim zurückrennen und die Mädchen wecken, als über dem Baseballfeld Licht aufflackert. Verflixt und zugenäht, Gunboy kommt zurück! Einen Moment bleibe ich wie angewurzelt stehen, aber dann schüttele ich meine Angst ab und hebe die Fäuste. Wenn das Licht von Gunboys Taschenlampe auf mich fällt und er mich angreift, werde ich kämpfen. Der Lichtstrahl kommt näher. Meine Nerven verwandeln sich in Stahl. Mein Herz hämmert. Mein Blut rast.

Kurz bevor der Lichtstrahl mich erreicht, ruft eine Stimme: »Ist das hier das Treffen der Portalsucher? Ich bin ein bisschen spät dran.«

Ich erkenne die Stimme auf Anhieb.

»Johnny Henzel?«

Der Lichtstrahl schwenkt zu mir herüber. Ich senke die Fäuste.

»Boo? Was zum Teufel machst du denn hier?«

Hinter mir zischen die Portalsucher: »Pst!«

Ich habe meinen Zimmergenossen anderthalb Tage nicht gesehen, aber es kommt mir länger vor. »Dich suchen, Johnny«, antworte ich. »Ich bin hier, weil ich dich suche.«

»Haltet endlich die Klappe!«, ruft Crystal.

»Was hat *die* denn für'n verf*cktes Problem?«, will Johnny wissen.

Aus Richtung Baseballfeld kommt ein frustrierter Aufschrei. Dann: »Könnt ihr euch nicht an eine *einzige* simple Anweisung halten, ihr minderbemittelten Schw*nzlutscher?!«

Der Lichtkreis wird größer und und bedrohlicher. Unser Killer kommt auf uns zugerannt.

»Verfluchte Sch**ße«, jammert Benny Baggarly.

»Jetzt komme ich nie nach Tampa«, wimmert Crystal.

Unser Killer schreit: »Ihr Schwachköpfe! Ihr Idioten!«

Johnny fragt: »Was zum Teufel ist hier eigentlich los?«

»Das da ist Gunboy!«, stottere ich.

»Hä?« Johnny richtet seine Taschenlampe auf mich.

Die Kollision zweier Galaxien. Das ist es, was ich erwarte, als Johnny den Lichtstrahl von mir weg und auf den Jungen richtet, der auf uns zugerannt kommt.

Einen Moment lang ist es absolut still. Die Portalsucher in ihrem Käfig zittern wahrscheinlich vor Angst. Im schwachen Licht sieht Johnny völlig verdattert aus. Dann klappt sein Mund auf, und er weicht einen Schritt zurück.

Ein kleines Stück vor Johnny kommt Gunboy zum Stehen. Er ist vor Wut außer sich. Seine Augen glühen rot, seine Haare stehen zu Berge. »Ich mach euch kalt, ihr W*chser«, zischt er.

»Gnade, Zar«, fleht Crystal aus Tampa. »Ich bin unschuldig!«

»Hab ich dir erlaubt zu sprechen?«, fährt Gunboy sie an. In dem einen kurzen Moment, in dem sich unser Killer zu Crystal im Klettergerüst umdreht, tritt Johnny vor und hebt seine magische Taschenlampe. Dann knallt er sie dem anderen Jungen an den Kopf.

Ein lautes *Knack*, das mir den Magen umdreht.

Gunboy klappt auf der Stelle zusammen. Seine Taschenlampe rollt über den Boden, bleibt vor meinen Füßen liegen und beleuchtet ausschnittweise den Schauplatz von Johnnys Rache. Wie ein Wahnsinniger schreiend schlägt er mit der Taschenlampe immer und immer wieder auf den Körper des ohnmächtigen Jungen ein.

Im Dunkeln sieht Blut schwarz aus.

26 55.85
Fe
Eisen

Wir rasen durch die Nacht, Johnny und ich. Die Kegel unserer Taschenlampen zucken im Zickzack hin und her, unsere keuchenden Atemstöße überlagern sich, das Geräusch unserer Füße klingt synchron.

Wir sind Tempoteufel. Panisch und verängstigt versuchen wir, vor einer Tat davonzulaufen, die uns, wie ich fürchte, unser Nachleben kosten könnte.

27 58.93
Co
Cobalt

28 58.69
Ni
Nickel

29 63.55
Cu
Kupfer

Zars richtiger Name lautet Charles Lindblom. Klingt harmlos, oder? Wie der Name eines braven Bankdirektors oder eines wagemutigen Helden der Luftfahrt, der zu einem Transatlantikflug aufbricht. Als ich das zu Johnny sagte, antwortete er, für ihn klinge Charles Lindblom nicht harmloser als Charles Manson.

Ich besuche Zar im Sal-Paradise-Krankenhaus – in Verkleidung, falls man eine Baseballkappe als Verkleidung bezeichnen kann. Johnny und ich haben sie in unserem Versteck gefunden, einem ungenutzten Hausmeisterraum im Keller der Marcy-Lewis-Turnhalle nahe der Westmauer in Zone Fünf. Den ganzen Tag lang hören wir über uns das Aufschlagen der Bälle. Das Geräusch würde uns wahrscheinlich in den Wahnsinn treiben, sagte Johnny halb im Scherz, wenn wir nicht schon wahnsinnig wären.

Ebenfalls in unserem Versteck gefunden haben wir ein Hardy-Boys-Buch, genauer gesagt *Das Geheimnis der flackernden Taschenlampe*. Ich gebe vor, es zu lesen. Passender könnte ein Titel gar nicht sein. Schließlich hat eine Taschenlampe zu Zars Aufenthalt im Sal geführt.

Die Patienten hier liegen in einem großen Saal, einem langen, mit Vorhängen unterteilten Raum, die sich zuziehen lassen, wenn man ein bisschen Privatsphäre haben will. Nach allem, was ich so mitbekommen habe, sind sieben der Patienten mit dem Fahrrad verunglückt, ein weiterer, ein Helfer in einer Cafeteria, hat Brandverletzungen von einem umgekippten Topf mit Linguine.

Obwohl ich eben gesagt habe, liebe Eltern, dass ich Zar besuche, sitze ich in Wahrheit am Bett eines Mädchens namens Nilaya Singh und tue so, als sei ich ein Freund von ihr. Als gestern ein echter Freund vorbeikam und wissen wollte, wer ich sei, log ich, ich würde Nilaya vom Skaten kennen. Nilaya ist nämlich das Mädchen, das auf einem Dach skaten wollte, die Kontrolle über das Brett verlor und über die Kante segelte. Sie liegt im Koma und wird aller Erwartung nach frühestens in einer Woche aufwachen.

Es ist mein dritter Besuch an Nilayas Krankenbett. Jedes Mal bleibe ich etwa zwanzig Minuten. Heute habe ich ihr einen Blumenstrauß mitgebracht, den ich vor unserem Turnhallenversteck gepflückt habe. Ihr Gesicht ist verquollen und voller blauer Flecke, ihre dunklen Haare sind mit einem Gummi oben auf ihrem Kopf zusammengebunden. An den Armen hat sie Kratzer von dem Busch, in dem sie landete. Ich sitze bei ihr, beobachte sie und verzeichne ihre Heilungszeiten auf dem Zettel, den ich als Lesezeichen benutze. Ich wünschte, ich wäre tatsächlich ihr Skateboard-Kumpel und hätte keine anderen Beweggründe. Aber mein eigentlicher Beweggrund befindet sich im Nachbarbett: Charles Lindblom. Auch er liegt im Koma, so wie Johnny daheim in Illinois. »Auge um Auge«, lautete Johnnys Kommentar.

Zwei Wachleute sitzen rechts und links von Zars Bett, für den Fall, dass die Person oder die Personen, die den Patienten zu Brei schlugen, zurückkommen sollten, um die Sache zu Ende zu bringen (beispielsweise, indem sie ihn mit einem Kissen ersticken).

Der Junge, der dort liegt, hat nicht die geringste Ähnlichkeit mit Johnnys Steckbrief. Sein Gesicht ist so zerschlagen, dass er mehr tot als lebendig aussieht. Er hat einen Schädelbruch erlitten, seine Wangenknochen sind gesplittert, dunkle Ringe, die an das Unendlichkeitssymbol erinnern, umgeben seine Augen. Seine Lippen sind grotesk angeschwollen.

Wundert ihr euch, dass eine simple Taschenlampe einen derart großen Schaden anrichten kann – vor allem, wenn sie nicht einmal Batterien enthält? Schuld sind die Steine, mit denen Johnny die leere Röhre der Taschenlampe gefüllt hatte. Er hatte so ein Gefühl, sagte er, dass er in jener Nacht eine Waffe brauchen würde.

Er ist derjenige, der darauf besteht, dass ich das Krankenhaus täglich besuche, um herauszufinden, ob Zar endlich wiedergegangen ist. Aber trotz seiner schweren Verletzungen wird er nicht wiedergehen. Vielmehr wird er langsam wieder gesund. Aber das verschweige ich Johnny. »Sieht so aus, als würde Gunboy bald sterben und verschwinden«, lüge ich. Genau das erhofft sich Johnny. Aber mit jedem Tag werden Zars Prellungen blasser und die Schwellungen gehen ein bisschen mehr zurück. Mit jedem Tag erhöht sich die Chance, dass er aufwacht.

Eine Pflegerin namens Miss Heidi kommt herein, um Zar zu waschen und seine Verbände zu wechseln. Sie sagt zu den Wachleuten, dass sie eine Pause machen können, und zieht den Vorhang um das Bett zu, aber durch eine Lücke kann ich immer noch sehen. Die Pflegerin reinigt Zars Wunden mit einem Wattebausch, den sie in ein Becken mit warmem Wasser taucht, das sich allmählich rosa färbt. Sie ist groß und noch kräftiger gebaut als Thelma. Und sie redet gern. Wahrscheinlich denkt sie, dass Komapatienten Stimmen hören und verstehen können (so wie Johnny seine Schwester und seine Eltern hörte, als er im Koma lag).

»Ich weiß, was du getrieben hast, Chucky-Boy«, sagt sie, während sie Zars Arme und Beine mit einem Waschlappen abreibt. »Du hast Leute hypnotisiert und in ihren Köpfen rumgemurkst. Du hast ihnen eingeredet, dass ein Baseballfeld ein Portal ist, durch das sie nach Amerika zurückreisen können. Ich an deiner Stelle würde schleunigst mit diesem Geistergetue aufhören. Es kann einfach nichts Gutes dabei rauskommen, wie du auf die harte Tour gelernt hast.«

Eins der Gerüchte, die im Umlauf sind, lautet, dass Zar irgendeinen Städter hypnotisieren wollte, es aber nicht schaffte, und dass der daraufhin ausrastete und ihn zusammenschlug. Ein zweites Gerücht besagt, dass ein wahnsinniger Killer in der Stadt umgeht. Gestern hörte ich mehrere Pflegerinnen im Krankenhaus über diese beiden Möglichkeiten reden.

»Du darfst nicht so tun, als hättest du magische Kräfte wie Zig«, rät Miss Heidi ihrem Patienten. »Seine Magie ist ja leider alles andere als perfekt, und wenn du versuchst, ihn nachzuahmen, baust du garantiert nur noch mehr Mist.«

Miss Heidi knüllt den Lappen zusammen und wäscht Zars Achselhöhlen. »Aber keine Sorge, alter Knabe«, plappert sie weiter. »Im Nullkommanichts bist du wieder auf den Beinen und zeigst es ihnen.«

Alter Knabe? Wieso nennt sie Zar einen alten Knaben?

Kaum dass Miss Heidi mit ihrer Waschschüssel verschwunden ist, husche ich durch den Vorhang zum Fußende von Zars Bett. Dort hängt ein Klemmbrett mit den persönlichen Daten des Patienten. Ich greife es mir und sehe es mir an.

Heiliges Kanonenrohr! Charles Lindblom starb am 11. Juli 1936!

30 65.38

Zn

Zink

Ehe ich in unser Versteck zurückgehe, mache ich an einer Schule Halt, um uns in der Cafeteria etwas zu Essen zu holen. Ich bitte die Bedienung um Süßkartoffeleintopf und einen Salat aus Mais und schwarzen Bohnen zum Mitnehmen.

»Zwei Portionen, bitte«, sage ich.

Ich trage meine Baseballkappe und habe dazu eine Sonnenbrille aufgesetzt. »Tolle Brille. Steht dir wirklich gut«, sagt die Bedienung.

Auch das ist echte Ironie. Die Brille ist nämlich rosa und die Bügel sind mit Glitzersteinen besetzt. Johnny hat sie im Hausmeisterraum gefunden und besteht darauf, dass ich sie außerhalb unseres Verstecks trage, damit keiner mich erkennt. Im Krankenhaus nehme ich sie aber ab, weil ich Angst habe, sonst verdächtig auszusehen.

Als ich gerade gehen will, besteigt ein Helfer mit einer violetten Armbinde das Cafeteria-Podium, ein Megafon in der einen und einen Zettel in der anderen Hand. »Ich bitte um eure Aufmerksamkeit«, ruft er. »Angesichts der jüngsten Ereignisse sind einige von euch besorgt, wenn sie nach Anbruch der Dunkelheit draußen unterwegs sein müssen.«

Die Esser an den langen Tischen unterbrechen ihre Unterhaltungen und leihen dem Helfer ihr Ohr, ein seltenes Vorkommnis, denn normalerweise achtet kaum jemand hier auf irgendwelche Sondermitteilungen (genauso wenig wie die Schüler an der Helen-Keller).

»Der Helfer-Rat versichert euch, dass der feige Angriff auf einen Bewohner der Stadt neulich keine Zufallstat war. Er galt diesem einen bestimmten Jungen. Einige von euch fürchten, ein wahnsinniger Mörder könne frei herumlaufen. Unsere Informationen besagen etwas anderes.«

Ein rothaariger Junge fuchtelt mit Messer und Gabel und ruft: »Ich gestehe! Ich war's! Ich bin der Mörder!« Und er tut so, als wolle er das Mädchen neben sich erstechen. Viele der Anwesenden fangen an zu lachen. Aber als ich mich umschaue, fällt mir ein Junge auf, der nicht lacht. Es ist Benny Baggarly. Er starrt in seinen Teller mit Eintopf.

»Ihr könnt euch also auch nach Einbruch der Dunkelheit unbesorgt bewegen«, fährt der Helfer fort. »Aber vergesst nicht, dass jeder, der nach Mitternacht draußen erwischt wird, mit einer Bestrafung rechnen muss. Danke.«

Ich schiebe meine Sonnenbrille höher, schnappe mir eine Handvoll Servietten und verlasse die Cafeteria, um zu unserem Versteck zurückzuradeln.

Ich muss Johnny von unserem Irrtum erzählen. Charles Lindblom ist ein Oldie. Er ist *nicht* Gunboy.

Ich akzeptiere einen Teil der Verantwortung für das, was geschah, weil *ich* Johnny sagte, Gunboy sei im Anmarsch, als Zar tobend aus dem Dunkel auftauchte. Hätte ich nichts gesagt, hätte Johnny Zar vielleicht nicht für Gunboy gehalten. Jetzt aber ist Johnny felsenfest davon überzeugt, dass Zar Gunboy ist. Mein Zimmergenosse behauptet, seitdem wie ein Stein zu schlafen, aber er lügt. Ich höre ihn im Schlaf stöhnen. Wir schlafen abwechselnd auf einer klumpigen alten Couch im Hausmeisterraum; jede zweite Nacht muss einer von uns mit Kissen auf dem Boden vorliebnehmen.

Meine eigene Schlaflosigkeit macht mir wieder mehr zu schaffen. Letzte Nacht war es so schlimm, dass ich sogar nach der Sperrstunde draußen herumlief. Die Taschenlampe in der Hand ging ich zum Ort des Geschehens zurück. Ich stieg ins Klettergerüst und blieb über eine Stunde in diesem Behelfsgefängnis sitzen. Mit einem Teppichmesser, das ich in unserem Versteck gefunden hatte, fügte ich mir Schnitte an Armen und Beinen zu. Dabei dachte ich an euch, liebe Eltern. Wie sehr mir euer Geplauder über ganz banale Dinge fehlt, beispielsweise über das effektivste blaue Shampoo gegen Schuppen. Wie ich mir wünsche, ich könnte mich nach Amerika zurückportalieren und euch sehen, und sei es nur für einen Augenblick. Dabei wusste ich von Anfang an, dass Zar und die Geistertouren ein Schwindel sind. Ich wusste, dass niemand mir helfen konnte, zum Hill Drive 222 zurückzureisen.

Ich fühlte mich sehr allein. Ich weinte zwar nicht, aber ich stieß einen abgrundtiefen Seufzer aus.

31 69.72
Ga
Gallium

Nur nicht weinen«, flüsterte Johnny mir in der siebten Klasse zu, als Kevin Stein, Fred Winchester und Jermaine Tucker im Flur der Helen-Keller über mich herfielen. Als ich danach auf dem Boden lag und mich vor Schmerzen krümmte, kniete sich Johnny Henzel neben mich und sagte, ich solle bloß nicht weinen. »Das macht es nur noch schlimmer«, sagte er.

Genau das sagte ich an unserem ersten Abend im Hausmeisterraum zu Johnny. Er hockte nackt in dem großen, rostfleckigen Becken an der hinteren Wand und weinte, weil sein Gesicht und seine Haare völlig mit Zars Blut verschmiert waren. »Mach es weg, Boo, mach es weg!« Da wir kein Shampoo, sondern nur ein Stück Seife hatten, schäumte ich seine Haare damit ein und wusch das Blut von seinem Gesicht. Ich glaube, wir standen beide unter Schock. Deshalb konnte ich Johnny ohne den Widerwillen berühren, den ich normalerweise empfunden hätte. Die ganze Zeit über weinte er lautlos vor sich hin. Während ich seine Kopfhaut schrubbte, zitterte er, obwohl das Wasser im Becken heiß war. Ich füllte einen Eimer mit frischem Wasser und kippte es ihm über den Kopf, um die Seife abzuspülen.

»Ich hatte keine andere Wahl, ich musste es tun«, rief er. Er hatte Seife in die Augen bekommen und rieb heftig an ihnen herum. »So wie man ein Pferd erschießen muss, wenn es sich das Bein gebrochen hat.«

»Ein Pferd?«

»Was Gunboy hat, ist schlimmer als ein gebrochenes Bein.« Er tippte sich an die Schläfe. »Er hat einen gebrochenen Geist.«

Johnnys blutige Sachen lagen neben dem Becken. Erst wollte ich sie waschen, stopfte sie dann aber doch in einen Mülleimer. Die mit Steinen gefüllte Taschenlampe leerte ich aus und wischte sie mit Papierservietten ab.

Ein mit Hummern bedrucktes Badelaken hing an einem Haken an der Wand. Ich wickelte Johnny darin ein und half ihm, aus dem Becken zu steigen. Er rutschte in einer Pfütze aus und wäre fast hingefallen, aber ich fing ihn auf und hielt ihn fest, und er warf mir einen Blick zu, der besagte: »Du bist stärker, als du aussiehst.«

Aber ich fühlte mich nicht stark. Ich fühlte mich, als sei auch mein Geist gebrochen.

32 72.63
Ge
Germanium

Der Hausmeisterraum ist nur spärlich mit der schäbigen Couch und fünf wackligen Schulstühlen mit Schreibflächen von der Größe einer Farbpalette möbliert. In einer Ecke stapeln sich Pappkartons mit einem ganzen Sammelsurium vergessener Sachen. Darin fanden Johnny und ich die Baseballkappe, die Sonnenbrille, das Teppichmesser und den Hardy-Boys-Roman. Eigentlich suchte ich nach Kleidungsstücken, weil ich überhaupt nichts zum Wechseln bei mir hatte, und Johnnys Rucksack enthielt auch nicht besonders viel. In meiner zweiten Nacht schlich ich mich, nachdem das Marcy geschlossen war, in den Umkleideraum für Jungen und suchte in den Spinden nach zurückgelassenen Kleidungsstücken. Die Ausbeute war selbst für einen so mageren Jungen wie mich ziemlich mager (haha). Die abgeschnittene Jeans und das Hemd, die ich fand, schlottern nur so an mir. Aber egal. Es wird schon gehen.

Nur ganz selten kommt jemand in den Keller des Marcy, und wenn, dann für gewöhnlich nur, um die Toilette am Fuß der Treppe zu benutzen. Keiner spaziert weiter den Flur entlang in die anderen Räume. Dafür gäbe es auch keinen Grund, da alle nur mit ausrangierten Sachen vollgestopft sind.

Johnny entdeckte den Hausmeisterraum gleich am ersten Abend, an dem er nicht zurückkam, als er das Gebäude nach Schließzeit erkundete. Er verschaffte sich Zutritt, indem er sich durch ein unverschlossenes Kellerfenster quetschte. Sein Ziel, sagte er, war es, einen Platz zu finden, wo niemand ihn im Schlaf angreifen konnte. Mit »niemand« meinte er Gunboy.

Als ich mit unserem Abendessen aus der Cafeteria zurückkomme, rutsche ich durch dasselbe Fenster, lasse mich auf den Boden fallen und gehe durch den Flur zum Hausmeisterraum. Johnny hat die Sportsachen an, die ich im Umkleideraum für ihn stibitzt habe. Er macht militärische Liegestützen, was heißt, dass er zwischendurch in die Hände klatscht. Sein T-Shirt ist verschwitzt, sein Zwiebelgeruch verpestet den ganzen Raum.

Ich weise ihn darauf hin, dass seine ganzen Bemühungen vergeblich sind. »Unsere Körper verändern sich nicht. Die Muskeln und das Fett, mit denen wir hierherkommen, bleiben uns in alle Ewigkeit erhalten.«

»Das ist nicht fair«, japst er außer Atem.

»Das ganze Nachleben ist nicht fair«, antworte ich. Der Satz gehört zum Standardrepertoire von Esther.

Ich stelle unser Essen auf den Boden und verwende die Servietten als Platzdeckchen. Auch für Rover decke ich einen Platz, weil Johnny gern einen Löffel von unserem Essen auf einen Untersetzer tut, damit seine Schabe daran knabbern kann.

»Rovers Stimme wird immer kräftiger«, sagt er zu mir, während er ihn füttert. »Ab und zu höre ich richtige Worte. Heute war es das Wort ›Selbstmord‹.«

»Selbstmord?«

»Es klang wie eine Mädchenstimme. Ich wette, es war Willa, die davon redet, vom Dach des Deborah zu springen.«

Ich selbst habe noch nie auch nur einen Pieps von der verflixten Schabe gehört.

Und mache mir folglich Sorgen um Johnnys Geisteszustand.

Der bemerkt die Verletzungen an meinen Armen und Beinen. »Hast du dich mit einem Taschenmesser geprügelt?«

»Es war ein Teppichmesser«, stelle ich richtig. »Und es ist ein Experiment über das Verheilen von Schnittwunden.«

Er schüttelt den Kopf. Jetzt macht er sich Gedanken über *meinen* Geisteszustand. Dann fragt er, was es Neues von Gunboy gibt. Ich sage, dass sein Zustand stabil ist und es seit gestern kaum eine Veränderung gab. Johnny denkt, dass Gunboy noch einen Monat durchhalten wird, bevor er dann seinen Verletzungen erliegt. »Ich bin schließlich auch erst nach fünf Wochen im Koma gegangen«, sagt er.

»Du meinst, ihr beide geht denselben Weg?«

Johnny streicht mit einem Finger über die Flügel der Totenkopfschabe, die noch am Fressen ist. »Wir haben viel gemeinsam, Gunboy und ich«, sagt er.

»Was zum Beispiel?«

»Wir sind beide aufbrausend. Und wir stecken beide voller Wut.«

Ich denke zurück an die Helen-Keller und an Sandpits. Ich erinnere mich nicht, Johnny je aufbrausend erlebt zu haben. Vielmehr sehe ich ihn still in einer Ecke der Bibliothek sitzen und in seinen Skizzenblock zeichnen. Ich sehe ihn ruhig und in sich gekehrt rund um den Fußballplatz laufen. Alle mochten Johnny. Soweit ich mich erinnere, haben unsere Klassenkameraden ihn nie verspottet oder schikaniert oder versucht, ihn beim Völkerball auf brutalst mögliche Weise kaltzumachen, wie sie es bei mir taten.

Als Johnny und ich fertig gegessen haben, spüle ich die Plastikbehälter und das Besteck im Becken und trockne sie mit dem Hummerlaken ab. Dann drehe ich mich zu Johnny um, der auf dem Boden sitzt und mit einem Satz Steinen, die er in einer der Gerümpelkisten gefunden hat, das Knöchelspiel spielt.

Ich sage nicht: »Ich muss dir was Wichtiges sagen« (er wird selbst merken, dass es wichtig ist). Ich sage nicht: »Du solltest dich lieber hinsetzen« (er sitzt schon), oder »Halt mal die Füße still« (er hält sie still). Ich sage einfach nur: »Zar ist sechsundvierzig Jahre alt.«

Johnny verfehlt den Ball, während er versucht, fünf Spielsteine auf einmal zu greifen. Er hebt den Kopf. »Was soll das heißen, er ist sechsundvierzig Jahre alt?«

»Er ist ein Oldie. Er ist schon seit Jahrzehnten hier.«

Johnny runzelt die Stirn und blafft mich an: »Ver*rsch mich nicht!«

»Wieso sollte ich das tun? Ich habe in meinem ganzen Leben noch nie jemanden ver*rscht.«

Ich setze mich zu ihm und den Spielsteinen und erzähle ihm von den Besuchern, die, kurz bevor ich gehen wollte, zu Zar kamen. Sie unterhielten sich über seine Fähigkeiten als Zauberer und über die Darbietungen, die er gegeben hatte. Er konnte seine Assistentin in der Mitte durchsägen, sich aus komplizierten Knoten befreien und Leute aus dem Publikum so hypnotisieren, dass sie wie ein Hahn krähten oder wie ein Häschen herumhoppelten. Die Vorführungen, von denen diese Leute redeten, hatten schon vor Jahren stattgefunden.

Aus der Tasche ziehe ich das Patientenblatt, das ich gestohlen habe, und halte es Johnny hin. Er liest das Datum von Zars Gehen laut vor: »Elfter Juli neunzehnhundertsechsunddreißig.« Dann hebt er den Kopf. »Hier steht, dass er in Nevada von einem Pferd totgetrampelt wurde.«

Er schließt die Augen, legt das Patientenblatt hin und reibt sich die Schläfen, als hätte er Angst, sein Hirn würde zerbrechen.

Ich sage nichts. Ich warte. Ich denke an verletzte Pferde, die durch eine Kugel in den Kopf von ihrem Elend erlöst werden. Minuten verticken. Aus dem Augenwinkel sehe ich Rover über die hintere Wand huschen.

»Johnny?«, sage ich schließlich. »Ist mit dir alles paletti?«

Seine Augen öffnen sich. »Ich weiß, was passiert sein muss, Boo«, sagt er mit einer Stimme, die rauer ist als sonst. »Im September ist dieser Zar auf einer Geistertour nach Hoffman Estates gekommen. Er ist in ein Haus eingebrochen, hat eine Waffe geklaut und sich dann auf die Jagd nach Dreizehnjährigen gemacht.«

Zig im Himmel, steh uns bei!

»Das glaubst du doch nicht im Ernst, oder?«, sage ich.

Er sieht mich verwirrt an. »Es wäre absolut möglich«, beharrt er. »Vielleicht hat er sogar auf anderen Geistertouren andere Kinder umgebracht. Vielleicht sind wir nicht die einzigen! Wir sollten uns mit den JuMos in Verbindung setzen, damit sie eine Untersuchung in die Wege leiten. Vielleicht finden wir noch andere Opfer.«

Ich seufze und sage: »*Zar* ist das Opfer, Johnny.«

Er hebt eine Hand und schreit: »Nein!« Dann springt er auf und reißt die Tür unseres Verstecks auf. Normalerweise schleicht er durch den Flur, um nur ja kein Geräusch zu machen und keine Aufmerksamkeit zu erregen. Dieses Mal rennt er. Ich laufe ihm nach. Er rennt an der Toilette vorbei und nimmt die Treppe zur Eingangshalle zwei Stufen auf einmal. Als ich dort ankomme, läuft er bereits durch den Flur zur Basketballhalle. Das Marcy ist noch offen, überall wimmeln Leute herum. Als ich die Halle betrete, rennt Johnny bereits die Treppe zur Laufbahn hinauf, die wie eine Galerie rund um die Halle führt. Dort angekommen fängt er an zu sprinten, nicht zu joggen. Er rennt, als wäre der Teufel hinter ihm her. Immer und immer wieder im Kreis herum. Niemand sonst ist auf der Laufbahn. Unten üben ein paar Jungen Würfe. Ich lasse Johnny laufen, setze mich auf eine Bank und warte, dass der Tempoteufel sich abreagiert.

Während ich Johnny beobachte, spiele ich mit dem Gedanken, ihn einfach hierzulassen und zurück in die Elf zu radeln. Vielleicht ist Thelma schon wieder im Frank-and-Joe; sie wüsste, was zu tun ist. Mir ist es inzwischen völlig egal, wer mich umgebracht hat oder warum, und ehrlich gesagt glaube ich, dass es mich nie wirklich interessiert hat. Ich ziehe es vor, etwas weniger Grausiges zu erforschen, beispielsweise wie Taschenlampen ohne Batterien funktionieren können. Das ist die einzige Art Rätsel, die ich lösen möchte.

Eine halbe Stunde später kommt ein Helfer mit einem Megafon in die Halle. »Wir schließen in zehn Minuten«, ruft er. »Macht Schluss, Leute.«

Die Jungen in der Halle gehen, um zu duschen und sich umzuziehen. Sie boxen sich gegenseitig, bewerfen sich mit Schimpfnamen und lachen miteinander. Sie sind Teil einer Welt, in der Johnny früher auch lebte. Er muss unbedingt dahin zurück. Als er endlich aufhört zu rennen und von der Laufbahn runterkommt, mache ich ihm einen Vorschlag. Fast flehe ich ihn an: »Lass uns Gunboy vergessen, Johnny.

Lass uns morgen früh ins Frank-and-Joe zurückfahren und ganz von vorn anfangen. Wir besorgen uns einen Job. Ich könnte im Kuriosa arbeiten, du könntest Zeichenunterricht geben. Lass uns einfach so tun, als wären wir aus unterschiedlichen Gründen gestorben. Ich an meinem Herzfehler und du – ich weiß nicht – an einer Nussallergie.«

Mein Vorschlag überrascht mich selbst. Ich tue nicht oft so, als ob. Ihr erinnert euch sicher, liebe Eltern, dass ich als kleines Kind für kurze Zeit so tat, als sei ich der Evolutionsbiologe Richard Dawkins, bis ich dann entschied, dass das Vorspiegeln falscher Tatsachen unehrlich ist.

Johnnys Gesicht ist angespannt. Er hat ein Frotteestirnband um, das er auf der Laufbahn gefunden haben muss. »An einer Nussallergie«, wiederholt er, immer noch außer Atem und sieht mich an, als hätte ich sie nicht mehr alle.

Ich erläutere: »An einem anaphylaktischen Schock.«

Er sieht mich lange an. »Okay, meinetwegen«, grummelt er dann, verlässt die Halle und geht zu einem Wasserspender.

Ich bin richtiggehend verdattert, weil ich damit gerechnet habe, dass er mir vorwirft, aufgeben zu wollen. »Gut«, rufe ich ihm nach. »Sehr gut.« Ich hole ihn ein, mache eine Faust und boxe ihn leicht in die Schulter, als er sich vom Wasserspender aufrichtet.

Statt in den Keller geht er durch die Tür des Marcy nach draußen. Ich folge ihm um die Ecke des Gebäudes herum. Er legt sich ins Gras und sieht zum dunkler werdenden Himmel auf.

Ich erinnere ihn an den Tag seines Skitchingunfalls in Hoffman Estates, als er auf der Straße lag und ehrfürchtig zu den Wolken aufsah. Er runzelt die Stirn. »Ach ja, vage erinnere ich mich.«

»Du hast damals gesagt, du siehst etwas Wunderschönes. Was hast du gesehen, Johnny?«

»Frag mich was Leichteres.«

Ich lege mich neben ihn und sehe wie er zum Himmel auf. Er ist von Sternen getüpfelt. Bald muss ich anfangen, sie zu kartografieren.

»Vielleicht hab ich den Himmel gemeint«, sagt Johnny. »Und die Schönheit, die uns dort erwartet.«

Ich drehe mich im Gras zu ihm um. »Im Ernst?«

Er dreht sich zu mir. Eine Träne tropft aus seinem Auge und läuft über seine Nase. »Nein«, sagt er. Dann stößt er ein Lachen aus, und ich gebe ein paar Hahas von mir. Zig weiß, worüber wir lachen.

33 74.92

As

Arsen

Als das Marcy zumacht, klettern wir durch das Kellerfenster und gehen zurück in den Hausmeisterraum. An unserem letzten Abend hier will Johnny Brettspiele spielen. »Als wären wir ganz normale Kinder«, sagt er. Vor ein paar Tagen hat er einen Karton voller Spiele gefunden. Memory, Monopoly, Dr. Bibber. Cluedo gehört auch dazu, aber das spielen wir nicht, weil wir, wie ihr euch sicher vorstellen könnt, liebe Eltern, nicht in der Stimmung sind, dabei zuzusehen, wie Professor Bloom der Baronin von Porz im Wohnzimmer mit einem Kerzenhalter den Schädel einschlägt.

Johnny liest die Spielregeln für »Dr. Bibber« vor. Mit Hilfe von Pinzetten müssen die Spieler, die als Chirurgen fungieren, dem Patienten namens Paul abstruse Körperteile oder Krankheiten – Adamsapfel, Frosch im Hals, Käsefuß, Schlüsselbein oder gebrochenes Herz – herausoperieren.

»Wusstest du eigentlich«, sage ich zu Johnny, »dass es Städter gibt, die Finger oder Zehen verloren haben, und sie sind komplett wieder nachgewachsen? Wie bei einem Salamander.«

Johnny sieht von der Spielanleitung auf. »Komm jetzt aber bloß nicht auf die Idee, dir einen von deinen kleinen Babyzehen abzuhacken, bloß um zu sehen, wie lange es dauert, bis er wieder nachgewachsen ist«, warnt er mich.

Ich muss gestehen, dass ich tatsächlich daran gedacht hatte.

»Jedenfalls wird Zar wieder gesund, und wir werden unsere Strafe akzeptieren«, fahre ich fort. »Thelma wird schon dafür sorgen, dass wir fair behandelt werden. Und wenn wir monatelang Toiletten saubermachen müssen, ist es eben nicht zu ändern.« Vielleicht lerne ich dabei sogar etwas darüber, wie unser Abwassersystem funktioniert.

»Und wir sollten uns bei Zar entschuldigen«, rede ich weiter. »Das Ganze war einfach nur eine Verwechslung, wie im Hardy-Boys-Roman *Ein Freund ist in Gefahr.*« (Auch dieses Buch haben wir in unserem Versteck gefunden.)

»Bitte, Boo, lass uns heute Abend nicht über diesen Typ reden«, murmelt Johnny, ohne von der Spielanleitung aufzusehen. »Was für ein idiotisches Spiel«, sagt er dann und wirft die Anleitung beiseite.

Stattdessen spielen wir Monopoly. Johnny ist der Hund, ich die Schubkarre. Rover krabbelt wie eine dritte Spielfigur über das Brett. Einmal zückt Johnny eine »Du kommst aus dem Gefängnis frei«-Karte, auf der ein Typ in gestreifter Häftlingsmontur zu sehen ist. »Die sollte ich mir vielleicht lieber aufheben«, grinst er.

Er redet nicht viel und sieht die meiste Zeit traurig und konfus aus, sogar als er die Schlossallee ergattert. Wir sind beide müde und zu erledigt, um uns darauf zu konzentrieren, Bahnhöfe, Hotels und Wasserwerke zu kaufen, deshalb spielen wir nicht zu Ende, sondern beschließen, ins Bett zu gehen.

Johnny setzt Rover in seinen Wohnwagen, lässt den Deckel aber offen, damit die Schabe in der Nacht herumlaufen kann, wenn sie will.

Vor dem Schlafengehen bade ich in dem großen Becken: Ich seife mir die Haare ein und kippe mir einen Eimer Wasser über den Kopf. Mit dem Hummerhandtuch trockne ich mich ab. Eigentlich bin ich an der Reihe, auf der Couch zu schlafen, aber ich biete sie Johnny an und behaupte, dass die Kissen auf dem Boden mir lieber sind. Ich habe Angst, seine Albträume könnten in dieser Nacht wiederkommen, und auf der Couch schläft er vielleicht ruhiger.

Als wir das Licht ausgemacht haben, sagt Johnny: »Kennst du ein Schlaflied, Boo?«

Ich habe zwar nicht Thelmas Stimme, versuche mich aber an Cole Porters »Friendship«, einem Song, in dem es heißt, dass Freunde, die sich sehr nahe stehen, ihre individuellen Eigenschaften und Stärken verschmelzen, sodass eine Art »Verbundschaft« entsteht. Ich erinnere mich, dass ihr, liebe Eltern, den Song gelegentlich im Duett zum Besten gegeben habt, zur Unterhaltung der Kunden im Clippers. Ich singe eine langsamere, melancholischere Version als ihr. Im Dunkeln klingt meine Stimme melodischer und – wage ich, es zu sagen? – engelhafter, als ich sie aus der Zeit vor meinem Gehen in Erinnerung habe. Vielleicht hat Zig mir als Ausgleich für den niedrigeren Intelligenzquotienten eine bessere Singstimme geschenkt.

Als ich fertig bin, sagt Johnny schläfrig: »Verbundschaft?«

»Es ist ein Schachtelwort.«

»Hä?«

»Ein Schachtelwort heißt so, weil Wörter dabei ineinander verschachtelt werden. In diesem Fall ›Verbundenheit‹ und ›Freundschaft‹.«

»Boo?«

»Ja, Johnny.«

»Halt die Klappe.«

34 78.97
Se
Selen

Es ist nur ein Albtraum!«, rufe ich im Schlaf, weil ich Johnny schreien höre. Ein kurzer Schrei voller Panik. Im Dunkeln schlage ich die Augen auf. Lichtkegel huschen über Wände und Boden. Die Deckenbeleuchtung flammt auf. Meine Pupillen verengen sich. Ich blinzele ins Licht. Es sind Leute im Raum. Ein halbes Dutzend. Benommen, wie ich bin, denke ich unsinnigerweise, dass die Hausmeister gekommen sind, um ihren Raum zurückzuerobern. Dann sind drei von ihnen über mir. Sie reißen mir das Laken weg, packen meine Arme und Beine und rollen mich auf die Seite. Ihre Gesicher sehen entschlossen und aufgeregt zugleich aus. Mein Gesicht wird in ein Kissen gedrückt. Ich sehe Rover an einer Fußleiste entlanghuschen. Auf der anderen Seite des Raums attackieren die Hausmeister Johnny. Er schreit Zeter und Mordio. Ein Hausmeister, der über ihm steht, zieht einen kuriosen Gegenstand hervor – Handschellen. Mir werden die Arme auf den Rücken gedreht, ich spüre einen Druck an den Handgelenken und höre ein Klicken. Die Hausmeister haben auch mir Handschellen angelegt. Ich mache mich ganz schlaff, so wie an Halloween, als die fremden Jungen sich auf mich setzten. So viel dazu, stark zu sein. Johnny dagegen macht sich nicht schlaff, er macht die Beinschere. Seine Beine schnellen auf und ab, und er erwischt einen der Hausmeister mit dem nackten Fuß am Kopf. Ein anderer schlägt Johnny mit dem Handrücken ins Gesicht, aber der hört erst auf zu schreien, als einer der Hausmeister ein Stück Isolierband von einer Rolle abreißt und es über seinen Mund klebt.

Erst jetzt erkenne ich, dass die Hausmeister violette Armbinden tragen.

35 79.90
Br
Brom

Heute spielt Zig mit Tausenden blinkender Sterne, die über den ganzen Himmel verteilt sind, das Knöchelspiel. Ich kann sogar die Milchstraße sehen, oder zumindest die weiße Tünche, die Zig benutzt, um den Nachthimmel anzumalen. Ich konzentriere mich auf die Schönheit über mir, um mich von meiner misslichen Lage abzulenken.

Man hat mich mit Springseilen auf einer Krankentrage festgebunden, die von den Helfern wie ein Schlitten über eine Wiese gezogen wird. Ehe sie mich festbanden, haben sie mich in eine Decke eingewickelt. Ich komme mir vor wie ein Indianerbaby im Tragegestell, außer dass nicht einmal die strengsten Eltern einem Baby Handschellen anlegen und ihm den Mund mit Isoband zukleben würden. Wäre mein Mund nicht zuklebt, würde ich etwas zu der zweiten Trage hinüberrufen, die über die Wiese gezogen wird. Ich würde Johnny zurufen, dass er bloß nicht in Panik geraten soll. Schließlich sind die Helfer gütig und freundlich, daher sollten wir, abgesehen von ein paar Abschürfungen von den zu fest gezurrten Seilen keinen Schaden davontragen.

Zwei der Helfer ziehen an einem Seil, das wie eine Zugleine an meiner Trage befestigt ist. Sie haben Taschenlampen dabei, mit denen sie den Weg beleuchten. Ein dritter Helfer geht hinter der Trage und passt auf, dass ich nicht runterfalle. Wenn ich könnte, würde ich den Jungen sagen, dass diese dramatische Gefangennahme völlig überflüssig war, weil

Johnny und ich vorhatten, uns gleich am nächsten Morgen selbst zu stellen.

An jedem vorherigen Abend hatten Johnny und ich Tische vor die Tür des Hausmeisterraums geschoben, weil es kein Schloss gab, um Eindringlinge fernzuhalten. An diesem Abend hatten wir uns die Mühe gespart. Ich kann mir vorstellen, dass Johnny sich jetzt deswegen verflucht. Ich drehe den Kopf, um die Trage meines Zimmergenossen und seine Dreiereskorte im Auge zu behalten.

Die Taschenlampen der anderen Gruppe flimmern auf der entgegengesetzten Seite der Wiese. Sie scheinen eine andere Richtung einzuschlagen als wir. Allmächtiger Zig, die Helfer wollen Johnny und mich voneinander trennen.

Wo bringen sie ihn hin? Vielleicht ist Zar aufgewacht, und sie bringen Johnny ins Krankenhaus, damit sein Opfer ihn bei einer Gegenüberstellung identifizieren kann. Oder vielleicht bringen sie ihn direkt ins Gefängnis (Geh nicht über Los). Aber wieso stecken sie mich nicht auch dorthin? Ich bin schließlich auch schuldig. Ich habe in diesem Fiasko eine Schlüsselrolle gespielt.

Hinter der Wiese schleifen meine Bewacher die Trage eine leere Straße entlang. Alles ist still, bis auf das Scharren der Bretter auf dem Pflaster, das mich an die Schneepflüge in Hoffman Estates erinnert. Da ich mich auf Bordsteinhöhe befinde, wirken die Gebäude, an denen wir vorbeikommen, höher und bedrohlicher als sonst. Sie ragen finster über mir auf, als wollten sie ein Urteil über mich fällen. Hätten sie Köpfe, würden sie sie schütteln; hätten sie Finger, würden sie drohend damit vor mir herumwedeln.

Noch haben meine drei Bewacher keinen Ton von sich gegeben, daher überrascht es mich, als einer von ihnen sagt:

»Verflixt, wir sind falsch abgebogen. Wir müssten auf der Phoebe-Caulfield-Road sein.« Sie drehen meinen Schlitten um, und wir gehen zurück und dann eine andere Straße entlang.

Ich bin froh, dass es Nacht ist. Wäre es Tag und Passanten würden mich beäugen, würde ich mich schämen. Daher: Danke, ihr Helfer, für diese Rücksichtnahme.

Vor einem Gebäude, das wie ein Wohnheim aussieht, halten wir an. Zwei der Jungen heben die Bahre auf Hüfthöhe und tragen mich einen kopfsteingepflasterten Weg entlang, der von einer Wacholderhecke gesäumt ist. RHODA-PENMARK-WOHNHEIM steht über der Eingangstür. Ein Mädchen nimmt uns dort in Empfang. Sie wirft einen Blick auf mich, das gigantische Indianerbaby, und sagt: »Das da ist nicht recht.«

Einer der Helfer fährt sie an: »Halt uns einfach die Tür auf, Inez.«

Inez hält die Tür auf, und die Helfer schleppen mich hinein. Ich werde durch eine leere Halle und dann einen Flur entlang zu einer Tür mit der Nummer 106 getragen, derselben Nummer wie mein alter Spind in der Helen-Keller. Inez fummelt an einem Schlüsselbund herum, findet den richtigen Schlüssel und schließt auf. »Musstet ihr ihm wirklich den Mund zukleben?«, fragt sie, als sie den Raum betritt und das Licht anmacht. »Er ist doch noch ein Neuling. Ihr hättet ein bisschen Mitgefühl zeigen können.«

»Halt die Klappe, Inez, sonst kleben wir *dir* den Mund zu.«

Die gute Inez prustet empört und verlässt den Raum.

Die Helfer stellen die Trage auf das Bett. Ich blicke zum kreiselnden Deckenventilator auf. Aus irgendeinem Grund denke ich dabei an Zar, wie er die Mitglieder der Geistertouren hypnotisiert. Ich stelle mir vor, dass er ein Pendel vor ihren Gesichtern kreisen lässt und sagt: »Du fühlst dich schläääääfrig. Sehr schlääääääfrig.« Ich dagegen bin nicht schläfrig. Ich bin hellwach, obwohl es vier Uhr morgens sein muss.

Die Helfer machen die Seile los, rollen mich auf die Seite und schließen meine Handschellen auf. Meine Gelenke sind schmal und haben nicht unter den Handschellen gelitten, die aus Plastik sind, wie ich erst jetzt sehe. Wir haben uns von *Spielzeughandschellen* bändigen lassen! Johnny wird außer sich sein!

Ich setze mich auf, und einer der Helfer, ein Junge mit großer Nase, sagt mit leicht britischem Akzent, dass er das Klebeband von meinem Mund abmachen wird, und fängt an, am Rand herumzuzupfen. »Könnte ein bisschen wehtun«, sagt er. »Ich mache ganz langsam.«

Er pellt das Klebeband ab und reißt dabei trotz aller Vorsicht die winzigen blonden Härchen aus, die auf meiner Oberlippe sprießen. Ich verziehe das Gesicht und frage: »Wo ist Johnny Henzel?«

»Dürfen wir dir nicht sagen«, antwortet der britische Junge.

»Das Ganze war eine unglückliche Verwechslung«, erkläre ich ihm. »Wir haben Charles Lindblom für einen anderen gehalten. Genau gesagt, haben wir ihn für unseren Mörder gehalten.«

Die beiden Helfer tauschen Blicke.

Ich versuche, an ihr Mitgefühl zu appellieren. »Wir sind JuMos und noch nicht über unsere Ermordung weg.«

Mein zweiter Bewacher, der einen amerikanischen Akzent hat, sagt: »Ich muss die Trage zurückbringen.« Also stehe ich auf, nur in Boxershorts, die Decke um die Schultern gehängt, und lasse ihn die Trage vom Bett ziehen. Wortlos bringt er sie aus dem Zimmer.

»Du schläfst heute Nacht hier«, sagt der britische Junge. »Morgen früh kommt der Helferratspräsident aus deiner Zone, um mit dir zu reden.«

Reginald Washington kommt, um mich zu retten!

»Ich sitze genau vor deiner Tür, Kumpel, falls du irgendwas brauchst. Ich heiße übrigens Ringo.«

»Wie der Beatle?«

»Es ist nicht mein richtiger Name«, sagt der Junge mit der großen Nase. »Ich werde nur so genannt, weil ich aus England bin. Meine Familie ist ein Jahr vor meinem Gehen nach Detroit gezogen.«

»Bist du mein Gefängniswärter, Ringo?«

»Ehrlich gesagt, ja. Ich arbeite im Gene-Forrester in der Neun.«

»Habt ihr Johnny Henzel dorthin gebracht?«

»Das darf ich dir nicht sagen.«

»Hör zu, du musst mich sofort zu Johnny bringen. Er ist in keiner guten Verfassung.«

Ringo schüttelt den Kopf.

»Er ist ziemlich instabil«, füge ich hinzu.

Ringo sieht mich ausdruckslos an. »Hab ich schon gehört«, sagt er, verlässt das Zimmer und macht die Tür zu.

Ich gehe ans Fenster und ziehe die staubigen Vorhänge auf. Vergeblich versuche ich, das Fenster hochzuschieben, es rührt sich keinen Millimeter. Aber selbst wenn ich aus diesem Zimmer fliehen könnte, wo würde ich hingehen? Ich kann nicht nur in Unterwäsche durch die Nacht laufen und Johnny suchen.

Neben dem Fenster steht ein Schreibtisch. Ich setze mich, weil ich sowieso nicht schlafen kann, und beschließe, einfach zu warten, bis der Himmel hell wird und Reginald kommt. Ich versuche, das Muster der Sterne zu ergründen, kann mich aber nicht konzentrieren. Ich fühle mich selbst instabil. Zig im Himmel, hätte ich ein Messer, würde ich mir vielleicht tatsächlich einen Zeh amputieren.

36 83.80

Kr

Krypton

He, Oliver«, sagt eine Stimme. »Aufwachen, Schlafmütze, aufstehen. Morgenstund hat Gold im Mund.«

Eine Hand tätschelt meinen Kopf.

Einen Moment denke ich, dass die Stimme und die Hand dir gehören, Mutter. Ich kann praktisch das Zitronenhaarwasser riechen, das all deinen Sachen anhaftet, weil du so viele Stunden im Clippers verbringst.

Ich bin gar nicht tot, denke ich. *Ich bin gar nicht tot.*

Aber als ich die Augen aufmache, ist das Gesicht, das ich vor mir sehe, nicht rosig und schmal wie das von Mutter. Es ist braun und mollig. »Thelma«, rufe ich und hebe den Kopf. »Es ist so schön, dich zu sehen, obwohl du nicht nach Haarwasser riechst.«

Sie sieht mich verwirrt an, sagt aber: »Es ist auch schön, dich zu sehen, Herzchen.« Ihr Lächeln enthüllt die Lücke zwischen ihren Zähnen.

Mein Hals ist steif, weil ich am Schreibtisch eingeschlafen bin.

Thelma guckt sich die Schreibtischunterlage an. »Was hast du denn da gezeichnet?«

Ich gucke auch hin. »Ein Pferd.« Um mir die Zeit zu vertreiben, habe ich in der Nacht die Sterne aufgezeichnet und eine neue Konstellation geschaffen, kein geflügeltes Pferd wie Pegasus, sondern ein ganz normales. Allerdings hat es nur drei Beine, weil es keine hellen Sterne für das vierte gab.

Für alle, die an Omen glauben, ist ein dreibeiniges Pferd höchstwahrscheinlich ein schlechtes. Zum Glück glaube ich selbst nicht an Omen.

»Ich hab dir saubere Klamotten, neue Schuhe und sogar eine Zahnbürste mitgebracht.« Thelma deutet auf die Sachen, die sie aufs Bett gelegt hat.

»Wo ist Johnny? Wo wurde er hingebracht?«

Thelma wendet den Blick ab. »Zieh dich an, mein Herz. Dann können wir reden. Ich muss dir ein paar Sachen erzählen.«

Irgendwas an Thelma ist anders. Es dauert einen Moment, bis ich dahinterkomme, was es ist. »Wieso trägst du deine Armbinde nicht?«, frage ich.

Sie betrachtet ihren Oberarm, als wundere sie sich, wo verflixt noch mal die violette Armbinde abgeblieben ist. Dann setzt sie sich aufs Bett und reicht mir eine Jeans mit verblassten Grasflecken an den Knien. »Ich bin keine Helferin mehr, Oliver.«

»Bist du ausgetreten?«, frage ich, während ich die Jeans anziehe.

»Nicht direkt. Sie haben mich rausgeschmissen.«

»Was?«

»Sie nennen es ›Freistellung‹. Der Rat war nicht besonders glücklich über unsere Eskapaden.«

Sie meint Johnnys und meine Eskapaden. Unser Angriff auf Charles Lindblom hat sie den Job gekostet!

»Thelma, es tut mir so leid.«

Was für ein fürchterliches Chaos ich angerichtet habe! Ihr würdet euch für mich schämen, liebe Eltern! Schädelbrüche, verlorene Jobs, traurige und konfuse Freunde. Ganz zu schweigen davon, dass die Schabe Rover im Marcy zurückgelassen wurde. Johnny wird über den Verlust seines Lieblings verzweifelt sein!

Ich ziehe das T-Shirt linksherum an, ein Zeichen dafür, wie hirnlos ich inzwischen bin.

»Ich werde jede Strafe akzeptieren, die der Rat für angebracht hält«, sage ich zu Thelma, und sie klopft auf das Bett, damit ich mich neben sie setze.

Ihr Augen sind besorgt und gerötet. »Niemand wird dich bestrafen, Lieber. Der Rat hat entschieden, dass du nichts falsch gemacht hast.«

»Aber es *war* meine Schuld, Thelma. Ich bin sozusagen der Anstifter. Ich habe Johnny gesagt, dass Charles Lindblom Gunboy ist. Er sah aus wie der Junge auf dem Steckbrief.«

Thelma fährt mit der Hand durch die Luft, als wolle sie Worte von einer Tafel wischen. »Hör zu, Oliver. Ich möchte, dass du mit jemandem redest.«

Sie sieht zur Tür, steht auf, geht hin, öffnet sie einen Spalt und nickt jemandem im Flur zu.

Die Tür geht ganz auf, herein kommen ein Junge und ein Mädchen. Ich stehe auf. Den Jungen kenne ich. Es ist Reginald Washington mit seinen scheckigen Armen, seinem scheckigen Gesicht und seinen scheckigen Knien (er trägt Shorts, und das eine Knie ist rosa, das andere braun). Er lächelt und sagt: »Hallo, Jungspund.« Das Mädchen habe ich noch nie gesehen. Sie ist extrem dünn, sogar noch dünner als ich. Zwei Zöpfe stehen rechtwinklig von ihrem Kopf ab. Reginald schiebt sie auf mich zu. Sie sieht verwundert aus, als hätte sie einen Geist gesehen.

Ich bin sehr versucht, »Boo« zu sagen.

Sie kommt näher und sieht mich auf eine ganz eigenartige

Weise an, als wolle sie eine Bestandsaufnahme meiner Gesichtszüge machen – meiner Nase, meiner Lippen, meiner Stirn.

»Er ist es«, sagt sie.

Thelma schnappt hörbar nach Luft.

»Bist du sicher?«, fragt Reginald.

Das Mädchen nickt.

»Auf einer Skala von eins bis zehn«, sagt Reginald, »wenn eins am unsichersten ist und zehn am sichersten, wie sicher bist du dir?«

Eine Gewissheitsskala. Wie seltsam.

»Neuneinhalb«, sagt das Mädchen.

»Darf ich fragen, worum es hier geht?«, frage ich.

»Liebchen, ich möchte dir Sandy vorstellen.«

»Hi, Sandy, freut mich, dich kennenzulernen. Ich bin Oliver.«

»Ich weiß«, sagt Sandy, die mich immer noch anstarrt.

Reginald nickt Thelma zu. Dann sagt er: »Sandy, wir sollten uns wieder auf den Weg machen. Wir haben noch einen langen Tag vor uns.«

Endlich reißt Sandy ihren Blick von meinem Gesicht los, aber bevor sie das Zimmer verlässt, dreht sie sich noch einmal um und sieht mich an. »Armer Kerl«, sagt sie.

Ich reagiere nicht auf ihre Bemerkung, weil ich nicht weiß, wieso sie mich bemitleidet.

Als sie weg sind, reibt sich Thelma mit beiden Händen über Stirn und Wangen.

Da endlich geht mir auf, wer das Mädchen mit den Zöpfen sein muss. Wie dumm von mir! »Das war das Mädchen aus Schaumburg, Illinois«, rufe ich, und Thelma nickt.

»Sie ist erst nach Johnny und mir gegangen. Sie weiß, wer

uns umgebracht hat, nicht wahr? Sie weiß, wer Gunboy ist.« Aufregung macht sich in mir breit, und ich spüre einen kleinen schmerzhaften Stich in meinem löchrigen Herzen.

Das Weiß von Thelmas Augen ist röter, als ich es je gesehen habe. Ihr Gesicht verzieht sich, als würde sie gleich weinen.

»Es gibt keinen Gunboy, Oliver.«

»Was? Soll das heißen, wir wurden gar nicht erschossen?«

»Doch, Oliver. Es *gab* einen Jungen mit einer Waffe.«

Ich bin verwirrt. »Es gab keinen Gunboy? Aber es gab einen Gunboy? Wie kann beides stimmen? Was du da sagst, ergibt keinen Sinn, Thelma.«

Thelma legt die Hände auf meine Schultern und sieht mir fest in die Augen. Ihre Stimme ist ein heiseres Flüstern. »Hör zu, Oliver. Der Junge, der dich erschossen hat, war Johnny.«

Sie will mich auf den Arm nehmen. Ich mache mich von ihr los und gebe ein Haha von mir, um ihr zu zeigen, dass ihr Witz mich amüsiert, obwohl ich ihn in Wahrheit geschmacklos finde.

Aber Thelma Rudd weint. Die Tränen, die über ihr Gesicht laufen, sind so groß und so dick wie die Holzperlen, die sie in ihre Haare geflochten hat. »Es waren nur zwei Jungen beteiligt, nicht drei«, schluchzt sie. »Der, der geschossen hat, war krank. Krank im Kopf, Oliver! Ein Depri, so wie Johnny einer war, wie er selbst gesagt hat.«

37 85.47

Rb

Rubidium

Wasserstoff (Hydrogenium), Helium, Lithium, Beryllium, Bor, Kohlenstoff (Carbonium), Stickstoff (Nitrogenium), Sauerstoff (Oxygenium), Fluor, Neon, Natrium, Magnesium, Aluminium, Silicium, Phosphor, Schwefel (Sulfur), Chlor, Argon, Kalium, Calcium, Scandium, Titan, Vanadium, Chrom, Mangan, Eisen (Ferrum), Cobalt, Nickel, Kupfer (Cuprum), Zink, Gallium, Germanium, Arsen, Selen, Brom, Krypton, Rubidium, Strontium, Yttrium, Zirconium, Niob, Molybdän, Technetium, Ruthenium, Rhodium, Palladium, Silber (Argentum), Cadmium, Indium, Zinn (Stannum), Antimon (Stibium), Tellur, Iod, Xenon, Caesium, Barium, Lanthan, Cer, Praseodym, Neodym, Promethium, Samarium, Europium, Gadolinium, Terbium, Dysprosium, Holmium, Erbium, Thulium, Ytterbium, Lutetium, Hafnium, Tantal, Wolfram, Rhenium, Osmium, Iridium, Platin, Gold (Aurum), Quecksilber (Hydrargyrum), Thallium, Blei (Plumbum), Bismut, Polonium, Astat, Radon, Francium, Radium, Actinium, Thorium, Protactinium, Uran, Neptunium, Plutonium, Americium, Curium, Berkelium, Californium, Einsteinium, Fermium, Mendelevium, Nobelium, Lawrencium, Rhutherfordium, Dubnium, Seaborgium.

38 87.62

Sr

Strontium

Lieber Vater, du hast Johnny seinen letzten richtigen Haarschnitt verpasst, den letzten vor dem Kahlschnitt während seines Aufenthalts im Schaumburg Medical. Du hast ihm die Haare ein paar Tage vor Beginn des neuen Schuljahrs geschnitten. Wie üblich war im Clippers um diese Zeit des Jahres eine Menge Betrieb. Jermaine Tucker, Kevin Stein, Fred Winchester und Henry Axworthy waren schon da gewesen und hatten alle Ponys verlangt. Du hast jedesmal denselben lahmen Witz gerissen und gefragt, ob sie sich alle plötzlich in Rothäute verwandelt hätten und Iron Eyes Cody und Sitting Bull jetzt der neueste Schrei unter Dreizehnjährigen wären?

Du liebst lahme Witze, Vater. Daher auch das Poster an der Wand, das einen Mann mit Glatze und den Spruch »Heute haar, morgen fort« zeigt. Oder das Schild, auf dem steht, »Nein, ich ziehe keine Zähne«, weil Barbiere im Mittelalter auch kleinere medizinische Eingriffe wie das Ziehen von Zähnen durchführen durften. Wie du jedem erzählst, steht der rote Streifen am Stab des Barbiers für Blut und der weiße für Verbände.

In den Sommerferien und an den Wochenenden half ich gern im Clippers aus. Ich fegte den Boden, staubte die Shampoo- und Haarwasserflaschen im Schaufenster ab und versorgte die Kundinnen mit Limonade, von der du, liebe Mutter, immer behauptet hast, sie sei selbst gemacht (dabei war die Grundlage ein gefrorenes Konzentrat). Ihr schicktet mich los, um euch in irgendwelchen Schnellimbissen etwas zu essen zu holen – Brathähnchen, Pizza, Hamburger. Sachen, die ich missbilligte, weil sie das Leben verkürzen. Für mich holte ich immer einen Salat und eine Backofenkartoffel und erklärte euch, wie sich das Cholesterin in den Arterien anlagert, bis sich schließlich ein Placken löst und den Blutfluss zum Herzen oder zum Gehirn unterbricht.

Ich schilderte euch gerade, was Arteriosklerose ist, als Johnny Henzel an jenem Samstagnachmittag gegen Ende August mit strähnigen, schulterlangen Haaren ins Clippers kam. Ich hatte ihn den ganzen Sommer über nicht gesehen. Henry Axworthy, der in unserem Haus wohnte, hatte Johnnys Zeitungsroute übernommen. Manchmal hatte ich Johnnys Schwester Brenda zusammen mit Rover dem Basset gesehen. Sie sah Johnny sehr ähnlich: der gleiche Doppelwirbel, das gleiche Grübchen in der einen Wange. Einmal hatte ich sie gefragt, wo ihr Bruder sei, und sie hatte die Stirn gerunzelt. Wieso runzelten so viele Leute die Stirn, wenn ich versuchte, mit ihnen zu reden? Sie hatte mit einem knappen »Im Sommercamp« geantwortet und war davongestürzt.

Johnny wollte keinen Pony. Er wollte die Haare einen knappen halben Zentimeter gekürzt haben (ich vermutete, dass seine Eltern ihn gegen seinen Willen gezwungen hatten, sich die Haare schneiden zu lassen). »Einen knappen halben Zentimeter?«, fragte Vater. »Ich bin nie auf einer Highschool gewesen, mein Junge. Mit so winzigen Einheiten kenne ich mich nicht aus.«

Johnny und Vater einigten sich auf einen Kompromiss. Anderthalb Zentimeter. Johnny sagte die ganze Zeit über kein Wort. Er sah nicht einmal in den Spiegel, was gar nicht so leicht ist. Er sah einfach nur in seinen Schoß. Er trug Schweißbänder aus Frottee an den Handgelenken, so wie man es von Tennisspielern kennt, und ich dachte, er hätte im Sommercamp mit Tennis angefangen.

Als ich ihm eine Limonade anbot, schien er mich kaum zu erkennen, als hätte ich mich den Sommer über verändert, nicht er.

Du hast seine Haare die anderthalb Zentimeter gekürzt, Vater, und dann den Friseurumhang von seinen Schultern gezogen. (Ich habe immer bewundert, wie schwungvoll du das machtest, ohne dass auch nur ein Härchen auf den Schultern oder dem Schoß des Kunden landete.)

Nachdem Johnny bei Mutter an der Kasse seine fünf Dollar gezahlt hatte, ging ich zu ihm und versuchte noch einmal, eine Unterhaltung anzufangen: »Und, Johnny, hast du die Erfahrung im Sommercamp genossen?«

»Im Sommercamp?«

»Brenda hat mir erzählt, du wärst im Sommercamp.«

Er sah mich mit eiskalten Augen an. Erst nach einer ganzen Weile sagte er: »Ja, ich war im Camp Squeaky Fromme.«

»Und? War es nett?«

Endlich lächelte er, oder zog zumindest die Mundwinkel nach oben. »Es war zum Schreien komisch, Boo. Zum Schreien komisch.«

Damit verschwand er durch die Tür, und die Glocke klingelte hinter ihm her.

Du, liebe Mutter, hast mich gefragt, was denn mit Johnny los sei. Er sei dir an diesem Tag ein bisschen seltsam vorgekommen, sagtest du. Ich sagte, ich wisse nicht, ob etwas mit ihm sei. »Er war den ganzen Sommer im Camp Squeaky Fromme.«

»Squeaky Fromme?«, hast du gefragt.

»Findest du nicht auch, dass das ein komischer Name für ein Sommercamp ist?«, sagte ich. »Klingt eher wie eine Zeichentrickmaus.«

»Oliver, Squeaky Fromme ist die Verrückte aus Kalifornien, die versucht hat, Präsident Ford umzubringen.«

»Das ergibt doch keinen Sinn. Wer würde denn ein Sommercamp nach so jemandem benennen?«

Du hast mich angegrinst, Mutter, und gesagt: »Oliver, der Junge hat dich auf den Arm genommen.«

Ich dachte: *Wieso sollte Johnny Henzel mich auf den Arm nehmen?* Jermaine Tucker, Kevin Stein, Fred Winchester und Henry Axworthy taten das ständig. Aber doch nicht Johnny Henzel. Johnny war anders. Er sah Schönheit in schiefergrauen Himmeln. Er sah die Bedeutung frühmorgendlicher Einsamkeit.

Und anders als meine anderen Klassenkameraden sah er etwas Gutes und Wertvolles in mir.

39 88.91 Y Yttrium

Johnny sitzt im Gene-Forrester-Gefängnis am Fuß der Ostmauer in der Neun. Reginald Washington und Sandy Goldberg sind auf dem Weg dorthin, damit Sandy Johnny identifizieren kann. Sie behauptet, die Fakten des Falles von daheim in Amerika zu kennen. Fakt ist jedoch, dass *ich* den Fakten in dem Land, in dem ich nun lebe, misstraue. Amerikanische Fakten treffen hier nicht zu. Fakt ist, dass eine Lampe, deren Stecker nicht steckt, nicht funktionieren sollte. Fakt ist, dass Dreizehnjährige nicht jahrzehntelang dreizehn bleiben sollten. Fakt ist, dass Leute sich nicht einfach in Luft auflösen sollten, wenn sie sterben. Daher brauche ich mehr Beweise für Johnnys Schuld als die sogenannten Fakten eines relativ frisch eingetroffenen Mädchens aus Schaumburg, Illinois.

»Hör auf die Stimme der Vernunft«, sagt Thelma, als ich zu bedenken gebe, dass die Erinnerungen des Erdnussmädchens falsch sein könnten.

»Aber es gibt hier weder Vernunft noch Logik«, antworte ich. »Wenn es sie gäbe, würde der Himmel nicht existieren.«

»Oliver, wenn du ernsthaft über alles nachdenkst, was sie gesagt hat«, beharrt Thelma, »wirst du sehen, dass es sehr wohl einen Sinn ergibt.«

Ich denke immer ernsthaft nach. Ich tue es auch jetzt, und rein gar nichts an diesem zigvergessenen Ort ergibt einen Sinn.

Laut Thelma hat Sandy Goldberg die meisten ihrer Fakten von den anderen Kids an ihrer Schule in Schaumburg. Und sie schwört, dass nur zwei Jungen in die Schießerei an der Helen-Keller verwickelt waren, nicht drei. Sie erinnert sich nicht an ihre Namen, wohl aber an ihre Gesichter, und unsere hat sie in der Zeitung gesehen. Der eine Junge war ein »Sonderling« und der andere war »völlig durchgeknallt«, sagte Sandy. Der durchgeknallte Junge war selbstmordgefährdet und hatte den Sommer in der »Klapse« verbracht. Was die Schießerei selbst anging, kann sie sich nicht an ein Motiv erinnern, sie weiß überhaupt nichts, außer dass »der eine Junge ein Sonderling und der andere ein Fall für die Klapse war«.

Thelma erzählt mir, im Himmel sei eine Großfahndung nach Johnny ausgelöst worden. Benny Baggarly, der Freund des im Koma liegenden Hypnotiseurs, erkannte Johnny und mich in der Sporthalle und meldete uns. Es war Reginald Washingtons Idee, Johnny mitten in der Nacht zu verhaften.

»Er war es auch, der wollte, dass man Johnny und dich trennt«, sagt Thelma. »Eure Freundschaft, sagte er, würde *deine* geistige Gesundheit gefährden.«

»Was für ein Blödsinn!«, schreie ich, und Thelma guckt überrascht, weil ich normalerweise nie schreie und erst recht nicht fluche.

»Mit meiner geistigen Gesundheit ist alles absolut paletti«, lüge ich.

»Aber Oliver, dein Freund Johnny ...« Sie zögert auf der Suche nach dem passenden Wort, aber es gibt keins, und deshalb sagt sie schließlich: »Er hat dich umgebracht.«

»Darüber ist das Urteil noch nicht gesprochen.«

Thelma und ich sitzen auf dem Bett in meinem zeitweiligen Zimmer. Sie drückt ein Kopfkissen an ihre Brust. Das Kopfkissen soll mich verkörpern.

»Reginald und die Helfer planen eine Gerichtsverhandlung.«

»Eine Gerichtsverhandlung?«

»Sie sind ganz wild drauf, weil es im Himmel noch nie einen Mörder gab. Sie denken, dass Zig Mist gebaut hat, und jetzt wollen sie seinen furchtbaren Fehler ausbügeln.«

»Glaubst du auch, dass Zig einen furchtbaren Fehler begangen hat, Thelma?«

Mein Gesicht ist möglicherweise noch blasser geworden, noch gespenstischer, denn sie sieht mich mit einer Mischung aus Mitleid und Besorgnis an, genau wie Sandy Goldberg. Sie schiebt mir das Kissen zu, damit ich es umarmen kann. Ich halte es locker auf meinem Schoß.

»Oliver, du weißt doch, dass Zig manche von uns verändert? Dass zurückgebliebene Kinder ein bisschen klüger sind, wenn sie hierherkommen, und so. Und blinde Kinder können sehen. Vielleicht hat er Johnny weniger verrückt gemacht, damit er friedlich hier leben kann. Wäre das ein furchtbarer Fehler? Vielleicht ja, vielleicht nein.«

Wenn die Möglichkeit besteht, dass Zig meinen Intelligenzquotienten ein bisschen niedriger gemacht hat, will sie damit sagen, ist es auch denkbar, dass er Johnnys geistige Verfassung so weit normalisiert hat, dass er hier besser zurechtkommt.

»Vielleicht hat er auch Johnnys Erinnerungen an die Ereignisse verändert«, fährt Thelma fort. »Oder Johnny selbst hat sie ausgelöscht, als er sich die Kugel in den Kopf jagte. Oder seine Schwester hat ihn angelogen, als er im Krankenhaus lag.« Thelma legt die Hand aufs Herz. »Zig im Himmel,

Oliver, ich weiß nicht mehr, was ich glauben soll. Aber ich glaube nicht, was Reginald und einige der anderen Helfer glauben. Nämlich dass Johnny seinen Gedächtnisverlust nur vortäuscht und ganz genau weiß, was er getan hat.«

Ich lege das Kissen beiseite und stehe auf. Meine Beine fühlen sich zittrig an, als wäre ich den ganzen Tag mit dem Fahrrad unterwegs gewesen. »Ich muss Johnny unbedingt sehen«, sage ich.

Thelma will nicht, dass ich ins Gene fahre. »Du bist völlig übermüdet und stehst unter Schock«, sagt sie. »Außerdem werden Reginald und die Helfer dich nicht zu Johnny lassen. Sie lassen nicht einmal *mich* zu ihm. Und Esther, die schon zum Gene unterwegs ist, wird auch keine Besuchserlaubnis bekommen.«

»Du kannst mich nicht davon abhalten«, sage ich.

Sie gibt nach, aber erst, als ich auf ihr Drängen hin einen Kleiemuffin, eine Banane und eine Handvoll Mandeln esse. Dann gibt sie mir ihre Zonenkarte, wünscht mir Glück und sagt, dass ich, wenn ich wieder im Frank-and-Joe bin, gleich zu ihr kommen soll.

Ich renne aus dem Rhoda-Penmark-Wohnheim, springe auf ein Rad, trete wie besessen in die Pedale und wünsche mir, das Rad hätte dreißig Gänge, damit ich das Gefängnis vor Reginald und Sandy erreiche.

Erst aber mache ich einen kurzen Umweg zum Marcy, um nach *Blaberus craniifer* zu suchen. Ich verbringe fünfzehn Minuten damit, den Hausmeisterraum zu durchkämmen, und sehe sogar in der Monopoly-Schachtel nach – ohne Erfolg. Rover ist und bleibt verschwunden. Ich kann nur hoffen, dass die Schabe im gestrigen Gewühl nicht zu Tode getrampelt wurde.

Ich laufe zurück nach draußen und springe wieder auf mein Rad. Die Fahrt, die vor mir liegt, ist lang, denn ich muss mich durch ein Labyrinth von Straßen schlängeln und vier Zonen durchqueren (Fünf, Eins, Zwei und Neun). Ich ermahne mich selbst, mich auf die Straße zu konzentrieren. Ich darf auf keinen Fall unachtsam sein und in eine Straßenlampe oder einen anderen Radfahrer rasen. Ich darf auf keinen Fall mit einer Gehirnerschütterung, die meinen Notizen zufolge vier bis sechs Tage zum Ausheilen braucht, im Krankenhaus landen.

Trotzdem schweifen meine Gedanken ab. Ständig sehe ich den Flur der Helen-Keller in den ersten Sekunden nach dem Schuss vor mir, als alle – mit Ausnahme des Jungen, der den Abzug betätigte und des Jungen, der von der Kugel getroffen wurde – sich dem Knall zuwandten. Was haben meine Klassenkameraden und Lehrer in diesem Augenblick gesehen?

Vor meinem inneren Auge sind alle wie in diesem Moment eingefroren. Henry Axworthy beugt sich über den Wasserspender, dessen Strahl einen reglosen Bogen bildet. Jermaine Tucker lässt sein Mathebuch fallen, aber es schlägt nicht auf dem Boden auf. Patsy Hyde verzerrt die Lippen zu einem Schrei und enthüllt die Zahnspange, die sie sonst immer versteckt. Cynthia Orwell dribbelt einen Basketball, der einen halben Meter unter ihrer Hand in der Schwebe verharrt. Der Kunstlehrer, Mr Huston, hält ein Stillleben in der Hand, das er an der Wand vor seinem Klassenzimmer befestigen will. Helen Keller mit ihrem Doktorhut posiert wie immer auf dem Porträt, das gegenüber von Spind Nr. 106 hängt.

Alle Augen blicken in dieselbe Richtung.

In meiner Vorstellung scheint es einen blinden Fleck zu

geben, denn obwohl ich alles andere absolut klar und deutlich sehe, sogar meinen eigenen zusammengesackten Körper vor meinem Spind, gibt es etwas, das mein inneres Auge nicht erfasst: das Gesicht des Jungen mit der Waffe.

40 91.22

Zr

Zirconium

Das Gene-Forrester-Gefängnis ist das mit Abstand hässlichste Gebäude der Stadt. Die Betonfassade ist mit schwarzem Ruß überzogen, als hätte es dort einmal gebrannt, aber es gab kein Feuer, weil es hier einfach keine gibt. Es gibt nicht einmal Streichhölzer. In meinen ersten Monaten hier habe ich mehrmals versucht, mit einem Vergrößerungsglas und einem Sonnenstrahl ein welkes Blatt anzuzünden, aber die Experimente erwiesen sich als fruchtlos. Das Höchste, was ich je zustande brachte, war ein hauchdünner Rauchfaden.

Es ist ein Glück, dass die hiesigen Gebäude kein Feuer fangen können, weil die Fenster des Gene vergittert sind. Ungewöhnlich an diesem vierstöckigen Gebäude ist auch seine Form: Es ist ein perfekter Kubus. Die meisten anderen Gebäude bei uns sind rechteckig. Außerdem hat das Gene keine äußerlichen architektonischen Merkmale. Keine Vordächer, keine Simse, keine Fensterstürze, nichts.

Ich frage mich, wer die Insassen sind. Was immer sie getan haben, es muss schwerwiegend gewesen sein: Vandalismus, schwere Körperverletzung. Derartige Vergehen sind hier selten. Vielleicht dämpft Zig die Gemüter gewisser Stadt-Bewohner und macht die schlimmsten toten amerikanischen Dreizehnjährigen ein bisschen netter, um blutige Zusammenstöße in der Stadt zu verhindern.

Ich steige von meinem Rad und knote ein rotes Band um

den Lenker. Der Tag ist sonnig und der Himmel zeigt das tiefe Azurblau, das du, Vater, immer als »das große weite Blau der Ferne« bezeichnet hast. Es ist ein Tag, an dem du, Mutter, mich daran erinnern würdest, meinen Sonnenhut aufzusetzen.

Wie schon erwähnt, gibt es in unserem Himmel keine Sonnenbrände. Trotzdem fühle ich mich nach der zweistündigen Radfahrt, als hätte ich einen. Vielleicht ist es auch ein Hitzschlag, und ich sollte nach einem Wasserspender Ausschau halten. Ich stolpere die Treppe hinauf in die Eingangshalle des Gene, wo ein langes hölzernes Pult von eineiigen Zwillingsjungen besetzt ist, auf deren Namensschildchen TIM LU und TOM LU steht. Beide tragen T-Shirts mit dem Yin-Yang-Zeichen. Ich vermute, dass sie bei einem Autounfall oder einem Hausbrand ums Leben kamen, und auf eigenartige Weise ist es ein Glück, dass sie gemeinsam gestorben sind, denn einen Zwilling zu verlieren muss sein, als verlöre man einen Teil von sich selbst.

Die Lu-Zwillinge lesen identische Exemplare von *Die Schweizer Familie Robinson.* »Seid gegrüßt, ich bin Oliver Dalrymple und möchte einen der Insassen besuchen«, sage ich zu ihnen. »Er heißt Johnny Henzel.«

»Hat er Johnny Henzel gesagt?«, sagt Tim zu Tom.

»Ach du meine Güte, ja, hat er«, sagt Tom. »Er *hat* Johnny Henzel gesagt.«

Ich nicke.

»Das ist der Junge, der gestern Nacht eingeliefert wurde«, sagt Tim zu Tom, und beide legen ihre Bücher beiseite.

»Die Stufe F.«

»Wir hatten noch nie eine Stufe F. Wann war das letzte Mal, Tom?«

»Auf jeden Fall vor unserer Zeit. Vor Jahrzehnten.«

»Was bedeutet ›Stufe F‹?«, erkundige ich mich.

»Oliver Dalrymple weiß nicht, was Stufe F bedeutet.«

»Natürlich nicht. Er kommt schließlich von draußen. Stufe F ist ein Insiderbegriff und bedeutet, dass Johnny Henzel etwas wirklich wirklich Schlimmes angestellt haben muss.«

»Etwas absolut Abscheuliches, könnte man sagen.«

»Vielleicht sogar etwas Ungeheuerliches.«

Die Zwillinge sehen mich nicht an, während sie reden. Sie sehen einander an, reden miteinander.

»Ich wüsste nur zu gern, was er gemacht haben könnte«, sagt Tom.

»Vielleicht hat er jemanden gekidnapt«, antwortet Tim. »Wir hatten schon seit Ewigkeiten keinen Kidnapper mehr, oder, Tom?«

»Ich kann mich an keinen erinnern.«

»Aber Kidnapper werden für gewöhnlich als Stufe D klassifiziert.«

»Vielleicht war es eine Serie von Kidnappings.«

»Ach du je, ein Serienkidnapper«, sagt Tim. »Wie verabscheuenswert.«

Ich unterbreche sie. »Johnny Henzel ist kein Serienkidnapper. Er hat einen Jungen mit einer Taschenlampe geschlagen.«

»Mit einer Taschenlampe?«, sagt Tim zu Tom. »Das ist nicht Stufe F. Es ist Stufe B, allerhöchstens C, je nachdem, wie schwer die Verletzungen waren.«

»Außerdem wird vermutet, dass er daheim in Amerika jemanden erschossen hat.«

»*Mord!*«, schreit Tom.

»Nicht so laut, Tom! Du verhältst dich nicht professionell.«

»Mord ist definitiv Stufe F.«

»Kann ich Johnny Henzel sehen?«, frage ich.

»Oliver Dalrymple möchte einen Stufe-F-Insassen besuchen!«

»Nicht einmal Stufe-D-Insassen dürfen Besucher empfangen. Sogar sie sind im vierten Stock in Einzelhaft. Stell dir also vor, wie es in Stufe F aussieht.«

»Aber ich bin der Junge, den Johnny angeblich erschossen hat.«

»Oliver Dalrymple ist das Opfer! Ach du liebes bisschen! Ach du meine Güte! Das Opfer einer Schießerei!«

»Also, das ist mehr als ungewöhnlich, findest du nicht auch, Tim?«

»›Noch nie da gewesen‹ ist der Begriff, der mir dazu einfällt.«

Tim und Tom Lu unterhalten sich weiter auf diese Weise, bis sie entscheiden, dass einer von ihnen bei einer höheren Instanz nachfragen wird, ob Johnny Besuch von dem Jungen empfangen darf, den er erschossen hat.

»*Mutmaßlich* erschossen«, betone ich, als Tim seinen Stuhl zurückschiebt und losgeht.

Während er weg ist, setze ich mich auf eine Bank in der hinteren Ecke der Halle und starre die farbigen Bodenfliesen an, die eine Art kreisförmiges Mandala ergeben, wie die, die buddhistische Mönche aus Sand anfertigen. Mandalas sollen friedliche Gefühle hervorrufen, aber mein Gemütszustand ist alles andere als friedlich.

Menschen, die an Gott glauben, denken in schweren Zeiten oft, dass ihr Gott sie auf die Probe stellen will. Führt Zig hier in der Stadt eine Art Experiment durch, obwohl er sich für gewöhnlich aus allem raushält?

Zehn Minuten später ist Tim Lu immer noch nicht zurück. In der Zwischenzeit geht die Tür des Gene erneut auf, und Reginald Washington und Sandy Goldberg kommen herein. Zielstrebig bewegen sie sich auf das Pult zu, ihre Laufschuhe quietschen quer über das Mandala. Reginald zückt seine Marke, die ihn als Präsidenten eines Helferrats ausweist. Die beiden sprechen mit Tom Lu, der daraufhin sagt: »Mann, ist unsere Stufe F heute gefragt! Es gibt geradezu eine Schlange von Leuten, die ihn sehen wollen.« Und er deutet mit dem Kopf auf die Bank, auf der ich sitze. Ich stehe auf, als Reginald und Sandy sich zu mir umdrehen.

Reginalds Augen werden schmal. Er sieht verärgert aus. »Himmel, hilf«, sagt er so laut, dass ich es hören kann, und kommt auf mich zu, um mit mir zu reden.

»Hallo, Oliver«, sagt er mit einem gezwungenen Lächeln. »Was für eine Überraschung, dich hier zu sehen.«

»Ich will zu Johnny«, sage ich.

Sein Lächeln verschwindet. »Hat Thelma dich geschickt? Was denkt dieses Mädchen sich bloß?«

»Ich will derjenige sein, der es Johnny sagt.«

Reginald schüttelt langsam den Kopf. »Nichts zu machen, Bruder. Nichts zu machen.«

»Wieso nicht? Ich bin sein Freund. Einer der wenigen Freunde, die er hier hat.«

Reginald tätschelt meine Schulter. »Du stehst unter Schock«, sagt er. »Du musst in Frieden ruhen. Um ehrlich zu sein, habe ich Thelma schon gebeten, dich im Deborah anzumelden.«

»In der Irrenanstalt?« Beim Gedanken an Willa Blakes

Sprung vom Dach dreht sich mir der Magen um. »Kommt überhaupt nicht infrage!«

Reginald sagt, dass ich in der Halle warten soll, während er und Sandy die Angelegenheit mit Johnny und der Gefängnisverwaltung regeln. »Danach würde ich gern mit dir über deinen Auftritt als Zeuge in der Verhandlung sprechen«, sagt er.

Er geht zurück, um noch einmal mit Tom Lu zu sprechen. Ich bin total erschöpft und drücke die Handballen in meine Augen, wie ich es in Amerika immer tat, wenn meine Augen vom stundenlangen Lesen in Mathematikbüchern rot waren. Als ich sie wieder wegnehme, steht Sandy vor mir.

»Noch mal hallo, Oliver. Du hast eine verdammt gute Zeit hingelegt. Aber Reginald und ich haben unterwegs eine kurze Pause gemacht, um Blaubeerpfannkuchen zu essen. Bloß gab es keine Butter. Ich vermisse Butter total und wäre froh, Zig würde uns welche schicken, aber immerhin gibt es Sirup, richtig? Stell dir vor, Zig würde beschließen: ›Keine Süßigkeiten für meine Kinder.‹« Sie lässt Zigs Stimme tief und rau klingen. »›Sonst fallen ihnen noch die Zähne aus dem Kopf.‹ Das wäre doch ’ne Tragödie, die sich gewaschen hat, findest du nicht auch? Nichts Süßes zu haben, meine ich. Nicht die faulen Zähne. Bist du ein Buttertyp?«

Unfreundlicherweise denke ich, dass ihr Verstand höchstens die Größe der Erdnuss haben kann, die sie umgebracht hat. »Darf ich dich was fragen?«, frage ich.

»Klar, schieß los. Ich bin ein offenes Buch.«

»Hatte Johnny Henzel in der Helen-Keller-Junior-High speziell mich als Ziel? Ich meine, hatte er vor, gerade *mich* zu erschießen, als er den Schuss abfeuerte?«

Ich kann es mir nicht verkneifen, diese Frage zu stellen, obwohl sie impliziert, dass ich Johnny für schuldig halte.

Sandy zuckt mit den Schultern. »Ich kann mich an kaum was erinnern, außer dass der andere Junge in der Klapse war. Das weiß ich noch, weil ich selbst mal fast in eine Klapse gesteckt wurde. Meine Mum dachte nämlich, ich bin magersüchtig – kannst du dir das vorstellen? –, dabei hab ich nur so wenig gegessen, weil ich ständig Angst hatte, irgendwo könnte ein Allergen drin sein. Ich war allergisch gegen alles Mögliche – Nüsse, Erdbeeren, Buchweizen, Tomaten. Aber Nüsse waren das Allerschlimmste. Ich konnte nicht mal –«

»Du erinnerst dich an kaum was?«, unterbreche ich sie, und meine Stimme wird dabei hoch und piepsig. »Bei Anschuldigungen, wie du sie erhebst, sollte man sich seiner Sache absolut sicher sein, Miss Goldberg!«

Sie zuckt noch einmal mit den Schultern, und ich verstehe, dass man in Versuchung geraten kann, den Überbringer schlechter Nachrichten zu erschießen. Ich jedenfalls würde ihr dümmliches Gesicht nur allzugern ohrfeigen.

Reginald kommt zurück. »Wir müssen los, Sandy«, sagt er.

»Sag Johnny, dass ich hier bin«, flehe ich ihn an. »Richte ihm etwas von mir aus. Sag ihm …«

Was soll er ihm sagen? *Gib die Hoffnung nicht auf? Verlier nur nicht den Verstand?*

»Sag ihm, ›Wenn du je in der Patsche sitzt, ich bin da‹.«

Es ist eine Zeile aus dem Song »Friendship«.

Tim Lu ist wieder zurück und sagt laut zu seinem Bruder: »Bis auf Weiteres ist es Mr Dalrymple untersagt, die Stufe F zu besuchen.«

Wegen seiner Helferratspräsidentschaft wird Reginald das Besuchsrecht nicht versagt. Tom Lu eskortiert ihn und Sandy zur Treppe, die in die oberen Stockwerke führt.

Als sie weg sind, sage ich zu mir selbst, dass ich so hart und zäh sein muss wie die Hardy-Boys. Ich muss mir einen Plan ausdenken, Johnny hier rauszuholen. Ich setze mich wieder hin, bin aber so todmüde, dass sich mein Körper ohne Zustimmung meines Verstands auf die Bank legt. Thelma hat mir auch ein Kapuzenshirt mitgebracht, das ich über mein T-Shirt gezogen habe. Jetzt ziehe ich es aus und benutze es als Kopfkissen. Tim und Tom, die wieder hinter ihren Romanen verschwunden sind, werfen mir tadelnde Blicke zu, aber das ist mir, wie Johnny sagen würde, *schnurzpiepegal* (ein Ausdruck, dessen Etymologie ich nicht einmal erahnen kann).

Niemand sonst kommt oder geht. Das Gefängnis scheint das am wenigsten benutzte Gebäude im Himmel zu sein. Es ist so ruhig, dass ich mich frage, ob ich hören könnte, wie Johnny reagiert, wenn er erfährt, welche Beschuldigungen gegen ihn erhoben werden.

Für mich ist es absolut unvorstellbar, dass Johnny Henzel an unserem vierten Tag in der achten Klasse der Helen-Keller-Junior-High der Gunboy war. Das kann einfach nicht sein. Aber selbst wenn es wahr wäre, dürfte es keine Rolle spielen, sage ich zu mir selbst. Was eine Rolle spielen sollte, ist die Frage, ob Johnny jetzt, hier in unserem Himmel für dreizehnjährige Amerikaner, Gunboy ist.

Die Eingangstür des Gefängnisses geht auf, herein kommt Esther, eine rosa Baskenmütze auf dem Kopf. Ich setze mich auf. Sie entdeckt mich und winkt mir zu. Ich bin unglaublich froh, sie zu sehen, und winke zurück.

41 92.91

Nb

Niob

42 95.95

Mo

Molybdän

43 [97.91]

Tc

Technetium

44 101.07
Ru
Ruthenium

Es ist Silvester, der letzte Tag der siebziger Jahre. Vor drei Wochen habe ich Johnny das letzte Mal gesehen. Wenn ich an der Rückseite des Gene entlanggehe, schaue ich immer zu den Fenstern im vierten Stock hoch, aber sie sind winzig – kaum größer als ein Comic-Heft. Ich kann nicht erkennen, ob jemand dahintersteht. Ich bin mir nicht einmal sicher, hinter welchem Johnny gefangen gehalten wird.

Es kann schlimm sein, hierherzukommen, denn oft versammeln sich Horden von Demonstranten auf dem Hof. Ich weiß nicht, wieso die Wärter das zulassen. Vielleicht sehen sie die Demonstrationen als gerechte Strafe. Soweit ich es beurteilen kann, handelt es sich größtenteils um JuMos, und sie schwenken Schilder mit abfälligen Bemerkungen, wie zum Beispiel: JOHNNY HENZEL, DU BIST EIN IRRTUM.

Das schlimmste Schild, das ich bis jetzt gesehen habe, gehörte Benny Baggarly, dem JuMo, der Johnny und mich an die Helfer auslieferte. Auf seinem Schild steht nur ein Wort in Großbuchstaben: WIEDERTODESSTRAFE!

Da heute ein Feiertag ist, sind die Demonstranten nicht da, als Esther und ich am Gene ankommen. Ich habe ein eigenes Schild dabei, das ich aus einem Besenstiel und einem Stück Pappe gebastelt habe. Esther hat vorgeschlagen, ich soll versuchen, auf diese Weise mit Johnny zu kommunizieren. Erst wusste ich nicht, was ich schreiben sollte. Dann schrieb ich auf mein Schild: »Das Streben nach Wahrheit ist ein Gebiet, auf dem wir das ganze Leben lang Kinder bleiben dürfen.« Es ist angeblich auch ein Zitat von Albert Einstein. Ich hoffe, es ist nicht allzu unverständlich. Ich will einfach nur sagen, dass ich offen und unvoreingenommen bleiben und dem Rätsel, das uns umgibt, auf die Spur kommen werde.

Esther hat mich hierherbegleitet, ist aber schon ins Gebäude gegangen, um mit Tim und Tom Lu zu sprechen. Im Flüsterton erzählen sie ihr das Neueste von dem Jungen, den sie immer noch nur die Stufe F nennen. Mir verweigern sie alle Auskünfte. Sie trauen mir nicht. Und sie nennen mich immer noch ›das Opfer‹. »Oh, das Opfer ist wieder da«, sagt Tim beispielsweise. Und Tom antwortet: »Wann wird der Junge endlich begreifen, dass er hier nicht willkommen ist?«

Während ich auf Esther warte, halte ich auf dem Hof hinter dem Gefängnis mein Schild hoch. Die Fenster in den unteren Stockwerken sind normal groß. An einem davon bemerke ich einen Häftling mit einer orangefarbenen Baseballkappe. Er winkt mir zu, ich winke mit meinem Schild zurück.

Schafblöde Schäfchenwolken wälzen sich an diesem Nachmittag über den Himmel. Johnny liebt sie, von daher guckt er vielleicht genau in diesem Augenblick aus seinem winzigen Fenster.

Ich bin so in diesen Gedanken vertieft, dass ich zuerst gar nicht merke, dass Esther wieder da ist. Ihre Stirn ist gerunzelt.

»Was ist?«, frage ich.

Sie beißt sich auf die Oberlippe und schüttelt verbissen den Kopf. Dann sagt sie: »Der Blödmann rührt schon seit einer Woche kein Essen mehr an.«

»Johnny isst nichts?«

»Er ist in den Hungerstreik getreten.«

Ich sehe zum Gene zurück.

»Er sagt, er beendet den Hungerstreik nur unter einer Bedingung«, sagt sie. »Er will, dass du ihn besuchst.«

45 102.91

Rh

Rhodium

Wir Städter können aufhören zu essen, solange wir wollen, wir werden trotzdem nicht dünner. Zu Anfang ihres Aufenthalts in der Stadt hat Thelma eine drastische Diät gemacht, wurde aber, wie sie sagt, nur so schwach und klapprig, dass sie anfing zu halluzinieren (Tukane, die in Schwärmen in den Bäumen saßen, Delfine, die durch die Wolken schwammen). Ob wir sterben können, wenn wir auf Nahrung verzichten, scheint niemand zu wissen, weil niemand – nicht einmal ein Depri im Deborah – je lange genug mit Essen aufhörte.

Der Hypnotiseur Charles »Zar« Lindblom liegt nicht mehr im Koma. Als er aufwachte, fütterte man ihn mit Sachen, die man einem Baby gibt: Kartoffelbrei, Apfelkompott, Haferschleim. Jetzt ist er wieder kräftig genug, um in Johnnys Prozess, der in einer Woche anfängt, als Zeuge aussagen zu können.

Es fühlt sich einsam an, mein Zimmer für mich allein zu haben. Ich bin froh, dass Johnny viele seiner Zeichnungen an den Wänden zurückließ. Eine Serie trägt den Titel »Wahrgewordener Wunsch«. Eins dieser Bilder zeigt Thelma in Glitzerkleid und Perlenkette, eine Aufmachung, wie eine Jazzsängerin auf der Bühne sie tragen könnte.

Johnny sagte, ich solle mir ein Thema für mein eigenes Porträt aussuchen. Ich sagte, er solle mir Zeit lassen, mir einen passenden Wunsch auszudenken. Wäre er jetzt hier, würde ich ihn bitten, uns beide zu zeichnen, wie wir in Hoffmann Estates im Schnee liegen und zur Mondsichel aufblicken. In diesem Moment ruhten wir wirklich in Frieden.

Gegen sieben Uhr klopfen Thelma und Esther an meine Tür, weil wir uns ein Stück ansehen wollen. An diesem Abend werden uns Unmengen von Stücken, Konzerten, Zaubershows, Tanzveranstaltungen und Akrobatikvorführungen geboten, denn an Silvester zeigen die Städter das Beste, was sie im vergangenen Jahr an Kunst geschaffen haben. In der ganzen Stadt stellen Maler ihre schönsten Bilder aus, Bildhauer ihre besten Skulpturen. Gitarristen spielen die Kompositionen, auf die sie am stolzesten sind. Harfenisten zupfen ihre engelgleichsten Stücke. Sänger singen ihre herzzerreißendsten Lieder. Poeten stehen auf Seifenkisten und rezitieren ihre gelungensten Gedichte, und Schriftsteller lesen die beseeltesten Passagen aus ihren Werken vor. Angeblich tun sie das, um Zig zu danken, aber ich glaube, sie versuchen auch zu beweisen, dass sie sich gut halten, auch wenn ihr Gott sie in eine Kiste (beziehungsweise in ein Terrarium), gesteckt hat.

Kurz nachdem wir das Frank-and-Joe verlassen haben, dreht sich Esther auf der Straße zu Thelma und mir um. Sie trägt eine künstliche Nerzstola, die sie ihren »Spaßpelz« nennt. »Lasst uns einen Pakt schließen«, sagt sie. »Lasst uns heute Abend nicht darüber reden, ja?«

Thelma nickt zustimmend. »Wir brauchen eine Pause. Wenigstens für ein paar Stunden.«

»Okay«, sage ich, obwohl ich mir dabei wie ein Verräter vorkomme.

Das Stück, das wir uns ansehen wollen, heißt *Die Auswirkung von Gammastrahlen auf Mann-im-Mond-Ringelblu-*

men. Thelma sagt, es handelt von einem Mädchen, das die Wissenschaft liebt und von ihrer verrückten Mutter misshandelt wird. Es klingt, als wäre es speziell für uns geschrieben worden, weil ich die Wissenschaft liebe und Esther eine tyrannische Mutter hatte (die ihre Tochter immer Püppi nannte, was Esther nicht ausstehen konnte).

Wir gehen die Straße entlang, auf der es von Fahrrädern und Fußgängern wimmelt. Alle scheinen an diesem Abend unterwegs zu sein, singen und tanzen auf den Bürgersteigen. Ein Junge schlägt auf dem Rasen vor seinem Wohnheim ein Dreifachrad mit anschließendem Flickflack. Helfer klettern im Park auf Bäumen herum und hängen Luftballons und Luftschlangen in die Zweige.

An den Straßenrändern wurden Tische aufgebaut. An einem davon sitzt ein Junge, der Origami-Tiere (Tiger, Grashüpfer, Giraffen, Pterodaktylusse) und Silberketten herstellt, so wie die, die Kinder in Amerika aus Kaugummipapierchen falten (da es in der Stadt keinen Kaugummi gibt, benutzt er Alufolie). Neben ihm sitzt ein Mädchen, das Schuhschachtel-Dioramen von Romanszenen bastelt (unter anderem eine Dschungelszene aus *Tarzan bei den Affen*). Neben ihr fertigt ein Junge Pappmaché-Masken an. Eine davon hat die gleiche Nase wie Onkel Seymour.

Ein Mädchen, dessen Haare aussehen, als wären sie mit einem Rasenmäher geschnitten worden, spricht mich auf der Straße an. »Du bist doch Boo, oder? Der ermordete Junge?« In letzter Zeit werde ich oft erkannt, obwohl es keine Zeitungen oder Fernsehsendungen gibt, die mein Foto zeigen könnten.

»Ich möchte dir nur sagen«, fährt sie mit einem schüchternen Lächeln fort, »dass ich Stimmung für dich mache.« Dabei legt sie mir die Hand auf die Schulter. Esther schlägt sie an meiner Stelle weg.

»Was meinst du damit, du machst Stimmung für mich?«, frage ich.

»Na ja, der Junge, der dich erschossen hat. Ich finde wirklich, er sollte kriegen –«

Thelma unterbricht sie. »Tut mir leid, wir sind spät dran.«

Aber das Mädchen fährt unbeirrt fort: »– was er verdient hat.«

Ich weiß nicht, was ich darauf sagen soll, und versuche abzuwiegeln. »Er hat aber doch nichts verdient, er hat doch gar nicht gearbeitet.«

Das Mädchen zwinkert verständnislos. »Du weißt schon, was ich meine. Ich meine, dass dein Mörder es verdient, aufgehangen zu werden.« Und sie tut so, als würde sie sich selbst eine Schlinge um den Hals legen.

Thelma legt die Hand auf ihr Herz.

»Wenn schon, dann muss es ›aufgehängt‹ heißen«, sage ich.

»Wir wollten heute Abend nicht darüber reden«, schreit Esther das Mädchen an und fuchtelt wie wild mit den Armen. »Also halt deine blöde Klappe und verp*ss dich!«

Das Mädchen zuckt zurück, als wäre Esther ein tollwütiger Hund.

Die kurze Begegnung verdirbt uns jeden Anschein von festlicher Stimmung. Auf dem restlichen Weg zum Theater sprechen wir kaum. Zum Glück jedoch ist das Stück wirklich ausgezeichnet. Ein Mädchen namens Tillie Hunsdorfer setzt Ringelblumen radioaktiver Strahlung aus. Einige der Blumen welken und sterben, andere dagegen mutieren zu seltsamen, aber wundervollen Geschöpfen.

Thelma hat uns gewarnt, dass sie im Theater oft weint, und tatsächlich weint sie in der Schlussszene, als Tillies Mutter ihr Lieblingskaninchen ermordet. Esther versorgt sie mit Papiertaschentüchern aus ihrer Handtasche, die mit Sonnenblumen aus Filz verziert ist.

Ich weine selbstverständlich nicht. Ich bin es nicht gewöhnt, mir Theaterstücke anzusehen. Wie ihr wisst, liebe Eltern, ging ich in Amerika nie ins Theater. Ich sah mir im Fernsehen keine Unterhaltungssendungen oder Krimiserien an. Ich las keine Romane. Ich tat nichts, was einen Sprung in eine fiktive Welt erforderte. Ich verstand das Bedürfnis nach fiktiven Geschichten nicht, wenn doch die realen Ereignisse – die wahren Dramen, die sich auf der Zellebene unserer Körper und auf der astrophysischen Ebene unseres Universums abspielten – so fantastisch und faszinierend waren.

Erst in der realen Welt des Himmels fand ich eine Verwendung für Fantasieprodukte. Ein Vorteil des Fiktiven ist nämlich, dass man vor der eigenen Realität fliehen kann, wenn diese Realität zum Fortlaufen ist. Ich wünschte, ich hätte diese Entdeckung schon in Amerika gemacht. Vielleicht hätte *Der Herr der Fliegen* mir geholfen, die Junior High zu überleben.

Als das Stück vorbei ist und wir in der Halle der Schule über die Vorteile seiner fiktiven Welt diskutieren, werden wir in die Realtität zurückgerissen. Und zwar durch ein Plakat, das mit Reißnägeln an der Anschlagtafel befestigt ist. Die Überschrift lautet: DER SOHN VOM SOHN VON SAM.

Es geht natürlich um Johnny. Seine Verbrechen. Seinen bevorstehenden Prozess. Die lokale JuMo-Gruppe fordert alle Städter auf, während der ganzen Dauer der Verhandlung vor dem Gene zu demonstrieren. Laut lese ich vor: »Ein blutrünstiger Killer befindet sich mitten unter uns und könnte erneut zuschlagen, wenn wir nicht –«

Esther reißt das Poster herunter und zerknüllt es, bevor ich zu Ende lesen kann. »Diese verdammten JuMos«, ereifert sie sich und sieht Thelma mit schmalen Augen an. Dabei wurde Thelma aus der lokalen JuMo-Gruppe ausgeschlossen, weil sie sich unsicher ist, ob ein Verbrechen, das begangen wurde, bevor jemand ging und im Himmel eintraf, hier bestraft werden darf, muss oder soll. In der Stadt geht das Gerücht um, dass sich die JuMos, sollte Johnny schuldig gesprochen werden, für eine öffentliche Steinigung aussprechen werden.

»Ich wünschte, wir könnten weg aus diesem verdammten Himmel«, sagt Thelma. »Ich wünschte, wir könnten eine Geistertour zum Haus meiner Großmutter in Louisiana machen. Wir könnten Pfirsiche pflücken und einen Kuchen backen. Und Johnny ein Stück davon mitbringen, damit er seinen Hungerstreik beendet.«

Esther verdreht bei der Vorstellung die Augen. »Hör mir bloß mit so was auf«, sagt sie und klingt dabei fast wie Johnny.

Thelma sieht gekränkt aus, ich wahrscheinlich traurig und konfus.

»Könnt ihr zwei Trauerklöße nicht ein bisschen fröhlicher gucken, verdammt noch mal«, nörgelt Esther weiter. »Immerhin ist Silvester!«

»Ich hab Angst vor dem, was kommt«, flüstert Thelma. »Die JuMos wollen unbedingt eine Steinigung. Und noch dazu ist Johnny im Hungerstreik.«

»Und was ist mit unserer Abmachung?« Esther stemmt die Hände in die Hüften.

Wir setzen uns im Park unter eine Trauerweide. Um uns herum spielen die Leute Flöte, Mundharmonika und Maultrommel. Sie singen Songs aus Musicals, Discohits und Jazzklassiker. Ich frage die Mädchen, was für gute Vorsätze sie für das neue Jahr haben.

Thelma will ein Musical über das Leben von Miss Otis aus dem Cole-Porter-Song schreiben, selbst die Regie führen und außerdem die Hauptrolle übernehmen. Weil Miss Otis verrückt war, will sie das Musical »Dachschaden« nennen.

Esther will Kleider für andere modebewusste Städter schneidern. Ihre Vorstellung geht in Richtung *Haute Couture*, folglich wird sie Sachen wie Faltenröcke und Rüschenblusen nähen und Pullunder aus Acrylgarn stricken. Außerdem hat sie eine Vorliebe für alles, was »hippiemäßig« und »groovy« ist, weswegen sie mit Magic Markern Dutzende von Friedenssymbolen auf Gürtel aus grobem Leinen und Unmengen von Gänseblümchen auf Lacktaschen malen wird.

Ich erzähle den Mädchen, dass ich eine Orientierungshilfe für Grammatik und Zeichensetzung mit dem Titel *Wer ist wem?* schreiben will. Vielleicht belege ich auch ein paar Literaturkurse. Dort kann man durch die Lektüre von *Huckleberry Finn* und *Tom Sawyer* viel über die Geschichte des amerikanischen Südens erfahren. Die wilden Zwanziger lernt man durch *Der große Gatsby* und *Fiesta* kennen. *Wer die Nachtigall stört* erzählt von Gerechtigkeit und dem Justizsystem, und durch *Tim und Struppi* lernt man sogar ein bisschen Französisch.

Direkt nach den Feiertagen werde ich außerdem anfangen, stundenweise im Kuriosa zu arbeiten. Peter Peter möchte, dass ich ihm bei einer neuen Ausstellung helfe, in der es um kuriose Städter geht, also um wiedergegangene Dreizehnjährige, die sich auf die seltsamsten Weisen in ihrem Nachleben einen Namen gemacht haben.

Frederick Koenig zum Beispiel war ein Junge mit mächtigen Oberschenkeln, der neun Jahre in Folge die *Tour du paradis* gewann, ein Radrennen durch die Straßen entlang der vier großen Mauern.

Diego Alvarez, ein Bäckerssohn, war der gefeiertste Koch der Stadt. Er zauberte Gerichte auf den Tisch, bei denen den Städtern, von denen die meisten so etwas noch nie gegessen hatten, das Wasser im Mund zusammenlief, Sachen wie gefüllte Pepperoni, Ahorn-Kürbis-Suppe und Pilzrisotto. Er hinterließ ein Kochbuch mit dem Titel *Diegos Diner*.

Lesley Gapper war Posthalterin. Sie dachte sich die Kennungen für die verschiedenen Blocks der dreizehn Zonen aus. Immer handelt es sich um ein aussprechbares Wort mit drei Buchstaben, wie TIP, HIP, GUT, LOB, HAM oder TEN. Folglich nennen sich die Bewohner der Blocks manchmal Tipper, Hipper, Hammer oder Tenner.

Auf dem Gebiet der Neologismen verfasste die wiedergegangene Monica Schneider ein Glossar himmlischer Ausdrücke, die entweder neu geprägt wurden oder aber eine andere Bedeutung als in Amerika haben. Sie tippte Dutzende von Kopien ihres Glossars, die sie verteilte. Zu den Ausdrücken gehören *Städter*, *JuMo*, *Helfer*, *Depri*, *Oldie* und ein Wort, das ich selbst erst kürzlich gelernt habe: *Countdowner*.

Ein Countdowner ist jemand, der in der Silvesternacht auf einem Dach steht und die Minuten und Sekunden herunterzählt, während die Bewohner der Stadt sich um ihn herum versammeln, um pünktlich um Mitternacht »Zig sei Dank!« zu rufen.

Übrigens bin ich heute Abend der Countdowner des

Frank-and-Joe, deshalb gehen die Mädchen und ich zum Wohnheim zurück und aufs Dach, wo bereits Dutzende von Städtern mit Taschenlampen oder Stiftleuchten herumschlendern. Turnmatten wurden hochgebracht, damit wir uns hinlegen und zu Zigs Himmel aufsehen können, während wir auf den erhebenden Augenblick warten, da wir alle unserem Gott und den Glückssternen danken werden, die er uns schenkte.

In der nächsten halben Stunde erscheinen immer mehr Städter auf dem Dach des Frank-and-Joe – nicht nur Bewohner, sondern auch Gäste aus anderen Wohnheimen. Überall um mich herum suchen sich Leute eine Matte aus und legen sich hin. Esther und Thelma liegen rechts und links von mir. Als der heutige Countdowner bin ich der Einzige, der stehen bleiben darf. Ich bin auch der Einzige, der sprechen darf, bis es Zeit für den Dank ist. Ich stehe zwischen Esther und Thelma, das Megafon in der einen Hand, den Blick auf meine im Dunkeln leuchtende Geisteruhr gerichtet. Als Caspers kleine Hand genau nach Norden deutet und seine große Hand die zehn berührt, rufe ich ins Megafon: »ZEHN MINUTEN!« Ein Echo braust über uns hinweg, da Countdowner überall in der Stadt dasselbe rufen. Unsere Armbanduhren sind synchronisiert.

Ich sehe zum Himmel auf und denke an dich, liebe Mutter, mit deinem Lächeln, bei dem das Zahnfleisch zu sehen ist, und an dich, Vater, mit deinen Augenlidern, die immer herunterhängen, wenn du müde bist.

Ich verliere mich in meinen Gedanken und verpasse meinen Casper-Hinweis. »FÜNF MINUTEN!«, ruft es von den umliegenden Gebäuden. Mist! Meine Ankündigung kommt ein paar Sekunden zu spät.

Ich blicke zu meinem dreibeinigen Pferd auf, das zwischen den anderen Sternen hängt. Während ich meine eigene Konstellation betrachte, beginnen die Sterne, die seinen Schwanz bilden, sich zu bewegen. Ich blinzele mehrmals, aber sie bewegen sich vor und zurück, als wedele das Pferd wie ein Hund mit dem Schwanz. Auf meinen Armen bildet sich eine Gänsehaut. Ist dies ein spiritueller Moment?

»Zig?«, flüstere ich in die Nacht hinein.

Ich blicke auf Esther und Thelma hinunter. Inzwischen wurden alle Taschenlampen ausgeschaltet, sodass ich die Gesichter der Mädchen nicht mehr erkennen kann. Sehen sie die wedelnden Sterne? Sieht sonst jemand sie? Niemand um mich herum wirkt verblüfft oder erschrocken. Alle sehen zum Himmel auf. Kaum ein Laut ist zu hören, nur ein gelegentliches Hüsteln oder Niesen, oder das leise Geräusch, das entsteht, wenn sich Haut von Plastikmatten löst.

Gerade noch rechtzeitig blicke ich auf Casper. »EINE MINUTE!«, rufe ich zusammen mit den Countdownern auf allen umliegenden Wohnheimen.

Ich sehe noch einmal auf das Pferd, aber sein Schwanz ist jetzt still, reglos am Himmel fixiert. Meine Augen müssen mir heute Abend Streiche spielen.

Überall in der ganzen Stadt bereiten sich Hunderte und Aberhunderte wiedergeborene Dreizehnjährige darauf vor, Zig für ihr Leben nach dem Tod zu danken. Auf gewisse Weise bilden auch wir Städter eine Art Milchstraße, jeder von uns ist ein Stern in der von Zig geschaffenen Galaxie. Esther Haglund, Thelma Rudd, Peter Peterman, Reginald Washington, Tim und Tom Lu, Charles Lindblom, Sandy Goldberg und natürlich Johnny Henzel.

Der Countdown beginnt. In mein Megafon rufe ich: ZEHN

MISSISSIPPI! NEUN MISSISSIPPI! ACHT MISSISSIPPI! SIEBEN MISSISSIPPI! SECHS MISSISSIPPI! FÜNF MISSISSIPPI! VIER MISSISSIPPI! DREI MISSISSIPPI! ZWEI MISSISSIPPI! EINS MISSISSIPPI!«

Alle Straßenlampen verlöschen, ein Schrei steigt in den Nachthimmel auf. Ein Signal aus dem Mund jedes Jungen und jedes Mädchens in der ganzen Stadt. Ein Schrei der Dankbarkeit, der sich aber fast wie ein Wutschrei anhört:

»ZIG SEI DANK!«

46 106.42
Pd
Palladium

Zwei Tage nach Neujahr sitze ich in meinem neuen Büro im dritten Stock der Guy-Montag-Bibliothek, als es an der Tür klopft. Ich nehme an, dass es Peter Peter ist, der Kurator.

Peter Peter war bei seinem Gehen bereits in der Pubertät, hat eine leichte Gesichtsbehaarung und spricht mit tiefer Stimme. Ein bisschen sieht er aus wie die Muskelpakete, die mich an der Helen-Keller so gern getriezt haben, ist aber im Gegensatz zu ihnen ein herzensguter und geduldiger Mensch. Manchmal esse ich mit dem alten Knaben zu Mittag und frage ihn über die sechsundvierzig Jahre aus, die er im Himmel verbracht hat. Peter Peter ist ein echter Anthropologe, ein Experte auf dem Gebiet der Entwicklung der Stadt und der Dinge, die uns geschickt werden. Er nennt mich Sohnemann und ist älter als du, Vater.

Am Neujahrstag hat er Thelma zu einem Cembalo-Konzert in der Nordostecke eingeladen (wo Nord- und Ostmauer aufeinanderstoßen). Seitdem sagt Thelma, dass sie fest miteinander gehen, während Esther dagegenhält, dass eine einzige Verabredung noch nicht besonders fest klingt.

Ich lege den Gegenstand hin, den ich betrachtet habe – ein silbernes Feuerzeug mit einer auf der Seite eingravierten Klapperschlange –, und gehe die Tür öffnen. Anders als erwartet ist es nicht Peter Peter. Zu meiner Überraschung sind es Tim und Tom Lu. Über ihren T-Shirts tragen sie genau gegensätzliche Halstücher: Das von Tim ist blau mit roten Punkten, das von Tom rot mit blauen Punkten.

»Tom, du sollst dem Opfer eine Nachricht überbringen, nicht wahr?«

»Oh ja, Tim. Einen persönlichen, versiegelten Brief von Lydia Finkle, der Gefängnisdirektorin.«

»Ich wüsste wirklich zu gern, was in diesem Brief drinsteht«, seufzt Tim.

»Ich habe Ms Finkle danach gefragt, aber sie hat so getan, als hätte sie mich nicht gehört«, sagt Tom.

»Vielleicht möchte das Opfer den Brief öffnen und laut lesen, damit wir wissen, was Ms Finkle von ihm will.«

Wie üblich sehen die beiden nicht mich an, während sie sprechen. Tim übergibt Tom den braunen Briefumschlag, der ihn Tim sofort wieder zurückgibt. Sie reichen den Umschlag zwischen sich hin und her, bis ich dazwischengehe und ihn an mich reiße.

»Ich wüsste ja zu gern, ob es wehtut, wenn man in den Rücken geschossen wird.«

»Wenn der Schütze ein Freund ist, dürfte es sehr wehtun.«

»Wäre das Wort ›qualvoll‹ angemessen?«

»Ich würde sogar so weit gehen, ›unendlich qualvoll‹ zu sagen.«

Ich gehe zu meinem Schreibtisch, schlitze den Umschlag mit meinem Brieföffner aus künstlichem Schildpatt auf, ziehe den Brief hervor, entfalte ihn und lese ihn laut vor, damit die Zwillinge zufrieden sind.

Sehr geehrter Oliver Dalrymple,

in meiner Eigenschaft als Direktorin des Gene-Forrester-Gefängnisses möchte ich Sie bitten, sich an diesem Mittwoch um zehn Uhr vormittags in unserer Anstalt einzufinden.

Man hat mich darüber informiert, dass Sie einen unserer Insassen besuchen möchten. Unter normalen Umständen würde dieser Insasse, John Henzel, angesichts der Schwere der Beschuldigungen, die gegen ihn erhoben werden, keine Besuchserlaubnis erhalten. Allerdings sind die Umstände, wie Sie ja selbst wissen, in seinem speziellen Fall alles andere als normal.

Mr Henzel, dessen Verhandlung allmählich näher rückt, ist unsinnigerweise in Hungerstreik getreten und hat uns mitgeteilt, dass er erst wieder Nahrung zu sich nehmen wird, wenn Sie die Erlaubnis erhalten, ihn zu besuchen. Nach reichlicher Überlegung hat sich der Gefängnisvorstand gemeinsam mit dem Helferrat Ihrer Zone bereit erklärt, Mr Henzels Forderung zu erfüllen. Sie sollten jedoch wissen, dass Ihr Besuch von Ihrem Ratspräsidenten, Mr Reginald Washington, überwacht werden und auf zehn Minuten beschränkt sein wird.

Ich persönlich bin der Meinung, dass wir alle zusammenwirken müssen, um sicherzustellen, dass Mr Henzel körperlich und geistig in der Verfassung ist, an seiner Verhandlung teilzunehmen. Kann ich also kommenden Mittwoch mit Ihrer

Anwesenheit rechnen? Bitte geben Sie mir unverzüglich durch meine Kuriere Bescheid.

Hochachtungsvoll,
Lydia Finkle
Direktorin Gene-Forrester-Gefängnis

Ich gehe zur Schreibmaschine auf meinem Schreibtisch und ziehe die Beschreibung von Butan (C_4H_{10}) heraus, an der ich gearbeitet habe. Ich spanne ein neues Blatt Papier ein und antworte Lydia Finkle:

Sehr geehrte Lydia Finkle,

vielen Dank für Ihre Einladung, Johnny Henzel zu besuchen. Sie können fest mit meiner Anwesenheit am Mittwoch rechnen.

Vor dem persönlichen Kennenlernen möchte ich Sie jedoch über gewisse Fakten informieren. Sie haben nichts mit den Beschuldigungen zu tun, die gegen Johnny erhoben werden (ich bin sicher, Sie sind damit ausreichend vertraut). Vielmehr geht es um meine Reaktion auf die Möglichkeit, dass er zu Hause in Amerika mein Leben beendet haben könnte.

Nicht nur die Freunde, die ich hier im Himmel gefunden habe, sondern auch Fremde, die meine Geschichte gehört haben, möchten von mir wissen, mit welchen Gefühlen ich Johnny gegenüberstehe.

Ms Finkle, ich kann Ihnen versichern, dass ich weder Rachegefühle noch Schadenfreude empfinde.

Viele fragen mich, ob ich Johnny vergeben kann, aber ›vergeben‹ und ›Vergebung‹ sind Worte, die ich in diesem Fall nicht verwenden würde, da ich nie Zorn auf ihn empfunden habe.

Was ich empfinde, ist Mitleid. Denn wenn er die fragliche Tat tatsächlich begangen hat, dann in einem psychotischen Anfall, der nichts mit dem Jungen zu tun hat, der zur Zeit in einer Ihrer Zellen sitzt.

Die meisten JuMos erwarten von mir, dass ich ihren Wunsch nach Auge um Auge, Zahn um Zahn teile. Sie sind der Meinung, wenn ich schon keine Rache für meinen eigenen Tod will, sollte ich zumindest Rache für ihren wollen (und die Art, wie viele von ihnen gestorben sind, war in der Tat grauenhaft). Anders ausgedrückt, möchten sie sich mein Auge und meinen Zahn ausleihen, damit sie sich berechtigt fühlen können, die von Johnny auszureißen. Ich aber empfinde diese Forderung als unfair für alle Beteiligten.

Der Tod verändert ein Kind. Wir Städter sind nicht mehr unbedingt dieselben Kinder, die wir in unserem vorherigen Leben zurückließen. Ich selbst bin etwas weniger intelligent, dafür aber umgänglicher als der Junge, der leblos auf einem Schulflur in Hoffmann Estates, Illinois, lag. Aufgrund dieser Charakterveränderung kann ich anderen nun Gefühle entgegenbringen, womit ich zu Hause in Amerika zugegebenermaßen Probleme hatte.

Ich kann Freundschaft und Mitgefühl empfinden.

Ms Finkle, auch Sie müssen heute anders sein als das Mädchen, das Sie einmal waren. Vielleicht waren Sie in Amerika ein eitles, hochfahrendes Ding, das sich nur für Kaschmirpullover und Pfadfinderinnenabzeichen interessierte (eine reine Vermutung meinerseits, ausgehend von den Mädchen, die ich in Illinois kannte).

Ich rechne jedenfalls damit, dass Sie heute klüger und weiser sind als das dreizehnjährige Mädchen, das Sie zurückließen. Ich stelle mir vor, dass Sie, um zur Gefängnisdirektorin ernannt zu werden, über beträchtliche Weisheit verfügen müssen. Darf ich darauf zählen, dass Ihre Weisheit Ihnen dabei helfen wird, Johnny Henzel Gnade und Barmherzigkeit zu gewähren?

Mit freundlichen Grüßen,
Oliver ›Boo‹ Dalrymple

Als ich mit Tippen fertig bin, sitzen Tim und Tom Lu auf dem Fußboden meines Büros und spielen Quartett mit einem Satz Karten, auf denen barbusige Frauen abgebildet sind (eine Kuriosität, die gestern aus der Zwei hereinkam). Ich übergebe ihnen den getippten Brief und sage, dass sie ihn gern lesen können, wenn sie wollen. Sie tun es, Schulter an Schulter, ihre Lippen bewegen sich dabei lautlos und synchron.

Als sie fertig sind, sagt Tim zu Tom: »Würdest du mir Gnade und Barmherzigkeit entgegenbringen, wenn ich dich ermordet hätte?«

»Spinnst du?«, antwortet Tom. »Nur über meine Leiche!«

47 107.87 Ag Silber

Gefangene müssen orangefarbene T-Shirts, orangefarbene Shorts und orangefarbene Turnschuhe tragen, damit sie, sollten sie entfliehen, leichter zu erkennen sind. Die anderen Städter kleiden sich eher nicht ganz in Orange, damit sie nicht wie Gefängnisinsassen aussehen, aber Esther hat mir ähnliche orangefarbene Kleidungsstücke besorgt, die ich bei meinem Besuch im Gene als Zeichen meiner Solidarität trage. Als Tim Lu mich sieht, ruft er: »Oh, wie bewundernswert! Das Opfer identifiziert sich mit der Stufe F.« Tom Lu schließt die Tür auf, die ins Innere des Gefängnisses führt, und geleitet mich durch eine Reihe von Fluren. Ich habe eine Pfirsichtorte dabei, die Thelma für Johnny gebacken hat, um ihn dazu zu bringen, wieder zu essen.

Das Innere des Gebäudes sieht aus, als sei es von einem Erdbeben von mindestens Stärke 6 auf der Richterskala heimgesucht worden. Normalerweise können unsere Gebäude sich selbst reparieren, das Gene jedoch scheint in dieser Hinsicht weniger effizient zu sein. Türumrandungen sind so verzogen, dass man die Türen abschrägen musste, damit sie richtig schließen, tiefe Risse ziehen sich über die Wände, von der Decke blättert der Putz in großen Fladen, Bodenbretter sind lose und quietschen, wenn man darübergeht, Nägel ragen aus ihnen heraus und wollen einen zum Stolpern bringen. »Pass auf, wo du hintrittst«, sagt Tom und weist mich auf den einen oder anderen Nagel hin. Er führt mich vorbei an den Büros der Gefängniswärter, die ihre violetten Armbinden tragen. Am Ende eines weiteren Flurs steht GEFÄNGNISLEITUNG auf einer Tür.

Tom klopft und ruft: »Ms Finkle, Mr Barmherzig ist hier.« Er führt mich ins Büro und verlässt es erst wieder, als die Direktorin ihn wegscheucht. Lydia Finkle hat leicht gebräunte Haut und strohblonde Haare. Sie trägt ihr Sweatshirt auf links, sodass die flauschige, kaschmirähnliche Innenseite zu sehen ist. An dem Sweatshirt befindet sich ein Anstecker mit einem Lagerfeuer drauf. Ich weiß nicht, wie ich diese direkten Anspielungen auf meinen Brief interpretieren soll. Will Lydia Finkle sich über mich lustig machen, oder ist es ein Ausdruck ihrer Unterstützung? Sie sitzt auf einem Drehstuhl, der so hochgedreht ist, wie es nur geht, folglich reichen ihre Füße nicht bis auf den Boden. Sie baumelt mit ihnen. Ich wäre froh, sie würde damit aufhören.

Reginald Washington ist ebenfalls anwesend. Ich ermahne mich, seine fleckige Haut nicht allzu direkt anzustarren, aber es fällt mir schwer, weil ich seine Weißfleckenkrankheit so schön finde. Sie erinnert mich an ein Puzzle oder einen Inselstaat, beispielsweise Malaysia. Der Präsident des Helferrats trägt ein gestreiftes Halstuch über einem »$E = mc^2$«-T-Shirt. Außerdem hat er einen limonengrünen Cocktailspieß in seinen Afro gerammt.

Er sitzt auf der einen Seite einer zerschlissenen Couch und bedeutet mir, mich zu ihm zu setzen. Ich drücke mich in die andere Ecke, die Pfirsichtorte auf dem Schoß. Sie enthält eine Nagelfeile, weil Esther meinte, Johnny könne ein bisschen Aufheiterung brauchen. Esther und Thelma warten unten in der Halle und haben mir aufgetragen, Johnny mehrere Dinge zu sagen. Beispielsweise, dass er die Hoffnung nicht aufgeben soll, weil wir alles nur Menschenmögliche tun werden, um ihn freizubekommen. Dass er während der Verhandlung bei der Wahrheit bleiben soll. Denn wir sind sicher, dass die Jury erkennen wird, dass er nicht mehr der Junge ist, der er daheim in Amerika vielleicht war.

Reginald sagt: »Sie sollten wissen, Mr Dalrymple, dass ich selbst mich gegen diesen Besuch ausgesprochen habe, weil er einen gefährlichen Präzedenzfall schafft.«

Die Direktorin seufzt und hört auf, mit den Beinen zu baumeln. »Bitte, Reginald«, sagt sie, »lass uns nicht wieder damit anfangen.«

»Aber es *ist* eine Form der Erpressung«, antwortet er und wedelt mit dem Zeigefinger.

Ich wende mich an meinen Ratspräsidenten. »Wie haben Sie sich gefühlt, als Sie ursprünglich in die Stadt kamen?«, frage ich. »Anders als der Junge, der Sie vorher waren? Hat Zig Sie in irgendeiner Weise verändert? Hat er Sie selbstbewusster gemacht? Angepasster? Ich könnte mir vorstellen, dass ein Junge mit Ihrem Aussehen in Amerika eine Menge Gemeinheiten über sich ergehen lassen musste.«

Reginald stößt dramatisch die Luft aus. »Worauf wollen Sie hinaus, Oliver? Dass Zig uns alle besser macht? Dass er das auch bei John Henzel tat? Nun, das ist Ihre Meinung. Eine, die andere Leute – beispielsweise ein gewisser Charles Lindblom – möglicherweise nicht teilen.«

Die Direktorin unterbricht: »Reginald, wir sollten uns nicht darüber äußern, was andere Zeugen denken oder nicht.«

Reginald sieht sie pikiert an.

»Sie sollten jetzt an den Besuch denken«, fügt sie hinzu. »Die Stufe F wartet.«

Wir erheben uns, und die Direktorin streckt mir die Hand

hin. Ich ergreife sie kurz. Ihre Handfläche ist trocken, als hätte sie sie mit Kreidestaub eingerieben. »Übrigens *habe* ich Kaschmir geliebt«, sagt sie und sieht mir dabei in die Augen. »Aber das war in einem ganz anderen Leben, als ich ein ganz anderes Mädchen war.«

Reginald führt mich durch die Flure im Erdgeschoss zu einer Treppe, die zu den oberen Stockwerken führt. Im vierten Stock angekommen, wird mir ganz mulmig zumute, als ich sehe, dass schwere Möbelstücke vor bestimmte Türen gerückt wurden. Sie sind nicht vergittert wie in amerikanischen Gefängnissen, sondern aus demselben soliden Holz wie die Türen in jedem Wohnheim im Himmel.

Als wir durch den Flur gehen, schreit ein Gefangener aus seiner Zelle: »He, ihr da draußen! Ich brauch neue Laken. Ich hab schon wieder ins Bett gemacht.«

Drei Wärter mit violetten Armbinden rücken eine Kommode vor Johnnys Tür beiseite. Einer von ihnen ist Ringo, der britische Junge, der mich aus der Sporthalle schleifte. Er nickt mir zu und sagt: »Pass da drin auf dich auf. Der Typ ist unberechenbar. Heute morgen hat er das Frühstückstablett nach mir geworfen. Ich hab ihm ein neues gebracht.«

Als die Kommode weggerückt ist, klopft Reginald an die Tür. »Hallo, John? Hier ist Präsident Washington. Ich habe Ihren Besuch mitgebracht.«

Er schließt das simple Drehknaufschloss auf, öffnet die Tür und marschiert hinein.

Johnny Henzel sitzt auf einer Matratze, die auf der anderen Seite des Raums auf dem nackten Boden liegt. Ich bin gleichzeitig froh und bedrückt – froh, weil er anscheinend gesund und munter vor mir sitzt, bedrückt, weil er sogar noch blasser ist als ich.

»Ich bin euer Countdowner«, sagt Reginald. »Ich bleibe hier in der Tür stehen und zähle die Minuten ab.«

Johnny winkt mich zu sich und klopft auf die Matratze. Ich streife meine Turnschuhe ab und setze mich neben ihn. Er trägt die hier üblichen orangefarbenen Shorts, das orangefarbene T-Shirt und Socken mit orangefarbenen Streifen. Seine Augen sind dunkel und liegen tief in ihren Höhlen, seine Lippen sind trocken und rissig. Er fährt sich mit der Hand durch die stoppelkurzen Haare.

»Hey, Boo«, sagt er noch heiserer als in der Nacht seiner Ankunft hier. »Was gibts Neues?«

Ich stelle die Pfirsichtorte neben ein Plastiktablett mit einer Schale Haferkleie mit Rosinen, einem Glas Möhrensaft, einem Apfel und ein paar getrockneten Feigen auf einem Pappteller. Vielleicht wird er die Sachen nach meinem Besuch essen. Neben dem Tablett liegt ein Zeichenblock, daneben eine hölzerne Zigarrenkiste.

Ich überlege, ob ich Johnny umarmen soll. Normalerweise bin ich allergisch gegen Umarmungen, aber sollte ich jetzt eine Ausnahme machen? Johnnys Blick verrät mir, dass er auf der Hut ist, als hätte er Angst vor mir, oder als sei er mir gegenüber schüchtern.

Der Raum ist genauso groß wie unser Zimmer im Frank-and-Joe, aber abgesehen von einem Stuhl mit Schreibfläche gibt es hier keine Möbel. In einer Ecke stapeln sich mehrere orangefarbene T-Shirts, obendrauf liegen ineinander gefaltete Socken. Die Wände sind von Rissen überzogen. Das winzige Fenster befindet sich zu hoch oben, als dass man hinaussehen könnte, und ich nehme an, dass es sich nicht öffnen lässt. Angrenzend gibt es noch ein winziges Kabuff mit einer Toilette und einem Standwaschbecken.

»Hör zu, Boo«, flüstert Johnny und beugt sich näher zu mir. Er riecht nicht zwiebelig, anscheinend sorgen die Wärter dafür, dass er regelmäßig duscht. »Guck mal unauffällig in meine Stiftekiste. Ich will dir was zeigen, aber die Wärter sollen nichts davon wissen, okay?«

Ich begucke mir die Zigarrenkiste. Verschiedene Hunderassen sind darauf abgebildet: Pudel, Deutsche Doggen, Boxer.

»Ja, sie lassen mich in diesem Loch zeichnen«, sagt er ein bisschen lauter, damit Reginald es hört. »Ich würd verrückt werden, wenn ich nicht zeichnen könnte.«

Ich nehme die Kiste in die Hand und öffne den Deckel.

Heiliges Kanonenrohr! Auf einem Floß aus Buntstiften sitzt *Blaberus craniifer*.

Ich klappe den Deckel der Kiste wieder zu. Johnny nimmt sie mir ab.

Mit hochgezogenen Augenbrauen frage ich: »Wie?«

»Er kam aus dem Waschbecken«, flüstert Johnny und deutet mit dem Kopf auf sein Badezimmer. »Er ist mir hierher gefolgt wie ein verirrter Hund, der sein Herrchen sucht. Die Wärter wissen nichts davon. Wenn sie es wüssten, würden sie ihn mir wegnehmen.«

»Sieben Minuten«, ruft Reginald von seinem Posten an der Tür. Er ist wie ein Zoologe, der das Verhalten zweier Affen beobachtet, die man in denselben Käfig gesteckt hat.

»Rover hat mir geholfen, ein Portal zu finden.«

»Ein Portal?«, flüstere ich zurück.

»Ich verschwinde von hier«, sagt Johnny im drängenden Flüsterton. »Ich gehe zurück nach Hause.«

»Aber wie?« Ich sehe mich im Zimmer um. »Wo ist dieses Portal? Ist es der Abfluss des Waschbeckens? Du passt nicht durch einen Abfluss, Johnny.«

»Ich kann es dir nicht erklären, dafür reicht die Zeit nicht. Aber du musst mir was versprechen.« Er nimmt meine Hand und sieht mir in die Augen. Wie dunkel seine Pupillen sind. »Versprich mir, dass du alles bestätigen wirst, was ich in der Verhandlung sage. Egal, was es ist.«

Mein Magen verkrampft sich. »Was willst du denn sagen?«

»Versprich es mir einfach. Bitte! Du darfst mir das hier nicht kaputt machen! Ich flehe dich an.« Johnnys Augen füllen sich mit Tränen und werden rot. Seine Oberlippe zittert, seine Nase fängt an zu laufen. »Bitte, Boo!«

»Aber Johnny, wer ist Gunboy?«, frage ich mit gedämpfter Stimme. »Der Junge in deinen Albträumen? Wer ist er?«

Er wischt sich die Nase mit dem Handrücken ab.

»Willst du das wirklich wissen?«, flüstert er, noch rauer. »Gunboy ist der Wahnsinn. Mein Wahnsinn. Deiner. Der von allen in diesem besch*ssenen Albtraum von einem Himmel.«

»*Unser* Wahnsinn?«

Er umfasst die Stiftekiste in seinem Schoß und richtet seine Worte an sie, oder vielleicht auch an die Schabe, als er sagt: »Ich war krank im Kopf. Gunboy war mein verrücktes Ich, mein wahnsinniges Ich. Er ist schon ewig hinter mir her. Schon in Amerika war er hinter mir her.«

»Aber jetzt bist du nicht mehr Gunboy, oder?«

»Vielleicht doch. Vielleicht werde ich immer ein bisschen verrückt sein.« Er sieht mich noch einmal an, seine Augen sind immer noch feucht.

»Zwei Minuten!«, ruft Reginald.

»Ich erklär dir alles später, okay? Versprich mir einfach, dass du mir in der Verhandlung in allem recht geben wirst. Du darfst dem, was ich sage, nicht widersprechen. Und du darfst niemandem erzählen, dass du das tust. Nicht einmal Thelma und Esther.«

Ich starre ihn einfach nur an und weiß nicht, was ich sagen soll.

»Versprich es mir, Boo«, sagt er lauter. »Das bist du mir schuldig.«

Bin ich diesem Jungen, diesem Gunboy, wirklich etwas schuldig? Ich weiß es nicht, nicke aber trotzdem. »Ich verspreche es«, sage ich.

»Die Zeit ist um!«, ruft Reginald, kommt in die Zelle und packt meinen Arm. »Los jetzt, los«, sagt er und bohrt seine Fingernägel in meinen Bizeps. Als ich mich nicht vom Fleck rühre, zerrt er mich hoch, und ich schreie vor Schmerz auf.

Wie der Blitz schnappt sich Johnny Thelmas Pfirsichtorte, springt auf und knallt sie Reginald an den Kopf. Pfirsichmarmelade verschmiert die Wange des Präsidenten, Teigstücke kleben an seinem »$E = mc^2$«-T-Shirt. Eine Nagelfeile und das Tortenblech klappern auf den Boden.

Reginald lässt meinen Arm los, weicht zur Tür zurück und schreit: »Wärter! Wärter!«

»Guck mal, Boo«, sagt Johnny. »Jetzt sieht er noch scheckiger aus als so schon!«

»Raus hier, Oliver!«, befiehlt Reginald, der wütend an seinem Gesicht herumwischt. »Sofort!« Er deutet auf die Tür.

Ich bleibe, wo ich bin.

Ringo kommt in die Zelle gerannt und sagt: »Johnny-Boy, was hast du denn jetzt wieder angestellt?«

»Ich habe diesen Irrsinn endgültig satt«, schimpft Reginald, pflückt Pfirsichstücke von seinen Kleidern und schnippt sie in Johnnys Richtung. »So was hat in unserem geliebten Jenseits keinen Platz.«

Ein zweiter Wärter taucht auf. Stämmig. Kurz geschnittene schwarze Haare. Er geht auf Johnny zu, hebt die Fäuste und boxt ihn auf die Nase. Johnny taumelt nach hinten und geht zu Boden. Ich versuche, zu ihm zu laufen, aber Ringo hält mich am Arm fest.

Der bullige Wärter schüttelt seine Faust und jammert: »Autsch! Das hat wehgetan!«

Johnny liegt reglos auf der Seite, aus einem seiner Nasenlöcher tröpfelt Blut. Dann streckt er die Hand aus, greift sich ein Stück Pfirsich, das neben ihm liegt und stopft es sich in den Mund. »Zufrieden, ihr W*chser?«, druckst er kauend. »Ich esse.«

48 112.41

Cd

Cadmium

»Wir haben den Wärtern laut und deutlich gesagt, sie sollen die Torte für die Stufe F nicht durchlassen«, sagt Tim zu Tom Lu. »Und? Haben sie auf uns gehört? Wie immer natürlich nicht.«

»Und jetzt haben sie den Salat«, fügt Tom Lu hinzu.

»Was für ein Riesentheater!«

»Was für ein entsetzlicher Schlamassel!«

Die Zwillinge, die an ihrem Pult miteinander brabbeln, lassen uns keinen Moment aus den Augen. Ich bin wieder in der Eingangshalle des Gene und sitze zwischen Esther und Thelma, die versuchen, mich zu beruhigen, auf einer Bank. Als ich ihnen erzählte, was passiert war, fingen meine Lungen an zu pfeifen, und Esther reichte mir die Papiertüte, die sie immer in ihrer Sonnenblumentasche bei sich trägt, um sie mir bei einem Anfall geben zu können. Ich atme ein und aus, um meinen Kohlendioxidspiegel wieder auf Normal zu bringen.

Dann nehme ich die Tüte von meinem Gesicht. »Rover hat ihm geholfen, ein Portal zu finden«, flüstere ich. »Er geht nach Hause. Behauptet er jedenfalls.«

»Ich traue diesem Rover nicht über den Weg«, sagt Esther. »Wir hätten das Mistvieh die Toilette runterspülen sollen, als wir die Chance dazu hatten.«

»Johnny hat seit über einer Woche nichts gegessen«, ruft Thelma uns in Erinnerung. »Vielleicht hat er das Portal nur halluziniert. Der Junge ist einfach nicht mehr er selbst.«

»Aber wer zum Teufel ist dieser *er selbst*? Kann mir das einer sagen?«, kommt es von Esther.

Ich erzähle den Mädchen nichts von meinem Schwur, alles zu bestätigen, was Johnny in seiner Verhandlung, die in drei Tagen anfängt, sagen wird, weil ich unsicher bin, was mein Versprechen bedeutet und was für unsinnige Behauptungen Johnny dort aufstellen will.

Die Mädchen und ich schlurfen aus dem Gene. Unsere Gesichter sind bekümmert, unsere Gedanken finster. Wir steigen auf unsere Räder. Esther und Thelma wollen zurück in ihre Wohnheime in der Elf, ich werde ins Kuriosa fahren, um noch ein bisschen zu arbeiten. Als ich eine gute Stunde später dort ankomme, wartet ein Pappkarton auf mich. Er enthält neue kuriose Gegenstände zu meiner Begutachtung, frisch aus der Zwei angeliefert. Ich bin froh über die Ablenkung. Sie hilft mir, nicht an den Wahnsinn der vergangenen Wochen zu denken und auch nicht an den Wahnsinn, der noch vor uns liegt.

Ich öffne den Karton und lege die Sachen auf meinen Schreibtisch. Einen Sprühflakon mit einem Parfüm, das »Tigress« heißt. Der Deckel ist mit künstlichem Tigerfell bezogen, die Flasche ist halbvoll. Ich spritze ein bisschen von der bernsteinfarbenen Flüssigkeit in die Luft. Sie riecht nach Zimt.

Das nächste ist eine Spieluhr zum Aufziehen. Aber als ich sie aufklappe, kommt keine Ballerina zum Vorschein, sondern ein hässlicher kleiner Kobold auf einem kaputten Hexenbesen. Das Ding sitzt auf einer Feder und wackelt zur Musik des Kinderlieds »The Wobblin' Goblin« hin und her. Dieses Lied hat einen festen Platz in meinem Herzen, denn als ich noch klein war, hast du, liebe Mutter, es mir immer vorgesungen. Ich lasse die Spieluhr laufen, während ich mir die anderen neuen Gegenstände ansehe.

Ein Taschenbuch mit dem Titel *Glossar der Buchhaltersprache*, das einem Wörterbuch so nahe kommt wie nichts sonst im Himmel. Ich blättere es durch, finde es aber nicht wirklich interessant. Schließlich müssen die Stadt-Bewohner nicht verstehen, was es mit »Kapitalflussrechnungen« und »Bonuszahlungen« auf sich hat.

Das Nächste ist eine halbvolle Tube Pickelcreme. Ich schraube den Deckel ab und drücke ein bisschen von dem Zeug heraus. Es ist hautfarben und riecht nach Schwefel (Nr. 16, Schwefel (*Sulfur*), abgekürzt S).

Ich untersuche gerade einen Fleischklopfer, der wie ein kleiner Hammer aussieht, als jemand an meine offene Tür klopft. Ich hebe den Kopf. Es ist mein Boss, Peter Peter.

»Irgendwas Besonderes in der neuen Partie?«

Ich halte eine Schachtel Lucky-Charms-Frühstücksflocken hoch, die bunte Marshmallows in Form von Glücksbringern enthält, eine Besonderheit, weil Zig uns normalerweise nur Vollkornsachen schickt. Obwohl Peter Peter schon lange im Himmel ist, hält er sich mit Hilfe der Neuankömmlinge, die er regelrecht ausquetscht, über neue Entwicklungen auf dem Laufenden. Daher kennt er sowohl Pickelcremes als auch Frühstücksflocken mit Marshmallows drin.

»Ein Wunder, dass die Lagerhausmitarbeiter sie nicht gleich auf der Stelle aufgegessen haben«, sagt Peter Peter. Essbare Sachen kommen längst nicht immer intakt in unserem Büro an.

»Sie sind mit acht lebenswichtigen Vitaminen angereichert«, sage ich.

»Tatsächlich?«

Einen Moment lang vertiefe ich mich in die Liste der Inhaltsstoffe. Als ich den Kopf wieder hebe, steht Peter Peter immer noch da. Er lächelt traurig.

»Oliver, könnte ich einen Moment unter vier Augen mit dir sprechen?«

Ich nicke und frage mich, was er mit »unter vier Augen« meint. Außer uns beiden ist niemand da. Trotzdem macht Peter Peter die Tür zu, zieht einen Stuhl an meinen Schreibtisch und befingert das Halstuch, das er zu einem dicken Windsorknoten geschlungen über seinem T-Shirt trägt. »Ich möchte dir einen Vorschlag machen«, sagt er. »Es geht um etwas, was ich schon einmal angesprochen habe. Erinnerst du dich an unser Gespräch über die Überarbeitung von letzten Minuten?«

Ich nicke. Wie viele andere Stadt-Bewohner denkt auch Peter Peter, dass sich jemand, der auf schreckliche Weise gestorben ist, nicht mehr an alle Einzelheiten seines Todes, sondern nur noch an die grundlegenden Fakten erinnern kann. So weiß er vielleicht noch, dass er bei einem Wohnungsbrand aus dem fünften Stock gesprungen ist, erinnert sich aber nicht mehr an den unerträglichen Schmerz, als seine Kleider Feuer fingen, die furchtbare Panik, den schwindelerregenden Sturz oder den entsetzlichen Aufprall auf dem Bürgersteig. Ich nenne dieses spezielle Beispiel, weil Peter Peter es anführte. Er selbst ist in den dreißiger Jahren in der Upper East Side von Manhattan auf diese Weise gestorben.

»Du hast damals gesagt, dass ich mich möglicherweise nicht mehr an die Details der Schießerei in meiner Schule erinnere«, sage ich. »Und dass bestimmte Bilder, Geräusche und Gefühle vielleicht für immer in irgendeinem Winkel meines Gehirns vergraben sind.«

»Ich habe nicht ›für immer‹ gesagt.«

Ich sehe ihn fragend an.

»Es gibt eine Möglichkeit, einen Teil unserer verlorenen Erinnerungen wiederherzustellen, Sohn. Das weiß ich, weil ich vor langer Zeit einige von meinen wiedergefunden habe.«

Ich deute mit dem Fleischklopfer auf ihn. »Du erinnerst dich also an den schwindelerregenden Sturz und den entsetzlichen Aufprall?«

»Bedauerlicherweise ja. Zig tut uns mit diesen Überarbeitungen unserer letzten Minuten einen Gefallen. Wenn man so stirbt wie ich, sollte man nicht alle Einzelheiten kennen. Deshalb spreche ich nicht oft über die Methode zur Wiederherstellung von Erinnerungen. Aber in deinem Fall könnte es eine Hilfe sein, alle Fakten zu kennen.«

Ich beuge mich über den Schreibtisch und frage Peter Peter, wie er seine Erinnerungen wiedergefunden hat.

»Schon vor Jahrzehnten, mit Hilfe eines Spezialisten. Er ist inzwischen auch ein alter Knabe.«

»Machst du mich mit ihm bekannt?«

Peter Peter schluckt, sein Adamsapfel scheint sich in seinem Windsor-geknoteten Halstuch zu verhaken. Er sieht bedrückt aus, als er sagt: »Du kennst ihn bereits.«

»Tatsächlich?«

»Es ist der Hypnotiseur.«

49 114.82 In Indium

Als ich Zar das letzte Mal sah, im Sal-Paradise-Hospital, war sein Gesicht so geschwollen und verquollen, dass ich nicht hätte sagen können, wie er in Wirklichkeit aussieht, aber als ich ihn am Abend vor Johnnys Verhandlung treffe, erkenne ich, dass er Johnnys Steckbrief nur sehr entfernt ähnelt. Beide Jungen haben zwar spitze Schneidezähne und abstehende Ohren, aber der Gunboy auf der Zeichnung hatte eine breite Nase, während die von Zar schmal und ein bisschen schief ist. Gunboys Augenbrauen waren schwarz und buschig, die von Zar sind zart und blond.

Am Tag vor Johnnys Verhandlung erwarte ich Zar im Kuriosa, auf dem Sofa neben der Vitrine mit amerikanischen Münzen. Normalerweise enthält sie auch zehn Susan-B.-Anthony-Dollars, die ich aber zum Reinigen herausgenommen habe. Als Zar auf mich zukommt, sagt er: »Ich kann nur hoffen, dass du keine Taschenlampe bei dir hast.«

Es ist eine Anspielung auf Johnnys Attacke, aber zum Glück sind Zars Verletzungen inzwischen alle verheilt. Nicht einmal ein Rest eines blauen Flecks ist noch zu sehen.

»Du siehst gut aus, Zar«, sage ich.

»Nicht dank dir«, antwortet er und setzt sich neben mich.

»Der schreckliche Irrtum, der zu deinem Krankenhausaufenthalt führte, tut mir sehr leid«, sage ich zu ihm. »Obwohl nicht ich mit der Taschenlampe auf dich eingeschlagen habe, bin ich genauso verantwortlich wie Johnny Henzel, und ich möchte das Ganze wiedergutmachen. Gibt es irgendetwas, das ich für dich tun kann?«

»Petey sagt, du bist ein richtig schlaues Kerlchen. Also such mir ein Portal.«

Ich denke an Johnny und seine Behauptung, eins gefunden zu haben.

»Meine Zeit hier wird allmählich knapp. Finde mir ein Portal, bevor mein Haltbarkeitsdatum abläuft.«

Wie Peter Peter hat auch Zar sechsundvierzig Himmelsjahre auf dem Buckel und wird folglich in vier Jahren wiedergehen.

»Ich kann es versuchen. Wenn die Verhandlung vorbei ist, habe ich ja mehr Zeit für neue Projekte.«

Zar nickt und erzählt mir, dass er morgen aussagen wird. Er kann sich zwar nicht daran erinnern, wie er zusammengeschlagen wurde – »Dieser Hirni, mit dem du befreundet bist, hat mir gleich mit dem ersten Schlag das Licht ausgepustet« –, daher wird er nur über seine Verletzungen sprechen, seine Genesung, seine Wut.

»Ich bin stinksauer über die Wochen, die ihr zwei Vollidioten mir gestohlen habt.« Er tippt mit dem Zeigefinger gegen meine Brust. »Ich bin kein junger Hüpfer mehr. Ich habe nicht mehr viel Zeit und kann es mir nicht leisten, fast zwei Monate in einem Sch**ß-Koma zu liegen.«

Er tippt immer fester gegen meine Brust, um zu unterstreichen, wie ernst es ihm ist. Tatsächlich sieht er so wütend aus, dass ich anfange, um meine Sicherheit zu fürchten. Peter Peter, der gleich um die Ecke in seinem Büro wartet, sagte vorhin, wenn Zar zu rabiat würde, solle ich einfach rufen. Trotz ihrer so unterschiedlichen Charaktere sind die beiden alten Knaben seit dem Jahr ihres Gehens, als sie sich ein Zimmer in der Vier teilten, eng miteinander befreundet. Ich frage mich, ob Peter Peter vor allem die Parallelen zwischen ihrer Freundschaft und der zwischen Johnny und mir anführte, als er an Zars Pflichtgefühl appellierte und ihn bat, uns zu helfen.

»Im Grunde genommen ist seine Brutalität nur aufgesetzt«, hat Peter Peter mir versichert. »Charles führt sich so auf, weil er denkt, dass die anderen ihn mehr respektieren, wenn er den starken Mann markiert.«

Wenn Zar jemanden in Hypnose versetzt, darf niemand sonst dabei sein, weil er dafür absolute Ruhe braucht und nicht abgelenkt werden darf. Deshalb wartet Peter Peter in seinem Büro. Der Hypnotiseur trägt ein T-Shirt mit einem Zauberer drauf, der ein Kaninchen aus einem Zylinder zieht. »Dann wollen wir mal. Leg dich hin«, sagt er und steht vom Sofa auf. Er geht zum Lichtschalter und dimmt das Deckenlicht, anschließend macht er die Lampen aus, die die Ausstellungsvitrinen beleuchten. »Ich habe es bei einer Hypnose gern ein bisschen schummrig«, sagt er.

Ich rechne mit irgendwelchen Tricks. Für seine angeblichen Geistertouren entlockte Zar den Leuten Informationen über ihr früheres Leben, damit er sich Geschichten ausdenken konnte, mit denen er sie während der Hypnose fütterte. Aber Zar besitzt tatsächlich außergewöhnliche Fähigkeiten, davon ist Peter Peter überzeugt. Er kann Leuten wirklich helfen, sich an die letzten Augenblicke ihres Todes zu erinnern – in Einzelheiten, die sie in ihrem Nachleben vergessen haben. »Er kann nicht unbedingt jede Einzelheit zutage fördern«, hat Peter Peter mich gewarnt. »Es können nach wie vor Lücken zurückbleiben, wie fehlende Bilder in einem

Film, aber zumindest hast du dann eine genauere Vorstellung von deinem Tod.«

Peter Peter sagte auch, dass Zar diese Fähigkeit, so gut es geht, geheim hält, weil sie tragische Folgen hatte. Vor Jahren unternahm ein JuMo-Mädchen einen Selbstmordversuch, nachdem sie die Details ihrer Vergewaltigung und Ermordung durch ihren Onkel erfahren hatte. Daher musste ich versprechen, niemandem von der Hypnose zu erzählen, egal, was dabei herauskam.

»Du musst jetzt ganz still liegen«, ordnet Zar an.

Das Sofa ist zwar ziemlich zerschlissen, die Polsterung ist aber immer noch gut, ich habe es also bequem. Ich verschränke die Arme über der Brust, aber weil Zar findet, dass ich aussehe wie aufgebahrt, lege ich sie seitlich neben mich.

»Jetzt möchte ich, dass du mir alles über deinen Tod erzählst, was du noch weißt«, sagt er. »Wenn du dann in Trance bist, gebe ich dir diese Einzelheiten Stückchen für Stückchen wieder ein, so wie ein Koch Haferflocken in kochendes Wasser rührt. Ich muss dein Gehirn langsam stimulieren, damit es sowohl die dir bekannten wie auch die vergessenen Erinnerungen freigibt. Wenn ich zu hastig vorgehe, laufen die Szenen zu schnell ab, und es bleiben zu viele Lücken, als dass du noch nachvollziehen könntest, was wirklich geschah.«

Ich bin mir nicht sicher, ob ich an dieses Experiment glaube, aber ich bin so verzweifelt, dass ich bereit bin, es zu versuchen. Ich muss den Wahnsinn, der Johnny und mich befallen hat, unbedingt ergründen. Also beschreibe ich meine letzten Augenblicke in Amerika: den Schulflur, Jermaine Tucker, Richard Dawkins und Jane Goodall, das Periodensystem, den Countdown bis zu Seaborgium.

Als ich fertig bin, kniet sich Zar neben das Sofa. »Atme tief durch die Nase ein«, sagt er und fischt eine unechte Goldkette mit einem blauen Anhänger aus seiner Hosentasche. Sie sieht aus wie der billige Schmuck, den man in Amerika aus Kaugummiautomaten ziehen kann. »Es ist ein blauer Topas«, sagt er und lässt die Kette über meinem Gesicht hin und her pendeln. Ich folge ihr mit den Augen.

50 118.71

Sn

Zinn

In Doktorhut und Talar blickt Helen Keller von ihrem Porträt an der Wand auf mich herab. Ich stehe vor meinem Spind mit der Nummer 106 und drehe die Ziffernscheibe am Schloss – erst zur 7, dann zur 25, dann zur 34. Um mich herum höre ich das Lachen und das Geschrei meiner Mitschüler. Ihre Stimmen sagen, rufen oder singen Sachen wie: »Borgst du mir deinen Lippenstift?«, »Du kannst mich mal«, »Shake your body to the ground«, »Los, los, Trojaner, los!« oder: »Miss Stephens hat sich die Haare wie Dorothy Hamill machen lassen!«

Ich öffne den Spind. An der Innenseite der Tür kleben zwei Zeitschriftenfotos. Eins zeigt den Evolutionsbiologen Richard Dawkins, das andere die Primatologin Jane Goodall. Meine Klassenkameraden lachen über mich, weil ich Fotos meiner »Eltern« in meinem Spind hängen habe.

Ebenfalls an der Türinnenseite klebt das Periodensystem. Seit Neuestem spiele ich ein Spiel, demzufolge ich jedes Mal, wenn ich den Spind öffne, die Elemente in chronologischer Reihenfolge aufsagen muss. Ich versuche, alle 106 auswendig zu lernen.

Leise murmele ich die Elemente vor mich hin. Neben mir fischt Jermaine Tucker ein Schulbuch aus dem unglaublichen Durcheinander, das in seinem Spind herrscht. Ich bin bei Nr. 78, Platin (Pt), als er mir eine Kopfnuss versetzt. Er ist ein athletischer Typ und ein gutes Stück größer als ich, und die Kopfnuss tut ganz schön weh, aber ich sage mir, dass ich eine hohe Schmerztoleranz habe.

»Was zum Teufel treibst du denn jetzt schon wieder, Boo?«, krakeelt er. Ich gehe nicht auf seine Frage ein und fahre mit meinem Gemurmel fort, denn ich habe festgestellt, dass es am klügsten ist, jeden Blickkontakt zu vermeiden, wenn ein Klassenkamerad anfängt, mich zu drangsalieren. Manchmal bewirkt das Ausbleiben jeder Reaktion, dass der andere das Interesse verliert. Meine Taktik geht auf, Jermaine Tucker verzieht sich.

Die Geräusche, die Rufe und das Gelächter um mich herum treten in den Hintergrund, und ich vertiefe mich wieder in die Welt der Elemente. Zum ersten Mal komme ich tatsächlich bis zur Nr. 106, Seaborgium (Sg), ohne auch nur einmal auf die Tabelle zu linsen. Meine Ersatzeltern, Richard und Jane, lächeln stolz von ihren Fotos auf mich herab, als wollten sie mir zu meiner Leistung gratulieren. Ich lächele zurück.

»Tschüss«, flüstere ich ihnen zu, so wie ich es immer tue, bevor ich mich auf den Weg ins Klassenzimmer mache. Dann greife ich nach etwas im Inneren meines Spinds.

Schwärze. Stille.

Ich bin so blind und taub wie Helen Keller. Wahrscheinlich gibt es auf dieser Welt für mich nichts mehr zu sehen oder zu hören. Vermutlich bin ich tot. Ich warte darauf, wiedergeboren zu werden.

Aber diese wenigen Momente sind einfach nur fehlende Bilder in meinem Film, denn einen Augenblick später sickert Licht ein, Geräusche werden hörbar, ich kann wieder sehen.

Was ich sehe, ist grauenhaft. Ich liege auf dem Boden, ein anderer Junge liegt eine Armlänge von mir entfernt. Seine

Lider flattern, seine Augen schauen, ohne etwas zu sehen, sein Gesicht ist verzerrt, Blut sickert aus einer Seite seines Kopfs und durchtränkt seine langen braunen Haare.

Dann werde ich wieder von der Dunkelheit verschluckt. Aber nicht von der Stille. Ein Schrei füllt meinen Kopf. Ein so markerschütternder, albtraumhafter Schrei, dass ich aus meiner Trance erwache.

51 121.76
Sb
Antimon

Als ich zu mir komme, prügelt Thelma auf Zar ein. Sie hat ihn auf den Boden geworfen, sitzt rittlings auf ihm und ohrfeigt ihn mit ihren großen, fleischigen Händen. Einmal, zweimal, dreimal. »Was hast du mit ihm gemacht?«, schreit sie. »Was hast du mit ihm gemacht, du verdammter Mistkerl?«

Zar fuchtelt hilflos mit den Armen. »Autsch! Hör auf! Autsch!«, brüllt er.

Völlig benommen versuche ich, mich auf dem Sofa aufzusetzen, als Peter Peter mit flatterndem Halstuch angerannt kommt und Thelma von Zar wegzerrt.

»Seid ihr denn alle verrückt geworden?«, tobt Zar, während er sich mühsam auf die Beine rappelt. Sein T-Shirt ist am Hals zerrissen, seine Haare sind völlig zerzaust. »Da versuche ich, euch zu helfen, und was ernte ich als Dank? Blaue Flecken und Gehirnerschütterungen!«

Peter Peter sieht bestürzt aus. Er klopft seinem Freund den Staub vom Rücken, während Thelma das Kätzchen-T-Shirt zurechtzieht, das über ihrem Bauch hochgerutscht ist.

»Ich bin ein erfahrener Hypnotiseur!«, schimpft Zar weiter. »Ich verdiene Respekt. Aber was kriege ich? Nichts als Ärger!« Er schlägt nach der Vitrine mit den zehn Susan-B.-Anthony-Dollarmünzen, die in alle Richtungen davonfliegen und klimpernd über den Boden hüpfen. Ich würde es mir ewig zum Vorwurf machen, wenn eine davon verloren ginge.

Thelma setzt sich zu mir. »Alles okay mit dir, Oliver?« Als Zeichen ihrer Besorgnis legt sie ihre Fingerspitzen auf meinen Arm.

»Ich fühle mich ein bisschen eigenartig«, sage ich.

»Was zum Teufel hast du mit ihm gemacht, du Spinner?«, fragt Thelma noch einmal und funkelt Zar wütend an.

»Nicht ich bin hier der Spinner«, wettert Zar, dessen Stimme vor Aufregung ganz hoch klingt. »Wenn hier jemand spinnt, dann ihr!«

Peter Peter tritt auf ihn zu. »Das alles ist allein meine Schuld.«

»Stimmt. Ohne dich hätte ich mich nie auf diese ganze Sch**ße eingelassen!«, schimpft Zar noch einmal, dreht sich um und stürmt zur Tür.

»Charles, warte doch!«, ruft Peter Peter ihm nach. Zar bleibt an der Vitrine mit dem Corned Beef stehen und zeigt Peter Peter den Mittelfinger.

»Kein Grund, ausfallend zu werden«, ruft Peter Peter.

»F*ck dich!«, brüllt Zar und stampft aus dem Ausstellungsraum.

Als er weg ist, erzähle ich Thelma, dass wir ein Experiment durchgeführt haben. Ich bin immer noch benommen, immer noch teilweise gefangen in meinen schrecklichen verlorenen Erinnerungen.

»Ich hab mir Sorgen gemacht, Herzchen. Als du nicht nach Hause kamst, bin ich hergefahren, um zu sehen, ob alles bei dir okay ist, und da steht dieser Verrückte über dir. Ich dachte, er bringt dich um, weil du plötzlich angefangen hast zu schreien.«

»Habe ich wirklich geschrien?« Es stimmt, meine Stimme klingt heiser.

»Wie am Spieß«, sagt Thelma.

Peter Peter erklärt ihr, was Zar gemacht hat. Er scheint seiner neuen Freundin völlig zu vertrauen, weil er ihr alles erzählt, auch das mit seinem eigenen flammenden Sprung aus der brennenden Dachwohnung. Die ganze Zeit über tätschelt Thelma ihre Wangen, als wolle sie die Blutzirkulation anregen. Als Peter Peter fertig ist, sagt sie: »Diese Informationen sind gefährlich.«

Peter Peter antwortet: »So gefährlich, dass ich dich bitte, sie für dich zu behalten.«

Thelma nickt. Dann dreht sie sich zu mir um. Mit einer Mischung aus Angst und Aufregung fragt sie: »Was hast du gesehen, Oliver?«

Ich erzähle den beiden, dass ich *nicht* gesehen habe, wer mich erschossen hat. »Aber anscheinend war ich doch nicht auf der Stelle tot«, sage ich fast atemlos. »Ich muss das Bewusstsein verloren haben. Und dann bin ich neben Johnny wieder zu mir gekommen.«

Thelma und Peter Peter sehen mich mitleidig an. In gewisser Weise sind diese beiden Dreizehnjährigen meine Ersatzeltern, nicht Richard und Jane.

»Du hast ihn gesehen?«, bohrt Peter Peter nach. »Du hast Johnny gesehen?«

»Das Letzte, was ich sah, war die Einschusswunde in seinem Kopf.«

»Zig im Himmel!«, flüstert Thelma und sieht Peter Peter aufgebracht an, weil er dieses Experiment in die Wege geleitet hat. »Und wer hat geschrien?«, will sie wissen. »Du? Oder Johnny?«

Ich blinzele mehrmals, als wäre mir das Licht im nur schwach beleuchteten Raum zu grell. »Ich glaube, das war ich«, sage ich. »Aber ich glaube nicht, dass ich laut geschrien habe. Ich glaube, ich habe nur innerlich geschrien.«

Mutter! Ich will meine *richtige* Mutter. Und dich, Vater! Wo bist du? Ich will dich hier haben. Fast glaube ich, dass ich meine eigene Regel, niemals zu weinen, brechen werde. Aber das tue ich nicht. Stumm sitze ich auf dem Sofa und starre eine Dollarmünze an. Sie ist unter die Vitrine mit den Telefonen gerollt, die niemals klingeln werden.

52 127.60
Te
Tellur

Ich sage Thelma, dass ich noch ein bisschen arbeiten will, weil meine Schlaflosigkeit mich sowieso wach halten wird. Obwohl ich ihr nicht sage, dass ich schon seit Tagen nicht mehr geschlafen habe, ist sie nicht begeistert. »Du brauchst deinen Schlaf«, schimpft sie und wedelt besorgt mit den Händen. »Du musst für die Verhandlung morgen ausgeruht sein.« Ich lüge, dass ich auf der Couch in meinem Büro schlafen werde. Endlich gibt sie nach. Ehe sie geht, schlingt sie die Arme um ihren Oberkörper. Es ist unser Geheimzeichen: Wenn sie sich auf diese Weise selbst umarmt, bedeutet das, dass sie eigentlich mich umarmt. Peter Peter sagt, ich soll es nicht übertreiben. »Nicht dass du uns noch tot umfällst, Sohnemann«, sagt er und senkt verlegen den Blick, weil seine Wortwahl nicht besonders glücklich war.

Mit einem »Ruhe in Frieden« verabschieden sich die beiden.

Ich habe beschlossen, die Nacht hier zu verbringen, weil ich mit Zig reden muss und mich ihm im Kuriosa näher fühle als anderswo, wahrscheinlich weil ich hier von den ungewöhnlichen Gegenständen umgeben bin, die er uns schickt. Die Regale in meinem Büro sind voll davon. Unter anderem finden sich dort eine Flasche Weißwein aus dem Napa Valley, eine Registrierkasse, eine Riesenpackung Windeln, eine Biografie des amerikanischen Schnulzensängers Barry Manilow, ein elektrischer Nasenhaarrasierer und so weiter und so weiter.

Einige der Objekte sind ganz offensichtlich Irrtümer, Dinge, die Zig uns aus Versehen geschickt hat. In diese Kategorie fallen die Windeln (die Neugeborenen hier sind bereits stubenrein, haha) und der Nasenhaarrasierer (nur die wenigsten Jungen hier haben Gesichtshaare und ganz gewiss keine sprießenden Nasenhaare).

Andere Gegenstände sind möglicherweise keine Irrtümer. So zum Beispiel hat unser Himmel vor zwei Wochen seinen allerersten Fotokopierer erhalten, ein klobiges Ding von der Größe eines Elektroherds, das gleich neben der Tür in einer Ecke meines Büros steht. Wie alle Elektrogeräte funktioniert der Kopierer ohne Steckdose. Ich vermute – und Peter Peter gibt mir zum Teil recht –, dass der Kopierer ein Test ist. Zig will sehen, welchen Gebrauch wir von dem neuen Gerät machen, so wie er uns vor einem Jahr unsere erste Mikrowelle schickte, und, schon vor Jahrzehnten, unsere erste Waschmaschine.

Werden wir den Fotokopierer umsichtig benutzen? Werden wir, um nur ein Beispiel zu nennen, unsere selbst geschriebenen Romane, Kurzgeschichten und Theaterstücke vervielfältigen und diese literarischen Erzeugnisse in der Stadt in Umlauf bringen, damit andere sich daran erfreuen können? Falls ja, schickt Zig uns vielleicht noch weitere Fotokopierer. Oder werden wir das Gerät zum Unguten einsetzen, beispielsweise, um Steckbriefe eines Gunboy zu kopieren, dessen Tod wir herbeiführen wollen?

Anders ausgedrückt könnte es sein, dass wir Zigs Versuchskaninchen sind. Darüber möchte ich heute Abend mit ihm sprechen. Ich setze mich an meinen Schreibtisch und drehe die Kurbel der Spieluhr. Die kleine Figur auf ihrem Besen wackelt hin und her, während die Uhr das Lied vom bedauernswerten kleinen Kobold herunterleiert, der seinen kaputten Besen gegen ein Flugzeug eintauscht.

An diesem Abend identifiziere ich mich mit dem kleinen Kobold. Auch ich fühle mich heute ziemlich wacklig. Meine Hand zittert, als ich die Kurbel drehe. Meine Stimme zittert ebenfalls. »Du siehst mich, nicht wahr?«, sage ich laut, den Blick auf meine ramponierte Couch gerichtet, als würde unser Gott sich dort fläzen wie ein alter Hund. Ich muss sagen, dass ich mir ziemlich albern vorkomme – ich habe noch nie auf diese Weise mit Zig gesprochen. »Du hast uns den Kopierer geschickt, um zu sehen, was wir damit machen«, fahre ich fort. »Und Gunboy hast du uns geschickt, um zu sehen, was wir mit *ihm* machen.«

Zig gegenüber gestehe ich die Möglichkeit ein, dass Johnny jemanden getötet hat (*mich* getötet hat, sollte ich vielleicht sagen). Vielleicht bin ich der letzte Beteiligte, der zu dieser Schlussfolgerung gelangt. Ich habe so lange dafür gebraucht, weil ich als angehender Wissenschaftler keine vorschnellen Schlüsse ziehe.

»Johnny Henzel ist ein kurioses Objekt, aber er ist kein Irrtum, nicht wahr?«, rede ich weiter. »Du hast ihn so gut repariert, wie du konntest. Du hast an seinen fehlerhaften Stellen herumgeflickt und seine schmerzlichsten Erinnerungen ausgelöscht, damit er im Nachleben besser zurechtkommt. Und jetzt willst du sehen, wie wir anderen auf diesen Jungen reagieren, den du in unsere Welt geworfen hast.«

Der Gott, der sich auf der Couch fläzt, bleibt unsichtbar.

»Habe ich recht mit meiner Theorie?«

Keine Antwort.

»Sag gefälligst was!«

Die Spieluhr ist abgelaufen. Der Kobold hört auf zu wackeln.

»Johnny ist ein Test, nicht wahr? Wenn wir deinen Test bestehen, wenn wir diesem Jungen, den du repariert hast, Gnade und Barmherzigkeit erweisen, schickst du uns eines Tages vielleicht andere Jungen wie ihn.«

Ich nehme die Spieluhr in die Hand und ziehe sie noch einmal auf.

»Die Städter sagen, dass der Himmel eine zweite Chance ist. Wieso sollten wir nicht auch Johnny eine zweite Chance geben?«

Die Spieluhr bleibt stumm. Ich kurbele und kurbele, ohne Erfolg. Verflixt. Ist der blöde Kobold etwa schon kaputt? Als ich das Ding schüttele, höre ich etwas unter der Platte herumrollen, auf der der wackelnde Kobold befestigt ist. Batterien? Nein, das ergibt keinen Sinn. Erstens ist die Spieluhr zum Aufziehen, und zweitens braucht man im Himmel keine Batterien. Ich greife mir meinen Brieföffner aus künstlichem Schildpatt und zwänge ihn unter den Rand der Platte. Mit ein bisschen Gewalt löst sie sich.

Ich linse hinein.

Teufel aber auch!

Ich lasse die Spieluhr auf den Schreibtisch fallen und stoße meinen Stuhl so heftig zurück, dass er fast umkippt. Völlig verdattert stehe ich ein oder zwei Sekunden da, dann werfe ich der Couch einen wütenden Blick zu.

»Was führst du jetzt schon wieder im Schilde, du elender alter Mistkerl?«

Im Inneren der Spieluhr liegen zwei Patronen.

53	126.90
I	
Iod	

Um sieben Uhr am nächsten Morgen erscheinen Thelma und Esther im Kuriosa, damit wir zusammen zu Johnnys Verhandlung im Gene radeln können. Als sie an meine Bürotür klopfen und ich nicht sofort reagiere, machen sie die Tür auf. In einer vom Schlafmangel ausgelösten Starre – es ist meine fünfte Nacht ohne Schlaf – liege ich in Boxershorts und Unterhemd auf dem Boden. Kraftlos hebe ich eine Hand und winke den Mädchen zu.

Ich bin nicht stark. Wie konnte Johnny das je denken?

Die Mädchen in ihren Schottenkarokilts, die Esther selbst genäht hat, sehen richtig schick aus. Esther hat ihre Haare zu einem straffen Knoten geschlungen, Thelma hat wie üblich Perlen in ihre geflochten. Als sie sehen, in was für einer Verfassung ich bin – ungeduscht, die Augen rot und verquollen, Haare, die in alle Richtungen abstehen –, wuseln sie besorgt um mich herum.

»Herzchen, du siehst kein bisschen paletti aus!«, ruft Thelma, zieht mich hoch und hilft mir zur Couch, damit ich mich setzen kann.

»Stimmt. Du siehst aus wie der Tod auf Latschen«, sagt Esther und zwickt mich in die Wangen, damit ich ein bisschen Farbe bekomme. »Die Geschworenen dürfen dich auf keinen Fall bemitleiden. Dann ist Johnny sofort am *rsch.«

»Was ist denn das?«, quietscht Thelma, als sie meine Unterarme bemerkt. In der Nacht war ich so verzweifelt, dass ich immer wieder mit dem Fleischklopfer auf mich eingeschlagen habe.

»Ein Experiment zur Wundheilung«, lüge ich.

»Verdammt noch mal, Boo!«, schimpft Esther. »Reiß dich gefälligst zusammen!«

Peter Peter kommt in mein Büro, um mir für die Verhandlung Glück zu wünschen. Als er Esther jammern hört, dass ich aussehe wie ein Geist, holt er die Pickelcreme aus meinem Schreibtisch und sagt, sie soll mein Gesicht damit einreiben. »Sie ist hautfarben«, erklärt er.

»Da würde ich dir widersprechen, mein Lieber«, sagt Thelma.

Ich auch. Orange-beige, wie die Creme ist, entspricht sie auch meiner Hautfarbe absolut nicht. Trotzdem reibt Esther meine Wangen und meine Stirn damit ein. Die Creme riecht nach Schwefel, ein Geruch, den man mit dem Teufel assoziiert. Kein gutes Omen für die Verhandlung, finde ich, sage aber nichts zu den anderen, weil sie mit meiner neuen Gesichtsfarbe so zufrieden sind.

Peter Peter holt ein langärmeliges T-Shirt aus seinem Büro. Es ist mir zu groß, aber zumindest ist es nicht zerknittert. Als ich meine verschorften Arme hineinschiebe, nimmt er sein Halstuch ab und bindet es mir um, und Thelma fährt mir mit dem Kamm durch die fliegenden Haare.

Esther kramt einen Apfel und ein in Plastikfolie eingewickeltes Erdnussbutter-und-Marmelade-Sandwich aus ihrer Tasche. »Iss«, befiehlt sie. Der Apfel ist frisch und knackig und macht mich etwas munterer. Als ich alles aufgegessen habe und die Mädchen und ich uns bereit machen, ins Gefängnis zu fahren, sagt Peter Peter, dass das Kuriosa für heute geschlossen bleibt und er auch mitkommt. Ich versuche, es ihm auszureden, denn ich habe unser Museum ins Herz geschlossen. Es gibt meinem Nachleben noch einen anderen Sinn als den, Johnny zu helfen. Deshalb sollte es offen bleiben. Aber Peter Peter lässt sich nicht umstimmen, und wir gehen alle nach unten. Esther stopft die Sonnenblumentasche in ihren Fahrradkorb, und Thelma schlägt vor, langsam zu fahren, damit ich mein Make-up nicht verschwitze.

»Ich schwitze so gut wie nie«, versichere ich ihr.

Wir fahren auf die Straße. Trotz der frühen Stunde herrscht schon ziemlich viel Verkehr. Der Himmel ist von Johnnys schafblöden Schäfchenwolken überzogen. Hat Zig diese Wolken als gutes Omen geschickt? Glaube ich überhaupt an Zeichen von unserem gottverdammten Gott?

Waren die beiden Patronen ein Geschenk von ihm? Falls ja, will ich es nicht haben. Ich habe sie ganz hinten in meiner Schreibtischschublade versteckt, in einem leeren Brillenetui, und weigere mich nachzusehen, ob sie in den kleinen Revolver passen, der im Kuriosa ausgestellt ist. Fahr zur Hölle, Zig! Ich kann auf deine blöden Spielchen verzichten.

Wir fahren gute anderthalb Stunden. Als wir uns dem Gene nähern, sind wir überrascht, wie viele Städter die Verhandlung angelockt hat. Hunderte drängen sich auf dem Rasen vor dem Gefängnis. Dutzende von Demonstranten, JuMos, vermute ich, halten Schilder hoch. Ich versuche, sie nicht zu lesen, aber auf einem von ihnen steht: »ERLÖST IHN VON UNSEREM ELEND!«

Ich stelle mein Fahrrad ab und bemerke eine provisorische Bühne mit einem Spruchband darüber, auf dem mit Sprühfarbe »VERLOSUNG« steht. Tim und Tom Lu klettern gerade hinauf. Einer der beiden setzt eine Basstrommel ab. Beide ergreifen Megafone, die auf der Bühne bereitliegen.

»Wow, Tim«, sagt Tom in sein Megafon. »Die Stufe F scheint beliebter zu sein als Jesus Christus.«

»Wie recht du hast, Tom. Deshalb auch die Verlosung, bei der es um die zweihundert Plätze im Gerichtssaal geht.«

»Können wir nicht einfach alle reinquetschen?«

»Ich schätze mal, hier sind mindestens fünfhundert Leute, also behaupte ich, dass längst nicht alle Platz finden werden. Deshalb müssen sie sich von unseren Assistenten, die in der Menge unterwegs sind, eine Nummer geben lassen. Anschließend ziehen wir entsprechende Nummern aus der Basstrommel hier, und dann wird sich zeigen, wer rein darf.«

»Was für ein Spaß!«

»Also bitte, Tom, ein bisschen mehr Respekt. Schließlich geht es hier um eine Gerichtsverhandlung, in der über einen Mord entschieden wird. Das ist eine ernste Angelegenheit und keine Schmierenkomödie.«

»Und was ist mit den Zeugen und Opfern und ihren Begleitpersonen, Tim? Müssen die auch ein Los ziehen?«

»Mach dich nicht lächerlich, Tom. Natürlich nicht. Die bekommen die besten Plätze, die das Haus zu bieten hat. Erste Reihe Mitte. Übrigens sollten sie, um nicht in der Menge eingekeilt zu werden, den Seiteneingang benutzen.«

Peter Peter sagt, dass er sich eine Nummer holen wird. Er wünscht mir Glück und tätschelt dabei seine eigene Schulter.

Thelma, Esther und ich schlängeln uns durch die Menge. Mir fällt auf, dass das Gefängnisgebäude heute noch trostloser aussieht als sonst, als hätte sich über Nacht eine weitere Rußschicht darübergebreitet. Der Rasen, über den wir gehen, ist so voller Unkraut, dass wir praktisch bei jedem Schritt einen Löwenzahn köpfen. Ich muss mir unbedingt ein natürliches Pestizid einfallen lassen (vielleicht irgendwas mit Cayennepfeffer), um die Löwenzahnpopulation in Schach zu halten.

Ein langhaariger Junge mit einer akustischen Gitarre auf dem Rücken kommt auf uns zu. »He, du bist doch Boo, oder?«

Ich nicke zögernd.

Das Gesicht des Hippies leuchtet auf. »Gibst du mir ein Autogramm?«

»Lass ihn in Ruhe!«, faucht Esther ihn an.

»Ich schreibe einen Song über dich und Johnny. Er heißt ›The Gun and the Damage Done‹.«

»Wir haben's eilig«, sagt Thelma.

»Hals- und Beinbruch, Mann«, sagt der Hippie.

Ein Albinomädchen, dessen Augen Zig repariert hat, deutet mit dem Finger auf mich und quietscht: »Ich liebe dich, Boo!«

Meine Leibwächter, Thelma und Esther, halten sich rechts und links von mir. Thelma sagt, meine Geschichte hat es geschafft, sich von Wohnheim zu Wohnheim in der ganzen Stadt zu verbreiten.

»Aber wie alle Geschichten, die sich in diesem Himmel verbreiten«, fügt Esther hinzu, »ist sie dabei völlig verdreht worden.«

An der Seitentür des Gefängnisses werden wir von einer Wärterin mit violetter Armbinde begrüßt. Sie hakt unsere Namen auf ihrer Zeugenliste ab und führt uns durch einen Flur und in einen Warteraum, in dem ein weiterer Gefängniswärter, wieder Ringo mit der großen Nase, auf Erdnussmädchen Sandy Goldberg und Portalsucher Benny Baggarly aufpasst.

Benny hebt kaum den Kopf, Sandy dagegen winkt uns zu

und begrüßt uns mit einem »Hallo Thelma, hallo Boo, hallo Esther.« Immer noch stehen die festgeflochtenen Zöpfe rechtwinklig von ihrem Kopf ab, als würden sie von Pfeifenreinigern gehalten. »Meine Güte, ich hätte nie gedacht, dass mein Nachleben so aufregend sein würde«, plappert Sandy sofort los. »Mit der Badminton-Meisterschaft und dieser Verhandlung bin ich praktisch komplett ausgebucht. Ob ihr es glaubt oder nicht, ich bin hier sogar noch beliebter als daheim.«

Wir setzen uns. Stellt euch ein Zahnarztwartezimmer vor, liebe Eltern, dann habt ihr ein ungefähres Bild. Der Raum ist sogar im Minzgrün mancher amerikanischer Zahnpastasorten gestrichen.

Esther flüstert mir zu: »Ich hab noch ein zweites Erdnussbuttersandwich in meiner Tasche. Soll ich es der dummen Nuss unterjubeln?«

»Im Himmel gibt es keine Nahrungsmittelallergien«, kläre ich sie auf. »Hier stirbt niemand an einem anaphylaktischen Schock.«

Anders als Esther und ich beherrscht Thelma die Kunst des Small-Talk und erkundigt sich bei Sandy nach der Badminton-Meisterschaft. Während Sandy über eingesprungene Schmetterbälle und angeschnittene Drops plappert, wird ein weiterer Zeuge in den Raum geführt. Es ist Albert Schmidt, der pausbäckige Leiter des Deborah, den wir an dem Tag kennenlernten, an dem Willa Blake sich vom Dach der Anstalt stürzte. Weil er so winzig ist und eine rote Fliege und einen Strohhut trägt, erinnert er mich an die kleinen Äffchen aus früheren Zeiten, die an Straßenecken das Tamburin schlugen.

Thelma unterbricht Sandys Beschreibung des Schlags, für

den sie berühmt ist und der sich Überkopf-Rückvorhand nennt. »Was machst du denn hier?«, fragt sie Albert.

»Ehrlich gesagt, weiß ich das nicht so genau«, antwortet Albert. »Die Gefängnisdirektorin hat mich herbestellt.«

»Vielleicht sollst du etwas über Traurigkeit und Konfusion sagen«, vermute ich.

In diesem Augenblick wird Charles »Zar« Lindblom hereingeführt, die Haare mit Öl nach hinten gekämmt, Bügelfalten in seinen Jeans.

»Wär nett, wenn ihr versuchen könntet, mich ausnahmsweise mal nicht ins Koma zu prügeln«, sagt er zu Thelma und mir.

»Eigentlich sollte der Typ mir ja leidtun«, flüstert Thelma mir zu. »Aber uneigentlich würde ich ihm am liebsten noch eine ballern.«

Zar setzt sich neben Benny Baggarly. Ich frage mich, ob Benny sauer auf ihn ist, weil seine Geistertouren doch als Hypnosetrick entlarvt wurden, aber anscheinend nicht, denn er bietet ihm das Comic-Heft an, in dem er geblättert hat.

Die meiste Zeit schweigen wir. Ich frage mich, wie es Johnny geht und was er macht. Wartet er schon im Saal, in dem die Verhandlung stattfinden soll? Ist er nervös, wie das Ganze ausgehen wird? Freut er sich darauf, die Mädchen und mich zu sehen?

»Wie lange dauert es denn noch, bis dieses verdammte Kasperletheater endlich losgeht?«, will Esther von Ringo wissen, der an der Tür steht und sein Gewicht von einem Fuß auf den anderen verlagert.

»Immer langsam mit den jungen Pferden, Schätzchen«, antwortet er.

»*Schätzchen*?«, empört sich Esther. »Wag es ja nicht, mich

noch mal so zu nennen! Ich bin nicht deine Freundin, Mister!«

Ringo sieht sie amüsiert an. »Was bist du denn so zickig?«

»*Zickig*? Soll ich dir vielleicht in die Eier treten?«

»Ach, lass mich doch in Ruhe!«

»Reg dich nicht auf«, sagt Thelma zu Esther.

Alles in allem müssen wir noch eine Stunde warten und werden dabei immer gereizter. Endlich kommt ein anderer Wärter und sagt, dass Ringo uns in den Saal bringen kann. Wir marschieren durch mehrere Flure und betreten den Saal, der irritierenderweise aussieht wie alle anderen Theatersäle im Himmel, Säle, in denen uns sonst Theaterstücke, Konzerte und Tanzveranstaltungen geboten werden. Für mich sieht es so aus, als wäre diese Verhandlung eine weitere Belustigung für das Publikum, das sich heute eingefunden hat. Die zweihundert Stadt-Bewohner, deren Lose gezogen wurden, sitzen bereits, als wir zur ersten Reihe geführt werden.

Thelma entdeckt Peter Peter und winkt ihm zu.

»Ruhe in Frieden, Boo!«, ruft irgendwer, und Ringo schreit: »Keine Zwischenrufe! Jeder, der sich nicht daran hält, fliegt raus!«

Als wir uns zu unseren Sitzen begeben, dreht Zar sich zum Publikum um, breitet die Arme aus und lächelt über das ganze Gesicht. Ich wäre nicht überrascht, wenn er sich auch verbeugen würde. Esther versetzt ihm einen Tritt gegen das Schienbein. »Tschuldigung«, murmelt sie, obwohl ich vermute, dass es ihr kein bisschen leidtut.

In der ersten Reihe gibt es sieben leere Klappsitze. Eingerahmt von Esther und Thelma setze ich mich genau in die Mitte. Neben Esther kommen Zar und Benny, neben Thelma Sandy und Albert. Als wir sitzen, klatscht das Publikum, als wären wir Orchestermitglieder, die vor Beginn des Konzerts ihre Instrumente stimmen.

Mitten auf der Bühne steht ein wuchtiger Polstersessel, der weniger ramponiert aussieht als die meisten anderen Möbel im Himmel. Ein Scheinwerfer ist genau auf den Sessel gerichtet, der mit rotem Stoff bezogen ist, eine unglückliche Farbwahl, weil man dabei an Blut denken muss.

Schreibtische stehen nebeneinander aufgereiht zu beiden Seiten der Bühne. Dort werden die Gefängnisdirektorin und die dreizehn Jurymitglieder (je ein nach dem Zufallsprinzip ausgewählter Bewohner aus jeder Zone) Platz nehmen. Etwas später kommen sie auf die Bühne und setzen sich an die Schreibtische. Die Gefängnisdirektorin trägt das kaschmirähnliche Sweatshirt und den Pfadfinder-Anstecker (ein gutes Zeichen). Das Saallicht wird gedämpft, sie nickt in Richtung der Kulissen, und Ratspräsident Reginald Washington und Gefängniswärter Ringo führen Johnny Henzel auf die Bühne. Das Publikum hält hörbar die Luft an, obwohl nichts an Johnny ungewöhnlich ist. Er trägt nicht die übliche Gefängniskluft, bestehend aus orangefarbenen Shorts und orangefarbenem T-Shirt, sondern eine saubere Jeans und ein einfaches weißes T-Shirt, und sieht gesünder aus als bei unserem letzten Treffen. Abgesehen von den Handschellen, mit denen er gefesselt ist, macht sein Anblick mir Mut.

Ein paar Leute im Publikum zischen, als Ringo meinen Freund zum heißen Stuhl führt, ihn hineindrückt und ihm die Handschellen abnimmt. Ich sitze genau vor Johnny, wenn auch mehrere Meter von ihm entfernt. Er zwinkert mit den Augen, weil der Scheinwerfer ihn blendet, und da das Saallicht gedimmt wurde, kann er das Publikum wahrscheinlich kaum erkennen. Ich winke ihm zu und glaube, dass er mich ansieht, aber dann wendet er den Blick ab und starrt genau in den Scheinwerfer, wie ein Junge bei einer Sonnenfinsternis, der nicht weiß, dass man blind werden kann, wenn man genau in die Sonne schaut.

Reginald bleibt vorne links auf der Bühne stehen, legt seine Notizen auf ein Pult und spricht ins Mikrofon. »Ich bin Reginald Washington und seit acht Jahren Präsident des Helferrats von Zone Elf. Ich hoffe, noch einmal wiedergewählt zu werden, falls also Besucher aus der Elf hier sind, denkt bei der Wahl im nächsten Frühjahr an dieses Gesicht.« Er schenkt dem Publikum ein Lächeln, das irreführend nett wirkt.

Dann fährt er fort und sagt, dass wir uns heute für etwas versammelt haben, was es in der Geschichte des Himmels noch nie zuvor gab, eine Verhandlung, in der der Angeklagte sich für Verbrechen verantworten muss, die er nicht nur im Nachleben, sondern auch unten in Amerika beging. Als er »unten in Amerika« sagt, sieht er mich an, aber ich wende den Kopf ab und sehe Johnny an, der immer noch nach oben starrt, hinein in den summenden Scheinwerfer.

Mir ist fast schwindlig vor Schlafmangel. Esther und Thelma tätscheln ihre Knie, womit sie mir sagen wollen, dass sie meine tätscheln. Esther fischt meine CO_2-Tüte aus ihrer Sonnenblumentasche und reicht sie mir mit einem »Nur für alle Fälle«.

Ich falte die Tüte zusammen und wieder auseinander, während Reginald die Anschuldigungen erläutert, die gegen Johnny erhoben werden. Er beginnt mit Johnnys Wiedergeburt und zitiert Thelma, die gesagt hat, der Neugeborene sei verwirrt gewesen und habe geweint. »Der Angeklagte erzählte der Wiedergeburtshelferin, er sei an seiner Schule in den Kopf geschossen worden und habe fünf Wochen im Koma gelegen, bevor er seinen Verletzungen erlag.«

Reginald fügt hinzu, Thelma habe ihn mit einem anderen Neugeborenen zusammengebracht, der bei derselben Schießerei getötet worden war. »Dieser Junge, Oliver Dalrymple, war sich der wahren Ursache seines Todes bis dahin nicht bewusst.«

Jemand im Saal ruft: »Boo!«

»Keine Zwischenrufe, verdammt noch mal!«, ruft Ringo von seinem Platz an der Seite der Bühne durch ein Megafon.

Ich beobachte Johnny, der Reginald gar nicht zuzuhören scheint. Er sieht so ruhig und gefasst aus wie am Tag des Tornados in Hoffmann Estates – als alle anderen verängstigt und aufgeregt waren, während er still unter seinem Pult saß und fragte, ob er mich zeichnen dürfe.

Reginald fährt damit fort, uns das zu präsentieren, was er als »die Fakten« bezeichnet. Er sagt, er habe lange darüber nachgedacht, ob es klug und sicher sei, unsere kleine Gruppe auf Reisen zu schicken, um »den geheimnisvollen Gunboy« aufzuspüren. »Ich hatte zwar ein ungutes Gefühl, aber das ehemalige Helferratsmitglied Thelma Rudd bat mich inständig, diesem verzweifelten Jungen zu helfen, der Schwierigkeiten hatte, sich an seine neue Umgebung zu gewöhnen.«

»Blödsinn«, murmelt Thelma und wedelt mit einem japanischen Fächer, den sie mitgebracht hat, vor ihrem Gesicht herum. »Es war Reginald, der die Fahrradtour vorgeschlagen hat.«

Reginald berichtet von unserer Tour und von Johnnys Verschwinden, nachdem er Zeuge eines »mutmaßlichen Selbstmords im Deborah-Blau-Hospital« wurde, wie Reginald es ausdrückt. Und er beschreibt den »grundlosen, brutalen Angriff« auf Charles Lindblom und die »schockierenden und beunruhigenden Enthüllungen« Sandy Goldbergs.

Von ihrem Platz aus ruft Sandy dazwischen: »Hört mal alle her, Leute! Ich kann mich nur erinnern, dass nur zwei Jungs in die Schießerei verwickelt waren. Das ist alles, was ich dazu sagen kann!«

Reginald lächelt Sandy gequält zu. »Vielen Dank, Miss Goldberg«, sagt er. »Aber bitte, keine weiteren Unterbrechungen.« Dann berichtet er, dass der Helferrat der Elf unsere Gefangennahme beschloss, »weil die zwingende Notwendigkeit bestand, nicht nur die anderen Städter vor diesem gefährlichen Jungen zu schützen, sondern auch, das Opfer, Oliver Dalrymple, von seinem Mörder zu trennen, dem Jungen, der sein erstes kurzes Leben beendete.«

»Boo!«, ruft ein Mädchen.

»Klappe!«, schreit Ringo.

Reginald fährt fort: »Ich habe John Henzel in seiner Gefängniszelle mehrmals nach den hinterhältigen Taten befragt, die ihm vorgeworfen werden. Es ist an der Zeit, euch alle daran teilhaben zu lassen, was ich vor allem in den letzten Tagen in Erfahrung brachte. Mr Henzel, sind Sie bereit, uns Ihre Version der Geschichte zu erzählen?«

Johnny hört auf, die Decke anzustarren. Er senkt den Blick, bis er auf einer Höhe mit dem Publikum ist. Ringo überquert die Bühne und reicht ihm ein Mikrofon. Johnny schaltet es ein. Ein Kreischen gellt durch die Halle. Ich zucke auf meinem Platz zusammen und brauche einen Augenblick, bis mir klar wird, dass das Geräusch vom Mikrofon und nicht von Johnny kommt.

Als das Kreischen sich legt, hebt Johnny das Mikrofon an den Mund. »Ich bin Gunboy«, sagt er.

Hinter mir flüstert jemand: »Tötet ihn, tötet ihn.«

»Sie gestehen die Verbrechen?«, fragt Reginald.

Ich kriege keine Luft mehr.

»Ja«, antwortet Johnny mit fester Stimme.

»Wann wurde Ihnen klar, dass Sie der sogenannte Gunboy sind?«

»Ich habe es die ganze Zeit gewusst. Auch schon in Amerika.«

»Sie haben es schon unten in Amerika gewusst?«

»Ja.«

»Woher?«

»Jemand hat es mir jeden Tag meines Lebens gesagt.«

»Wer?«

»Zig.«

Das Publikum schnappt hörbar nach Luft.

»Wollen Sie damit sagen, dass Sie mit Zig sprechen?« Reginald tut überrascht, obwohl ich sehe, dass dieser Dialog abgesprochen ist. Fast könnte man meinen, wir wären Zuschauer in einem Theaterstück, in dem jede Zeile sorgfältig einstudiert wurde.

»Ich habe immer mit ihm gesprochen. Er sagt mir, was ich tun soll.«

»Was zum Beispiel?«

»Schlimme Dinge. Wirklich schlimme Dinge.«

»Was für eine Sch**ße!«, flüstert Esther mir zu, aber es liegt auch ein Hauch von Zweifel in ihrer Stimme.

»Sagt er Ihnen, Sie sollen Leute umbringen?«

»Er befiehlt es mir. Er spricht durch Hunde und Kakerlaken zu mir.«

Das Publikum wird unruhig. Ein Junge schreit: »Schmeißt den Dreckskerl vom Dach!«

Ringo schreit zurück: »Du hast Saalverbot!«

Eine Pause tritt ein, das Deckenlicht geht an. Ich drehe mich um und sehe zwei Wärter, die sich durch den Saal zu einem der Jungen aus dem JuMo-Treffen von neulich durchdrängen. Es ist der Junge, dessen Mörder ihn von einer Brücke warf. Die Wärter ziehen ihn hoch und schleifen ihn aus dem Saal. »Tötet ihn! Tötet ihn!«, schreit der JuMo und schlägt mit der Faust in die Luft.

Durch das Megafon fragt Ringo: »Will vielleicht noch jemand von euch Vollidioten früher gehen?«

Ich sehe Johnny an. Er sieht mich an. Er spricht nicht in sein Mikrofon, aber ich bin ihm so nah, dass ich von seinen Lippen ablesen kann, was er sagt: »Ich will hier weg.«

Das Licht wird wieder gedimmt. Reginald sagt: »Hat Zig Ihnen auch aufgetragen, Ihren Schulkameraden, Mr Dalrymple, zu ermorden?«

Mein löchriges Herz krampft sich zusammen.

Johnny schluckt hörbar. »Ja«, flüstert er.

»Wieso gerade Mr Dalrymple?«

Johnny ist kaum noch zu verstehen. »Boo war am falschen Ort«, flüstert er. »Er war ein Engel auf Erden. Er gehörte nicht dorthin.«

»Ein Engel auf Erden? Was soll das heißen?«

Johnny klingt jetzt fast zärtlich. »Boo war stark und klug und rein«, sagt er. »Zu perfekt für Amerika. Er gehörte *hierhin*. Das hat Zig gesagt.«

Ich fühle mich schwach, dumm, befleckt. Wieso stellt Johnny diese lächerlichen Behauptungen auf? Mein Atem geht ganz flach, aber ich kann nicht einmal die CO_2-Tüte an meinen Mund heben. Aus schmalen Augen funkele ich Johnny an, aber er weicht meinem Blick aus.

Thelma macht Ts-Ts, Esther flüstert: »Das ist doch nicht zu fassen!«

»Zig sprach durch Ihren Hund zu Ihnen? Einen Basset namens Rover?«

»Ja.«

Gekicher und Gelächter, als die Leute im Saal sich einen sprechenden Basset mit langen Schlabberohren vorstellen, dem der Sabber aus dem Maul tropft.

»Und da haben Sie die Schusswaffe Ihres Vaters gestohlen, sie mit in die Schule genommen, Mr Dalrymple getötet und den Rest Ihrer Schulkameraden in Angst und Schrecken versetzt?«

»Ja«, sagt Johnny.

»Und dann haben Sie sich selbst in den Kopf geschossen, weil Sie auch ein Engel auf Erden waren?«

»Nein! Ich war ein Monster!« Plötzlich ist Johnnys Stimme zornig. Er schlägt mit der Faust auf die Lehne des Sessels. »Ich bin immer noch ein Monster. Eigentlich sollte ich in die Hölle kommen. So lautete die Abmachung. Zig sagte, er würde mich in die Hölle schicken.«

»Und wie sind Sie dann hier gelandet?«

»Weil Zig ein gottverdammter Lügner ist!«, schreit Johnny zur Decke hinauf. »Ein hinterhältiger Lügner, der mich stattdessen hierher schickte.«

Niemand mehr lacht oder kichert. Niemand gibt auch nur einen Laut von sich. Das Publikum ist wie gebannt.

»Und was meinen Sie? Wieso hat Zig Sie angelogen?«

»Weil er will, dass ich auch hier Leute töte. Ich bin sein Kopfjäger, Mann. Ich bin sein Gunboy. Das hat er mir durch eine Kakerlake mitgeteilt.«

Reginald erklärt uns, dass Johnny in einem Wohnheim in

der Zehn eine Kakerlake fand, die inzwischen verschwunden ist.

»Was hat Zig Ihnen durch die Schabe aufgetragen? Was sollten Sie im Himmel tun?«

»Kinder töten, die nicht hierher gehören.«

Blödsinn, denke ich.

Thelma flüstert: »Was geht bloß im Kopf dieses Jungen vor?«

»Und wen sollten Sie für Zig ermorden?«, fragt Reginald, der auf uns Zeugen hinunterblickt. Seine Augen bleiben an Zar haften.

»Zig sagte, der Hypnotiseur ist ein Schwindler, der das Nachleben nicht verdient hat.«

Ich sehe zu Zar hinüber, der verdattert und verängstigt aussieht, als glaube er tatsächlich, Zig habe seinen Tod angeordnet.

»Zum Glück überlebte Mr Lindblom Ihren hinterhältigen Angriff. Eine andere arme Seele hatte nicht so viel Glück, nicht wahr?«

Johnny nickt.

»Es ist Ihnen also tatsächlich gelungen, hier bei uns jemanden zu töten, Mr Henzel?«

»Ja«, murmelt Johnny.

»Wen?«

Ich bin inzwischen völlig durcheinander.

»Ein durchgeknalltes Mädchen namens Willa, das auch nicht hierher gehörte. Ich habe sie vom Dach des Deborah gestoßen.«

Ein Schrei erhebt sich im Publikum, ein so lauter Schrei, dass er sogar Ringos Megafon-Gebrüll übertönt. Jemand hinter mir kreischt: »Stoppt ihn, bevor er wieder tötet!« Ein

Mädchen rennt durch den Mittelgang nach vorn, in der Hand etwas, das ein Brieföffner zu sein scheint, aber ein Wärter reißt sie zu Boden. Neben mir schreit Thelma auf. Irgendetwas hat ihren Kopf gestreift und rollt jetzt über die Bühne. Es ist ein fauler Apfel. Eine ganze Salve von Äpfeln folgt, sie klatschen und platschen gegen die Bühne. Reginald flüchtet sich in die Kulissen, viele der Juroren verlassen ihre Plätze und folgen ihm.

Während des ganzen Durcheinanders bleibt Johnny in seinem roten Samtsessel sitzen, sieht zum Scheinwerfer über ihm auf und murmelt vor sich hin. Ich glaube, dass er den Anschein erwecken will, mit Zig zu sprechen.

54 131.29

Xe

Xenon

Die Verhandlung wird unterbrochen, wir Zeugen werden zurück in den Warteraum geführt. Thelma verschwindet im Waschraum, begleitet von Sandy, die ihr angeboten hat, ihr mit einem Taschentuch die Apfelpampe aus den Zöpfen zu wischen.

Esther streitet sich mit Ringo, der will, dass wir uns still hinsetzen und schweigend warten. Sie aber hat Fragen an Albert Schmidt, den Anstaltsleiter, der sich mit Thelmas Fächer Luft zufächelt und unaufhörlich »Ach du je« murmelt.

»Johnny *kann* Willa nicht vom Dach gestoßen haben«, schreit sie Ringo an. »Ich hab mit meinen eigenen Augen gesehen, dass das Mädchen *gesprungen* ist. Sie war völlig durchgeknallt, stimmt doch, Albert, oder? Sie hat doch ständig gedroht, sich umzubringen, oder etwa nicht? Sie war nicht mehr bei Verstand!«

»Ach du je«, wiederholt Albert.

»Für jemanden, der so klein ist, hast du ein verdammt großes Mundwerk«, sagt Ringo zu Esther und verschränkt die Arme vor der Brust.

Esthers Gesicht verfärbt sich fast so violett wie eine Helfer-Armbinde. »Dafür melde ich dich, du *rschloch. Ich sorg dafür, dass du gefeuert wirst!«

»Mach das. Mach, dass sie mich rausschmeißen. Du würdest mir einen Gefallen tun. Ich hab diesen verfluchten Job sowieso satt. Ich würde viel lieber nähen, als den Gefängniswärter zu spielen. Beim Nähen hat man wenigstens seine Ruhe.«

Ich bitte Esther, sich zu mir zu setzen und sich nicht aufzuregen, dabei ist mir selbst fast schlecht vor Aufregung.

»Ach, Esther«, flüstere ich ihr zu, und meine Stimme kippt, als käme ich endlich in die Pubertät. »Johnny will wiedersterben!«

»Was redest du denn da?«, fragt sie, aber an ihrem ängstlichen Blick erkenne ich, dass sie genau weiß, wovon ich rede.

»Er *will* zum Wiedertod verurteilt werden.«

Der Wiedertod, ist mir inzwischen klar, könnte das Portal sein, das er glaubt gefunden zu haben.

Esther schüttelt den Kopf. »Was für eine Art Spiel spielt dieser Irre eigentlich? Er wirkt so ruhig und gefasst, obwohl er die verrücktesten Dinge sagt. Es ist, als wolle er ganz normal wirken, damit alle ihn für umso gefährlicher halten.«

»Normal?«, spottet Zar. »Der Typ ist so normal wie Jack the Ripper.«

»Zu blöd, dass du nicht mehr im Koma liegst!«, blafft Esther ihn an.

»Du solltest dich was schämen!«, mischt Benny Baggarly sich ein. »Zar wäre um ein Haar wiedergestorben.«

»Ach du je«, klagt Albert Schmidt und fächelt sich hektisch Luft zu. »Eine Patientin wurde in meiner Obhut ermordet. Wie soll ich mir das je verzeihen?«

Und Ringo brüllt: »Ich ermorde auch gleich jemanden, wenn ihr nicht endlich eure verdammte Klappe haltet!«

55 132.91
Cs
Caesium

Ich glaube, dass Johnny trotz all seiner Behauptungen keine klare Erinnerung an den kaputten Jungen hat, der er früher war. Zig hat seine Erinnerungen überarbeitet, deshalb hat er Probleme, sich an seine letzten Monate in Amerika zu erinnern. Der Gunboy, den er in seinen Albträumen sieht, ist eine Verkörperung seines Wahnsinns, das ja, aber dieser Wahnsinn hat ihn nicht mehr so fest im Griff wie am Ende seines früheren Lebens. Vielleicht aber macht er sich auch hier im Himmel gelegentlich bemerkbar und bringt ihn dazu, beispielsweise zu behaupten, ein Depri-Mädchen vom Dach gestoßen zu haben.

Wir sind wieder im Saal, und Reginald kommt zum Ende seiner Befragung. »Eine letzte Frage, Mr Henzel«, sagt er, legt seine Notizen zur Seite und stützt die Hände aufs Pult. Als er diese Frage stellt, sieht er nicht Johnny an, sondern das Publikum. »Was wäre Ihrer Meinung nach eine gerechte Strafe für die Verbrechen, derer Sie sich schuldig bekennen?«

Ich erwarte, dass die Leute im Saal, insbesondere die anwesenden JuMos, jetzt die Strafen herausschreien, die sie für angemessen halten, aber niemand sagt etwas. Alle halten den Atem an. Selbst das Summen der Scheinwerfer an der Decke scheint aufgehört zu haben.

Johnny hebt das Mikrofon an seine Lippen. Den Blick fest auf mich gerichtet, legt er einen Finger an sein Auge und streckt dann die Hand aus, als wolle er mich berühren.

»Auge um Auge«, sagt er.

»Und das heißt?«, fragt Reginald.

Den Blick immer noch auf mich gerichtet, sagt Johnny: »Zahn um Zahn.«

Ich schüttele den Kopf und forme mit den Lippen das Wort »Nein!«.

»Verdammt«, ächzt Esther.

»Zig, steh uns bei«, sagt Thelma.

»*Gerechtigkeit*«, rufen die JuMos. »*Gerechtigkeit. Gerechtigkeit!*«

»Verstehe ich Sie recht? Sie verlangen die Verurteilung zum Wiedertod?«, fragt Reginald.

»Ja«, sagt Johnny.

»*Ja! Ja!*«, rufen die JuMos.

»Die Juroren werden Ihre Forderung in ihre Überlegungen einbeziehen«, sagt Reginald.

Thelma sieht mich todunglücklich an. »Sie werden nicht darauf eingehen. Niemand hier wurde je zum Wiedertod verurteilt.«

»Das ist doch alles Wahnsinn«, flüstert Esther. »Der reine Wahnsinn!«

Reginald sagt, dass er genug gehört hat. »Ich verzichte darauf, die anwesenden Zeugen zu befragen, da der Angeklagte seine Schuld eingesteht.« Er sucht seine Notizen zusammen und setzt sich.

Die Gefängnisdirektorin tritt ans Pult und wendet sich an die Juroren. »Es gibt eine Person«, sagt sie, »von der ich glaube, dass wir sie trotzdem anhören sollten.« Sie blickt auf mich.

»Boo! Boo!«, intoniert das Publikum. »Boo! Boo!«

Ringo hat es aufgegeben, für Ruhe sorgen zu wollen. Stattdessen hebt er das Megafon an seine Lippen und sagt ebenfalls: »Boo! Boo!«

»Mr Dalrymple, würden Sie bitte aufs Podium kommen?«

Eine Sekunde lang bin ich wie erstarrt.

»Geh, mein Herz«, sagt Thelma. »Geh, und rette deinen Freund vor sich selbst.«

Ich stehe auf und zwänge mich an den anderen Zeugen vorbei. Zar sieht beleidigt aus, weil er keine Gelegenheit bekommen wird, vor der versammelten Menge zu sprechen.

An der Seite des Podiums gehe ich die wenigen Stufen hinauf und zum Rednerpult. Währenddessen bringen zwei Wärter einen weiteren Sessel herein, einen babyblauen, und stellen ihn etwa einen Meter neben den von Johnny.

Die Direktorin lächelt mich an, aber ihre Stirn ist voller Sorgenfalten, die an einer Dreizehnjährigen, die niemals altern wird, bizarr aussehen. Sie deutet auf den babyblauen Sessel.

Als ich fast bei Johnny bin, sagt er so beiläufig »Hey, Boo«, als sei ich ihm gerade in der Schulcafeteria über den Weg gelaufen.

»Hallo, Johnny«, antworte ich.

Ich setze mich in den Zeugensessel. Ein Wärter reicht mir ein Mikrofon.

Am Pult sagt Lydia Finkle: »Mr Dalrymple, ich weiß, dass Sie Sympathien für den Angeklagten empfinden. Wieso wollen Sie ihm gegenüber Gnade und Barmherzigkeit walten lassen, wenn er bei Ihnen keine Gnade kannte?«

Ich blicke ins Publikum. Wegen der Scheinwerfer sehe ich nicht sehr viel, aber ich erkenne Thelma und Esther. Thelmas Wangen sind aufgeblasen, als halte sie die Luft an. Esther umklammert ihre Sonnenblumentasche und nickt mir zu.

Ich drehe mich zu Johnny um, der mich erwartungsvoll ansieht. Seine Lippen formen drei Worte, so leise, dass nur ich sie verstehen kann: »Lass mich gehen.«

Ich wende den Kopf ab. Im dunklen Saal warten alle auf meine Antwort. »Ist dieser entsetzliche Junge es wert, gerettet zu werden?«, scheinen sie zu fragen. Ich möchte ihnen erklären, dass der Junge, der neben mir sitzt, absolut kein Monster ist. Sein Wahnsinn ist das Monster. Ich versuche zu sprechen, aber wieder flüstert Johnny kaum hörbar: »Lass mich gehen, Boo. Du hast es mir versprochen!«

Ich fange an zu zittern, als wäre die himmlische Normaltemperatur gerade um zwanzig Grad gesunken. Ich versuche, etwas zu sagen, kann aber nicht. Stattdessen öffne ich die CO_2-Tüte auf meinem Schoß. Sie ist an der Seite aufgerissen, weil ich sie so oft auf- und zugefaltet habe.

»Mr Dalrymple? Ist mit Ihnen alles in Ordnung?«, fragt Lydia Finkle in ihrem kaschmirähnlichen Pullover.

Ich nicke und schließe die Augen. Mir ist sterbenselend.

Lass mich gehen. Lass mich gehen. Lass mich gehen.

Ich denke an euch, liebe Eltern. Ihr befestigt im Wohnzimmer ein Regal an der Wand. Es ist die Bühne für meine Urne. Ihr wollt mich nicht gehen lassen. Lassen wir eigentlich jemals jemanden wirklich gehen? Selbst die, die nicht mehr bei uns sind, sind immer noch bei uns.

Anscheinend habe ich laut gesprochen, denn Lydia Finkle sagt: »Entschuldigen Sie, Mr Dalrymple, aber wir können Sie nicht hören. Würden Sie bitte ins Mikrofon sprechen?«

Ich schlage die Augen wieder auf, hebe das Mikrofon an die Lippen und flüstere: »O mein Gott!«

Dann fängt es an. Als ich die Feuchtigkeit auf meinen Wangen fühle, glaube ich im ersten Moment, dass ich blute.

Das Mikrofon fällt aus meiner Hand, ich betaste meine Wangen.

Tränen.

Ich bin schockiert. Ich gebe ein Ächzen von mir.

Das Ächzen verwandelt sich in ein Schluchzen.

Ich mache die Augen wieder zu und sehe Johnny und mich. Nicht wie jetzt, vor zweihundert Leuten, die über uns urteilen wollen, sondern so wie damals, auf dem Boden der Helen-Keller. Ein Junge mit einem Loch im Oberkörper, der andere mit einem Loch im Kopf. Zwei Blutsbrüder, deren Blut aus ihren Körpern sickert und Rinnsale bildet, die aufeinander zukriechen wie Hände, die sich verschränken wollen.

Ich sehe die schrecklichen Wunden, die Blutlachen, den furchtbaren Kummer.

Und fange so krampfhaft an zu schluchzen, dass ich fast an meinen Tränen ersticke. Ich beuge mich vor und lasse die CO_2-Tüte fallen. In meinem Kopf dreht sich alles. Ich kippe aus dem Sessel.

Schwärze. Ein paar fehlende Bilder auf der Filmspule.

Dann komme ich wieder zu mir. Ich drehe mich auf den Rücken und sehe hinauf zu den Dachbalken und Scheinwerfern. Alles ist verschwommen. Ich blinzele die Tränen fort. Johnny kniet neben mir, seine Hand liegt ganz leicht an meinem Hals. »Ich würde dir nie etwas tun«, flüstert er.

»Stoppt ihn! Stoppt das Monster!«, kreischt eine Jurorin. Ich sehe zu ihr hin. Ringo kommt auf uns zugerannt, hakt einen Arm um Johnnys Hals und reißt ihn von mir weg. Von der Seite stürmen zwei weitere Wärter herbei. Sie packen Johnny und tragen ihn weg. Einer hat die Hände unter seine Achselhöhlen geschoben, der andere umklammert seine Füße.

Lydia Finkle sagt in ihr Mikrophon: »Mr Dalrymple, ist alles in Ordnung mit Ihnen?«

Ich setze mich auf, als Thelma und Esther die Treppe hinaufpoltern und zu mir laufen. Auch Peter Peter ist auf einmal da.

Esther kniet neben mir. Ihre Augen sind weit aufgerissen, gleichzeitig erstaunt und verwirrt. »Dieser Idiot!«, ruft sie. »Was zum Teufel hat er sich bloß gedacht? Er hatte die Hände um deinen Hals! Wollte er, dass alle denken, dass er dich erwürgen will?«

Ich hebe die Hand und berühre meinen Hals. Er fühlt sich ganz normal an.

Von irgendwo höre ich Johnny rufen. »*Booooo! Booooo!*«, ruft er im kritischen Tonfall eines Publikums, dem die Vorstellung nicht gefällt. Als man ihn so weit weggeschleppt hat, dass ich seine Stimme nicht mehr hören kann, hebe ich das Mikrofon vom Boden auf und halte es an meine Lippen. »Alles, was Johnny gesagt hat«, sage ich, »ist wahr.«

56 137.33
Ba
Barium

57 138.91
La
Lantham

58 140.12 Ce Cerium

Inzwischen weine ich die ganze Zeit. Ich bestelle in der Cafeteria die Gemüsepfanne, und die Tränen laufen mir nur so über das Gesicht (»Ich reagiere immer so empfindlich auf Zwiebeln«, lüge ich die Bedienung an). Im Kuriosa tropfen Tränen auf die Tasten meiner Schreibmaschine, während ich eine Notiz über unsere Urzeitkrebse tippe, die einer nach dem anderen wiedergehen. Als ich *Tarzan bei den Affen* lese, weine ich, als Lord und Lady Greystoke ums Leben kommen. Wahrscheinlich würde ich sogar losheulen, wenn sich Nancy Drew im Zuge einer komplizierten Ermittlung einen Fingernagel abbräche.

Wenn es so weitergeht, werden die anderen mir bald den Spitznamen Boo-hoo verpassen (haha).

Ich war immer stolz auf meine Unabhängigkeit. In Amerika kam es vor, dass ich tagelang mit niemandem sprach, außer mit euch, liebe Eltern. Ich machte meine Morgenspaziergänge. Ich sah mir Dokumentarfilme im Fernsehen an. Ich hatte meine Bücher und die Besuche in der Bibliothek, einem Ort, wo man viel davon hält, sich still mit sich selbst zu beschäftigen.

Unabhängig bin ich immer noch, aber ich bin auch einsam – ein ganz neues Gefühl für mich. Ich verbringe viel Zeit allein in meinem Büro, wo ich die Wobblin'-Goblin-Spieluhr, die wieder funktioniert, unablässig laufen lasse. Ich identifiziere mich mit dem armen Geschöpf hoch oben am

Himmel, das immer kurz vor dem Absturz steht, es aber trotzdem irgendwie schafft, oben zu bleiben.

Thelma, Esther und Peter Peter glauben, dass ich geistig verwirrt war, als ich nach meiner Ohnmacht auf dem Podium wieder zu mir kam. Nur deshalb, argumentieren sie, habe ich Johnnys Version der Ereignisse bestätigt. »Du hast nicht gewusst, was du sagst, oder?«, beschwört mich Esther. »Ich war durcheinander«, antworte ich. »Ich war traurig und konfus.« Sie scheint mir zu glauben – aber vielleicht tut sie auch nur so und fragt sich in Wirklichkeit, ob das vielleicht meine Art ist, mich zu rächen.

Thelma und Peter Peter sorgen sich um mich. Peter Peter lädt mich zu Vater-Sohn-Ausflügen ein. Letzte Woche hat er mir beigebracht, einen Football zu fangen. Thelma war auch dabei, weil sie eine sogar noch bessere Werferin ist als er. Die beiden sehen sich in letzter Zeit ziemlich oft, und sie machen sich gegenseitig Geschenke. Gestern hat Thelma ein Zucchinibrot für Peter Peter gebacken, Peter Peter hat ihr eine Probe unseres Tigress-Parfüms geschenkt.

Johnny habe ich seit der Verhandlung nicht gesehen. Solange der Helferrat nicht über seine Strafe entschieden hat, darf ich ihn nicht besuchen. Trotzdem fahre ich jeden Tag zum Gefängnis, für den Fall, dass es zu einer Entscheidung kommt.

Tim Lu: »Die Stufe F wartet immer noch auf das Urteil.«

Tom Lu: »Also auch heute keine Besucher.«

Tim Lu: »Wann wird das Opfer aufhören, sich so pathetisch aufzuführen, und endlich mit seinem Nachleben weitermachen?«

Die JuMos demonstrieren immer noch vor dem Gene und schreien nach der Wiedertodesstrafe. Die Methode, die ihnen am liebsten wäre, ist ganz besonders barbarisch. Sie wollen eine Steinigung.

Ich selbst war einmal Opfer einer Art Steinigung, liebe Eltern. Am ersten Tag der achten Klasse, drei Tage vor meinem Gehen, kam ich mit einer blutigen Nase nach Hause, weil mich Kevin Stein, Nelson Bliss und Henry Axworthy auf der Wiese hinter der Schule mit Steinen beworfen hatten. »Ich war den ganzen Sommer über weg«, schrie Kevin, »und Mannomann, was hab ich es vermisst, dich zu quälen, Boo!«, eine Bemerkung, die seine Freunde mit lautem Gelächter quittierten.

Vater, du hast einen Waschlappen mit warmem Wasser angefeuchtet und mir das Blut sanft abgewischt. Und du hast gesagt: »Dreizehn war das gefährlichste Jahr meines Lebens, mein Sohn.«

Lieber, sanfter Vater. Auch du hast den Unmut von Schlägertypen auf dich gezogen.

»Aber du wirst erwachsen werden, Oliver«, sagtest du. »Und die achte Klasse weit hinter dir lassen.«

»Vater«, sage ich laut, allein in meinem Zimmer. »Ich stecke im Alter von dreizehn fest. Ich stecke ein ganzes verfluchtes Leben im Alter von dreizehn fest.«

59 140.91
Pr
Praseodym

An einem Morgen zwei Wochen nach der Verhandlung stehe ich bei Tagesanbruch auf, ziehe meine abgeschnittene Jeans und mein Friedens-T-Shirt an (es zeigt eine Hand, die das Peace-Zeichen macht) und radele zum Gene. Als ich vor dem Gefängnis ankomme, stehen Tim und Tom Lu auf der Treppe und entrollen eine Mitteilung. Sie befestigen sie an der Tür und verziehen sich hastig ins Innere des Gebäudes, als sie mich sehen.

Die Mitteilung lautet wie folgt:

IN DER SACHE JOHNNY HENZEL

Nach gebührender Beratung sind die dreizehn Mitglieder der Jury in der Verhandlung gegen Johnny Henzel, wiedergeboren am 12. Oktober 1979, vormals wohnhaft in Zone Elf, zu einer einstimmigen Entscheidung bezüglich der Bestrafung des Gefangenen gelangt, der des Mordes und des versuchten Mordes für schuldig befunden wurde. Aufgrund dieser Entscheidung wird Mr Henzel auf eine in den nächsten Tagen bekannt zu gebende Weise und an einem dann festzulegenden Tag dem Wiedertod zugeführt werden.

Ich reiße die Mitteilung herunter und zerfetze sie. Als ich die Schnipsel auf die Treppe des Gene fallen lasse, geht die Tür auf, und Tim und Tom Lu kommen heraus.

»Trotz seines T-Shirts macht das Opfer keinen sehr friedlichen Eindruck«, sagt Tim, der eine zweite Schriftrolle in der Hand hat.

»Stimmt. Ich würde sagen, er sieht ziemlich verstört aus«, antwortet Tom.

»Ich würde sogar so weit gehen, ›völlig außer sich‹ zu sagen«, fügt Tim hinzu.

Ohne zu blinzeln, wie Katzen, starren sie mich an. Ich starre zurück.

»Ein Glück, dass wir gleich mehrere Kopien des Kommuniqués angefertigt haben«, sagt Tim und befestigt eine neue Kopie an der Tür.

Ein paar Tage später wird bekannt gegeben, dass die Jury einer Steinigung zugestimmt hat. Sie wird in einer Woche stattfinden. Genau genommen wird es eine Backsteinigung werden, weil Backsteine in der Stadt leichter zu beschaffen sind als andere Steine. Die Städter stemmen einfach lose Exemplare aus den Mauern von Schulen und Wohnheimen, und die Löcher füllen sich mit der Zeit mit neuen Backsteinen, so wie ein kaputtes Fenster sich selbst repariert. Das Ganze wird eine Art tödliches Völkerball werden und in der Basketballhalle des Marcy stattfinden, wo Johnny und ich uns versteckten, als wir auf der Flucht waren. Die Steiniger werden auf der Laufbahn stehen, die hoch oben rund um die Halle verläuft, Johnny wird mit Hand- und Fußschellen gefesselt im Mittelkreis knien. Um Punkt Mitternacht werden sie mit ihren Backsteinen nach Johnny werfen und so lange damit weitermachen, bis er Matsch, bis er wiedertot ist.

Die Hinrichtung wird auf diese Weise ablaufen, damit kein Einzelner als Scharfrichter fungieren und niemand allein die Schuld auf sich nehmen muss. Wenn man die Verantwortung auf genügend Leute verteilt, braucht keiner sich schuldig zu fühlen. »Er wäre sowieso wiedergestorben, auch wenn *ich* den Stein nicht geworfen hätte«, kann jeder der Steiniger hinterher behaupten.

In einem Krimi ist das wichtigste Beweisstück immer die Leiche. Aber bei diesem Mord wird es keine Leiche geben. Jede Spur des Verbrechens wird mit Johnnys Wiedergehen verschwinden. Selbst die Blutspritzer werden sich in Luft auflösen. Auch die Dellen im Boden der Halle, die die Steine verursacht haben, werden binnen weniger Tage nicht mehr zu sehen sein. Nur ein verräterischer Haufen geworfener Backsteine wird bleiben.

Stadt-Bewohner, die sich als Steiniger betätigen wollen, müssen sich im Gene bewerben. Ihre Bewerbungen können sie bei den Lu-Brüdern in der Eingangshalle abgeben. Die Gefängnisverwaltung rechnet mit einem sehr großen Andrang, erzählt mir Thelma. JuMo-Gruppen in der ganzen Stadt fordern ihre Mitglieder auf, sich zu melden. Dafür werben sie mit dem widerlichen Slogan »Gebt ihm Saures!«.

Ich versuche, nüchtern und sachlich über diese Ereignisse zu berichten, liebe Eltern. Ich versuche, ruhig und gelassen zu bleiben. Aber das alles macht mich krank, es widert mich an. Mein Herz macht mir die ganze Zeit zu schaffen, aber meine Tränen sind anscheinend versiegt. Ich will mit Johnny reden. Er *muss* zurücknehmen, was er in der Verhandlung gesagt hat. Und ich muss meine eigene Aussage auch zurücknehmen. Aber Johnny weigert sich, mich zu sehen, obwohl er das inzwischen dürfte.

Ich kann nicht mehr schlafen. Nachts liege ich in Johnnys Bett und denke verrückte, unlogische Gedanken. Zum Beispiel frage ich mich in meiner von der Schlaflosigkeit bewirkten Starre, ob Zig vielleicht vorhat, Johnny als neuen Sohn für euch, liebe Eltern, wiederauferstehen zu lassen. Der Gedanke, ihr könntet für einen wiedergeborenen Johnny sorgen, macht mich froh. Er könnte mein Zimmer bekommen, mein Modell des Saturn mit seinen Monden, mein Periodensystem, meine etymologischen Wörterbücher.

Am Tag vor der Backsteinigung klopft es morgens um halb acht an meiner Tür. Wahrscheinlich Thelma mit irgendwelchen Neuigkeiten. Aber als ich die Tür öffne, steht Reginald Washington davor.

»Guten Morgen, Boo«, sagt er mit einem gepressten Lächeln. »Ich darf doch Boo sagen?«

Obwohl er höflich gefragt hat, schüttele ich den Kopf.

»Oh, tut mir leid. Es ist nur, weil John die ganze Zeit Boo sagt.«

»Sie können mich Mr Dalrymple nennen, Mr Washington.«

Ich bin eigenartig eifersüchtig, weil Reginald mit Johnny in Kontakt steht, obwohl sie garantiert nicht die Verbundschaft teilen, die zwischen Johnny und mir besteht.

»Dürfte ich eine Minute reinkommen? Ich soll Ihnen etwas von John ausrichten.«

Ich will dieses Frettchen nicht in »unserem« Zimmer haben, aber wenn er eine Nachricht von Johnny hat, bleibt mir nichts anderes übrig. Ich winke den Helferratspräsidenten herein und setze mich auf Johnnys ungemachtes Bett. Er nimmt auf meinem Platz.

»Ich hätte Tim und Tom Lu schicken können, hielt es aber

für besser, Ihnen die Nachricht selbst zu überbringen«, sagt er.

Ich senke den Blick. Auf dem Ärmel meines Bademantels ist ein Fleck. Orange Pekoe. Ich werde allmählich schlampig.

»Mr Dalrymple, ich weiß, dass Sie mit John sprechen möchten. Nun, er hat sich bereit erklärt, Sie zu sehen.«

Ich klatsche in die Hände. »Danke, Zig!«, rufe ich.

»John stellt allerdings eine Bedingung. Er möchte mit Ihnen reden, aber, nun ja ... nicht sofort.«

»Was soll das heißen. Die Steinigung ist morgen Abend.«

»Er möchte erst in der Basketballhalle mit Ihnen sprechen, vor ... vor ... davor eben.«

Der Helferpräsident hat nicht den Mut, das Wort »Hinrichtung« auszusprechen.

»Er möchte sich von Ihnen verabschieden, Boo.«

Ich funkele ihn an. Der rosafarbene sternförmige Fleck auf seiner Stirn wirkt größer als zuvor, aber das ist unmöglich.

»Mr Dalrymple«, verbessert er sich. »Er möchte als Letztes mit Ihnen sprechen.«

Ich schlage die Hände vor das Gesicht.

»Die Situation ist für uns alle schwer«, sagt er. »Aber wir dürfen nicht vergessen, dass wir Johns Wünsche respektieren. Das sollte uns Kraft geben.«

Ich nehme die Hände vom Gesicht. »Sie halten sich für bemerkenswert und beneidenswert intelligent, nicht wahr, Mr Washington? Sie sind stolz auf Ihren Verstand, oder?«

Er sieht mich verwirrt an.

»Ich will Ihnen etwas sagen«, fahre ich fort. »Hätte ich einen Backstein, würde ich Ihnen Ihren ach so hochgeschätzten Verstand mit Vergnügen zu Brei schlagen.«

Er starrt mich an und sieht dabei verängstigt aus, als würde ich im nächsten Augenblick eine mit Steinen gefüllte Taschenlampe unter Johnnys Kopfkissen hervorziehen. Es gibt dort keine Taschenlampe. Aber unter Johnnys Matratze versteckt sich ein kleiner Revolver.

»Ich akzeptiere Ihren Zorn«, sagt er, die Hand auf dem Herzen. »Ich verstehe Ihren Schmerz.«

»Zieh Leine!«, sage ich, ein Ausdruck, den ich liebe, für den ich aber nur selten Verwendung finde.

Reginald betätschelt seine Knie und steht auf. »Bitte, kommen Sie«, sagt er. Dann verlässt er das Zimmer und macht die Tür hinter sich zu.

Ich bleibe auf Johnnys Bett sitzen. Anders als die Prinzessin auf der Erbse spüre ich den Revolver überhaupt nicht. Ich stehe auf und hebe den Rand der Matratze an. »Hallo, mein Hübscher«, sage ich, nehme den Revolver aus seinem Versteck und halte ihn in meinen beiden Händen. Er schmiegt sich in die Höhlung wie eine gigantische Totenkopfschabe.

Der Revolver ist geladen. Die Patronen passen natürlich perfekt.

60 144.24

Nd

Neodym

»Werft Reis statt Steine«, lautet der Slogan einer Pazifistengruppe, die sich gegründet hat, um gegen Johnnys Wiedertodesstrafe zu protestieren. Die Gruppenmitglieder fordern Paare in der ganzen Stadt auf, den Bund fürs Leben zu schließen, um dem Hass Liebe entgegenzusetzen. Ich habe noch nie über die Liebe gesprochen, weil ich sie als Thema nicht so faszinierend finde wie beispielsweise Elektrizität oder Müllschlucker. Aber ja, zwei Städter können sich verlieben und sogar heiraten. Sie halten die Hochzeit in einem Haus des Guten ab, ein Mitglied des Helferrats fungiert als Geistlicher. Sie sagen »Ja, ich will« oder etwas ähnliches, Konfetti wird geworfen, Konservendosen werden an Fahrräder gebunden.

Esther hält die Heiratskampagne für ziemlich lahm. Trotzdem sitzt sie mit einer Plastiktüte mit rosa gefärbtem Reis neben mir. Ich habe eine mit blauem Reis. Wir sind in der Kapelle des Jonathan-Livingstone, wo Liz McDougall, die Vizepräsidentin des Helferrats der Elf, in einer schimmernden Robe, die aussieht, als wäre sie aus einem Theatervorhang geschneidert worden, auf einem kleinen Podium steht. »Wir haben uns heute hier versammelt«, sagt sie, »um die Liebe zwischen Thelma Rudd und Peter Petermann zu feiern.«

Bei der Nennung ihrer Namen stoßen Braut und Bräutigam die Türen im hinteren Teil der Kapelle auf. In identischen Makramée-Westen, von denen Esther sagt, dass sie das Allerletzte sind, schreiten sie durch den Mittelgang. Aber die Meckerziege hat Tränen in den Augen. Ich übrigens auch.

Als Braut und Bräutigam das kleine Podium erreicht haben, sagt Liz McDougall: »Thelma Rudd, nehmen Sie Peter Peterman als Ihren Ehemann und Gefährten und versprechen Sie, ihm zu helfen, ein in den Augen Zigs ehrlicher und aufrechter Städter zu bleiben?«

Thelma nickt mit ihrem perlengeschmückten Kopf. »Und wie ich das verspreche!«, sagt sie.

»Peter Petermann, nehmen Sie Thelma Rudd als Ihre Ehefrau und Gefährtin und versprechen Sie, ihr zu helfen, eine in den Augen Zigs ehrliche und aufrechte Städterin zu bleiben?«

»Das tue ich.«

Ich habe mir immer gewünscht, ich hätte bei eurer Hochzeit dabei sein können, liebe Eltern, deshalb ist dieser Tag für mich etwas ganz Besonderes.

»Dann erkläre ich Sie hiermit zu Mann und Frau«, sagt Liz McDougall. »Sie dürfen sich jetzt küssen.«

Thelma und Peter drehen sich zu den zwei Dutzend Gästen um und küssen sich flüchtig auf die Lippen. Alle jubeln und klatschen. Esther und ich stehen auf und werfen Reis in die Luft. Er prasselt hart auf unsere Köpfe herab.

Die Frischvermählten führen uns aus der Kapelle und in den Garten hinter dem Haus des Guten. Unter einer Markise steht ein Tisch mit Punsch und Sandwiches. Liz McDougall fungiert als Gastgeberin. Während Esther losgeht, um uns etwas zu Essen zu holen, setze ich mich zwischen die Gänseblümchen auf den Rasen und denke darüber nach, was ich Johnny sagen will, wenn ich ihn heute Abend sehe.

Zar kommt herbeigeschlendert und setzt sich neben mich. Er trägt ein T-Shirt mit einer aufgedruckten Smokingjacke. Seine Haare sind kürzer, sodass seine Ohren noch weiter abstehen. Sie sind groß, aber auch zart, fast durchscheinend. Sie sehen aus, als würden sie sofort abbrechen, wenn ich daran zöge.

»Hast du schon ein Portal für mich gefunden?«, fragt er.

»Der Tod könnte das ultimative Portal sein, Zar.«

»Ja, schon, aber wenn man durch diese Tür geht, gibt es keine Wiederkehr.«

»Einige von uns wollen nicht wiederkehren.«

»Du machst dich hier doch gut.«

»Ich rede nicht von mir, sondern von Johnny.«

»Hör zu«, sagt er. »Petey sagt, wir sind zu alt, um nachtragend zu sein. Wie immer hat er recht. Deshalb sollst du wissen, dass ich heute Abend keine Backsteine werfen werde. Verdammte Hacke, schließlich lebe ich in einem Glashaus.«

Wie merkwürdig, dass der Hypnotiseur und ich Johnny verziehen haben, die JuMos aber nicht. Soweit ich weiß, sind sie die Einzigen, die sich als Steiniger beworben haben. Sie wollen Vergeltung um jeden Preis.

Mitten im Garten steht ein kleines Häuschen mit einem Schieferdach. Thelma geht die Stufen hinauf und bittet um unsere Aufmerksamkeit. »Ich und Peter Peter werden eines Tages eine richtige Party veranstalten, um unsere Hochzeit zu feiern. Aber heute geht es nicht um uns. Es geht um einen Jungen, den ich erst vor wenigen Monaten kennengelernt habe. Ich möchte etwas für diesen Jungen singen. Für Johnny Henzel. Möge er in Frieden ruhen.«

Thelma singt den Eagles-Song von einem neu zugezogenen Jungen in der Stadt, der Johnny-come-lately genannt und von allen geliebt wird. Während sie singt, zieht Zar die Kette mit dem blauen Anhänger unter seinem Smoking-T-Shirt hervor, nimmt sie ab und hängt sie mir um. Der Anhänger, der etwa so groß ist wie ein Susan-B.-Anthony-Dollar, liegt genau auf meinem Herzen.

»Trag die Kette heute Abend, Kleiner«, sagt er. »Sie wird dir Kraft geben.«

61 [144.91]

Pm

Promethium

An diesem Abend macht Zig die schafgrauen, schafblöden Schäfchenwolken derart dick, dass sie den Honigmond verdecken, der Thelma und Peter Peter in ihrer Hochzeitsnacht eigentlich zustünde. Aber unter den gegebenen Umständen ist ein bedrohlicher, dunkler Himmel vielleicht angemessener. Schließlich ist keiner aus unserer kleinen Gruppe (die Frischvermählten, Esther und ich), die nur vom Licht der Straßenlampen geleitet zum Marcy radelt, in Feierstimmung.

Trotz der Dunkelheit besteht Thelma darauf, dass ich mir die Kapuze meines Sweatshirts über den Kopf ziehe, damit ich nicht erkannt werde. Sie will nicht, dass andere Städter mich an diesem Abend mit neugierigen Fragen löchern oder mit taktlosen Kommentaren belästigen. Abgesehen von dem Sweatshirt habe ich einen Overall an, den ich mir deshalb ausgesucht habe, weil er große Taschen hat, in denen sich ein kleiner Revolver leicht verbergen lässt.

Als wir uns dem Marcy nähern, fängt mein löchriges Herz an zu zucken, mein Magen verkrampft sich, meine Innereien spielen verrückt. Trotz der späten Stunde flitzen Dutzende von Städtern in Richtung Sporthalle die Straße entlang. Die, die gegen die Wiedertodesstrafe sind, wollen zu einer Kundgebung, bei der sie sich als Protest gegen die Backsteinigung in gespielter Todesqual schreiend auf dem Boden wälzen werden. Währenddessen demonstrieren diejenigen Gegner

Johnnys, die es nicht über sich bringen, selbst mit Backsteinen nach ihm zu werfen, mit ihren üblichen Plakaten und Slogans vor dem Marcy. Als wir näher kommen, entdecke ich einen JuMo mit einem Plakat, auf dem steht: »This town ain't big enough for the both of us.«

Die beiden Gruppen haben sich auf gegenüberliegenden Seiten des beleuchteten Softballplatzes vor dem Marcy versammelt. Es wäre sicher nett von mir, den Gegnern der Backsteinigung für ihre Unterstützung zu danken, aber Thelma hält mich davon ab. Sie hat Angst, meine Anwesenheit auf dem Platz könnte zu Auseinandersetzungen zwischen den beiden feindlichen Lagern führen. Also fahren wir einfach vorbei und parken unsere Räder auf der runden Auffahrt des Marcy, gleich neben einer immergrünen Hecke – bedauerlicherweise ist jeder Busch in Form einer Patrone zugeschnitten.

Johnny Henzel ist bereits im Gebäude. Er wurde am Morgen hierher überstellt, wieder auf einer Trage festgebunden. Ich frage mich, ob seine Wärter ihn im Hausmeisterraum in den Tiefen des Gebäudes festhalten. Falls ja, denkt er dann voller Zuneigung an die Zeit, die er mit mir zusammen in diesem Raum verbracht hat?

Die dreihundert Backsteiniger sind auch schon im Inneren des Marcy. An der Tür des Sportzentrums steht eine Reihe von Wärtern, alles bullige, pubertierende Jungen mit violetten Armbinden, die nur die einlassen, die auf den offiziellen Listen stehen. Diese Listen befinden sich in den Händen von Tim und Tom Lu. Die Zwillinge tragen T-Shirts mit dem Sternkreiszeichensymbol für Zwillinge.

Tom sagt: »Overall und Kapuzenshirt. Keine sehr attraktive Aufmachung, findest du nicht auch, Tim?«

Ich ziehe die Kapuze ab.

»Es ist das Mordopfer, Tom! Und jetzt ist der arme Kerl anscheinend auch noch ein Opfer der Mode geworden.«

»Der arme, arme Junge«, antwortet Tom. »Er wird sich nie von der Anspannung erholen, unter der er steht.«

»Wollen wir wetten«, sagt Tim, »dass er über kurz oder lang im Deborah landet?«

»Haltet eure verdammten Mäuler«, schreit Thelma sie an, eine Hand hoch erhoben. »Sonst drehe ich euch den Hals um!«

»Ach du meine Güte«, macht Tom. »Klingt das etwa wie eine Drohung?«

»In was für einer gewalttätigen Welt wir leben«, sagt Tim.

»Dabei sind wir, wenn man es genau bedenkt, doch alle Opfer«, kommt es von Tom.

Thelma starrt die Zwillinge mit schmalen Augen an, und schließlich geben sie tatsächlich Ruhe. Da die Namen meiner Gefährten nicht auf der offiziellen Liste stehen, müssen Esther, Thelma und Peter Peter sich jetzt von mir verabschieden. Sie werden sich den Gegnern der Backsteinigung anschließen und sich ebenfalls in gespielter Todesqual auf dem Boden wälzen.

Thelma umfasst mein Gesicht mit beiden Händen, so wie du, Mutter, es immer getan hast. »Mama glaubt an dich, Kind«, sagt sie.

Oldie Peter Peter sagt: »Was immer du tust, Sohnemann, wir sind stolz auf dich.« Und er zerzaust mir die Haare so wie du, Vater.

Esther zieht mich beiseite und sieht mich fast verlegen an. Ihre Wangen sind gerötet. Schließlich sagt sie: »Sag Johnny, dass ich an ihn denke, okay?« Und weil ich immer noch eine

Aversion gegen Umarmungen habe, versetzt sie mir einen leichten Tritt gegen das Schienbein, einen »Liebesstups«, wie sie es nennt. Ich gebe den Stups zurück. Dann beteiligen sich auch Thelma und Peter Peter, und unter den erstaunten Blicken der widerlichen Zwillinge und der Wärter treten meine Freunde und ich im Eingang des Gebäudes aufeinander ein.

Als ich mich schließlich von meiner Ersatzfamilie löse und das Marcy betrete, habe ich das eigenartige Gefühl – vielleicht ist es eine Art sechster Sinn? –, dass ich gleich meinem Schöpfer begegnen werde.

62 150.36

Sm

Samarium

Die Backsteiniger haben sich Kopfkissenbezüge mit ausgeschnittenen Augenlöchern übergestülpt. Die weitfallenden Kapuzen lassen sie aussehen wie eine verlotterte Untergruppe des Ku-Klux-Klan. Hand in Hand stehen die Dreihundert unbeweglich auf der Laufbahn hoch oben. Sie tragen Shorts, T-Shirts und geringelte Kniestrümpfe, als wäre die Backsteinigung ein Sportereignis. Schwitzen sie unter ihren Kapuzen? Ist ihnen mulmig zumute? Bedauern sie die Rolle, die sie heute Nacht spielen werden? Oder sind sie so versessen darauf, Blut zu sehen, dass sie es kaum erwarten können, dass meine Rolle endet, damit ihre beginnen kann?

Ich stehe allein im Mittelkreis des Spielfelds, wo Reginald mich zurückgelassen hat. Die Hallenbeleuchtung wirkt hell und freundlich, fast so, als würden die Trojaner jeden Augenblick aus dem Umkleideraum einlaufen und Cynthia Orwell und der Rest ihrer Cheerleadertruppe ihre Puschel schwenken und ihren Spagat hinlegen. Soll ich Räder und Flickflacks schlagen, um die wartenden Backsteiniger zu unterhalten? Von da, wo ich stehe, kann ich die Backsteine nicht sehen, die auf der Laufbahn bereitliegen, aber ich weiß, dass sie da sind. Sechshundert Stück. Zwei pro Werfer. Genug, um den Schädel des einzigen Trojaners zu zerschmettern, der aus dem Umkleideraum kommen wird.

Casper, der freundliche Geist, verrät mir, dass es zwanzig

vor zwölf ist. In ein paar Minuten wird Johnny Henzel hereingeführt werden. Er und ich haben dann fünfzehn Minuten, bis es Mitternacht schlägt und die Steine fliegen.

Wieso hat Zig diesem Wahnsinn kein Ende gemacht? Schämt er sich denn gar nicht? Besitzt er kein Urteilsvermögen? Keine Superkräfte? Was für einen Sinn hat ein Gott ohne Superkräfte? Bis jetzt bestand Zigs einzige Reaktion darin, mir den Ball, beziehungsweise die Patronen, zuzuspielen. Sie stecken in dem kleinen Revolver in der linken Tasche meines Overalls. Ich hatte Angst, die Wärter würden mich filzen, aber nein. Ringo hat mir sogar alles Gute gewünscht. Während Reginald anderweitig beschäftigt war, beugte der britische Gefängniswärter sich zu mir und sah mir tief in die Augen. »Ich werde Johnny vermissen«, flüsterte er. »Manchmal habe ich vor seiner Zellentür Gitarre gespielt, damit er sich nicht so allein fühlt. Ich habe sogar seine Wünsche gespielt.«

Während ich warte, stecke ich die Hand in die Tasche und streichele den kleinen Revolver mit der Fingerspitze, so wie Johnny den Rücken seiner Kakerlake streichelte. Um den Hals trage ich Zars blauen Anhänger. Er liegt unter dem Sweatshirt genau auf meinem Herzen.

Oben auf der Laufbahn bricht einer der Steiniger aus dem Kreis aus und stolpert zum Ausgang. Einen Moment später folgen drei weitere. Die anderen rechts und links von ihnen rücken nach und fassen sich an den Händen, um den Kreis wieder zu schließen. Die Gefängnisverwaltung hat damit gerechnet, dass einige der Backsteiniger in letzter Minute kalte Füße bekommen würden, und eine Liste mit Ersatzleuten parat, die in diesem Fall einspringen können. Kurz darauf erscheinen vier von ihnen auf der Laufbahn und quetschen sich zwischen die anderen.

Laut Casper, dem freundlichen Geist, ist es Viertel vor zwölf.

»Johnny, wo bist du?«, flüstere ich und streichele den Revolver. »Mein rechter, rechter Platz ist frei, Rover, schick mir den Johnny herbei.«

Wie ihr wisst, liebe Eltern, schwitze ich normalerweise nie, aber jetzt schwitze ich so stark, dass ich ebenso zwiebelig riechen muss wie mein ehemaliger Zimmergenosse.

Die Tür des Umkleideraums geht auf, und Johnny und Reginald kommen heraus. Johnny ist barfuß, sein Oberkörper ist nackt. Er trägt nur Shorts und ist an Händen und Füßen gefesselt. Reginald, in Turnsachen, hat einen Kopfkissenbezug über dem Kopf, eine Trillerpfeife hängt an seinem Hals. Er nimmt Johnnys Arm und kommt mit ihm auf mich zugeschlurft.

Als die beiden den Mittelkreis erreichen, nickt Johnny mir zu. Reginald hilft ihm, sich hinzuknien, was wegen der Hand- und Fußfesseln nicht ganz einfach ist. Fast wäre Johnny umgekippt, aber Reginald hält ihn. Ich knie mich genau vor Johnny. Reginald schließt kurz die Augen hinter den Augenlöchern und tätschelt dann Johnnys Kopf, so wie ein Hundebesitzer seinen Basset tätscheln würde. Ohne ein Wort geht der Helferratspräsident zur Tür des Umkleideraums zurück, von wo aus er uns beobachten wird.

Ich sehe Johnny an, der zu den dreihundert Steinigern auf der Laufbahn über uns aufblickt. Sie dürfen nicht sprechen, aber hin und wieder ist ein Hüsteln zu hören. Einer hustet so krampfhaft, dass ich ihm vielleicht meine neue CO_2-Tüte geben sollte, die in der rechten Tasche meines Overalls steckt.

Johnnys Gesicht ist picklig, seine Lippen sind rissig. Er

beugt sich zu mir und sagt fast im Flüsterton: »In der Verhandlung habe ich eine Sache gesagt, die wirklich stimmt.«

»Was?«

»Dass du stark und klug und rein bist. Vergiss das nicht. Auch nicht, wenn ich nicht mehr da bin, um dich daran zu erinnern. Versprichst du mir das?«

Mein Herz krampft sich zusammen. »Ich verspreche es.«

»Das meiste, was ich gesagt hab, war natürlich Blödsinn. Dass ich mit Zig rede, dass ich Willa umgebracht hab, alles Blödsinn. Aber das weißt du ja, weil du klug bist.«

»Ich weiß, dass du nicht Gunboy bist. Gunboy ist nicht der wirkliche Johnny.«

Er grinst. »In jedem von uns steckt ein Stück Gunboy.«

»Johnny, ich habe einen Revolver. Den aus dem Kuriosa.« Ich tätschele meine leicht ausgebeulte linke Tasche. »Und ich habe Patronen gefunden. Zwei.«

Er hebt die Augenbrauen. »Echt?«

Ich nicke.

»Perfekt!« Er legt den Kopf in den Nacken und ruft: »Danke, Zig!«

In diesem Augenblick krabbelt *Blaberus craniifer* aus der Tasche von Johnnys Shorts, huscht über seine Brust und seinen Hals und verschwindet in seinen verfilzten Haaren. Ich sehe zu den Steinigern hoch, dann zu Reginald, aber niemand scheint etwas gemerkt zu haben.

Johnny scheint sich nicht daran zu stören, dass eine Kakerlake über seine Kopfhaut krabbelt. »Zig redet nie mit mir«, sagt er. »Ich wär froh, wenn er es täte, aber der Mistkerl hat nie auch nur ein Wort zu mir gesagt, geschweige denn zwei. Vielleicht zählen ja deine zwei Kugeln als zwei Worte.«

Ich fürchte, er könnte recht haben.

»Aber er hat mir Rover gegeben, und der redet. Weißt du noch, dass ich zuerst dachte, die Stimme gehört Willa? Im Gefängnis wurde das Flüstern dann immer lauter und klarer, und jetzt weiß ich, wer es ist.«

»Wer?«

Er beugt sich noch näher, seine Augen bohren sich in meine. »Die Leute in meinem Krankenhauszimmer. Meine Schwester, meine Eltern. Manchmal eine Krankenschwester oder ein Arzt. Ich kann sie hören, aber sie können mich nicht hören.«

Er halluziniert, genau wie Thelma, als sie die Diät machte und Tukane in den Bäumen sah. »Johnny, du bist nicht mehr im Krankenhaus«, sage ich. »Dein Gehirn spielt dir einen Streich.«

»Doch! Ich *bin* unten in Amerika noch am Leben«, sagt er mit blitzenden Augen. »Ich bin gestorben, das ja, aber nur für ein paar Minuten. Mein Herz blieb stehen, aber die Ärzte haben es wieder zum Schlagen gebracht. Ich kam ins Leben zurück. Mein Zustand stabilisiert sich, aber ich liege immer noch im Koma. Ich muss jetzt einfach nur aufwachen. Und um dort aufzuwachen, kann ich nicht *hier* am Leben sein, verstehst du?«

Die Kakerlake taucht aus seinen Haaren auf und bleibt über seiner linken Augenbraue sitzen.

»Ich kann Brenda in diesem Augenblick hören«, sagt er und schielt zu Rover hoch. »Sie sagt: ›Komm schon, Johnny! Mach die Augen auf!‹«

Ich weiß nicht, was ich sagen soll. Mein Herz fängt an zu stottern. Mein Atem geht ganz flach. Meine Augen füllen sich mit Tränen, die mir über die Wangen laufen. Ich wische sie mit den Daumen weg.

»Ach Boo, nicht traurig sein«, sagt Johnny mit liebevoller Stimme. »Nicht wegen mir. Ich gehe zurück nach Hause. Ich gehe zurück in unsere Heimatstadt. Alles ist absolut paletti.«

Er ist so verrückt wie Willa mit ihrem Selbstmordsprung zurück nach Amerika. Und das Verrückteste ist, dass ich an seinem Wahnsinn teilhaben will. »Kann ich mit dir gehen?«, frage ich mit brechender Stimme.

»Nein, Mann, du musst hierbleiben.«

»Bitte, lass mich nicht allein!«, flehe ich.

»Du bist nicht allein. Du hast Thelma und Esther, und du wirst neue Freunde finden.«

»Ich schließe nicht schnell Freundschaften. Du weißt doch, dass ich ein Sonderling bin.«

»Du musst aber hierbleiben, weil du tot bist. Tut mir leid, Mann, aber du bist wirklich und wahrhaftig mausetot.«

Er bewegt die Schultern und versucht, trotz der Fesseln eine bequemere Haltung zu finden. Dann sagt er: »Ich bekomme eine zweite Chance auf ein Leben in Amerika, Boo. Auf ein wirkliches Leben.«

Rover krabbelt über seine Stirn und verkriecht sich wieder in seinen Haaren. Es ist unheimlich, wie ruhig Johnny wirkt, während meine Haare wahrscheinlich zu Berge stehen und meine Haut sicher so weiß ist wie die eines Albinos. »Ich habe schreckliche Angst«, sage ich. »Du nicht?«

»Ich glaube nicht, dass es sehr wehtun wird«, sagt er. »Ich habe mit Hunderten von Steinen gerechnet. Eine Kugel ist todsicher viel weniger schmerzhaft.«

Ich seufze abgrundtief. »Ich kann nicht. Ich kann einfach nicht …«

»*Ich* kann erst recht nicht. Nicht mit den Handschellen. Das heißt, du *musst* es tun!«

Ich fange wieder an zu weinen. Ich sehe zu Reginald Washington hinüber, der immer noch in der Tür des Umkleideraums steht, aber wegen des Kopfkissenbezugs kann ich nicht erkennen, was er denkt.

»Ich habe zwei Kugeln«, flehe ich. »Zwei! Eine für dich, eine für mich.«

»Hör auf«, fährt er mich an. Dann senkt er die Stimme wieder. »Du bist tot, Boo! Es gibt keine Kugel für dich. Du musst die zwei für den Fall bekommen haben, dass die erste nicht funktioniert. Verstehst du? Du schießt mir ins Herz, und wenn ich dann nicht sofort verschwinde, schießt du mir in den Kopf.«

Ich ziehe die Co_2-Tüte aus der Tasche und halte sie mir vor den Mund. Ich atme ein und aus, die Tüte bläst sich auf und schrumpelt wieder in sich zusammen.

»Hör zu«, sagt er, wieder ganz sanft. »Unten in Amerika hatten wir nie die Chance, uns besonders gut kennenzulernen. Aber hier oben in der Stadt wurden wir die besten Freunde. Wir sind doch beste Freunde, oder?«

Ich nicke, während ich in meine Tüte atme.

»Nur mein bester Freund kann das hier für mich tun.«

Ich höre auf, in die Tüte zu atmen. »Bitte, zwing mich nicht dazu.«

Meine Stimme ist schrill, kindlich. Ich bin zu schwach. Ich bin viel zu schwach.

Johnny schließt die Augen. Als er sie wieder öffnet, läuft eine Träne über seine Wange. Ich hebe die Hand und wische sie mit dem Daumen weg. Er zuckt bei meiner Berührung zusammen.

»Umarm mich. Du kannst es. Und während wir uns umarmen, nimmst du die Waffe heraus und hältst sie zwischen uns, sodass niemand sie sieht. Du richtest sie auf mein Herz.« Er blickt auf seine Brust, auf den Mittelpunkt der Zielscheibe. »Dann drückst du ab und machst, dass du wegkommst. Ein Kinderspiel.«

Meine Tränen gehen in ein lautes Schluchzen über. Rotz läuft mir aus der Nase und in den Mund. Ich wische mir über die Lippen. Ich wische mir über das Gesicht. Ich bohre die Fingerspitzen in meine inneren Augenwinkel.

»Hilf mir, nach Hause zu kommen«, sagt Johnny ganz leise. »Hilf mir, erwachsen zu werden. Hilf mir, älter zu werden als dreizehn.«

Ich kneife mich in den Arm, um mein Schluchzen unter Kontrolle zu bringen. Über uns sind Schritte zu hören. Weitere Steiniger verlassen ihre Positionen. Wenn ich laut genug schluchze, verjage ich sie vielleicht alle. Aber das werde ich nie schaffen. Wenn ich Johnny nicht erschieße, wird er trotzdem sterben, bloß auf viel schrecklichere Weise.

Er lächelt mich an, das Grübchen erscheint in seiner Wange. Aber seine Augen, die rot sind vor Tränen, lächeln nicht.

»Bitte!«, flüstert er.

Also beuge ich mich zu meinem wahnsinnigen Blutsbruder. Ich ziehe ihn an mich. Sein Körper riecht so zwiebelig wie meiner. Seine Haut fühlt sich fiebrig an, aber ich bin derjenige, der zittert.

Die Totenkopfschabe ist an seinem Hals heruntergekrabbelt und sitzt nun auf seiner Schulter, wie eine Fee in einem Märchen.

Ich stecke die Hand in die Tasche meines Overalls.

»Danke, Oliver«, flüstert Johnny.

Ich ziehe den Revolver. »Mach die Augen zu, lieber Johnny«, flüstere ich ihm ins Ohr.

Seine Augenlider klappen zu. Sein Gesicht verzieht sich. Sein ganzer Körper spannt sich an. Ich löse mich ein Stückchen von ihm und richte die Waffe auf seine knochige Brust. Meine Hand zittert nicht einmal.

»Hab Erbarmen, Zig«, murmele ich.

Und drücke ab.

63 151.96
Eu
Europium

Johnny Henzel verschwindet nicht. Sein Körper kippt im Mittelkreis nach hinten, sein Kopf knallt auf den Boden. Die dreihundert Backsteiniger schnappen beim Geräusch des Knalls hörbar nach Luft. Ein paar von ihnen schreien »Nein! Nein!«, als ich den Revolver hebe, um noch einmal zu schießen. Dieses Mal richte ich die Waffe auf Johnnys Kopf. Ein Stein trifft mich am Oberschenkel, als ich gerade abdrücke. Die Kugel verfehlt Johnny und spritzt über den Boden. Reginald kommt auf mich zugerannt, stolpert, fällt, rollt sich ab. Der Kopfkissenbezug rutscht von seinem Kopf. »Ich bin angeschossen worden!«, schreit er, obwohl das gar nicht stimmt. Ein zweiter Backstein schlägt auf dem Platz auf, bricht auseinander und rollt auf Reginald zu. Er setzt sich auf und greift nach der Pfeife an seinem Hals. Seine Wangen blasen sich auf wie in einer Cartoonzeichnung. Der schrille Pfiff gellt durch meinen Kopf.

Auf der Laufbahn über uns sind Bewegungen wahrzunehmen, Geräusche, Flüche, aber ich sehe nicht hoch. Ich sehe Johnny an. Sehe auf das rote Loch mitten in seiner Brust.

Ich möchte die Fesseln an seinen Hand- und Fußgelenken lösen. Es muss ihm doch wehtun, so verdreht dazuliegen. »Hast du die Schlüssel für die Fesseln?«, rufe ich Reginald zu, der seinen Knöchel umfasst, den er sich beim Fallen verknackst hat.

»Was hast du gemacht?«, jammert er mit verzerrtem Gesicht.

»Ich habe Johnny getötet«, antworte ich.

»Hast du nicht, du Idiot. Er lebt noch. Er ist noch hier!«

Ich lasse den Revolver fallen, krieche zu Johnny und beuge mich über ihn. Seine Augen sind geschlossen, sein Gesicht ist entspannt. Keine Anspannung mehr. Er wirkt so friedlich wie ein Engel. Die Wunde in seiner Brust ist ungefähr so groß wie ein 5-Cent-Stück, das Blut sieht merkwürdig künstlich aus, wie der Zombie-Ketchup, mit dem wir Städter uns an Halloween vollkippen.

Ich lege mein Ohr an seine Brust, während Dutzende von Steinigern aufs Spielfeld kommen und ihre Kopfkissenbezüge abnehmen. Sie umdrängen Johnny und mich. Ein paar halten Backsteine in der Hand, als wollten sie Johnny nach wie vor den Schädel einschlagen. Oder mir. Benny Baggarly ist unter ihnen. Er hebt den Revolver auf, richtet ihn an die Decke und drückt immer und immer wieder ab, aber natürlich geht kein Schuss los.

Die Backsteiniger reden aufgeregt aufeinander ein. Reginald stöhnt. Johnny liegt absolut still.

»Seid bitte mal ruhig«, sage ich zu den Steinigern. Ein paar von ihnen knien sich neben Johnny und mich. Ich drücke immer noch das Ohr an Johnnys Brust.

Dann richte ich mich auf. »Sein Herz schlägt nicht mehr«, sage ich. »Er ist wiedertot.«

»Das ist er nicht!«, ruft Reginald genervt und drängt sich durch die Steiniger zu mir durch. Er hält mich für verrückt, das erkenne ich an seinem gehässigen, wütenden, fleckigen Gesicht.

In diesem Moment huscht die Totenkopfschabe unter

Johnny hervor und klettert auf seine Schulter. Ein paar der Steiniger japsen. Rover bleibt ein oder zwei Sekunden dort sitzen, die Totenmaske auf seinem Pronotum scheint zu pulsieren. Dann löst sich die Schabe – *puff* – in Luft auf.

64	157.25
Gd	
Gadolinium	

65	158.93
Tb	
Terbium	

66 162.50
Dy
Dysprosium

Ich werde ins Deborah gesteckt. Zu meinem eigenen Besten wurde mir von Reginald Washington und seinem Helferrat ein sechsmonatiger Aufenthalt dort verordnet. Ja, liebe Eltern, ich bin jetzt ein Depri – genauer gesagt ein Dritter-Stock-Depri. Ich gehöre zur Kategorie der instabilen Patienten, die das Anstaltsgelände nicht verlassen dürfen. Weil ich in den Tagen, nachdem ich Johnny tötete, absolut ruhig und gefasst bleibe, nehmen alle an, dass ich unter Schock stehe. Sie bewegen sich in meiner Nähe im wahrsten Sinn des Wortes nur auf Zehenspitzen (die an eine Ballerina erinnernde Pflegerin, die mir vorhin mein Frühstück, bestehend aus Haferschleim und einem englischen Muffin mit Marmelade, brachte, bewegte sich, als habe sie Angst, die Bodenbretter könnten quietschen).

Albert Schmidt, der Anstaltsleiter mit dem Babygesicht, kommt oft in mein Zimmer (zum Glück ist es nicht das von Willa Blake), um nach mir zu sehen.

»Wie geht's, wie steht's?«, fragt er jedes Mal.

»Palettistens«, antworte ich mit einer neu geschaffenen Steigerungsform.

Er glaubt mir natürlich nicht. Das tut niemand. Ich weiß nicht einmal, ob ich mir selbst glaube. Ich liege auf meinem Bett und betrachte die vor sich hinkriechenden Risse in der Decke und den kreiselnden Deckenventilator, so wie ich es in meinem Zimmer in unserer Wohnung tat. Ich vermisse euch schmerzlich, liebe Eltern. Ich vermisse die Planetenmodelle, die an meiner Decke hingen. Ich vermisse sogar die Spinnweben, die sich dazwischen angesammelt hatten, weil ihr den Spinnen auf meine Bitten hin die Freiheit eingeräumt habt, ihre Netze zu spinnen.

Am meisten aber vermisse ich Johnny.

Mindestens einmal am Tag gehe ich runter auf den Hof. Ich mag den Hof. Die Depris wirken hier weniger deprimiert. Rote, gelbe und orange Rosen blühen. Die Gitter einer Laube sind mit Ranken bewachsen, die so dick sind wie die in *Hans und die Bohnenranke*, von denen du mir früher erzählt hast, Mutter. Wie ich es bedaure, nicht wirklich hingerissen gelauscht zu haben, als du mir all diese Märchen vorgelesen hast. Weißt du noch, wie ich mich über *Die kleine blaue Lokomotive* lustig gemacht und dich angebettelt habe, mir lieber Lexika-Einträge über Antriebsarten für Züge vorzulesen? Inzwischen bedaure ich mein geringes Interesse an erdachten Welten.

Als ich heute auf den Hof komme, sitzen diverse Depris auf Bänken und lesen Romane über erdachte Welten (*Blumen der Nacht* und *Wir haben immer im Schloss gelebt*). Andere spielen harmlose Ballspiele, Himmel und Hölle oder das Knöchelspiel. Wenn ich an ihnen vorbeispaziere, nicken ein paar von ihnen mir zu oder heben grüßend die Hand an ihre Ballonhüte. Ich bin hier ziemlich berühmt. Aber die anderen sind zu schüchtern, um sich mir zu nähern, und wahren Distanz. Sie halten mich für unberechenbar, weil ich, obwohl ich so sanftmütig wirke, einen Jungen getötet habe.

Ich setze mich auf meine Lieblingsbank. Sie ist aus zwei Gründen mein Favorit. Erstens ist ein kluger Spruch hineingeritzt: EWIGES GLÜCK IST DER WAHNSINN. Zweitens steht sie neben einem Rosenstrauch mit sehr spitzen Dornen. Ich steche mir gern in den Finger und messe mit Hilfe von Casper, dem freundlichen Geist, wie schnell die winzige Wunde heilt. Heute dauert es nur zweiundzwanzig Minuten, bis sie vollständig verschwunden ist (ein Rekord).

Als die Wunde verheilt ist und ich den Kopf hebe, entdecke ich Esther Haglund, die den Hof betritt, um mich zu besuchen. Zum Glück ist sie inzwischen fertig ausgebildete Helferin (Dritter-Stock-Depris dürfen nur von Helfern besucht werden). Esther kommt einmal die Woche, um mich über die Welt außerhalb des Deborah auf dem Laufenden zu halten. Heute starren alle Depris sie an, weil sie passend zu ihrer violetten Armbinde ein violettes Samtkleid trägt – ihr bisher extravagantestes Kostüm. Nur Zig allein weiß, wie sie es geschafft hat, in diesem Kleid hierherzuradeln. Ich sollte sie bitten, mir einen violetten Samtanzug zu nähen: Wenn ich schon als Exzentriker gelte, sollte ich mich auch dementsprechend anziehen.

Esther setzt sich zu mir auf die Bank. Ihre Füße, an denen sie Slipper mit aufgeklebten Glitzersteinen trägt, reichen nicht bis auf den Boden. Sie pflückt eine der gelben Rosen und steckt sie sich in die aufgeplusterten Haare. Ein Maler wäre in der Lage, die Schönheit dieser Szene in Farben festzuhalten.

»Ich nehme an, Johnny ist immer noch wiedertot?«, frage ich.

Esther nickt. Vor zwei Wochen hat sie mir erzählt, er sei aus der Marcy-Lewis-Sporthalle ins Sal-Paradise-Hospital in der Fünf gebracht worden.

»Die Pflegerinnen meinen immer noch, dass er wieder gesund werden und aufwachen könnte.«

»Aber sein Herz schlägt nicht«, betone ich.

»Sie denken, es fängt vielleicht wieder an zu schlagen.«

»Das wird es nicht.«

»Woher willst du das wissen?«, faucht sie mich an und reibt sich die Augen. Sie sieht irritiert und frustriert aus. »Aber gut, wenn er, wie du meinst, wirklich wiedertot ist, wieso ist er dann immer noch hier?« Ihre vorstehenden Augenbrauen ziehen sich zusammen. Sie möchte, dass ich das Rätsel des ersten wiedertoten Städters löse, der nicht im Bruchteil einer Sekunde verschwunden ist.

»Es ist ein echtes Rätsel«, sage ich. »Eine meiner Theorien lautet, dass Zig vielleicht glaubt, dass er Johnny noch hier braucht, also hat er ihn, oder zumindest einen Teil von ihm, hiergelassen.«

Esther tätschelt mein Knie, und ich verziehe das Gesicht, weil ich in mein altes Nur-nicht-anfassen zurückgefallen bin. »Aber *du* brauchst Johnny nicht mehr, Boo«, sagt sie. »Wir alle müssen ohne ihn mit unserem Nachleben weitermachen.«

»Das kann ich mir nicht einmal ansatzweise vorstellen«, sage ich.

Sie sieht mich einen Moment an und schüttelt dann den Kopf. »Du solltest aber anfangen, es dir vorzustellen. Vielleicht lässt Zig Johnny dann gehen.«

»Nein«, sage ich und schüttele den Kopf.

Es fängt an zu regnen. Erst ist es nur ein leichtes Nieseln, das die Depris und die Pflegerinnen trotzdem vom Hof und ins Innere des Deborah treibt. Esther bleibt sitzen, auch als der Regen richtig heftig herunterprasselt und ihre aufgeplusterten Haare, ihr violettes Kleid und ihre glitzernden Schuhe durchnässt.

Wir sitzen da und sehen zu, wie der Regen die Rosen zerfleddert und ihre Blütenblätter abreißt. Aber die Rosen sind zäh, sie werden sich wieder berappeln, da bin ich mir ganz sicher. Wir werden das auch, nehme ich an. Ich würde diesen Gedanken gern mit Esther teilen, aber als ich mich ihr zuwende, sieht sie so bedrückt aus, dass mir Zweifel kommen.

Sie rutscht von der Bank, streicht sich die nassen Haare aus den Augen und sieht mich matt an.

»Was ist, Esther Haglund?«

»Ich glaube, ich werde dich nicht wieder besuchen«, sagt sie.

Ich warte darauf, dass sie weiterspricht, aber sie steht einfach nur da und sieht mich an, als hätte sie etwas Wichtiges über mich erkannt, das ich selbst noch nicht herausgefunden habe.

»Ich weiß, dass es nicht einfach ist, mein Freund zu sein«, sage ich schließlich.

Sie antwortet nicht, sondern seufzt nur. Dann dreht sie sich auf ihren glitzernden Absätzen um und verschwindet mit ihrem o-beinigen Gang aus meinem Nachleben.

67 164.93

Ho

Holmium

Während meiner Zeit im Deborah belege ich einen Zeichenkurs für Stillleben und lerne durch viel Übung, Vasen, Fahrräder, Schreibtischlampen, Windräder, Schreibmaschinen, Sofakissen und dergleichen zu zeichnen. Ich verfeinere meine künstlerischen Fähigkeiten, um ein ausgeglichenerer Mensch zu werden. Anders als Johnny werde ich nie ein wirklicher Künstler sein, aber immerhin bin ich inzwischen besser als der Durchschnitt. Als Nächstes werde ich mich an Porträts versuchen. Der Erste, den ich zeichnen werde, sobald ich meinen sechsmonatigen Aufenthalt hier hinter mir habe, wird natürlich Johnny sein.

Wir Depris haben die Möglichkeit, mit einem Berater zu sprechen, aber ich entscheide mich dagegen. Ich habe auch nicht viel Kontakt zu den anderen Depris. Erstens sind sie mir gegenüber misstrauisch, zweitens finden sie, dass es nicht unbedingt Glück bringt, mich als Freund zu haben, dieselbe Entscheidung, zu der auch Esther gelangt ist. Wenn ich mich einsam fühle, bitte ich Albert Schmidt, eine Partie Schach mit mir zu spielen. Dr. Schmidt, wie er hier genannt wird, ist ein guter Anstaltsleiter, weil er niemanden drängt, gesund zu werden. Seine Devise lautet: Leben und leben lassen. Er hat uns Depris gern um sich und nennt uns seine Kinder. Normalerweise ist er nett und liebenswürdig, reagiert aber gelegentlich gereizt, wenn er beim Schach verliert, deshalb lasse ich ihn manchmal gewinnen.

Nachdem ich ihn mehrmals hintereinander habe gewinnen lassen, bekomme ich eine Dacherlaubnis von Dr. Schmidt. Am Anfang wurde mir die Dacherlaubnis verweigert, weil alle Angst hatten, ich könnte mich à la Willa Blake in die Tiefe stürzen. Sobald ich aufs Dach darf, verzeichne ich die Sterne in meinem Skizzenblock und mache mich an die mühsame Aufgabe, eine Karte des Nachthimmels anzufertigen. Meine Lieblingskonstellation bis jetzt sieht aus wie ein Anklyosaurus.

Um mich zu beschäftigen, helfe ich auch in der Küche. Am liebsten mache ich den Abwasch: Ich finde es beruhigend, die Reste unserer Mahlzeiten von den schartigen Tellern zu kratzen und sie wieder zum Blitzen zu bringen. Aus irgendeinem Grund hat Zig uns noch keinen Geschirrspüler geschickt. Vielleicht sind wir noch nicht bereit dafür.

Außerdem schäle ich gern Kartoffeln und habe sogar gelernt, einen ganz passablen Süßkartoffelauflauf zu machen, wie in Mutters Lieblingssong »It's Crazy« von Sarah Vaughan. Mein Geheimnis ist das indische Gewürz Garam Masala, das ich ganz hinten in der Vorratskammer des Deborah gefunden habe. Ich wünschte, ich könnte diesen Auflauf für euch beide machen, liebe Eltern. Er ist viel gesünder als die Pizzen, die ihr ständig in euch hineinstopft.

Um mich fit zu halten, mache ich im Hof Freiübungen. Dabei trage ich ein Zweihundertjahrfeier-Schweißband um die Stirn. Dr. Schmidt empfiehlt körperliche Betätigung, die er für ein gutes Mittel im Kampf gegen Traurigkeit und Konfusion hält. Wenn er uns bei den Übungen sieht, tut er so, als sei er ein Feldwebel und ruft: »Hopp, zwei drei vier! Hopp, zwei drei vier!« Zum Glück versucht er nie, uns zu berühren. Kein Schulterklopfen, keine Umarmungen. Ich glaube, er selbst mag auch keine Berührungen. Eine Pflegerin namens Francine, die in Amerika schwerhörig war und immer noch zu laut redet, legte ihm einmal die Hand auf den Rücken, und er zuckte zusammen.

Dr. Schmidt starb übrigens bei einem Schulbusunfall. Er und drei weitere Städter, die auch bei diesem Unfall ums Leben kamen, stehen immer noch in Verbindung und kommen gelegentlich zusammen, um »1000 Kilometer« zu spielen. Außerdem ist er der Enkel einer berühmten Schauspielerin aus der Stummfilmzeit, deren Namen ich mir nicht gemerkt habe (ich kenne ja nicht einmal die Namen aktueller Filmstars). Ich glaube aber, dass sie einmal in einem Tarzanfilm die Jane spielte.

Obwohl ich Dr. Schmidt respektiere, wird er nie mein bester Freund werden. Das zwischen uns ist etwas völlig anderes als die Verbundschaft, die ich mit Johnny hatte. Aber Verbundschaften sind selten, wie ihr beide, lieben Eltern, die ihr auch eine Verbundschaft habt, sicher bestätigen würdet.

Johnny ist immer noch in der Stadt und ruht im Sal-Paradise-Krankenhaus in Frieden. Sein Herz schlägt immer noch nicht. Die Helferratsmitglieder wissen nicht so recht, was sie mit seinem Körper anfangen sollen.

Gelegentlich schleichen sich Städter ins Sal-Paradise, um einen Blick auf den berühmten »Halb-Toten« zu werfen, wie sie Johnny inzwischen nennen. Obwohl die Pflegerinnen auf ihn aufpassen, gelingt es einigen sogar, seine Haut zu berühren, die sich kühl und trocken anfühlt. Oder sie streichen mit dem Finger rund um die Wunde in seiner Brust, die inzwischen trocken, aber nicht zugeheilt ist.

Das alles weiß ich, weil Zar es mir in einem Brief mitgeteilt hat. Er schrieb, er selbst habe sich auch ins Sal-Paradise eingeschlichen und, als er Johnnys leblosen Körper sah und die Wunde in seiner Brust berührte, beschlossen, meinem Freund die Kette mit dem blauen Anhänger umzuhängen. »Der arme Kerl hat ein bisschen Magie verdient«, schrieb er. »Vielleicht wirkt der Topas ja wie eine Art Starthilfe für sein Herz.« Eine noble Einstellung, finde ich.

Abgesehen davon habe ich kaum Kontakt zur Außenwelt. Ich weigere mich, Besucher zu empfangen, und sage inzwischen sogar nein zu Thelma und Peter, weil ich glaube, dass sie auch eine Pause von mir brauchen. Ich habe ihnen geschrieben, um mich zu entschuldigen, und sie haben zurückgeschrieben, aber ich habe weder diesen Brief noch die anderen geöffnet, die sie später schickten.

Auch Unbekannte schreiben mir. Ich vermute, dass es größtenteils JuMos sind. Dr. Schmidt sagt, einige von ihnen halten mich für einen Helden, während andere sauer auf mich sind, weil ich ihnen den Spaß verdorben und sie um ihre Backsteinigung gebracht habe. All diese Briefe werfe ich ungeöffnet in den Müllschlucker.

Esther Haglund schreibt nicht und kommt, wie angekündigt, nicht mehr zu Besuch. Auch ich schreibe ihr nicht. Ich respektiere ihre Entscheidung. Aber ich vermisse sie.

Einen Monat vor Ende meines sechsmonatigen Aufenthalts im Deborah darf ich in den zweiten Stock umziehen. Mehrere meiner Mitpatienten und ich beantragen Tagespässe, damit wir als Sortierer in einem nahegelegenen Lagerhaus arbeiten können. Zig hat über Nacht eine Lieferung geschickt, und ich hoffe, einen Hinweis oder eine Instruktion von ihm zu finden – etwas Ähnliches wie die Patronen, die er mir zukommen ließ. Ich möchte wissen, was ich in Zukunft tun soll, weil ich ehrlich gesagt ziemlich in der Luft hänge. Ich brauche irgendeine Richtlinie, um zu entscheiden, was ich mit dem Rest meines Nachlebens anfangen soll.

Im Lagerhaus schleppe ich Matratzen und Sprungrahmen durch die Gegend, packe Lampen in Einkaufswagen, stapele Schreibtische auf Sackkarren, sortiere Dutzende von T-Shirts nach Größe und fülle Kartons mit Zeichenbedarf. Während ich arbeite, tagträume ich, das Lagerhaus sei ein Portal, das mich nach Hoffman Estates zurückbringt, damit ich euch, liebe Eltern, besuchen kann. Lächerlich, ich weiß.

Einige der Helfer reißen sich Sachen unter den Nagel – ich sehe, wie ein schlecht gelauntes Depri-Mädchen namens Clementine eine Esel-Marionette in ihrem Rucksack verschwinden lässt. Ich dagegen stehle nichts. Ich finde auch nichts Ungewöhnliches, weder an diesem Tag noch an den anderen Tagen, an denen ich mich freiwillig melde. Nichts Kurioses. Vielleicht habe ich meine Fähigkeit verloren, kuriose Dinge zu erkennen.

Oder vielleicht will Zig mir sagen, ich soll meinen eigenen Weg finden, meine Engelsflügel ausbreiten und aus eigenem Antrieb fliegen (haha).

Eines Abends, als ich im Deborah auf meinem Bett sitze und einen zerfledderten, einohrigen Teddy zeichne, der sein Leben einst mit Willa Blake verbrachte, kommt mir eine Idee. Ich denke lange darüber nach und entscheide dann, dass sie brillant ist. Ich weiß jetzt, was ich mit meinem Nachleben anfangen will. Und mit dem Stillleben, zu dem Johnny Henzel geworden ist.

Sofort schreibe ich Peter Peter an die Adresse des Kuriosa. Ich entschuldige mich für mein langes Schweigen und bitte ihn, mir meinen alten Job zurückzugeben, vorausgesetzt, er kann mir verzeihen, dass ich eins seiner kuriosen Objekte gestohlen habe (den Revolver). Außerdem bitte ich ihn und Thelma, mich am Freitag vor dem Montag zu besuchen, an dem ich aus dem Deborah entlassen werde.

Wir treffen uns im Kunstraum, neutralem Gelände, das Dr. Schmidt für Treffen zwischen Depris und Nicht-Depris bevorzugt. An die Wände des Raums hänge ich viele meiner Stillleben, weil es einen Zusammenhang zwischen ihnen und dem Gefallen gibt, um den ich Peter Peter und Thelma bitten will.

Sie erscheinen in identischen Strohhüten mit roten Bändern, ähnlich wie Gondoliere sie tragen. Thelmas Augen füllen sich mit Tränen, als sie mich sieht: »Wie dünn mein Baby geworden ist!«, ruft sie. Ich antworte, dass sie genauso gut wie ich weiß, dass es in der Stadt keine Gewichtsverluste gibt, es sei denn, jemand hackt sich eine Hand oder einen Fuß ab, und sage, dass sie selbst nicht ein Gramm abgenommen hat, seit wir uns das letzte Mal gesehen haben. Sie schlingt die Arme um ihren dicken Bauch, was bedeutet, dass sie mich umarmt.

Peter Peter hat ein Geschenk für mich. Es befindet sich in einer länglichen Schachtel, die aussieht wie die Schachteln, in denen Füllfederhalter verkauft werden. Sie enthält jedoch keinen Füllfederhalter. Peter Peters Geschenk ist etwas absolut Einmaliges – ein gerade erst eingetroffenes kurioses Objekt, ein Quecksilberthermometer, das anzeigt, dass die Temperatur im Kunstraum des Deborah zweiundsiebzig Grad Fahrenheit und zweiundzwanzig Grad Celsius beträgt. Quecksilber, oder Hydrargyrum, abgekürzt Hg, ist Element Nr. 80.

»Ich möchte, dass du das Thermometer behältst, bis du die Arbeit im Kuriosa wieder aufnimmst«, sagt Peter Peter.

»Ich bin gerührt«, sage ich zu den beiden. »Gerührt im Sinn von emotional bewegt.«

Thelma schenkt mir ihr Zahnlückenlächeln, Peter Peter lacht leise. Die beiden machen sich tatsächlich etwas aus mir. Schwer zu verstehen wieso, an diesem Punkt meines Nachlebens.

Dann erzähle ich ihnen von meiner brillanten Idee.

68 167.26
Er
Erbium

69 168.93
Tm
Thulium

70 173.05
Yb
Ytterbium

71 174.97
Lu
Lutetium

Drei Monate später steht eine neue Ausstellung im Kuriosa kurz vor ihrer Eröffnung. Sie heißt schlicht und einfach *Zoo*, wie die Tierhandlung, die Johnny eines Tages eröffnen wollte.

Meine Plakate zur Ausstellung informieren darüber, dass *Zoo* an die Lebewesen erinnern will, für die die Stadt einst ein Zuhause war: an die Rennmaus Lars, den Wellensittich Gloria, das Kätzchen Kaki, die Schabe Rover und die Urzeitkrebse, bei denen wir uns nie die Mühe machten, ihnen Namen zu geben.

In den letzten Wochen konnten sich die Stadt-Bewohner in eine Teilnehmerliste für eine Führung durch *Zoo* eintragen, die am Sonntagabend stattfinden soll. Die Teilnehmerzahl für die Führung ist auf dreizehn begrenzt, und es galt das Prinzip: Wer zuerst kommt, mahlt zuerst.

Am Sonntagabend sammle ich mein Publikum vor der Tür der Ausstellungshalle ein, in der *Zoo* zu sehen ist. Über der Tür hängt ein gemaltes Schild mit einem großen roten Z, einem großen weißen O und einem großen blauen O (die Farben waren Thelmas Idee, sie hat eine patriotische Ader). Ein mit kunstvollen Schnitzereien verzierter alter Schreibtisch wurde vor die Tür gerückt, damit sich niemand in *Zoo* einschleichen kann, bevor ich so weit bin. Als ein Junge in einem T-Shirt mit dem Pfauenschwanz-Logo des Senders NBC versucht, den Schreibtisch wegzuschieben, schreit Zar, der jetzt als Museumswärter arbeitet: »Nimm sofort deine dreckigen Pfoten da weg, du ignoranter Schw*nzlutscher!«

Der Pfauenjunge tut mir leid, weil er, wie auch die anderen Besucher an diesem Abend, zu den Einserschülern, Bücherwürmern und Sonderlingen gehört, die in der Helen-Keller ihre Mittagspause dazu nutzten, in der Bibliothek zu lernen. Anders ausgedrückt sind sie genau wie ich.

Als Casper, der freundliche Geist, verkündet, dass es acht Uhr ist, verlasse ich den Tisch in der Ecke, an dem ich damit beschäftigt war, Susan-B.-Anthony-Münzen mit einer in Essig getauchten Zahnbürste zu reinigen. Ich stelle mich als Oliver Dalrymple vor und sage, dass ich sie an diesem Abend durch die Ausstellung führen werde.

»He, du bist doch dieser Junge!«, sagt ein Mädchen, dessen Hand merkwürdigerweise in einer Sockenpuppe eines getigerten Kätzchens steckt, das möglicherweise Kaki darstellen soll. Beim Reden bewegt sie auch die Lippen des Kätzchens. »Du bist Gunboy, oder?«, fragt sie.

Die Stadt-Bewohner haben angefangen, mich Gunboy zu nennen.

»In jedem von uns steckt ein Stück Gunboy«, antworte ich.

Ich nicke Zar zu. Mit Hilfe von Peter Peter, der aus seinem Büro gekommen ist, um zu helfen, zieht er den Schreibtisch von der Tür weg.

Jetzt, wo meine Gäste wissen, wer ich bin, beäugen sie mich mit Misstrauen. Sie scheinen Angst zu haben, ich könnte einen Revolver ziehen und sie erschießen.

Ich öffne die Tür zur Ausstellung und führe sie hinein. In dem rechteckigen Raum befinden sich Vitrinen mit Erinnerungen an das tierische Leben in der Stadt. Die Vitrine der

Rennmaus zeigt Lars' früheres Terrarium mit dem kleinen Laufrad, der Wasserflasche und sogar ein paar angefressenen Klopapierrollen, die Peter Peter aufbewahrt hat, weil er einfach alles hamstert (haha).

Da ich inzwischen ja auch zu einer Art Künstler geworden bin, habe ich aus den Resten einer Kunstledertasche und den braunen Borsten alter Haarbürsten eine mongolische Rennmaus gebastelt. Auf einem Stück Zeichenkarton, das ich daneben aufgestellt habe, klebt die Geschichte von Lars, ergänzt durch seinen lateinischen Namen (*Meriones unguiculatus*), die Zone, in der er gefunden wurde (Drei), das Datum seines Auffindens in einer Kiste mit Tennisbällen (25. September 1974), sein Lieblingsessen (Pastinaken) und seine Lebensspanne in himmlischen Jahren (zwei Jahre, ein Monat, vier Tage).

Im Raum gibt es weitere ähnliche Vitrinen für die anderen Tiere. Ich habe dafür ein Kätzchen aus Filz und Stoff und einen Wellensittich aus gelben und grünen Federboas gebastelt.

Was *Blaberus craniifer* angeht, haben wir zahlreiche Zeichnungen von Johnny, angefangen bei groben Skizzen in Ausziehtusche bis hin zu ganzseitigen Bildern in Buntstift. Ich habe eine lebensgroße Figur der Schabe aus Ton angefertigt und eine detailgetreue schwarze Totenmaske, die dem Insekt seinen Namen gab, auf den Kopf gezeichnet.

Ich verstehe immer noch nicht, wieso Rover anstelle von Johnny verschwand. Vielleicht hatte er einfach das Ende seines natürlichen Lebens im Himmel erreicht. Oder er starb an gebrochenem Herzen (nebenbei bemerkt hat das Herz einer Schabe dreizehn Kammern).

Meine Gäste hören höflich zu, als ich meinen Vortrag über *Zoo* und die darin befindlichen Tiere halte. Ich versuche, ihre

Aufmerksamkeit zu wecken, indem ich ihnen amüsante Anekdoten erzähle, beispielsweise dass Kaki so genannt wurde, weil sie zu früh von ihrer Mutter getrennt wurde und daher lange brauchte, bis sie lernte, das extra für sie angefertigte Katzenklo mit Sandkastensand zu benutzen (es ist ebenfalls ausgestellt).

Ein finster aussehender Bursche, den irgendjemand als Oldie bezeichnet hat, sagt: »Wir wurde alle zu früh von unseren Müttern getrennt.«

Als ich mit meinem Vortrag fertig bin, führe ich die Besucher ans Ende des Raums, wo ein roter Samtvorhang von der Decke hängt.

»Was versteckt sich denn dahinter? Der Zauberer von Oz?«, fragt einer, der sich anscheinend für besonders schlau hält.

Ich schüttele den Kopf und ziehe den Vorhang beiseite. Dahinter befindet sich eine Tür zu einem kleineren Ausstellungsraum (einem früheren Lagerraum). Ich öffne die Tür und führe meine Besucher hinein. In diesem Raum ist es dunkel, damit niemand gleich auf den ersten Blick sieht, was hier ausgestellt ist. Mit Hilfe des Lichts von Casper, dem freundlichen Geist, finde ich die Bodenlampe und schalte sie ein.

»Unsere Hauptattraktion!«, verkünde ich.

An der hinteren Wand des fensterlosen Raums liegt ein Junge auf einem Bett. Wir gehen hin.

»Ein schlafender Junge«, kommentiert der Schlauberger. »Ich bin schwer beeindruckt!«

»Aufwachen, Schlafmütze!«, sagt das Handpuppenmädchen und schnippt vor dem Gesicht des schlafenden Jungen mehrmals mit den Fingern.

»Er wacht nicht auf«, sage ich.

Alle starren den Jungen auf dem Bett an. Niemand sagt ein Wort.

Schließlich ruft ein dickes Mädchen: »Ist ja irre! Es ist der Halb-Tote!«

Die anderen zwölf Besucher gelangen zur selben Schlussfolgerung: Vor ihnen liegt der Körper von Johnny Henzel.

Johnny Henzel war meine brillante Idee.

Ihr könnt mir glauben, liebe Eltern, dass am Anfang niemand von meinem Plan angetan war. Als Erstes musste ich Peter Peter und Thelma überzeugen, die die Idee ein bisschen gruselig fanden. Reginald Washington wollte mich für weitere sechs Monate ins Deborah einweisen lassen, bloß weil ich auf den Gedanken gekommen war. Ich konnte ihm jedoch klarmachen, dass niemand etwas davon hatte, wenn man Johnny einfach in einem Krankenhaus ablegte, wo er bald in Vergessenheit geraten würde. Doch wir müssen ihn in Erinnerung behalten. Wir müssen über sein Leben hier und in Amerika sprechen, um seine Geschichte zu verstehen. Dann wären wir besser vorbereitet, sollte Zig uns eines Tages einen anderen Jungen wie ihn schicken.

Versteht ihr, mein Ziel ist es, meinen Freund zu ehren, aber auch, die Backsteinigung eines weiteren Depris zu verhindern.

Zum Schluss gaben Reginald und der Helferrat grünes Licht für *Zoo*, zumindest probeweise, was zum Teil der Unterstützung zu verdanken war, die Gefängnisdirektorin Lydia Finkle dem Projekt angedeihen ließ. Als ich Reginald fragte, was er mit »probeweise« meine, antwortete er: »Dass wir das Ganze sofort dichtmachen, Mr Dalrymple, wenn Sie wieder verrücktspielen.«

Zur Feier der Eröffnung trägt Johnny eine abgeschnittene Jeans und ein ärmelloses T-Shirt, das mit dem berühmten Tony Tiger bedruckt ist, den jeder von den Cornflakes-Schachteln kennt. Der blaue Anhänger liegt genau auf der Einschusswunde. An den Füßen hat er gelb-schwarz gestreifte Sportsocken, weil Gelb und Schwarz die Farben der Helen-Keller sind.

Seine Augen sind geschlossen. Er sieht nicht friedlich aus, aber auch nicht so, als hätte er Schmerzen. Er sieht in sich gekehrt aus, als versuche er, im Kopf ein schwieriges arithmetisches Problem zu lösen.

Zar betritt den Raum und ermahnt die Besucher, Johnny nicht zu sehr auf die Pelle zu rücken. »Erdrückt ihn nicht, Leute«, befiehlt er.

»Wie sollen wir jemand erdrücken, der gar nicht am Leben ist?«, sagen das Mädchen und Kaki 2.

»Hi, Johnny«, begrüße ich meinen Freund und beuge mich über das Bett. »Wie geht es dir an diesem schönen Abend?« Ich erwarte keine Antwort. Würde er die Augen aufschlagen und »Alles paletti« sagen, würden wahrscheinlich dreizehn Städter-Herzen stehen bleiben (haha).

Im Raum habe ich alle Zeichnungen und Bilder Johnnys aufgehängt, die ich zusammentragen konnte. Er hatte Porträts und Karikaturen von Esther, Thelma und mir angefertigt, aber auch von seinen Eltern und von Brenda, von seinem Wärter Ringo, von seinem Basset Rover und – natürlich – von Gunboy. Er zeichnete Wohnheime (das Frank-and-Joe etwa), Bäume, Fahrräder, Lagerhäuser, Klettergerüste, Basketballnetze, Löwenzahnblüten und sogar eine Reihe von Urinalen.

Ich erzähle meinen dreizehn Besuchern alles, was ich von

Johnnys Leben in Hoffman Estates und von seinem Nachleben in der Stadt weiß, und verschweige auch keine peinlichen Details. Ich sage, dass ich inzwischen vermute, dass das Sommercamp (von dem er behauptete, es hieße Squeaky Fromme), das er im Sommer vor unserem Gehen besuchte, in Wirklichkeit eine Art Anstalt wie das Deborah war.

Da es für Barmherzigkeit zu spät ist, versuche ich, Sympathien für meinen Freund zu wecken. Ich erzähle meinen Zuhörern, dass ein gequälter Geist einen Jungen dazu bringen kann, merkwürdige Dinge zu tun. »Er hatte eine Krankheit, die genauso ernst war wie der Krebs, der manche Dreizehnjährige vor ihrem Eintreffen in der Stadt dahinrafft«, sage ich.

Ich erlaube den Besuchern, Johnnys Arme und Beine zu berühren. »Igitt!«, ruft das dicke Mädchen, aber die anderen streichen nacheinander mit der Hand über seine Gliedmaßen. Sie sagen, dass seine Haut sich kühl anfühlt.

»Hat er eigentlich Leichenstarre?«, fragt der alte Knabe.

»Gute Frage«, antworte ich. »Aber nein, keine Leichenstarre.« Als Beweis hebe ich Johnnys Arm an und bewege ihn im Ellbogen.

»Liegt er dann im Koma?«, fragt ein schielender Junge (Strabismus).

»Nein. Bei Menschen im Koma schlägt das Herz noch, während das von Johnny so still ist wie ein Lapislazuli.« Ich benutze dieses Beispiel, weil Lapislazuli übersetzt »Stein des Himmels« bedeutet.

»Steckt die Kugel noch in ihm?«, fragt derselbe Junge.

Ich hebe den falschen Topas von der Wunde. Das getrocknete Blut ist fast schwarz.

»Sie ist jedenfalls nirgends aufgetaucht«, teile ich meinen Gästen mit.

Das Handpuppen-Mädchen meint, die Kugel habe sich vielleicht aufgelöst, und ich gebe zu, dass sie möglicherweise recht hat. »Können wir den Revolver sehen?«, fragt sie.

Unter dem Bett befinden sich Schubladen. Zwei sind für Kleidung, denn mit Zars Hilfe wechsele ich einmal die Woche Johnnys Trägershirt, Shorts, Socken und Boxershorts. Obwohl er nicht mehr schwitzt, riecht er immer noch zwiebelig, aber so schwach, dass ich meine Nase fast an seine Kopfhaut pressen muss, um den Geruch überhaupt wahrzunehmen.

Eine weitere Schublade enthält den Revolver. Ich öffne sie und nehme die Waffe heraus. Mehrere der Besucher halten die Luft an. Das dicke Mädchen schlägt die Hand vor den Mund.

Der Schlauberger sagt: »Ich hoffe, das Ding ist nicht geladen«, aber das aufgeregte Glitzern in seinen Augen verrät mir, dass er das Gegenteil hofft.

Ich lasse den Revolver herumgehen. Einige meiner Gäste nehmen ihn, als wäre er eine heiße Kartoffel oder eine Handgranate, die jeden Augenblick losgehen kann.

Das Handpuppenmädchen hält mir Kaki 2 vors Gesicht. Eins seiner Knopfaugen löst sich allmählich, der schwarze Faden hängt herunter wie ein Sehnerv. »Was hast du gedacht, als du diesen Revolver auf die Brust deines Freunds gerichtet hast?«, fragt Kaki 2.

»Es klingt vielleicht merkwürdig, das zu sagen«, antworte ich. »Aber ich dachte, ich würde Johnny retten.«

»Als Johnny dich erschossen hat«, antwortet Kaki 2, »hat er vielleicht auch gedacht, er würde dich retten.«

72 178.49

Hf

Hafnium

Später, als alle das Kuriosa verlassen haben und ich den Fußboden in Johnnys Zimmer fege, höre ich Schritte im Ausstellungsraum. Der rote Samtvorhang wird beiseitegeschoben, und Esther Haglund steht in der Tür. Sie trägt ein schimmerndes weißes Kleid, ihre zu Ringellocken gedrehten Haare türmen sich auf ihrem Kopf.

»Wow, Esther. Du siehst aus wie ein Engel«, sage ich. Ich habe sie seit meinen Anfangstagen im Deborah nicht mehr gesehen.

»Ich wollte Johnny zeigen, dass ich mir seinetwegen Mühe gegeben habe«, sagt sie und streicht das Kleid glatt. »Es ist aus Taft, nicht aus richtiger Seide. Der blöde Zig ist mit Seide knauserig.«

Von Thelma weiß ich, dass Esther in die Drei gezogen ist, wo sie jetzt Kleider für andere Stadt-Bewohner anfertigt. Ihr werdet nicht glauben, liebe Eltern, wer ihr dabei hilft – Ringo, der frühere Gefängniswärter, der seinen Job im Gene aufgegeben hat, um Schneider zu werden.

Thelma muss Esther von *Zoo* und seiner Hauptattraktion erzählt haben. Meine alte Freundin setzt sich mit einem tiefen Seufzer auf die Kante von Johnnys Bett. Dann streicht sie mit einem Finger über seinen Nasenrücken, genau wie ich es damals bei dem lieben, dahingeschiedenen Onkel Seymour tat.

Ich frage mich, ob Esther in Johnny Henzel verliebt war.

Vielleicht musste sie deshalb auf Distanz zu ihm und mir gehen. Ich stelle mir das gebrochene Herz aus dem Dr. Bibber-Spiel in ihrer Brust vor, und meine Augen füllen sich mit Tränen, was sie schon länger nicht mehr gemacht haben. Ich wende mich ab, damit Esther es nicht sieht.

»Entschuldige mich einen Augenblick, Esther, ich muss etwas aus meinem Büro holen«, sage ich, damit sie mit Johnny allein sein kann.

In meinem Büro setze ich mich an meinen Schreibtisch. In der Schreibmaschine steckt ein leeres Blatt Papier. Ich habe wieder an der Geschichte meines Nachlebens gearbeitet und bin endlich in der Gegenwart angekommen. Bloß bin ich mir nicht sicher, wohin die Geschichte mich als Nächstes führen wird.

Noch hat niemand diese Geschichte gelesen. Ich wollte, dass ihr die Ersten seid, liebe Eltern. Ich habe die Seiten meines Manuskripts in einen Aktenordner eingeheftet, den ich in einer verschlossenen Schublade meines Schreibtischs aufbewahre. Nun fische ich den Schlüssel für die Schublade aus der Wobblin'-Goblin-Spieluhr, schließe auf und nehme den Ordner heraus. Auf dem Weg aus dem Büro greife ich mir die Schachtel Lucky Charms, die auf einem übervollen Regalbrett steht. Peter Peter wird zwar ärgerlich sein, wenn Esther und ich die Frühstücksflocken essen, aber das ist nicht zu ändern. Nach allem, was wir durchgemacht haben, verdienen wir dieses Geschenk von Zig.

Wir setzen uns in zwei zerschlissene Sessel, die wir in Johnnys Zimmer schleppen, und teilen uns die Lucky Charms, greifen abwechselnd in die Schachtel und suchen die Marshmallows in Form von Herzen, Monden, Sternen, Kleeblättern und Diamanten. Esther findet den Hauptpreis ganz unten in der Schachtel: eine kleine Elfe. Sie gibt sie mir. »Ich hasse Elfen«, sagt sie. »Daheim in Utah musste ich ständig bei Schulaufführungen eine spielen.«

Während wir die Schachtel leer machen, lese ich Esther und Johnny die Geschichte meines Nachlebens vor. Mein Blutsbruder hat immer noch einen konzentrierten Ausdruck auf dem Gesicht, als versuche er, den Sinn unserer Geschichte zu ergründen.

Gelegentlich unterbricht mich Esther, um etwas richtigzustellen oder einen Aspekt unserer Abenteuer klarer zu machen. Sie nickt viel mit dem Kopf und sagt sogar gelegentlich »Amen«, so wie Christen es anscheinend tun, wenn ihr Priester aus der Bibel vorliest.

Ich lese bis zu der Stelle, kurz bevor Esther in *Zoo* auftaucht. Inzwischen ist es Viertel nach drei. Meine Stimme wird allmählich heiser. Esther kann die Augen nur noch mit Mühe offen halten, ihre Ringellöckchen haben sich gelöst. »Zeit, dieses Baby ins Bett zu bringen«, sagt sie.

Ich vermute, dass sie das Baby ist, das unbedingt ins Bett muss (wir werden auf Sofas im Kuriosa schlafen müssen), aber dann fügt sie hinzu: »Also geh und schreib das Kapitel zu Ende, und dann kommst du zurück und liest es mir vor.«

Genau das tue ich.

73 180.95
Ta
Tantal

Hier ein letztes Kapitel, liebe Eltern. Es ist euch gewidmet, so wie alle Seiten dieses Buchs. Allmählich verliere ich den Glauben daran, dass ich je eine Möglichkeit finden werde, euch die Geschichte meines Nachlebens zukommen zu lassen, deshalb mache ich jetzt Schluss und verabschiede mich. Ich möchte aufhören, solange ich mich noch daran erinnern kann, wie ihr beide ausseht. Mit der Zeit werden eure Gesichter für mich immer verschwommener werden. Es wird sein, als wärt ihr gestorben, nicht ich. Aber auch wenn ich eure Gesichter nicht mehr sehen kann, sollt ihr wissen: Euer Sohn liebt euch. Wie kurios, dass ich euch das nie gesagt habe.

74 183.84
W
Wolfram

75 186.21
Re
Rhenium

76 190.23
Os
Osmium

77 192.22
Ir
Iridium

78 195.08
Pt
Platin

79 196.97
Au
Gold

80 200.59
Hg
Quecksilber

81 204.38
Tl
Thallium

82	Pb Blei	207.2
83	Bi Bismut	208.98
84	Po Polonium	[208.98]
85	At Astat	[209.99]
86	Rn Radon	[222.02]
87	Fr Francium	[223.02]
88	Ra Radium	[226.03]
89	Ac Actinium	[227.03]

90 232.04
Th
Thorium

91 231.04
Pa
Protactinium

92 238.03
U
Uran

93 [237.05]
Np
Neptunium

94 [244.06]
Pu
Plutonium

95 [243.06]
Am
Americium

Liebe Eltern, ich lebe jetzt schon genauso lange in der Stadt, wie ich in Amerika gelebt habe: dreizehn Jahre. Ich bin kein Neuling mehr. Schwer zu glauben, dass ich je einer war. Und doch habe ich mich in den dazwischen liegenden Jahren nur wenig verändert. Schließlich steht für uns Stadt-Bewohner vieles still. Thelma Rudd behauptet, dass ich reifer geworden sei. Mag sein, aber es kommt mir nicht so vor.

Ich lebe immer noch im Frank-and-Joe und arbeite immer noch im Kuriosa. Allerdings bin ich jetzt der Kurator, eine Position, die ich von Peter Peter übernahm, als er vor über acht Jahren wiederging.

Thelma organisierte eine »Totenwache«, als Peter Peter sich den Fünfzig näherte. Allerdings ist eine Totenwache bei uns etwas ganz anderes als in Amerika. Bei unseren Totenwachen sind die fünf Jahrzehnte alten Stadt-Bewohner noch nicht tot beziehungsweise wiedertot. Wenn wir uns den Fünfzig nähern, versammeln sich unsere Freunde Abend für Abend in unserem Zimmer, denn Zig nimmt uns nicht unbedingt am exakten Datum unseres fünfzigsten Wiedergeburtstags zu sich oder wohin auch immer. Genauso gut können wir ein oder zwei Wochen vor oder nach diesem Datum verschwinden (so wie eine schwangere Dame in Amerika ihr Kind nicht unbedingt exakt neun Monate nach der Empfängnis zur Welt bringt). Während Peter Peters Wache saßen seine Freunde dicht gedrängt um sein Bett herum und redeten, und Peter Peter lag unter seiner Decke und hörte zu. Eines Abends schloss er die Augen und … *Puff*. Kein Erblassen. Kein blitzartiges Altern um fünfzig Jahre. Thelma schrie auf (obwohl sie Peter Peter versprochen hatte, dass sie die Ruhe bewahren würde).

Der andere Oldie, Peter Peters Freund Zar, wollte keine Totenwache. Es sei peinlich, sagte er, Zuschauer beim Wiedersterben zu haben. Fast als würde man sich »beim Scheißen« zusehen lassen. Und er verbat allen den Zutritt zu seinem Zimmer, als er zwei Monate nach Peter Peter wiederging.

In den letzten Jahren habe ich mich mit diversen Projekten beschäftigt. In der Franny-Glass-Schule in der Dreizehn halte ich einen Kurs über die Konstellationen ab. Nach meinen ersten fünf Jahren in der Stadt veränderte Zig den Himmelshintergrund, und ich musste mit dem Kartografieren ganz von vorn anfangen. Wie bereits gesagt, verändern unsere Sterne ihre Positionen nicht, erst an dem Tag, an dem Zig alle auf einmal auswechselt. Zu meinen Schülern sage ich, dass das eine Metapher für das Leben ist: Wir leben vor uns hin und denken, dass nichts sich verändert, bis alles sich auf einmal komplett verändert.

An einem Morgen vor etwa sechs Jahren kam ein Drachen über die Südmauer in der Sieben geflogen. Weil er rot ist, mit einem großen gelben Stern und vier kleineren gelben Sternen, meinen manche Städter, dass er von chinesischen Dreizehnjährigen in einem nahe gelegenen Terrarium abgeschickt wurde. Bedauerlicherweise war keine Nachricht an seinem Schwanz befestigt, sodass wir in Bezug auf seine Herkunft im Ungewissen sind, aber zumindest lieferte er uns den Beweis dafür, dass wir nicht allein sind. Der »chinesische« Drachen ist seitdem in Raum 3 des Kuriosa zu sehen.

Vor vier Jahren bröckelte in der Sechs ein großer Teil vom oberen Rand der Südwestecke der Mauer ab. Mehrere Städter, die am Fuß der Mauer ein Folkfestival zu Ehren von Bob Dylan abhielten, wurden dabei schwer verletzt. War dieser Vorfall von Zig beabsichtigt (der vielleicht kein Fan der Musik von Mr Dylan ist?), oder war es einfach nur Nachlässigkeit? Manche halten Ersteres für zutreffend, ich Letzteres. Die beschädigte Mauer wuchs binnen sechzehn Tagen nach, bis dahin waren auch alle Verletzten aus dem Paul-Atreides-Krankenhaus in der Sieben entlassen worden.

Andere Veränderungen bewegen sich auf einer kleineren Skala. Dreimal dürft ihr raten! Wir haben jetzt einen Hund, einen französischen Pudel, der vor zwei Monaten in einem Lagerhaus in der Nähe des Kuriosa eintraf. Pierre (wie Thelma ihn zu Ehren von Peter Peter nannte) hat ein wolliges, schokoladenbraunes Fell, das wir nicht stutzen, und eine kleine rosa Zunge, deren Spitze oft vorlugt. Sein Lieblingsfutter sind Schwarzaugenbohnen, das Grün von Karotten und Moschuskürbis. Dank Zig bekommt die vegetarische Nahrung dem Fleischfresser, obwohl er natürlich nicht größer werden wird. Er wird, genau wie wir, so bleiben, wie er ist.

Ich könnte damit weitermachen, interessante Entwicklungen der vergangenen Jahre aufzuzählen, aber wenden wir uns lieber dem Grund dafür zu, dass ich euch nach dieser langen Pause wieder schreibe.

Etwas Magisches geschieht in der Stadt, und es hat meinen Glauben daran erneuert, dass es mir irgendwann vielleicht doch gelingen könnte, euch meine Geschichte zukommen zu lassen.

Die Magie hat mit Johnny Henzel zu tun.

Viele Jahre lang spielte Johnny in meinem Nachleben eine weit unbedeutendere Rolle als früher. Natürlich sah ich regelmäßig nach ihm und wechselte bei Bedarf seine Kleider, aber lange Zeit nahm er mein Denken nicht so ein wie in meinem ersten und zweiten Jahr hier.

In Amerika heißt es, dass Haare und Fingernägel eines Menschen auch noch nach dem Tod weiterwachsen. Unsere tun es, aber bei Johnny traf das nicht zu. In den Jahren, die er hier in *Zoo* im Bett lag, blieben seine Haare exakt genauso lang wie an dem Tag, an dem ich ihn erschoss: höchstens zehn Zentimeter. Aber als ich letzte Woche seine Kleidung wechselte, fiel mir auf, dass seine Haare länger aussahen. Ich holte mein Lineal und maß nach: zwölfdreiviertel Zentimeter. Dann fiel mein Blick auf seine Fingernägel. Vor seinem Wiedertod waren sie völlig abgekaut gewesen. Stellt euch also vor, wie schockiert ich war, als ich die hellen Mondsicheln sah, die vorher nicht dagewesen waren.

Mein alter Freund wächst.

Johnny Henzel war einseinundsechzig groß. Plötzlich sind es einsvierundsechzig, dann einsachtundsechzig. Der helle Flaum auf seiner Oberlippe und an seinem Kinn verwandelt sich in dunkle Stoppeln. Dunkle Haare sprießen an seinen Armen und Beinen, in seinen Achselhöhlen und im Genitalbereich.

Ein paar Tage lang rasiere ich sein Gesicht mit dem Elektrorasierer, der in Raum 2 ausgestellt ist, dann höre ich damit auf. Stattdessen verschließe ich sein Zimmer mit einem schweren Schrank und lüge, dass ich den Raum renoviere, um wieder mehr Besucher anzulocken. Alle glauben mir, weil Johnny mit der Zeit immer weniger Besucher anzog. Die meisten Städter haben ihn längst gesehen, sie kennen seine Geschichte; er ist nichts Neues mehr. Natürlich würde er ganze Horden staunender Städter anziehen, wüssten sie, dass er der Erste von uns ist, der über das Alter von dreizehn hinauswächst.

»Woher kommt diese Magie?«, frage ich Johnny, während ich Aknecreme auf einen Pickel auf seiner Wange schmiere. Ich stecke ihm ein Thermometer in den Mund, um zu sehen, ob sich seine übliche Körpertemperatur von 35,55 Grad verändert hat. Er ist nie kalt geworden. Er fühlte sich immer so an, als sei er erst vor fünf Minuten gestorben, aber nun ist seine Temperatur ein halbes Grad höher als sonst.

Ich mache das Kuriosa ganz und gar zu und gebe als Grund dafür an, eine Totalrenovierung zu planen. Niemand darf das Museum betreten. Ich selbst verbringe fast die ganze Zeit hier und verlasse das Gebäude nur, um mir in einer Cafeteria etwas zu essen zu holen.

Ich behaupte, meine Ruhe zu brauchen. Nur Pierre bleibt und leistet mir Gesellschaft. Wenn andere Städter nach meinen Umbauplänen fragen, antworte ich ausweichend und spreche von Kreativitätsschüben und Musenküssen. Die künstlerisch veranlagten Städter schlucken diesen Unsinn, auch Thelma, die mir aufmunternd den Kopf tätschelt. Nur Esther guckt skeptisch. »Du heckst doch irgendwas aus«, sagt sie mit schmalen Augen. Aber sogar sie lässt mich in Ruhe, da sie alle Hände voll damit zu tun hat, ihre Hochzeit zu planen. Sie wird ihren Schneiderei-Partner heiraten, Ringo (dessen richtiger Name übrigens Nigel Bell lautet).

Sobald das Kuriosa geschlossen ist, trage ich Sofakissen in Johnnys Zimmer, weil ich dort schlafen will. Wir sind wieder Zimmergenossen. Wegen Johnnys stetem Wachstum muss ich seine Kleider oft wechseln. Sein immer größer werdender

Körper bereitet mir ziemliche Mühe. Seine Arme und Beine sind schlaksig, seine Füße lang, seine Zehen laufen spitz zu. Ich schneide ihm täglich die Finger- und Zehennägel, aber nicht die Haare. Seine Haare und sein Bart sind inzwischen so lang wie die eines Flower-Power-Hippies. Seine Brust wird breiter, wodurch die Einschusswunde kleiner aussieht.

Ich beobachte, wie er alle zwei Tage etwa um ein Jahr altert. Bald ist er der erste Mann, den es in der Stadt je gab. Er wächst, bis er einsfünfundachtzig groß ist, dann hört er damit auf. Aber er altert weiter. Ich sehe die Veränderungen vor allem in seinem Gesicht. Der Babyspeck schmilzt dahin, seine Wangenknochen treten deutlicher hervor. Ich schätze, dass er bald sechsundzwanzig Jahre alt sein wird, das Alter, das er jetzt hätte, wäre er noch in Amerika.

Ich glaube, dass er ziemlich gut aussieht, bin mir aber nicht sicher. Ich hatte immer Schwierigkeiten damit, Schönheit in Menschen zu erkennen. Was ich schön finde – eine Ansammlung von Pickeln in Form einer Ankylosaurus-Konstellation zum Beispiel –, finden andere abstoßend.

Jeden Tag hebe ich Johnnys Lider an, um seine Pupillen zu kontrollieren, aber sie bleiben geweitet und reglos. Ich lege mein Ohr an seine Brust. Sein Herz gibt nicht einen einzigen Muckser von sich.

Eines Abends, als ich ihn untersuche, entdecke ich etwas Beängstigendes: Unter seiner linken Hand breitet sich eine rote Pfütze aus. Ich packe seine Hand und drehe sie um. Sein linkes Handgelenk weist mehrere Schnittwunden auf. Blut sickert daraus hervor und läuft seinen Arm hinunter.

Dann sehe ich sein rechtes Handgelenk. Auch hier tropft das Blut.

Ich reiße die Schublade unter seinem Bett auf, schnappe

mir ein altes T-Shirt und tupfe an dem Blut herum. Minuten später sind die Schnitte an beiden Handgelenken verschorft.

»Was zum Teufel geht hier vor?«, sage ich laut.

96 [247.07]

Cm

Curium

Um fünf Uhr am Morgen des 7. September (meinem Wiedergeburtstag) begebe ich mich zu einem Lagerhaus, um Kleidungsstücke für Johnny zu besorgen. Vor ungefähr fünf Wochen fing er an zu wachsen, und ich hoffe, Shorts und Trägerhemden in Übergröße zu finden, Sachen also, die für die allergrößten von uns gedacht sind. Vorsichtshalber fülle ich meine Taschenlampe mit Steinen. Zig allein weiß, welchen Feinden ich in diesen eigenartigen und ungewissen Zeiten begegnen könnte. Ich verstehe immer noch nicht, wieso Johnnys Handgelenke bluteten. Die Schnitte sind inzwischen verheilt, aber große, zickzackförmige Narben sind zurückgeblieben.

Ich mache mich auf den Weg zum Lagerhaus, die Taschenlampe in der einen, Pierres Leine in der anderen Hand. Der Hund läuft über den Bürgersteig und zerrt für einen so kleinen Hund ganz schön heftig an der Leine.

Als ich mich dem Lagerhaus in der Carrie-White-Street nähere, leuchten die beiden viertelkreisförmigen Fenster über den Türen auf. Wenn eine Lieferung erfolgt ist, macht Zig als Zeichen für uns immer das Licht an. Perfekt, denke ich. Da habe ich ja die erste Wahl, bevor die Sortierer um halb acht eintrudeln.

Vor dem Lagerhaus sitzen zwei Wachleute auf umgekehrten Eimern und spielen auf einem wackligen Kartentisch Mau-Mau. Sie sind an meine Besuche gewöhnt. Als Kurator des Kuriosa habe ich die Sondererlaubnis, jederzeit Lagerhäuser auf der Suche nach kuriosen Gegenständen zu besuchen. Die Wärter sehen kaum von ihrem Spiel auf, obwohl ich Pierre dabeihabe, der bei Passanten immer so viel Aufsehen erregt, dass ich am liebsten nur am frühen Morgen und am späten Abend mit ihm nach draußen gehe.

Ich packe den metallenen Türgriff, schiebe die Tür auf und schlüpfe ins Innere. Ich lasse Pierre von der Leine, damit er zwischen den Warenbergen, die Zig uns zugutekommen ließ, herumlaufen kann. Wie üblich sieht die Lieferung aus wie eine Garage voller ungewollter, ungeliebter Sachen: gebrauchte Schreibtische, Matratzen und Herde; stapelweise gebrauchte T-Shirts, ein Haufen CDs; Kartons voller Taschenbücher, deren Ecken sich wölben, weil sie uralt sind; sogar ein halbes Dutzend zerkratzter, fleckiger Tubas, deren Mundstücke alle aufeinander gerichtet sind, als würden sie sich unterhalten.

Auf den Knien wühle ich in einem Karton mit Shorts herum, als ich Pierres lautes Bellen von der anderen Seite des Raums höre.

Pierre beherrscht einen Trick. Er legt den Kopf zurück und imitiert das *wee-oo-wee* europäischer Polizeisirenen. Wir bilden uns ein, dass er diesen Trick in den Straßen von Paris gelernt hat, und alle lieben es, wenn er ihn vorführt. Ich selbst finde das Gejaule nervig, und als er jetzt damit anfängt, lasse ich die Shorts fallen und gehe hin, damit er endlich still ist.

Ich entdecke Pierre vor einem alten Schulspind, der zwischen einem Kühlschrank und einem Fotokopierer steht. Immer noch jaulend scharrt er mit den Pfoten an der Spindtür herum. Pierre selbst traf in einer Kiste mit Sofakissen bei uns ein. Möglicherweise enthält dieser Spind einen weiteren Hund, eine Katze oder sogar den ersten Waschbären der Stadt. Aber als ich mich dem Spind nähere, kommt mir irgendetwas daran bekannt vor: eine Delle etwa auf halber Höhe der armeegrünen Tür, als wäre einst der Kopf eines Schülers dagegen gestoßen worden.

Da erst sehe ich die Nummer auf dem Metallschild ziemlich hoch oben. 106. »Heiliges Kanonenrohr«, sage ich zu Pierre, der endlich mit seinem Gebell aufhört.

»Was für einen Blödsinn hast du denn jetzt schon wieder im Sinn, Zig?«, frage ich laut und lege die Hand auf die kühle Oberfläche des Spinds. Was werde ich im Inneren finden? Das Periodensystem? Die Fotos von Richard Dawkins und Jane Goodall? Meine alten Sportsachen? Meinen Geometriekasten?

Vorsichtig öffne ich die Spindtür. Die rostigen Angeln geben eine Serie von Quietschlauten von sich, die aber, so angespannt wie meine Nerven sind, genauso gut von mir kommen könnten.

Im Spind entdecke ich ein Gesicht, das ich seit dreizehn Jahren nicht mehr gesehen habe.

97 [247.07]
Bk
Berkelium

Der Spind ist leer, die Rückwand fehlt, aber ich sehe nicht etwa den hinteren Teil des Lagerhauses, sondern einen Flur, an dessen Wand das Schwarz-Weiß-Foto einer blinden und tauben Highschool-Abgängerin in Talar und Doktorhut hängt.

Helen Keller hat sich in den Jahren, seit ich sie das letzte Mal sah, kein bisschen verändert. Genau wie ich ist sie in der Zeit festgefroren. Sie sieht mich so aufmunternd an, wie eine blinde Dame einen eben ansehen kann. »Komm schon, mein Junge«, scheint sie zu sagen. »Nur keine Angst.«

Helen hat sich vielen Prüfungen in ihrem Leben tapfer und mutig gestellt. Ich muss das auch. Ich sehe auf Pierre hinunter. Er sieht zu mir hoch. Seine Augen sind feucht, seine rote Zungenspitze lugt vor. Er gibt ein leises Jaulen von sich.

»Sitz«, sage ich zu ihm. »Ich bin bald wieder da.«

Wirklich?

Ich zwänge mich in das Portal vor mir. Ich weiß genau, dass ich hineinpasse, weil Jermaine Tucker mich einmal in eben diesem Spind eingeschlossen hat. Ich mache die Tür hinter mir zu, damit Pierre mir nicht folgen kann. Genau in dem Augenblick, als ich aus dem Spind heraus und auf den Flur meiner alten Schule trete, klingelt es. Horden von Schülern ergießen sich den ganzen Flur entlang aus ihren Klassenzimmern. Einen Moment bin ich wie erstarrt. Mein Herz rast, weil ich Angst habe, Jermaine Tucker, Kevin Stein,

Henry Axworthy und ihre Kumpane zu sehen – aber natürlich ist das nicht der Fall. Ich erkenne keinen der Siebt- und Achtklässler, die plappern, fluchen, lachen und sich gegenseitig anrempeln. Dreizehn Jahre sind vergangen.

Bin ich unsichtbar? Ich hebe die Hände vor mein Gesicht. Sie sehen blass, aber wie aus solider Materie aus. Der Geist an meinem Handgelenk, Casper, verrät mir, dass es halb vier ist. Es hat zum letzten Mal für diesen Tag geklingelt.

»Tschuldigung«, sagt ein asiatisches Mädchen mit Schmetterlingsspangen in den Haaren und einer Muschelkette um den Hals. »Du stehst mir – äh – komplett im Weg.«

Ich bin also nicht unsichtbar.

Ich trete beiseite, damit die neue Besitzerin meines Spinds ihre Sachen herausnehmen kann. Seit ich ihn verlassen habe, hat der Spind sich selbst geschlossen. Das Mädchen macht sich am Schloss zu schaffen. Fast hätte ich gefragt, ob die Kombination immer noch 7-25-34 lautet, aber sie gönnt mir keinen zweiten Blick. Die anderen Schüler auch nicht. Die blinde Helen tut es. »Geh schon«, scheint sie zu sagen. »Du musst deine Geistertour hinter dich bringen.«

Ich schlängele mich durch die schubsenden und rempelnden Schüler. An einer Wand hängt ein Banner mit der Aufschrift: MACHT SIE FERTIG, TROJANER. Die Wände wurden in der Zwischenzeit gestrichen. Früher waren sie hellgelb, jetzt sind sie pfefferminzgrün.

Ich komme an dem leeren Klassenzimmer vorbei, in dem früher der Naturkundeunterricht stattfand. Auf dem Lehrerpult steht ein Plastikmodell des menschlichen Herzens mit seinen freigelegten Kammern, Klappen und Arterien. Ich gehe darauf zu, aber bevor ich es mir genauer ansehen kann, zieht etwas anderes meine Aufmerksamkeit auf sich. Es ist unglaublich, aber an einer Pinnwand hängt das Periodensystem. Ein aktualisiertes Periodensystem.

»Kann ich dir helfen?«

Ich drehe mich um und stehe einem Mann gegenüber, dessen Kopf kahl ist, dessen Brust aber dicht behaart sein muss, denn ein Büschel schwarzer Haare lugt oben aus seinem Hemd heraus. Abgesehen von dem inzwischen erwachsenen Johnny Henzel habe ich seit dreizehn Jahren keinen Erwachsenen gesehen, deshalb bin ich so erschrocken, als wäre ich im Wald auf einen Bären gestoßen.

»Das Periodensystem«, sage ich zu dem Mann, den ich nicht kenne, »hat inzwischen hundertneun Elemente.«

Der Lehrer wirft einen Blick auf die Tabelle und sieht dann wieder mich an. »Richtig. Hundertneun.«

»Ich dachte, es wären nur hundertsechs. Vermutlich wurden« – ich lese von der Tabelle ab – »Bohrium, Hassium und Meitnerium erst in den letzten Jahren entdeckt.«

Hinter dem Ohr des Lehrers, der mich erstaunt ansieht, klemmt ein langer Bleistift voller Bissspuren. »Tja, es werden eben ständig neue Entdeckungen gemacht«, sagt er. »Wer weiß, was als Nächstes kommt.«

Peter Peter hat fast genau dasselbe über die Objekte im Kuriosa gesagt.

»Einen schönen Tag noch, Sir«, sage ich zu dem Lehrer.

»Gleichfalls«, sagt der Mann und kratzt eine schuppenflechtige Stelle an seinem Ellbogen.

Ich drehe mich um und verlasse das Klassenzimmer. Im Flur werde ich im Gedränge der Schüler mitgeschoben, vorbei an Pinnwänden mit den Reproduktionen von Album-Covern (Little Earthquakes, Lucky Town, Nevermind, 99,9 F°), einer Aufforderung zum Vorsprechen für ein Theaterstück (*Tod eines Handlungsreisenden*), und einem rätselhaften Flyer der Schülervertretung (PHIL PRATT IST FETT!)

Aus dem Augenwinkel sehe ich Mr Miller, meinen ehemaligen Englischlehrer, den ich damals verbessert habe. Inzwischen hat er sich einen ziemlichen Bauch zugelegt, und seine früher graumelierten Haare sind inzwischen völlig grau. Noch ein echter Erwachsener. Ich wende mich ab, damit er nicht denkt, er habe einen Geist gesehen, und beeile mich, in die Eingangshalle zu kommen. Als ich durch die Tür der Helen-Keller nach draußen gehe, fällt mir ein, dass ich, als ich diese Schule das letzte Mal verließ, zugedeckt auf einer Trage lag.

Draußen sehe ich unendlich viele Dinge, die ich seit Ewigkeiten nicht mehr gesehen habe. Auf der Auffahrt läuft ein leinenloser Schäferhund an mir vorbei. Etwa ein Dutzend Spatzen flattern in einen Baum. Überall Häuser, Autos, Schulbusse, Briefkästen, Halteschilder, Ampeln und Läden. Wie befreiend und eigenartig es ist, die hoch aufragenden Mauern, die uns Stadt-Bewohner wie ein Gefängnis umschließen, los zu sein.

Meine Augen füllen sich mit Freudentränen.

Während ich meine Umgebung bewundere, läuft ein Grauhörnchen auf mich zu und bleibt mit zuckendem Schwanz und locker herabhängenden Pfoten vor mir sitzen. »Danke, Zig«, sage ich zu dem Grauhörnchen, als wäre *Sciurus carolinensis* mein Gott. Das Tier schnappt sich einen Ahornsamen und huscht einen Baum hinauf. Ich wünschte, es wäre Herbst, damit ich die orange und rot verfärbten Ahornblätter sehen könnte. Ich wünschte, es wäre Winter, damit ich Schnee sehen und mich vielleicht an einer Stoßstange festhalten und die Straße entlang skitchen könnte.

Am Rand des Bürgersteigs ein wimmelndes Ameisennest. Ich knie mich daneben, zutiefst beeindruckt von der Kraft und Zielstrebigkeit meiner kleinen Freunde. Eine Ameise kann das Fünfzigfache ihres eigenen Körpergewichts tragen. Wäre ich eine Ameise, könnte ich einen Eiswagen auf dem Rücken wegschleppen. Den Eiswagen erwähne ich deshalb, weil gerade einer laut klingelnd vorfährt und Schülerscharen anlockt, die den Rattenfänger von Hameln neidisch gemacht hätten. Die Städter wären neidisch, weil Eiscreme nicht zu den Dingen gehört, die Zig uns schickt. Wenn uns der Sinn nach gefrorenen Leckereien steht, behelfen wir uns damit, dass wir geschälte Bananen ins Tiefkühlfach legen und anschließend mit der Küchenmaschine zerkleinern.

Verglichen mit der Stadt gibt es in Hoffman Estates eine unglaubliche Menschenvielfalt. Nach dreizehn Jahren unter ausschließlich Dreizehnjährigen ist es himmlisch (haha), beispielsweise einen alten Mann mit Stock zu sehen. Wie alt er wohl sein mag? Bedauerlicherweise kann ich Alter nicht mehr bestimmen. Zweiundsechzig? Neunundachtzig? Unter der dünnen Haut seiner Unterarme zeichnen sich ganze Ströme geschlängelter blauer Adern ab, er muss also sehr alt sein.

»Schöner Tag, *n'est-ce pas?*«, sage ich zu dem Mann, dessen Nase die Textur eines Blumenkohls hat.

Er hebt den Kopf. Ein Flugzeug zieht über uns vorbei und hinterlässt Kondensstreifen am tiefblauen Himmel. »Zu meiner Zeit war der Himmel blauer«, sagt er.

»Aber das hier ist doch Ihre Zeit. Sie sind schließlich noch nicht tot«, antworte ich.

Als Nächstes komme ich an einem Mann in einem ärmellosen T-Shirt vorbei, dessen Muskeln sich wölben wie bei einem Superhelden. Dann sehe ich eine Frau mit einem Schultertuch, die ein echtes Kleinkind in einem Buggy schiebt. Das Kind hat einen ganzen Schwarm von Bienchenspangen in den Haaren. Wie ihr wisst, hatte ich nie viel für kleine Kinder übrig, weil Unterhaltungen mit ihnen langweilig sind. Trotzdem brabbele ich jetzt: »Ei dei dei dei dei!«

Ich muss aufhören, meine Umgebung anzugaffen, und in die Gänge kommen. Schließlich weiß ich nicht, wie viel Zeit ich für diese Geistertour habe. Eine Zeit lang dachte ich, eine Geistertour wäre euch gegenüber unfair, sogar grausam. Inzwischen habe ich meine Meinung geändert. Vielleicht ist es egoistisch von mir, aber ich möchte euch unbedingt wiedersehen. So Zig will, werde ich das auch.

Ich fange an zu laufen. Ich bin ein Tempoteufel. Eigentlich habe ich vor, direkt zum Clippers zu rennen, weil ihr um diese Tageszeit dort sein müsstet, aber da Sandpits auf dem Weg liegt, biege ich in unseren Apartmentkomplex ein. Als ich vor dem Hill Drive 222 ankomme, bin ich ziemlich außer Atem. Ich bleibe stehen und sehe zum Balkon im zweiten Stock hoch. Hinter der Balkontür erkenne ich eine Bewegung, jemand geht dahinter vorbei. Vielleicht seid ihr ausnahmsweise schon früher zu Hause. Vielleicht habt ihr euch den Tag freigenommen, weil es doch mein Todestag ist.

Ich trabe über den Weg und betrete das niedrige Gebäude. An der Tür unseres Apartments, der Nr. 6 im zweiten Stock, hängt ein Kranz aus ineinander verflochtenen Zweigen. Dazwischen sitzen kleine Rotkardinale aus Plastik. Sicher hast du, liebe Mutter, ihn in einem deiner Bastelkurse gemacht. Ich betätige den Türklopfer, ohne darüber nachzudenken, was ich sagen will, wenn ihr die Tür öffnet und euren verstorbenen Sohn vor euch stehen seht. Ich habe keine Zeit zum Nachdenken, weil ich fürchte, dass Zig mich jeden Augenblick zurückzerren könnte – vielleicht genau in der Sekunde, in der ich eure Gesichter sehe und ihr meins. Wenn die Tür aufgeht, werde ich vielleicht einfach verschwinden, und euch bleibt dann nur der Geist eures Sohns, der sich in eure Netzhaut eingebrannt hat, als einziger Beweis dafür, dass ich je da war.

Aber als die Tür aufgeht, sehe ich nicht euch, sondern einen etwas älteren Teenager mit einem Wust wild abstehender schwarzer Haare. Er trägt ein schwarzes T-Shirt mit dem Namen ROBERT SMITH in weißen Lettern quer über der Brust – das Ganze sieht aus, als würde die weiße Farbe des Schriftzugs heruntertropfen.

»Bist du der Zeitungsjunge?«, fragt Robert Smith.

Seine Lippen sind orangerot, seine Haut ist so weiß wie meine, aber ich glaube, dass er Puder benutzt hat, denn in den Nasenwinkeln hat das Zeug sich verklebt. Er sieht fast aus wie die Zombies, als die viele Städter sich an Halloween verkleiden.

Ich starre ihn an, zweifellos mit weit aufgerissenen Augen, als wäre er der Geist, nicht ich.

Ist er euer Pflegesohn, liebe Eltern?

Aus der Wohnung dringt Musik, ein langsamer Song mit einer traurigen Violine, gesungen von einem melancholischen Mann, der sich »unmögliche Dinge« wünscht.

Robert Smith wiederholt seine Frage: »Sammelst du heute das Zeitungsgeld ein? Du bist doch der Junge, der die *Tribune* austrägt, oder?«

Ich schüttele langsam den Kopf und sage dann: »Könnte ich bitte Mr und Mrs Dalrymple sprechen?«

»Wen?«

»Die Dalrymples.«

»Nie gehört.«

Er ist also nicht euer Pflegesohn. »Ein Friseur-Ehepaar. Ihnen gehört das Clippers draußen an der Schnellstraße.«

»Du musst dich im Haus geirrt haben. Die Häuser in diesem besch*ssenen Loch sehen doch alle gleich aus.«

»Die Dalrymples haben Hill Drive 222, Apartment 6 gewohnt. Da bin ich mir ganz sicher.«

»Jetzt wohnen sie jedenfalls nicht mehr hier. Meine Mom und ich sind vor drei Jahren eingezogen.«

Ach du je. Der Gedanke, ihr könntet umziehen, ist mir nie gekommen. Was soll ich denn jetzt tun? Ich zögere. Robert Smith sieht mich mit seinen schwarzgeschminkten Augen an. Dann trete ich einen Schritt vor. »Dürfte ich vielleicht kurz reinkommen und mich umsehen?«, frage ich.

Am Mittelfinger trägt Robert Smith einen Silberring in Form eines Totenkopfs. Er fällt mir auf, weil er die Hand ausstreckt, um mir den Weg zu versperren. Er runzelt die schwarzen Augenbrauen. »Nein, du kleiner Freak«, sagt er. »Das darfst du nicht.«

Ein Junge mit schminkeverkleistertem Gesicht und hochtoupierten Haaren nennt *mich* einen Freak!

»Bitte«, sage ich.

Robert Smith knallt mir die Tür vor der Nase zu.

98 [251.08]
Cf
Californium

Autos, Lastwagen und Busse rasen die Schnellstraße entlang. Sie kommen mir schneller vor als vor dreizehn Jahren, aber vielleicht trügen mich meine Erinnerungen, da das Schnellste, was es in der Stadt gibt, ein Zehngangrad ist. Die Fahrzeuge, die an mir vorbeirauschen, kommen mir auch lauter und schmutziger vor als früher. Fast wird mir schlecht von den Abgasen, die sie ausstoßen; ihre Hupen gellen in meinen Ohren. Die Stadt mag ja ihre Nachteile haben, aber immerhin ist die Luft sauber, und das schlimmste Geräusch, das es dort gibt, ist ein unmusikalischer Stadt-Bewohner, der sich einbildet, er könne Saxofon spielen.

Ich stehe an einem Fußgängerüberweg. Neben mir zwei Mädchen in gestreiften Wollpullovern, die sich an der Taille aufribbeln, rosa Tutus (!) und ochsenblutfarbenen Stiefeln mit klobigen Sohlen. Eins der Mädchen, das eine riesige Sonnenbrille aufgesetzt hat, sagt zu dem anderen: »Ist ja krass!«

Beim Anblick der Sonnenbrille des Mädchens geht mir auf, dass ich immer noch perfekt sehe. Ob ihr mich ohne Brille überhaupt erkennt? Was rede ich denn da? Natürlich werdet ihr mich erkennen. Ich sollte mich lieber fragen, ob ich euch erkennen werde. Schließlich seid ihr dreizehn Jahre älter geworden. Vielleicht sind eure Haare grau. Vielleicht ist eure Haut schlaff, fahl und faltig.

Die Ampel wird grün und ich überquere die Schnellstraße. Es gibt mehr Schnellimbisse als früher, aber obwohl das Geflimmer der grellen Neonreklamen grässlich ist, bin ich auch beeindruckt. Schließlich gibt es im Himmel keine riesigen gelben Sombreros, die Tacos anpreisen, und keine gigantischen tanzenden Hummer, die für Fischgerichte werben. Ich muss jedoch sagen, dass die Hummer übertrieben glücklich aussehen für Krustentiere, die man im nächsten Augenblick auseinanderreißen wird, um ihnen das Fleisch aus den Scheren zu saugen.

Der Bürgersteig ist nicht sicherer als früher. Der Grasstreifen zwischen ihm und dem vorbeibrausenden Verkehr ist so schmal, dass ein Auto leicht über die Bordsteinkante rasen und einen überfahren könnte. Ich hoffe, dass ihr immer gut aufpasst, wenn ihr zur Arbeit geht.

Im Gras liegt eine Baseballmütze. Sie ist blau, bis auf den roten Buchstaben C (die Chicago Cubs). Ich verstelle den Riemen hinten, setze die Mütze auf und biege den Schirm nach unten, nur für den Fall, dass ich jemandem über den Weg laufe, der mich kennt. Ich sollte als Geist lieber inkognito bleiben.

Soll ich einfach ins Clippers spazieren und »Hallo, liebe Eltern« sagen? Ihr könntet einem Kunden aus Versehen die Schere ins Auge pieksen. Oder in Ohnmacht fallen und euch den Kopf so schlimm anstoßen, dass ihr eine Gehirnerschütterung davontragt. Casper sagt, dass es inzwischen zehn nach vier ist. Soll ich vor dem Laden warten, bis alle Kunden weg sind? Wird Zig mir genügend Zeit dafür lassen?

Ein Sattelschlepper donnert hupend vorbei. Das Geräusch ist wie ein Elektroschock. Ich fange an zu laufen. Ich laufe mit Höchstgeschwindigkeit, bis ich die Ladenzeile erreiche. Erst dann verlangsame ich mein Tempo. Vorbei an der Drogerie, der Pizzeria, der Tierhandlung und der chemischen

Reinigung. Dann kann ich meinen Augen nicht glauben und bleibe wie angewurzelt stehen. Euer Barbierstab ist nicht mehr da! Die rot-weißen Streifen sind verschwunden. Das Blut und die Bandagen gehören der Vergangenheit an.

Wie ein fünfzigjähriger Städter ist das Clippers einfach verschwunden. *Puff!*

Stattdessen befindet sich dort ein Blumenladen – »Zurück in den Garten« heißt er. Ich laufe ans Fenster. Blumenkörbe ersetzen eure Shampoo- und Haarwasserflaschen. An der Scheibe hängt ein Poster von Adam und Eva, eingehüllt in Schlingpflanzen. Darunter steht: PFLANZEN SIND EIN GESCHENK, DAS IHNEN ANS HERZ WÄCHST. Ich drücke die Nase an die Scheibe und sehe einen asiatischen Mann mit Schürze, der einer alten Frau mit lavendelfarbenen Haaren einen Strauß Gerbera verkauft.

Wo seid ihr, liebe Eltern?

Vor der Tierhandlung steht eine Telefonzelle. Ich trabe hin und schlage im Telefonbuch unter D nach. Ich finde alle Dalrymples, die es in Cook County gibt. Acht Einträge, aber keiner der Namen ist eurer, nicht einmal Tante Rose gibt es mehr. Anschließend blättere ich so hektisch durch die gelben Seiten, dass eine der Seiten zerreißt. Unter den Friseursalons ist kein Clippers aufgeführt.

Ich lege die Stirn an die Scheibe der Zelle. »Hilf mir, Zig«, flüstere ich, denn ich bin dabei, jede Hoffnung zu verlieren. »Du hast mich hierhergebracht. Sag mir, was ich tun soll.«

Im Fenster der Tierhandlung liegt eine schlafende Siamkatze. Einen Moment später bemerke ich den Namen über der Tür des Ladens.

1979 hieß die Tierhandlung »Aus Liebe zum Tier«.

Heute heißt sie »Zoo«.

Ich kann es nicht fassen.

Ich verlasse die Telefonzelle und stoße die Tür des Ladens auf. Eine Glocke scheppert, die Katze im Fenster hebt verschlafen den Kopf und sieht mich erbost an. Hinter der Kasse steht eine junge Frau in einem violetten Trainingsanzug. Sie klebt Schildchen mit ermäßigten Preisen auf Vogelfutterschachteln und beachtet mich nicht weiter.

Der Name kann unmöglich Zufall sein! Ich wandere zwischen den Regalen umher und frage mich, was ich tun soll. Der einzige andere Kunde ist ein älterer Junge, dessen Knie aus riesigen Löchern in seiner verwaschenen Jeans hervorlugen. Sein Gesicht verzerrt sich vor Anstrengung, als er einen Sack Hundefutter zur Kasse hievt.

Etwas später bin ich im hinteren Teil des Ladens, in der Abteilung Nagetiere, wo es durchdringend nach Sägespänen riecht. In den Regalen stehen Terrarien mit Rennmäusen, Hamstern, Meerschweinchen, Ratten und Mäusen. Ich trommele mit den Fingern gegen das Glas des Mäuseterrariums – acht Nasenlöcherpaare heben sich schnuppernd in die Luft. Acht kleine Mäuse starren mich mit erschrockenen Knopfaugen an. Als Geist scheine ich nur einem Wurf Mäuse Angst einjagen zu können.

Es gibt Behälter mit Taranteln und Eidechsen. Mir fallen zwei wunderschöne Geckos auf, deren gelbe Körper mit schwarzen Flecken getüpfelt sind, wie eine schon leicht angegammelte Banane. Ihre kleinen rosa Zungen schnellen vor und zurück und erinnern mich an Pierre.

Dann erregt ein weiterer Behälter meine Aufmerksamkeit. Er ist voller Insekten, die kreuz und quer übereinander krabbeln. Heiliges Kanonenrohr! Es sind Totenkopfschaben! Dutzende und Dutzende von *Blaberus craniifer*! Ich weiß noch, dass diese spezielle Schabenart oft als Eidechsenfutter verwendet wird.

Hinter der Wand der Terrarien befindet sich ein kleiner Bereich für die Mitarbeiter. Jemand ist dort. Ich kann die Person durch die Terrarien hindurch sehen. Der Mann steht mit dem Rücken zu mir an einem Waschbecken. Er hat einen dunklen Pferdeschwanz, der bis zu seinen Schulterblättern reicht, und trägt khakifarbene Shorts und ein Sweatshirt.

Die kleinen Härchen in meinem Nacken stellen sich auf.

Ich kenne diesen Mann.

Er dreht sich um und kommt auf die Wand der Terrarien zu, hebt das Drahtgitter von einem an und wirft eine leere Küchentuchrolle hinein, damit die Rennmäuse sie zerfressen können.

Versteinert, wie angewachsen, beobachte ich den Mann. Irgendwo im Laden gibt ein Papagei ein lautes Krächzen von sich, und die Kassiererin ruft: »Halt die Klappe, Aristoteles!«

Johnny Henzel sieht genauso aus wie in der Stadt. Seine Haare sind genauso lang, sein Bart auch. Seine Wangenknochen sind genauso ausgeprägt, seine Wimpern genauso dunkel. Er hat sogar denselben Pickel auf der Wange.

Vor Jahren hat er versucht, mir die Wahrheit zu sagen. Er liege in Amerika immer noch im Koma, sagte er. Und Rover, die Totenkopfschabe, sei eigentlich eine Art Wanze, Wanze im Sinn von Abhörgerät, das die Stimmen der Leute an seinem Krankenhausbett zu ihm übertrug. Deshalb könne nur er diese Stimmen hören.

Ich glaubte ihm nicht. Er war halbtot, aber ich hielt ihn für halb verrückt.

Patienten, die lange im Koma liegen, können sich nach

dem Aufwachen oft nicht mehr an ihre Vergangenheit erinnern. Hat er seine vergessen? Die Stadt? Mich?

Ich trete näher an die Aquarien, mein Gesicht zwischen den Geckos und den Eidechsen. Ich nehme die Cubs-Mütze ab und lasse sie auf den Boden fallen.

Johnny hat sich wieder weggedreht. Er nimmt eine Tüte mit Kaninchenstreu von einem Regal und schneidet sie auf.

Ich fange an, ein Lied zu summen, erst leise, dann lauter.

Es ist ein Song von Cole Porter, in dem es um Verbundschaft geht.

Johnny legt die Kaninchenstreutüte hin und dreht sich langsam um. Er runzelt die Stirn, sodass genau in der Mitte ein Beinahe-gleich-Zeichen (≈) entsteht.

Er macht ein paar Schritte und starrt mir ins Gesicht. Sein Mund klappt auf. Seine Augen werden riesig.

Ich höre auf zu summen und sage in lautem Flüsterton: »Boo!«

99 [252.08]
Es
Einsteinium

Ich hab gedacht, ich bin völlig durchgeknallt, Mann. So, als hätt' ich alles nur geträumt, während ich all die Monate im Koma lag. Die Stadt, die großen Mauern, Thelma und Esther, Zig, die Totenkopfschabe, die Backsteinigung.«

Obwohl Johnnys Stimme immer noch erkennbar ist, klingt sie viel tiefer als früher. Er und ich befinden uns im Hinterzimmer, die Tür ist halb zugezogen. Neben uns steht ein Kartonstapel, die gelangweilt aussehende Siamkatze hat sich darauf zusammengerollt. Die Kartons enthalten Dosen mit Katzenfutter, das den passenden Namen »9 Leben« trägt.

Johnny mustert mich von oben bis unten. »Mannomann! Ich glaub einfach nicht, dass du hier bist«, sagt er. »Es ist so super, aber auch verdammt unheimlich.«

Auch ich finde es seltsam, ihn zu sehen. Er ist nicht mehr der Junge, den ich kannte. Inzwischen ist er über einen Meter achtzig groß und hat einen Bart, den er ständig streichelt. Er steht dicht neben mir und riecht nach Zwiebeln, vielleicht weil er hier niemanden hat, der ihn daran erinnert, dass er duschen muss.

»Wo sind meine Eltern, Johnny?«, frage ich ihn mit kippender Stimme. »Ich kann sie einfach nicht finden. Ich war im Hill Drive 222, aber da sind sie nicht. Ein Typ mit einem gepuderten Gesicht wohnt jetzt in unserer Wohnung.«

»Ach Mann, deine Leute sind schon vor Jahren weggezogen, als ich noch in der neunten Klasse war. Soweit ich weiß, sind sie nach Alaska gegangen, aber hundert Prozent sicher bin ich mir nicht.«

»Alaska?«, rufe ich. »Ich kann mir nicht vorstellen, dass Zig mir genügend Geistertourzeit für eine Reise in den größten Staat des Landes schenkt.«

Im Hinterzimmer steht ein zerkratzter Schreibtisch, der fast genauso aussieht wie Johnnys Schreibtisch im Frank-and-Joe. Darauf liegt Kauspielzeug aus Plastik für Hunde: bunte Knochen, ein gerupftes Hühnchen, ein großer weißer Hai. Neben dem Schreibtisch befindet sich eine Tür nach draußen, die ausgerechnet mit einem Backstein offen gehalten wird.

»Du hast also ein Portal gefunden«, sagt Johnny.

»Und dazu noch genau an meinem Wiedergeburtstag. Zig hat mir nach all den Jahren die Erlaubnis gewährt, dich zu besuchen. Aber wieso ausgerechnet jetzt? Ich hab nicht die leiseste Ahnung.«

»Ich glaube, ich weiß es.« Er schiebt die Ärmel seines Sweatshirts hoch und streckt mir die Hände hin, Handflächen nach oben. Rund um beide Handgelenke sind hautfarbene Verbände.

Seine Stimme klingt verlegen, als er sagt: »Ich hab was wirklich Dummes gemacht.«

»Ach Johnny, warum denn nur?«

Er grinst mich an. »Einmal ein Depri, immer ein Depri.«

Ich berühre eine der Bandagen mit der Fingerspitze. Ich weiß, was darunter liegt. Dieselben hässlichen Narben, die auch in der Stadt an seinen Handgelenken zu sehen sind. Mir geht auf, dass sein Doppelgänger im Kuriosa wahrscheinlich an dem Tag anfing zu altern, als Johnny sich hier in Amerika die Pulsadern aufschnitt.

»Mein Psychofritze verschreibt mir Anti-Depri-Pillen, aber sie funktionieren nicht immer.«

Er sieht mich prüfend an. »Du hältst mich sicher für verrückt, aber manchmal vermisse ich die Stadt. Manchmal drücke ich das Ohr an das Becken mit den Kakerlaken und hoffe, Stimmen aus der Stadt zu hören. Vielleicht sogar dich, wie du mir einen Vorträg hältst und meine Ausdrucksweise verbesserst.«

Ich sage nichts von seinem Doppelgänger im Kuriosa, um ihn nicht zu ängstigen. »Du kannst aber nicht zurück, Johnny«, sage ich mit Bestimmtheit.

Er nickt und guckt ein bisschen betroffen, aber dann hellt sein Gesicht sich auf. »Du bist so verflucht jung«, ruft er. »Oder ich bin so verflucht alt. Eins von beidem. Du bist nur ein kleiner Junge. In meiner Erinnerung bist du älter.«

»Psychisch bin ich älter als damals, aber körperlich natürlich nicht.«

»Wohingegen ich alt und ein Psycho bin«, lacht er.

Obwohl sein Witz makaber ist, setze ich ein Lächeln auf.

»Ich hab dich vermisst, Mann.« Er streckt die Hand aus und rubbelt mir sanft durch die statisch aufgeladenen Haare, so wie du, Vater, es immer getan hast. »Du hast mich gerettet, Boo. Du hast mir das Leben gerettet. Und jetzt bist du wieder da. Genau, wenn ich dich am meisten brauche.«

Die Siamkatze miaut, als wolle sie ihm zustimmen. Ihre Augen sind genauso blau wie meine.

»Du bist ein Zeichen«, sagt Johnny.

»Wofür?«

»Für das Leben«, sagt er. »Das Leben, an dem ich festhalten soll.«

Soll ich jetzt endlich fragen, wieso er mich erschossen hat?

Vielleicht ist es besser, es nicht zu wissen.

Wir stehen in der Nähe einer Pinnwand. Ein Foto, das mit einer Reißzwecke daran befestigt ist, zieht meinen Blick auf sich: Johnny mit der Kassiererin des Ladens. Sie tragen identische T-Shirts mit der Aufschrift NIRVANA auf der Brust. Unter dem Wort ist eine Art Smiley-Gesicht zu sehen, aber die Augen sind Xe und der Mund ist ein zittriger Strich. Johnny und das Mädchen halten Schilder hoch. Auf seinem steht GROSSE und auf ihrem ERÖFFNUNG.

»Ist das deine Schwester?«

»Ja. Brenda ist die Einzige, der ich von der Stadt erzählt hab. Ich sagte, sie ist wahrscheinlich nur ein seltsamer psychedelischer Traum, aber sie sagte: ›Nein, nein, nein, Johnny. Du *warst* tot, und dort bist du hingegangen.‹ Sie hat daran geglaubt, obwohl ich selbst Schwierigkeiten hatte, daran zu glauben.«

»Ihr seht euch ähnlich«, sage ich. »Ihr habt dieselben kupferfarbenen Augen. Und dasselbe Grübchen in der linken Wange.«

»Ich muss euch unbedingt miteinander bekanntmachen. Sie wird ausflippen. Rühr dich nicht von der Stelle, okay? Ich bin gleich wieder da.«

Er macht die Tür auf und verschwindet im Laden. Ich höre eine Kundin laut mit Brenda über Zig weiß was reden. »Sind Sie sicher, dass es klumpt?«, sagt die Dame. »Es muss unbedingt klumpen. Und es muss sich runterspülen lassen. Es muss sich runterspülen lassen *und* klumpen.«

An der gegenüberliegenden Wand des Hinterzimmers hängen Dutzende von Fotografien von Johnny und Brenda. Ich gehe hin, um sie mir genauer anzusehen. Meine Augen huschen hin und her, folgen Johnny durch sein Leben. Auf der Abschlussfeier der Highschool, in einem babyblauen Smoking, den Arm um eine ältere Cynthia Orwell gelegt. Als Siebtklässler in Sportsachen, eine Medaille um den Hals gehängt. Als stolzer Führerscheinneuling in einem Cabrio, einen Basset neben sich auf dem Beifahrersitz. Als bärtiger Künstler, der mit zusammengekniffenen Augen vor einer Backsteinmauer mit einem abstrakten, verwirbelten Gemälde steht.

Dann entdecke ich ein weiteres Foto. Es zeigt einen Achtklässler mit tief in den Höhlen liegenden Augen, der mit bandagiertem Kopf in seinem Bett sitzt. Er umklammert ein herzförmiges Kissen mit dem aufgestickten Wort HELD.

Ein seltsames Geschenk für einen Jungen, der einen anderen Jungen erschossen hat.

»Ich hab Kundschaft, Johnny«, sagt Brenda im Laden. »Kann deine Überraschung nicht warten?«

Ich drehe mich um, als Johnny mit seiner Schwester ins Hinterzimmer kommt. In der Tür bleiben sie stehen.

Johnny grinst übers ganze Gesicht.

Brenda runzelt die Stirn. »Kunden haben hier hinten nichts zu suchen«, sagt sie. Dann verschwinden die Runzeln, und ihre Augen weiten sich.

»Nein, nein«, flüstert sie. »Das kann unmöglich sein!«

»Kann es wohl«, sagt Johnny.

Einen Arm ausgestreckt kommt Brenda auf mich zu, und ich denke, dass sie mich berühren will, dass sie sehen will, ob ihre Hand einfach durch mich hindurchfährt.

»Er ist echt«, sagt Johnny.

»Hallo, Brenda Henzel«, sage ich, an die Wand gedrückt. »Du bist älter geworden, seit wir uns das letzte Mal gesehen haben.«

Ein ersticktes Wimmern dringt aus ihrer Kehle. Ihr Arm fällt schlaff herab. Ihre Augen verdrehen sich, ihre Knie geben nach und sie bricht zusammen und schlägt hart auf dem Betonboden auf.

»Ach du je«, sage ich zu dem Häufchen aus violettem Velours.

Johnny läuft zu ihr. »Sch**ße, Sch**ße, Sch**ße«, murmelt er und lässt sich neben seiner Schwester auf die Knie fallen.

»Die Blutzufuhr zu ihrem Gehirn ist abgesackt«, sage ich als Erklärung dafür, warum ein Mensch ohnmächtig wird.

Johnny dreht Brenda auf den Rücken und tätschelt sanft ihre Wangen. Sie ist so weiß wie eine Wand, abgesehen von einer Rötung am Haaransatz, wo sie auf dem Betonboden aufgeschlagen ist.

»Hast du vielleicht Riechsalz da?«, frage ich Johnny.

»Riechsalz?«, fragt Johnny zurück. »Was zum Teufel soll denn das sein?«

»Ammoniumcarbonat.«

Die chemische Formel lautet $(NH_4)_2CO_3$, aber das sage ich nicht, weil nicht der passende Zeitpunkt dafür ist.

»Das Einzige mit Ammoniak, was ich habe, ist Glasreiniger«, sagt Johnny, dessen Stimme jetzt schrill klingt.

Brendas Lider flattern, sie gibt ein Stöhnen von sich. Die Siamkatze springt von ihren 9 Leben herunter und beschnuppert Brendas Kopf.

»Vielleicht sollte ich mich lieber verziehen«, sage ich. »Nicht, dass sie wieder ohnmächtig wird, wenn sie zu sich kommt und einen Geist vor sich sieht.«

Johnny sieht mich bedauernd an. »Aber wo willst du denn hin?«

»Zurück nach Hause. Zurück in die Stadt.«

»Und wie, Boo?«

Wie ein religiöser Fanatiker sage ich: »Zig wird mir den Weg zeigen.«

Ich nehme meine Casper, der freundliche Geist-Armbanduhr ab und gebe sie Johnny als Erinnerung. »Damit du die Zeit nicht vergisst«, sage ich.

Ich meine nicht nur die jeweilige augenblickliche Zeit, sondern auch unsere gemeinsame Zeit in der Stadt.

Johnnys Mund lächelt, aber seine Augen sind immer noch kummervoll. »Als könnt' ich je vergessen«, murmelt er.

Dann schlägt Brenda die Augen auf, sieht mich und schreit sich die Seele aus dem Leib.

100 [257.10]

Fm

Fermium

Ich renne, als wäre der Teufel hinter mir her. Dann lasse ich mich durch das riesige Gebiet der Bungalows treiben, aus denen Hoffman Estates besteht. In einer der Straßen fragt mich ein kleines, vielleicht siebenjähriges Mädchen, ob ich ein Pfefferminz möchte. Sie steht mit einer glitzernden Tiara auf dem Kopf in der Auffahrt zu ihrem Haus, in der Hand ein Bonbon, das in grünes Zellophanpapier eingewickelt ist. Ich bin gerührt über diese nette Geste, vor allem, da Zig uns Städtern keine Süßigkeiten gibt.

Etwas später, während ich noch an dem Pfefferminzbonbon lutsche, trete ich, ohne nach rechts und links zu schauen, auf die Straße und werde fast von einem Kombi umgefahren. »Pass doch auf, du Trottel!«, schreit der Fahrer. Ich merke, dass ich in der Meadow Lane bin, der Straße, wo Johnny und ich einst im Schnee lagen und zum Himmel aufsahen.

Eine Weile laufe ich durch Sandpits. Seid ihr nach Anchorage gezogen, liebe Eltern? Auf dem Schiff nach Alaska äußerten wir alle den Wunsch, irgendwann einmal dorthin zu ziehen. Seid ihr jetzt im Land der Elche? Ohne euch hat Sandpits für mich keinen Reiz mehr, also verziehe ich mich und gehe zurück zur Helen-Keller.

Ich überquere die Wiese hinter der Schule und fühle mich plötzlich ganz merkwürdig. Meine Reaktion ist mir unverständlich, bis ich eine leere Coladose im vergilbten Gras entdecke. Wie angewurzelt bleibe ich stehen, denn mir fällt ein, dass Kevin Stein, Nelson Bliss und Henry Axworthy mich am ersten Tag der achten Klasse hier auf dieser Wiese mit Steinen attackierten.

Außerdem erinnere ich mich an etwas, das ich völlig vergessen hatte.

Nachdem die drei mich mit Steinen beworfen hatten und ich benommen und blutend auf dem Boden lag, blieben sie über mir stehen und schlossen einen Pakt. Kevin, dessen Nase wie eine Schweineschnauze aussieht, legte die Hand aufs Herz und sagte wie beim Treuegelöbnis mit feierlicher Stimme: »Ich gelobe, jeden Tag dieses Schuljahrs für Oliver ›Boo‹ Dalrymple zur Hölle zu machen.« Nelson wiederholte den Schwur, Henry ebenfalls. Dann riefen sie gemeinsam: »Eine Nation unter Gott, Amen!«

In der Nähe lag eine leere Getränkedose. Kevin hob sie auf, öffnete den Reißverschluss seiner Hose und fischte nach seinem Penis. Er drehte sich nicht um, er wollte, dass ich zusah. Ich schloss die Augen, aber ich konnte ihn hören. Er urinierte in die Dose. Es klang, als würde man eine Flüssigkeit in einen Becher kippen.

»Haltet ihn fest«, sagte er zu Nelson und Henry, die sich prompt auf meine Arme setzten.

Ich sagte zu mir selbst, es sei nicht von Bedeutung. Schließlich war es größtenteils nur Wasser mit ein paar Spuren anorganischer Salze und ein paar organischen Bestandteilen. Entspann dich und schluck einfach, sagte ich zu mir selbst. Aber dieses Mal fügte ich mich nicht. Ich wehrte mich. Ich schrie. Ich versuchte, meine Beine um meinen Angreifer zu schlingen und ihn wegzustoßen. Aber ich schaffte es nicht. Nelsons dreckige Finger zwangen meine Lippen auseinander, und Kevin kippte mir den warmen Urin in den Mund. Ich hustete und spuckte. Der Urin lief mir in die blutige Nase, über mein ganzes Gesicht, in meine Haare und sogar in meine Ohren.

Sie hatten gewonnen. Sie würden immer gewinnen.

Wie seltsam, dass ich mich ausgerechnet jetzt daran erinnere.

Es ist eine Erinnerung, von der Zig anscheinend dachte, er solle sie lieber auslöschen.

Dreizehn Jahre lang lag diese Erinnerung in einem tiefen Gewölbe verborgen. Ebenso die Verzweiflung, die ich damals empfand. Jetzt fällt mir alles wieder ein. Als die drei weg waren, blieb ich noch eine Stunde oder so auf der Wiese liegen. Erschöpft. Verloren. Geschlagen.

Jetzt laufen ein Stück weiter ein halbes Dutzend Kinder schreiend über dieselbe Wiese. Ob sie sich gegenseitig terrorisieren oder einfach nur spielen, kann ich nicht sagen. Einen Meter von mir entfernt landet ein Rotkehlchen. Es sieht mich an, legt den Kopf erst auf die eine und dann auf die andere Seite, als sei ich ein Rätsel, das es zu lösen versucht.

»Hallo, Engel«, sage ich zu dem Rotkehlchen.

Es fliegt weg. Ich gehe zu der leeren Coladose und springe darauf herum, bis sie absolut platt ist. Dann hebe ich sie auf und werfe sie wie ein Frisbee über die Wiese.

Anschließend gehe ich zurück zu dem lang gestreckten Backsteingebäude der Helen-Keller, ein bisschen besorgt, ob die Tür vielleicht schon verschlossen ist, denn es ist spät geworden. Werde ich einbrechen müssen? Aber nein, die Türen sind offen, ein paar Jungen in Schlafanzügen stehen in der Eingangshalle herum. Nein, es sind Judoanzüge mit orangefarbenen Gürteln. Die Jungen beachten mich nicht. Ich gehe durch den Flur, vorbei an Glasvitrinen mit Sportpokalen und dergleichen.

In der siebten Klasse holte Johnny viele Pokale und Auszeichnungen für die Helen-Keller. Ich nehme jedoch an, dass er die achte Klasse nicht hier zu Ende bringen durfte. Auf welche Schule kam er stattdessen? Eine Art Erziehungsanstalt, vermute ich.

Zig muss mir diese Geistertour geschenkt haben, um mir zu zeigen, dass es Johnny gelungen ist, sein Leben fortzusetzen, obwohl manche Geister ihm wahrscheinlich immer noch keine Ruhe lassen. Ich bin einer dieser Geister. Vielleicht konnte ich ihm heute helfen. Ich hoffe es inständig.

Als ich meinen alten Spind mit der Nr. 106 erreiche, sehe ich, dass er abgeschlossen ist. Ich gehe davon aus, dass ich die Kombination kenne, und drehe die Scheibe zur 7, zur 25 und dann zur 34. Ich ziehe an der Tür, sie geht auf.

Ich sehe mich um, aber es ist niemand da. Nur Helen Kellers Augen beobachten mich quer durch den Flur.

Ich ziehe die quietschende Tür ganz auf und erwarte, dass die Rückwand fehlt und der Spind leer ist. Aber die Rückwand befindet sich an Ort und Stelle, und der Spind ist voll. Die Gegenstände darin gehören jedoch nicht dem asiatischen Mädchen, das ich vorhin im Flur traf. Heiliges Kanonenrohr, sie gehören mir!

Mein Periodensystem klebt an der Innenseite der Tür. Darüber hängen die Fotos von Jane Goodall und Richard Dawkins. Jane mit ihrem glatten blonden Pferdeschwanz und den gespitzten Lippen, Richard mit seinem schelmischen Lächeln und den buschigen Augenbrauen. »Hallo, ihr beiden, hallo«, begrüße ich sie. »Ihr seht gut aus. Ihr seid keinen einzigen Tag älter geworden.«

Mein Kompass und mein Geometriekasten liegen im Spind, auch meine Chemie- und Mathebücher. Meine Schulausgabe von *Herr der Fliegen*, noch ungelesen. Meine waldgrüne Strickjacke, die Großmutter mir zu meinem dreizehnten Geburtstag schenkte. Mein französisch-englisches Wörterbuch. Meine rissige Sporttasche aus Vinyl mit meinen Sportsachen: gelbe Shorts, Trojaner-T-Shirt, sogar ein Suspensorium ist dabei.

Ich krame in meinen Sachen herum. Ganz hinten auf dem obersten Bord liegt eine Papiertüte. Ich nehme an, sie enthält die Sandwiches, die ihr, liebe Eltern, mir vor dreizehn Jahren gemacht habt. Ich ziehe die Tüte vor. Sie ist schwer. Schwerer, als ein Erdnussbuttersandwich, ein Müsliriegel und eine Schachtel Rosinen sein dürften.

Ich öffne die Tüte.

Sie enthält einen Revolver.

Nicht den aus dem Kuriosa.

Onkel Seymours Revolver.

Ich hebe den Kopf. Helen Keller starrt mich von ihrer Wand an. Sie nickt mit dem Kopf, auf dem der Doktorhut sitzt. Zumindest tut sie das in meiner Vorstellung.

Dann erinnere ich mich.

Daran, wie ich diesen Revoler auf meine eigene Brust richtete. Daran, wie Johnny »NEIN!« schrie. Sich auf mich warf. An die Panik in seinen Augen. An die Narben an seinen Handgelenken. An das Gerangel, das Geziehe und Gezerre. An den lauten Knall.

101 [258.10]

Md

Mendelevium

Wasserstoff (Hydrogenium), Helium, Lithium, Beryllium, Bor, Kohlenstoff (Carbonium), Stickstoff (Nitrogenium), Sauerstoff (Oxygenium), Fluor, Neon, Natrium, Magnesium, Aluminium, Silicium, Phosphor, Schwefel (Sulfur), Chlor, Argon, Kalium, Calcium, Scandium, Titan, Vanadium, Chrom, Mangan, Eisen (Ferrum), Cobalt, Nickel, Kupfer (Cuprum), Zink, Gallium, Germanium, Arsen, Selen, Brom, Krypton, Rubidium, Strontium, Yttrium, Zirconium, Niob, Molybdän, Technetium, Ruthenium, Rhodium, Palladium, Silber (Argentum), Cadmium, Indium, Zinn (Stannum), Antimon (Stibium), Tellur, Jod, Xenon, Caesium, Barium, Lanthan, Cer, Praseodym, Neodym, Promethium, Samarium, Europium, Gadolinium, Terbium, Dysprosium, Holmium, Erbium, Thulium, Ytterbium, Lutetium, Hafnium, Tantal, Wolfram, Rhenium, Osmium, Iridium, Platin, Gold (Aurum), Quecksilber (Hydrargyrum), Thallium, Blei (Plumbum), Bismut, Polonium, Astat, Radon, Francium, Radium, Actinium, Thorium, Protactinium, Uran, Neptunium, Plutonium, Americium, Curium, Berkelium, Californium, Einsteinium, Fermium, Mendelevium, Nobelium, Lawrencium, Rutherfordium, Dubnium, Seaborgium, Bohrium, Hassium, Meitnerium.

102 [259.10]
No
Nobelium

Ich kauere mich in die Nr. 106 und knalle die Tür zu. Dunkelheit verschluckt mich. Ich bin völlig verkrampft, ich schwitze, zittere, kriege keine Luft. In meiner Hand befindet sich eine Papiertüte, aber sie kann mir nicht helfen, CO_2 einzuatmen. Ich lasse sie fallen, die Waffe poltert vor meine Füße. Ich fange an, lautlos zu weinen. Die Ärmel der grünen Strickjacke hängen um mich herum, als wollten sie mich umarmen. Dieser Spind ist mein Sarg. Möge ich ihn nie wieder verlassen.

Die Zeit kriecht dahin. Ich kann nicht sagen, wie viel Zeit. Zwanzig Minuten? Zwei Stunden? Irgendwann öffnet sich die Rückwand des Spinds. Vor mir steht ein Junge mit einer Mohikanerfrisur, steif gemacht mit Weißleim (Polyvinylacetat). »Herr im Himmel!«, ruft er. »Um ein Haar hätte ich einen Herzanfall bekommen!«

Ich richte mich auf und krieche aus dem Spind, aber ich komme mir absolut leblos vor. Ich bin ein Zombie. Ein lebender Toter. Das Lagerhaus wimmelt vor Sortierern, die die gelieferten Waren durchsehen und die Sachen in Buggies und auf Sackkarren laden. Sie sind so emsig wie Arbeitsameisen.

»Was hast du denn da drin getrieben?«, fragt der Punkrocker.

»Nach ungewöhnlichen Gegenständen gesucht«, murmele ich.

»An dem zerdellten Ding ist doch nichts ungewöhnlich.«

»*Au contraire*«, antworte ich.

Ich werfe einen letzten Blick in den Spind. Er ist wieder leer. All meine Sachen sind fort, einschließlich der Papiertüte. Ich mache die Tür zu.

Ich bitte den Punkrocker, die Nr. 106 ins Kuriosa zu bringen. Dann frage ich ihn nach der Uhrzeit, und er sagt, dass es fünf vor elf ist. Ich war also mehrere Stunden weg.

Ich greife mir meine mit Steinen gefüllte Taschenlampe und schlurfe zurück zur Guy-Montag-Bibliothek. Als ich darauf zugehe, höre ich ein Kläffen, und Pierre kommt aus den Büschen hervor, die entlang des Gebäudes wachsen. Himmel, den Hund hatte ich ja völlig vergessen. Er springt an mir hoch, um mich zu begrüßen, und ich trage ihn ins Gebäude. Als wir das Kuriosa im dritten Stock erreichen, zögere ich erst, zwinge mich dann aber, das Vorhängeschloss zu öffnen. Meine Schritte hallen, Pierres Nägel machen Klickediklack, als wir durch die Ausstellungsräume gehen. Trotz der zahlreichen Vitrinen fühlt alles sich leer an, als sei keine Menschenseele da. »Lass uns nachsehen, ob seine Seele noch da ist«, sage ich zu Pierre.

Wir gehen zu Johnnys Zimmer, und ich ziehe den Schrank vor der Tür weg. Als ich hineingehe, bin ich nicht schockiert, dass das Bett leer ist. Obendrauf liegen eine rote Turnhose, ein weißes Trägershirt und eine Kette mit blauem Anhänger. Ich stopfe die Sachen in die Schublade unter dem Bett, zu dem Revolver, der immer noch dort liegt.

Nur für alle Fälle sehe ich nach, ob Zig den Revolver während meiner Abwesenheit geladen hat, aber es sind keine Patronen drin. Wie es aussieht, kann ich mich nicht selbst in mein blödes Hirn oder mein krankes Herz schießen.

Ich ziehe T-Shirt und Jeans aus und krieche nur in Boxershorts ins Bett. Es riecht immer noch leicht zwiebelig. Pierre springt aufs Bett und rollt sich zu meinen Füßen zusammen. Ich bin unglaublich müde, frage mich aber trotzdem, ob ich je wieder einschlafen werde. Und falls ja, werde ich je wieder aufwachen?

Meine Stimme zittert leicht, als ich zum Deckenventilator sage: »Erzähl mir eine Gutenachtgeschichte, Zig. Aber bitte, keine Märchen mehr. Nichts Erfundenes.«

Der Ventilator dreht sich sirrend.

»Ich will die Wahrheit.«

Wie üblich sagt Zig keinen Ton. Aber er muss auch gar nicht antworten. Ich kenne die Wahrheit bereits. Mein löchriges Herz weiß, was ihr, liebe Eltern, die ganze Zeit gewusst habt: Euer Sohn war Gunboy.

103 [266]
Lr
Lawrencium

BITTE.

104 [267.12]
Rf
Rutherfordium

BITTE.

105 [268.13]
Db
Dubnium

VERZEIHT MIR.

106 [271.13]
Sg
Seaborgium

Sieben Wochen sind vergangen, liebe Eltern, und in dieser Zeit habe ich keiner Menschenseele außer euch beiden von meiner Geistertour oder den Geheimnissen erzählt, die dabei zutage traten. Um den Verstand nicht zu verlieren, habe ich viel gearbeitet. Ich habe das Kuriosa ganz neu gestaltet und möchte euch an einer Ausstellung teilnehmen lassen, die ich mir ausgedacht und *Kurioser und kurioser* genannt habe. Esther hat den Titel vorgeschlagen, der aus *Alice im Wunderland* stammt, einem Buch, das ich irgendwann einmal zu lesen beabsichtige.

Heute Abend ist die feierliche Wiedereröffnung. In den letzten Wochen habe ich jedes einzelne Stück aus der Sammlung des Museums in den Keller der Bibliothek gebracht. Die Dollarmünzen, den chinesischen Drachen, die Batterien, die nicht funktionierenden Telefone, den Heimcomputer (ganz neu eingetroffen), die Kondome, die Windeln, den Band Ma bis Mi der *Encyclopaedia Britannica*, den Deoroller, die Terrarien, die Tierreproduktionen, das Corned Beef, die Schachteln mit Hamburger-Fix, eine glücksbringende Hasenpfote, eine Keramikstatue von Jesus' angeblich jungfräulicher Mutter, mehrere Wallaby-Briefmarken aus Australien und so weiter und so weiter.

Den kleinen Revolver habe ich in den Müllschlucker geworfen. Er ist ein für alle Mal weg. Oder vielleicht auch nicht ein für alle Mal, denn nach allem, was wir so wissen, könnte

Zig ihn eines Tages wie einen Bumerang zu uns zurückschicken.

Nachdem ich alle Kuriositäten in den Keller gebracht hatte, fing ich an, die Krankenhäuser der Stadt aufzusuchen, die im Lauf der letzten Jahre allesamt Fotokopierer aus den Lieferungen Zigs erhalten haben. Tag für Tag fotokopierte ich die Dokumente, die ich in *Kurioser und kurioser* ausstellen will.

Heute ist der 31. Oktober. Wie an jedem Halloween werfe ich mir einfach ein weißes Laken über den Kopf. Durch die Augenlöcher kann ich die Reaktionen der Besucher beobachten, die als Zombies, Hexen, Mumien, Monster, Erzengel, Kobolde und dergleichen kommen. Sie kommen vollgeschmiert mit künstlichem Blut in allen Stadien der Gerinnung. Sie kommen mit Pfeilen, die aus ihren Köpfen ragen. Sie kommen mit Messern, die in ihrem Rücken stecken. All diese toten Kinder wandern voller Staunen durch die Räume meines Museums. Ich kann ihr Staunen nicht immer unter den Masken und der Schminke erkennen, aber ich kann es spüren.

Es gibt keine eigentlichen Ausstellungsgegenstände. Die Wände sind die Ausstellung. Ich habe das Museum in dreizehn Bereiche unterteilt, erkennbar an großen Nummern in unterschiedlichen Farben, die ich auf Zeichenkarton gemalt habe. Mit Klebestift habe ich die Wände mit den Fotokopien jeder Seite der noch existierenden Wiedergeburtsbücher aus den dreizehn Krankenhäusern tapeziert. Darauf sind die Namen der Neugeborenen aufgelistet, ihre Heimatstadt, das Datum ihrer Wiedergeburt und das Kürzel der Adresse, die ihnen zugewiesen wurde. Die meisten Seiten sind maschinengeschrieben, aber die ältesten (eins der Bücher stammt aus dem Jahr 1938) sind handschriftlich, die Tinte so verblasst, dass sie teils unleserlich ist. Die Seiten kleben in chronologischer Reihenfolge an den Wänden, die ältesten in der linken oberen Ecke, die neuesten in der rechten unteren.

Kurioser und kurioser ist ein Denkmal für alle, die je in die Stadt kamen. Mein Ziel ist es, jedem meiner Mitbewohner das Gefühl zu geben, dass er oder sie ein wunderschönes, kurioses Objekt ist.

Ich wusste nicht, wie die Besucher reagieren würden. Wären sie beeindruckt? Gelangweilt? Anscheinend Ersteres. Sie lesen die Dokumente, als seien es Seiten aus einem faszinierenden Roman. Ratspräsident Reginald Washington (als Pirat) ist anwesend, wie auch Gefängnisdirektorin Lydia Finkle (als Hexe), Anstaltsleiter Dr. Albert Schmidt (als Leichenfresser) und Sandy Goldberg (als Riesenerdnuss aus Filz).

Die nervigen Zwillinge Tim und Tom Lu sind gekommen, mit falschen Schnurrbärten und Spazierstöcken. Sie sind als Schulze und Schultze aus *Tim und Struppi* verkleidet.

Tim sagt zu Tom: »Ich wüsste gern, ob Oliver Dalrymple nach all diesen Jahren immer noch das Opfer ist.«

»Ich wünschte, es wäre so«, antworte ich.

Wie viele andere Besucher steigen Tim und Tom auf die Trittleitern, die überall bereitstehen, um in den Wiedergeburtslisten nach ihren eigenen Namen zu suchen. Pierre huscht zwischen den Beinen der Leute hin und her und bellt wie wild, und wenn er dazu angestiftet wird, verfällt er in sein *wee-oo-wee*.

Meine Freunde sind auch hier. Thelma, als Sherlock Holmes, hat die passende Deerstalker-Mütze auf dem Kopf. Esther ist eine Wahrsagerin und hat sich ein Kopftuch umgebunden, das mit den Sternkreiszeichen geschmückt ist, und

Ringo als Mumie ist von Kopf bis Fuß mit weißen, blutbefleckten Bandagen umwickelt.

Ringos Kostüm erinnert mich an euren rot-weißen Barbierstab, liebe Eltern. Habt ihr ihn mit nach Alaska genommen? Ich weiß nicht, ob ihr wirklich dorthin gezogen seid, aber ich stelle mir gern vor, wie ihr euch in Anchorage unter die Bären und Elche mischt und nachts die Aurora Borealis bewundert.

Ich bitte meine Freunde, mich in Johnnys Zimmer zu treffen, denn ich will einen Toast ausbringen. Ich gehe in mein Büro und hole aus der untersten Schreibtischschublade eine Flasche französischen Rotwein, der Château Bel-Air heißt und 1977 in die Stadt kam. Ich verberge ihn und die Plastikgläser und den Korkenzieher in einem Picknickkorb.

In Johnnys Zimmer, dem Teil der Ausstellung, den ich für die wiedergeborenen Kinder aus der Elf reserviert habe, warten meine Freunde mit Pierre, der, falls er wirklich aus Paris stammt, den Château Bel-Air vielleicht kennt (haha). Ich bitte die anderen Besucher, den Raum für einen Moment zu verlassen, weil ich mich um etwas Wichtiges kümmern müsse. Als sie weg sind, schließe ich die Tür und verriegele sie.

Ich zeige meinen Freunden den Inhalt des Picknickkorbs. Ringo, der behauptet, zu Hause in Detroit ein richtiger Trunkenbold gewesen zu sein, sagt: »Verflucht fantastisch, Kumpel!« Esther, Thelma und ich haben noch nie Wein getrunken. Ich bitte Ringo, die Flasche zu öffnen, und er klemmt sie sich zwischen die bandagierten Oberschenkel, dreht gekonnt den Korkenzieher hinein und zieht den Korken mit einem Plopp heraus, was ein bisschen wie ein Schuss klingt. Wir setzen uns auf den Boden, als würden wir ein

Powwow abhalten. Ich gieße die Gläser halb voll und reiche sie herum.

Thelma fängt an zu kichern, bevor sie den ersten Schluck getrunken hat. »Wenn Reginald das spitzkriegt, landen wir mindestens ein Jahr im Knast.«

Ich hebe mein Glas und sage: »Auf Johnny Henzel!«

Meine Freunde heben ihre Gläser ebenfalls. Die beiden Mädchen lächeln nervös. Wir sprechen heutzutage nur noch selten über Johnny. Vielleicht haben Esther und Thelma schon vor langer Zeit einen Pakt geschlossen, ihn in meiner Gegenwart nicht zu erwähnen. Oder vielleicht haben sie schon vor Jahren aufgehört, an ihn zu denken, und sind jetzt verlegen, weil sie ihren alten Freund einfach vergessen haben.

»In Amerika war Halloween sein Geburtstag«, füge ich hinzu.

»Auf Johnny Henzel«, sagen alle und stoßen an.

Ich würde gern denken, dass Johnnys Aufenthalt in der Stadt kein Irrtum war. Dass Zig ihn in der Stadt haben *wollte*, wenigstens für ein Weilchen, damit wir Freunde werden konnten, die dicken Freunde, die wir schon in unserem früheren Leben hätten sein sollen. Wären wir beide schon dort Freunde gewesen, hätte Johnny sich vielleicht nicht die Pulsadern aufgeschnitten, und ich hätte vielleicht nicht Onkel Seymours Revolver gestohlen. Wir hätten uns in Amerika so helfen können, wie wir uns im herrlichen Jenseits halfen.

Meine Freunde nippen an ihrem Wein. Da mein Kostüm keinen Mundschlitz hat, muss ich das Glas unter dem Laken an meine Lippen heben. Der Wein ist warm und dickflüssig wie Sirup.

Esther sagt: »Das Zeug schmeckt besser, als ich gedacht hätte.«

Thelma sagt: »Schmeckt nach Erwachsensein.«

»Ein bisschen muskatig«, sagt Ringo und begutachtet das Etikett der Flasche. »Siebenundsiebzig war ein erstklassiges Weinjahr.«

»Muskatig?« Esther verdreht die Augen.

Ringo nimmt einen großen Schluck aus seinem Glas. »Und wo zum Teufel ist Johnny?«

»Hast du ihn in den Keller gebracht?«, fragt Esther.

Ich schüttele den Kopf. »Er ist ausgeflogen.«

Esther und Thelma ziehen die Augenbrauen hoch. Dann hebt Thelma ihr Sherlock-Holmes-Vergrößerungsglas, als wolle sie den Geist vor sich genauer unter die Lupe nehmen.

»Er ist wieder-wiedergestorben«, erläutere ich.

»Verdammt«, ruft Ringo.

Thelma legt das Vergrößerungsglas hin. »Er ist wirklich verschwunden?«

»*Puff*«, sage ich.

»Wann?«

»Am 7. September.« Ich sage nicht, dass Johnny sich vorher in den ersten Mann der Stadt verwandelte. Im Augenblick bin ich noch nicht bereit für eine vollständige Enthüllung. Irgendwann vielleicht.

»Mannomann!«, sagt Esther. »Wieso hast du uns nichts davon gesagt?«

»Wir hätten eine Beerdigung abhalten können«, sagt Thelma. »Wir hätten ihm die letzte Ehre erweisen können.«

»Ich habe ihm dreizehn Jahre lang Ehre erwiesen«, murmele ich unter meinem Laken. »Vielleicht war das genug.«

Thelma tätschelt meinen Geisterschädel. »Alles paletti mit dir?«

»Kann ich nicht behaupten.« Ich trinke einen großen Schluck Wein, der sich warm in meinem Magen ausbreitet.

Ringo fragt, ob ich *Kurioser und kurioser* zusammengestellt hätte, um mich von meiner Trauer abzulenken. »Um dich mit was anderem zu beschäftigen?«, fragt er.

Ich nicke, obwohl ich mir nicht sicher bin, dass es stimmt. Ich weiß nicht, ob ich um Johnny Henzel getrauert habe. Vielleicht ja. Schließlich war er eine Art Held für mich. Aber der Mensch, den ich eigentlich betrauert habe, ist Oliver Dalrymple.

Der Junge, der ich zu sein glaubte, aber nicht war.

Meine Freunde und ich trinken den Rest der Flasche. Ringo fragt immer wieder: »Fühlt ihr was? Fühlt ihr was?«, als stünden wir kurz davor, völlig andere Menschen zu werden.

Aber ich bin bereits ein völlig anderer Mensch.

Meine Freunde kichern, als sie merken, dass ihre Zähne rötlich verfärbt sind. Ich trinke den letzten Schluck Wein und stehe auf. Ich fühle mich schwindlig und benommen, aber ein bisschen palettier. Ich gehe zu der Wand, an der Johnnys Bett stand und winke meine Freunde zu mir, damit sie sich eine Seite aus dem Wiedergeburtsbuch der Elf ansehen. Sie pappt mitten an der Wand. Esther muss sich auf die Zehenspitzen stellen.

»Das habe ich getippt«, sagt Thelma.

»Deine Rechtschreibung ist gruselig«, sagt Ringo.

Das hier sind die ersten Einträge auf der Seite:

Kendra Philips	Murray, UT	5. Juli 79	Loikemi	TIP
Nick Easterling	Tewksbury, MA	17. Juli 79	aus Baumhaus gefalen	BAG
Haley Pierson-Cox	Louisville, CO	28. Juli 79	Lungenzundung	LOT
Jane Brunk	Vienna, VA	31. Juli 79	von Bus übergefahren	HAM
Lisa Antonopoulos	Sherwood, OR	22. Aug. 79	rauchfergifftet	PAT

Ein Dutzend Einträge später endet die Seite mit:

Oliver Dalrymple	Hoffman Estates, IL	7. Sept. 79	Loch in Herz	GUT
John Henzel	Hoffman Estates, IL	12. Okt. 79	Kugel in Kopf	GUT

Ich deute auf meine Todesursache und sage meinen Freunden, dass ich glaube, dass das Loch in meinem Herzen sich geschlossen hat. »Jedenfalls spüre ich es nicht mehr. Keine Ahnung, ob das gut ist?«

Esthers Sternkreiszeichentuch ist verrutscht, der Skorpion sieht aus, als wolle er sie mit seinen Scheren in die Nase zwicken. »Es *ist* gut, Boo«, sagt sie.

Thelma pflichtet ihr bei: »Es bedeutet, dass du geheilt bist.«

»Dreizehn Jahre sind eine lange Zeit, um zu heilen«, antworte ich. »Laut meinem Heilungszeitenbuch wäre es ein Rekord.«

»Zu dumm, dass die Leute unten in Amerika auch nicht schnell heilen«, sagt Thelma. »Unsere Mütter und Väter und Geschwister zum Beispiel, nach unserem Gehen. Wenn doch nur ihre Herzen im Nullkommanichts wieder heil würden.«

Wir alle denken an unsere Familien und werden ein bisschen melancholisch, vielleicht, weil wir alle angetüdelt sind – ein Wort, das ihr immer gern benutzt habt, um euren Zustand zu beschreiben, wenn ihr nach der Arbeit Martinis getrunken hattet.

Liebe Eltern, Spind Nr. 106 steht inzwischen in meinem Büro. Gelegentlich werfe ich einen Blick hinein, um zu sehen, ob er sich in eine andere Welt öffnet. Bis jetzt nicht, aber vielleicht erscheint eines Tages ein Frisiersalon in Alaska. Im Spind liegt das Buch, das ich geschrieben habe und das darauf wartet, überreicht zu werden. Ich werde es euch übergeben und mich dann wieder in meine Welt zurückziehen, und ihr werdet meine Geschichte lesen und die elementaren Dinge meines Lebens und Nachlebens endlich verstehen. Hinterher werdet ihr das Buch zuklappen und mich zur Ruhe betten, und mein Geist wird euch nicht mehr verfolgen.

Esther unterbricht unsere Träumereien. »Wir sollten heute Abend nicht traurig und konfus sein«, sagt sie.

Ich sage meinen Freunden, dass ich in meinem Büro noch eine Flasche Wein habe. Eine Flasche Weißwein aus dem Napa Valley.

»Geh und hol sie«, ruft Ringo. »Wir lassen uns volllaufen und gehen anschließend auf die große Halloween-Party in der Nordwestecke.« Die Augen zwischen seinen Bandagen funkeln. »Lasst uns heute Nacht wild und verrückt sein!« Er schlägt ein Rad quer durch den Raum, ein Wunder angesichts seiner Bandagen und des Bauchs voller Wein. Pierre bellt und springt auf seinen wolligen Beinen auf und ab. Ringo hebt den Hund hoch und tanzt mit ihm einen Pogo.

»Kannst du wild und verrückt sein, Esti?«, ruft Ringo Esther zu.

»Darauf kannst du wetten.« Esther hebt sich auf die Zehenspitzen.

»Und du, Thelma?«

»Aber klar doch.«

»Und was ist mit dir, Boo? Kannst du wild und verrückt sein?«

Ich lasse mir die Frage durch den Kopf gehen.

»Ich glaube, es besteht die definitive Möglichkeit«, sage ich.

Dank des Autors

Ein großes Dankeschön an Paul Taunton bei Knopf Canada und Lexy Bloom bei Vintage Books in New York, und an Dean Cooke, Ron Eckel und Suzanne Brandreth von der Cooke Agency. Mein weiterer Dank gilt Jessica Grant, Ross Rogers, David Posel, Lois Carson und Frank Smith. Un gros merci à Christian Dorais.

Glossar

Die Namen aller im Text erwähnten Figuren sind fiktiv, es sei denn, im Glossar wird auf den Zusammenhang mit einer realhistorischen Persönlichkeit oder literarischen Figur verwiesen.

Die im Roman erwähnten Lieder sind im Glossar mit Angaben zu Interpreten, Komponisten und Veröffentlichungsjahr angegeben. Weitere Informationen des Autors zum musikalischen Hintergrund und einzelnen Songtexten finden sich im Internet unter: www.largeheartedboy.com/blog/archive/2015/05/book_notes_neil.html

7 Helen Adams Keller (geboren 1880 in Tuscumbia, Alabama; gestorben 1968 in Easton, Connecticut) war eine taubblinde amerikanische Schriftstellerin, die sich für die Rechte der Blinden einsetzte.

8 Richard Dawkins (geboren 1941 in Nairobi) ist ein britischer Evolutionsbiologe und Verfechter des Atheismus.

9 Jane Goodall (geboren 1934 in London) ist eine Primatologin, die vor allem in Tansania Schimpansen erforschte und sich für ihren Schutz einsetzt.

9 *Brown Girl, Brownstones* ist ein 1959 erschienener Roman von Paule Marshall und handelt von Einwanderern aus Barbados, die in Brooklyn leben.

11 Margaret »Meg« Murry O'Keefe ist eine Figur aus Madeleine L'Engles Science-Fiction-Reihe, aus der beispielsweise der Roman *Die Zeitfalte* auch verfilmt wurde.

17 *Die Hardy Boys* ist eine Kriminalromanserie für Jugendliche um die Brüder Frank und Joe Hardy, die unter dem Pseudonym Franklin W. Dixon veröffentlicht und in mehr als 25 Sprachen übersetzt wurde.

19 Guy Montag ist der Protagonist in Ray Bradburys *Fahrenheit 451*. Der Roman schildert einen dystopischen Staat, in dem Bücher verboten sind und von Feuerwehrmännern wie Montag verbrannt werden. Der Titel bezieht sich auf die Selbstentzündungstemperatur von Papier, die bei 451 Grad Fahrenheit liegt.

19 *Herr der Fliegen* (Originaltitel: *Lord of the Flies*) ist ein Roman von William Golding aus dem Jahr 1954. Er schildert die Geschichte einer Gruppe Jugendlicher, die nach einem Atomkrieg allein auf einer Insel gestrandet sind. Dort bricht ein gewalttätiger Konflikt zwischen ihnen aus.

23 Jonathan Livingston ist der volle Name der *Möwe Jonathan* aus dem Roman von Richard Bach, erschienen 1970.

24 John Clayton III., Lord Greystoke, ist der Taufname von Tarzan in dem 1912 im *All-Story Magazine* erstveröffentlichten Roman *Tarzan bei den Affen* (Originaltitel: *Tarzan of the Apes*) von Edgar Rice Burroughs, auf den zahlreiche Fortsetzungen folgten.

26 *Begin the Beguine* ist ein Song, den Cole Porter 1935 für das Musical *Jubilee* schrieb.

26 Mary-Katherine »Merricat« Blackwood ist die Pro-

tagonistin des Thrillers *Wir haben schon immer im Schloss gelebt* (Originaltitel: *We Have Always Lived in the Castle*) von Shirley Jackson aus dem Jahr 1962. Merricat lebt mit ihrer Schwester Constance und ihrem Onkel völlig isoliert auf einem großen Anwesen. Die Bewohner des nahe gelegenen Dorfes meiden die drei, da Constance verdächtigt wird, vor Jahren die Eltern, eine Tante und einen Bruder vergiftet zu haben.

33 *Zehn kleine Negerlein* (Originaltitel: *And Then There Were None*) ist ein Krimi von Agatha Christie aus dem Jahr 1939, in dem zehn Menschen auf eine Insel fahren, wo einer nach dem anderen auf unerklärliche Weise ermordet wird, bis keiner von ihnen übrig bleibt. Der Titel spielt auf den gleichnamigen Kinderreim an.

41 *In the Still of the Night* ist ein Song von The Five Satins und wurde 1956 von Fred Parris geschrieben.

48 Sophie Wender ist eine Figur aus John Wyndhams Science-Fiction-Roman *Wem gehört die Erde?* (Originaltitel: *The Chrysalids*), der erstmals 1955 veröffentlicht wurde. Nach einem Atomkrieg wurde Sophie mit sechs Zehen geboren, wodurch sie zur stigmatisierten Außenseiterin wird und in die Fänge einer Sekte gerät, der sie später entkommen kann.

51 *Goldlöckchen und die drei Bären* (Originaltitel: *Goldilocks and the Three Bears*) ist ein Märchen, das von Robert Southey aufgezeichnet und 1837 als Buch erstveröffentlicht wurde.

59 *Drei Engel für Charlie* (Originaltitel: *Charlie's Angels*) ist eine Krimiserie, die in den USA von 1976 bis 1981 ausgestrahlt wurde. Farrah Fawcett, Kate Jackson und Jaclyn Smith spielen drei Privatdetektivinnen, die für

ihren geheimnisvollen Chef Charlie zahlreiche Fälle lösen.

62 *Strange Fruit*, 1939 erstmals im Café Society in New York von Billie Holiday gesungen, wurde weltberühmt als vehemente Anklage gegen die Lynchjustiz.

65 *Disco Duck* ist eine satirische Discoveralberung von Rick Dees and his Cast of Idiots aus dem Jahr 1976.

68 *Monster Mash* ist ein Song von Bobby »Boris« Pickett aus dem Jahr 1962.

69 Arthur »Boo« Radley ist eine Figur aus Harper Lees 1960 erschienenem Roman über den Rassismus in den amerikanischen Südstaaten *Wer die Nachtigall stört* (Originaltitel: *To Kill a Mockingbird*).

70 *Der Sechs-Millionen-Dollar-Mann* ist eine Fernsehserie, die von 1974 bis 1978 in den USA ausgestrahlt wurde. Lee Majors, der die Hauptrolle spielte, war verheiratet mit Farrah Fawcett (siehe Anmerkung zu Seite 59).

71 *How Deep is Your Love* und *Stayin' Alive* sind Songs von den Bee Gees, die 1977 Teil des Soundtracks zum Film *Saturday Night Fever* waren. In *Stayin' Alive* geht es unter anderem darum, wie es ist, ein ganzes Leben lang herumgestoßen zu werden.

71 *Drei Mädchen und drei Jungen* (Originaltitel: *The Brady Bunch*) ist eine Familienserie, die von 1969 bis 1974 in den USA lief.

76 *Der Schrei* heißen vier expressionistische Gemälde von Edvard Munch, entstanden in den Jahren 1893 bis 1910.

79 *Marmaduke* ist ein Comic-Strip von Brad Anderson, der von 1954 bis 2015 in Zeitungen veröffentlicht

wurde. Marmaduke ist eine riesige, tollpatschige Dogge.

80 David Berkowitz ist ein Serienmörder, der sich als »Son of Sam« bezeichnete und zwischen 1975 und 1977 sechs Menschen umbrachte. Er wurde zu 365 Jahren Haft verurteilt.

82 *The Gumby Show* ist eine amerikanische Kindersendung, die erstmals 1957 ausgestrahlt wurde. Die titelgebende Hauptfigur ist ein grünes Knetmännchen.

83 Gene Forrester ist der Protagonist und Erzähler des Coming-of-Age-Romans *Ein anderer Frieden* (Originaltitel: *A Separate Peace*) von John Knowles aus dem Jahr 1959. Der Roman beschreibt die Freundschaft zwischen dem intellektuellen Gene und dem athletischen Phineas, die überschattet wird von Eifersucht und dem Vorwurf, Gene hätte versucht, Phineas zu töten.

93 Die Vogelscheuche, der Blechmann und der Löwe sind Figuren aus L. Frank Baums 1900 veröffentlichtem Roman *Der Zauberer von Oz* (Originaltitel: *The Wizard of Oz*). 1939 wurde er mit Judy Garland in der Hauptrolle verfilmt. Sie spielt ein Mädchen, das durch einen Wirbelsturm in das fantastische Land Oz gelangt, das sie von der bösen Hexe des Westens befreien soll.

97 Jerry Renault ist der Held in Robert Cormiers *Der Schokoladenkrieg* (Originaltitel: *The Chocolate War*) aus dem Jahr 1974. Der Roman spielt in einer katholischen Jungenschule, an der eine Geheimgesellschaft Außenseiter terrorisiert, und endet mit einem manipulierten Boxkampf.

98 *Rocky* ist ein Boxfilm aus dem Jahr 1976. Sylvester Stallone schrieb das Drehbuch und spielte die Hauptrolle, einen armen und erfolglosen Boxer, dem sich die Gelegenheit bietet, gegen den amtierenden Weltmeister anzutreten.

102 Jim Hawkins ist der jugendliche Ich-Erzähler aus Robert Louis Stevensons 1883 erschienenem Abenteuerroman *Die Schatzinsel* (Originaltitel: *Treasure Island*). Jim heuert auf einem Schiff an, dessen Kapitän im Besitz einer Schatzkarte ist. Unterwegs kommt es jedoch zur Meuterei, und es stellt sich heraus, dass viele Mitglieder der Besatzung Piraten sind.

102 Mary Lennox ist die Protagonistin aus *Der geheime Garten* (Originaltitel: *The Secret Garden*) von Frances Hodgson Burnett, einem britischen Kinderbuchklassiker aus dem Jahr 1911. Aufgewachsen in Indien, kommt Mary nach dem Tod ihrer Mutter zu ihrem Onkel nach England. Dort entdeckt sie einen geheimen Garten und einen ans Bett gefesselten Jungen.

105 *The Osmonds* sind eine amerikanische Familienband aus Ogden, Utah und überzeugte Mormonen.

105 The Manson Family war die Bezeichnung für eine sektenähnliche Gruppe um Charles Manson, die 1969 mehrere Morde in Kalifornien beging. Ziel der Morde gemäß Mansons rassistischer Ideologie war es, in den USA einen Krieg zwischen Schwarzen und Weißen auszulösen.

105 *Miss Otis Regrets* ist ein Jazzsong, der 1934 von Cole Porter geschrieben wurde.

105 *It's Too Darn Hot* wurde 1948 von Cole Porter für das Musical *Kiss me Kate* geschrieben.

110 Paul Orestes Atreides ist eine Figur aus der ersten Trilogie der *Wüstenplanet*-Science-Fiction-Romane von Frank Herbert (Originaltitel: *Dune*). Der erste Band wurde 1965 veröffentlicht, weitere Bände von Frank Herbert folgten 1969, 1976, 1981 und 1984. Spätere Fortsetzungen schrieb sein Sohn Brian Herbert.

111 Deborah Blau ist die Protagonistin des Romans *Ich hab dir nie einen Rosengarten versprochen* (Originaltitel: *I Never Promised You a Rose Garden*) von Hannah Green, alias Joanne Greenberg, aus dem Jahr 1964, in dem die Heilung einer schizophrenen Jugendlichen beschrieben wird.

116 Der Lincoln Penny oder Cent ist eine Kupfermünze, die erstmals 1909 anlässlich des hundertsten Geburtstags von Abraham Lincoln geprägt wurde. Als sechzehnter Präsident der Vereinigten Staaten trug Lincoln zur Abschaffung der Sklaverei bei und spielte im anschließenden Amerikanischen Bürgerkrieg eine maßgebliche Rolle. Er wurde 1865 von dem Sklavereiverfechter und Attentäter John Wilkes Booth durch einen Kopfschuss getötet.

127 Michael »Ponyboy« Curtis ist der Ich-Erzähler aus Susan Eloise Hintons 1967 erschienenem Roman *Die Outsider* (Originaltitel: *The Outsiders*), der die blutigen Rivalitäten zweier verfeindeter Jugendgruppen beschreibt.

128 Jack Merridew ist der Antagonist aus *Herr der Fliegen* von William Golding (siehe Anmerkung zu Seite 19).

137 *Lullaby of Birdland* ist ein Jazzstandard von George Shearing aus dem Jahr 1952.

137 *Brain Boy* ist ein Superheldencomic von Herb Castle und Gil Kane, der von 1962 bis 1963 erschien.

141 Klettergerüste wurden 1920 von dem Chicagoer Rechtsanwalt Sebastian Hinton erfunden. Er war verheiratet mit der Pädagogin Carmelita Chase, die 1935 in Neuengland eine Reformschule gründete, die Jungen und Mädchen gemeinsam besuchen konnten. Die Putney School besteht noch heute.

141 *Geheimnisse im vergessenen Tunnel* (Originaltitel: *The Secret of the Lost Tunnel*) ist ein 1950 erschienener Band aus der *Hardy Boys*-Reihe von Andrew E. Svenson (siehe Anmerkung zu Seite 17).

142 Sal Paradise ist der Ich-Erzähler in Jack Kerouacs Beatnik-Klassiker *Unterwegs* (Originaltitel: *On the Road*). Der Roman erschien 1957 und beeinflusste nicht nur die amerikanische Literatur und Populärkultur nachhaltig.

145 Charlie Gordon ist eine Figur aus Daniel Keyes' Science-Fiction-Kurzgeschichte *Blumen für Algernon* (Originaltitel: *Flowers for Algernon*) aus dem Jahr 1958. Einen gleichnamigen Roman veröffentlichte Keyes 1966. Charlie Gordon nimmt an einem Experiment teil, durch das sein eigentlich unterdurchschnittlicher IQ stark erhöht wird.

145 Marcy Lewis ist die Protagonistin in Paula Danzigers 1974 erschienenem Roman *Die Katze hat meinen Turnanzug gefressen* (Originaltitel: *The Cat Ate My Gymsuit*). Marcy ist eine Jugendliche, die sich gegen den Schulsport sträubt und mit ihrer Weigerung, die Flagge zu grüßen, einen Schülerprotest und juristische Auseinandersetzungen auslöst.

149 *Casper, der freundliche Geist* (Originaltitel: *Caspar, the Friendly Ghost*) ist eine amerikanische Comicfigur, die 1930 von Seymor Reit und Joe Oriolo erfunden wurde. Die Geschichte des Geists wurde auch vielfach in Kinofilmen und Fernsehserien erzählt.

150 *Jack Sprat* (auch *Jack Spratt*) ist ein englischer Kinderreim.

157 Charles Lindbergh (1902–1974) war ein amerikanischer Pilot und Luftfahrtpionier. Die erste Alleinüberquerung des Atlantiks gelang ihm am 20./21. Mai 1927.

157 *Das Geheimnis der flackernden Taschenlampe* heißt im Original *Flickering Torch Mystery* und ist ein 1943 von Leslie McFarlane verfasster Band der *Hardy Boys*-Reihe. (siehe Anmerkung zu Seite 17).

Einige *Hardy Boys*-Bände sind in den siebziger Jahren bei Schneiderbuch auf Deutsch erschienen, der deutsche Titel dieses Bandes konnte jedoch nicht ermittelt werden und wurde daher frei übersetzt.

176 *The Missing Chums*, wie der Originaltitel lautet, ist ein 1928 von Leslie McFarlane verfasster Band der *Hardy Boys*-Reihe (siehe Anmerkung zu Seite 17).

177 Der Song »Friendship« stammt aus dem Broadway-Musical *Du Barry was a Lady* von 1939.

182 Phoebe Caulfield ist die kleine Schwester des Protagonisten Haulden Caulfield in Jerome D. Salingers 1951 erschienenem Coming-of-Age-Roman *Der Fänger im Roggen* (Originaltitel: *The Catcher in the Rye*).

182 Rhoda Penmark ist die Hauptfigur in *Böse Saat* (Originaltitel: *The Bad Seed*), einem 1954 erschienenen Horrorroman von William March, der 1956 von Mervyn LeRoy verfilmt wurde. Rhoda ist ein achtjähriges,

scheinbar wohlerzogenes Mädchen, das eine ganze Reihe von Morden begeht.

192 Iron Eyes Cody (geboren 1904 in Louisiana, gestorben 1999 in Los Angeles) hieß eigentlich Espero Oscar de Corti und war ein US-amerikanischer Schauspieler, der in vielen Western mitspielte und nach indianischer Tradition lebte. Entgegen eigener Aussage war er nicht indianischer, sondern sizilianischer Abstammung. Cody setzte sich erfolgreich für den amerikanischen Naturschutz ein.

192 Sitting Bull (1831–1890) war ein berühmter Stammeshäuptling und Medizinmann der Sioux und leistete den amerikanischen Eroberern Widerstand, unter anderem in der Schlacht von Little Bighorn.

194 Lynette Alice »Squeaky« Fromme (geboren 1948 in Santa Monica) war Mitglied der berüchtigten Manson Family (siehe Anmerkung zu Seite 105) und wurde 1975 zu lebenslanger Haft verurteilt, nachdem sie versucht hatte, den damaligen US-Präsidenten Gerald Ford zu erschießen.

203 *Die Schweizer Familie Robinson* (auch: *Der Schweizerische Robinson*) ist eine Adaption von Daniel Defoes *Robinson Crusoe*. Der Berner Pfarrer Johann David Wyss erzählte die Schiffbruchsgeschichte aus der Perspektive eines Kindes; sein Sohn ließ sie 1812 veröffentlichen.

220 *Tom Sawyer* (1876) und *Huckleberry Finn* (1884) sind Abenteuerromane von Mark Twain. *Der große Gatsby* (Originaltitel: *The Great Gatsby*) ist ein Gesellschaftsroman von F. Scott Fitzgerald von 1925. *Fiesta* (Originaltitel: *The Sun Also Rises*) ist ein Ro-

man über den Spanischen Bürgerkrieg von Ernest Hemingway von 1926. *Wer die Nachtigall stört* (Originaltitel: *To Kill a Mockingbird*) ist ein Roman über den Rassismus in den Südstaaten von Harper Lee von 1926. Schulze und Schultze (französisch: Dupont et Dupond) sind zwei identisch aussehende Detektive aus den belgischen Comics um *Tim und Struppi* (Originaltitel: *Tintin*). Die beiden wiederholen ständig, was der jeweils andere sagt, verlieren ihre Dienstausweise und zeichnen sich vor allem durch große Ungeschicklichkeit aus.

241 *The Wobblin' Goblin With The Broken Broom* ist ein Kinderlied, das unter anderem 1950 von Rosemary Clooney gesungen wurde.

245 Der Susan-B.-Anthony-Dollar ist eine amerikanische Münze, die erstmals 1979 zu Ehren von Susan Brownell Anthony geprägt wurde. Anthony war eine Pionierin der Frauenwahlrechtsbewegung. Ihr Slogan lautete: »Failure is impossible«, »Misserfolg ist unmöglich.«

250 *Shake Your Body (Down to the Ground)* ist ein Song der Jackson Five, geschrieben von Michael Jackson, aus dem Jahr 1978.

250 Dorothy Stuart Hamill ist eine ehemalige Eiskunstläuferin, deren Frisur Ende der siebziger Jahre eine Modewelle auslöste. 1976 siegte sie bei der Weltmeisterschaft und den Olympischen Spielen, wo sie nach eigenen Angaben nur knapp einem Anschlag einer Konkurrentin entkam, die sie mit dem Auto überfahren wollte. Hamill behielt die Identität der Konkurrentin für sich und erstattete nie Anzeige.

265 *The Gun and the Damage Done* spielt an auf Neil

Youngs Song *The Needle and the Damage Done* über die zerstörerische Wirkung von Heroin.

287 Nancy Drew ist die Heldin mehrerer gleichnamiger amerikanischer Buchserien, die auch verfilmt wurden. Nancy ist eine unabhängig arbeitende Detektivin, die in frühen Fällen sechzehn und später achtzehn Jahre alt ist. Sie gilt als weibliches Pendant zur *Hardy Boys*-Reihe. Der erste *Nancy Drew*-Band erschien 1930.

298 *New Kid in Town* ist ein 1967 veröffentlichter Song der Eagles.

301 *This Town Ain't Big Enough for Both of Us* (Deutsch: Diese Stadt ist zu klein für uns beide) ist ein Song der Sparks, geschrieben 1974 von Ron Mael.

318 *Hans und die Bohnenranke* (Originaltitel: *Jack and the Beanstalk*) ist ein englisches Märchen, in dem Hans über eine riesige verzauberte Bohnenranke in ein Land in den Wolken klettert. Das Märchen wurde aufgezeichnet von Benjamin Tabart und 1807 erstveröffentlicht.

318 *Die kleine blaue Lokomotive* (Originaltitel: *The Little Engine That Could*) ist ein amerikanisches Bilderbuch, geschrieben von Watty Piper und illustriert von Ruth Sanderson. Es erzählt die Geschichte einer kleinen Lokomotive, die es als Einzige schafft, einen langen Zug den Berg hinaufzuziehen.

318 *Blumen der Nacht* (Originaltitel: *Flowers in the Attic*) ist ein Horrorroman für Jugendliche von V. C. Andrews aus dem Jahr 1979. Er erzählt von vier Geschwistern, die von ihrer Großmutter auf dem Dachboden gefangen gehalten und misshandelt werden.

318 *Wir haben immer im Schloss gelebt.* Siehe Anmerkung zu Seite 26.

323 *It's crazy* wurde von Dorothy Fields und Richard Rodgers geschrieben und 1954 von Sarah Vaughan und dem Jazztrompeter Clifford Brown veröffentlicht. Vaughan singt von der Welt, die für Verliebte zum Süßkartoffelauflauf wird, und beschreibt, wie sie ihre Flügel ausbreitet und über die Stadt fliegt.

324 *1000 Kilometer* (Originaltitel: *Mille Bornes*) ist ein französisches Kartenspiel, das 1954 von Edmond Dujardin entwickelt wurde. Die Spieler treten in einem Autorennen gegeneinander an.

346 Frances »Franny« Glass ist eine Figur aus verschiedenen Kurzgeschichten Jerome D. Salingers über die Familie Glass. Im Erzählungsband *Franny and Zooey* (veröffentlicht 1961) ist sie zwanzig Jahre alt und erleidet einen Nervenzusammenbruch.

352 Carrie White ist die Protagonistin in Stephen Kings Horrorroman *Carrie* aus dem Jahr 1976. Nachdem sie jahrelang von ihrer Mutter und Mitschülern gequält wurde, entdeckt Carrie, dass sie telekinetische Fähigkeiten besitzt, und rächt sich, indem sie zahlreiche Menschen umbringt.

357 *Little Earthquakes* ist das 1992 veröffentlichte Debütalbum von Tori Amos.

357 *Lucky Town* ist ein Album von Bruce Springsteen aus dem Jahr 1992.

357 *Nevermind* ist ein Album von Nirvana, das 1991 erschien und zu den einflussreichsten der Musikgeschichte zählt.

357 *99,9 F°* ist ein Album von Suzanne Vega von 1992.

361 Robert Smith ist der Sänger der britischen Band The Cure.

361 *To Wish Impossible Things* ist ein Song von The Cure aus dem Jahr 1992.

368 Ein Song von Cole Porter. Siehe Anmerkung zu »Friendship« auf S. 177.

388 Kurioser und kurioser. In *Alice im Wunderland* (Originaltitel: *Alice's Adventures in Wonderland*), dem britischen Kinderbuchklassiker von Lewis Carroll aus dem Jahr 1865, ruft Alice »curiouser and curiouser«, als sie, nachdem sie im Wunderland von einem Kuchen gegessen hat, zu wachsen beginnt.